John Flanagan
Die Chroniken von Araluen
Die Legenden des Königreichs

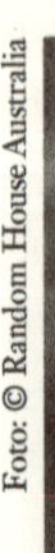

DER AUTOR

John Flanagan arbeitete als Werbetexter und Drehbuchautor, bevor er das Bücherschreiben zu seinem Hauptberuf machte. Den ersten Band von »Die Chroniken von Araluen« schrieb er, um seinen 12-jährigen Sohn zum Lesen zu animieren. Die Reihe eroberte in Australien in kürzester Zeit die Bestsellerlisten. Danach konzentrierte er sich auf die Reihe »Brotherband« und hat inzwischen eine weitere Spin-off-Reihe begonnen.

Von John Flanagan sind als cbj-Taschenbuch erschienen:

DIE CHRONIKEN VON ARALUEN

»Die Ruinen von Gorlan« (27072)
»Die brennende Brücke« (27073)
»Der eiserne Ritter« (21855)
»Der Angriff der Temujai-Reiter« (21065)
»Der Krieger der Nacht« (22066)
»Die Belagerung« (22222)
»Der Gefangene des Wüstenvolks« (22229)
»Die Befreiung von Hibernia« (22342)
»Der große Heiler« (22343)
»Die Schwertkämpfer von Nihon-Ja« (22375)
»Die Legenden des Königreichs« (22486)
»Das Vermächtnis des Waldläufers« (22508)
»Königreich in Gefahr« (31255)

DIE CHRONIKEN VON ARALUEN
WIE ALLES BEGANN

»Das Turnier von Gorlan« (22625)
»Die Schlacht von Hackham Heath« (22631)

BROTHERBAND

»Die Bruderschaft von Skandia« (22381)
»Der Kampf um die Smaragdmine« (22382)
»Die Schlacht um das Wolfsschiff« (22383)
»Die Sklaven von Socorro« (22505)
»Der Klan der Skorpione« (22506)

Weitere Bände in Vorbereitung.

John Flanagan

Die Chroniken von Araluen

Die Legenden des Königreichs

Aus dem Englischen von
Angelika Eisold Viebig

Verlagsgruppe Random House FSC® N001967

5. Auflage
Erstmals als cbj Taschenbuch Dezember 2014

Die Originalausgabe erschien 2011
unter dem Titel »Rangers Apprentice – The Lost Stories«
bei Random House Australia Pty Limited, Sydney, Australia
Übersetzung: Angelika Eisold-Viebig
Lektorat: Andreas Rode
Vignetten: Mathematics
Umschlagbild: © Cliff Nielsen
Verwendung mit freundlicher Genehmigung von Philomel Books, einem Imprint von Penguin Young Readers Group
in der Verlagsgruppe Penguin Inc. (USA)

Umschlaggestaltung: init | Kommunikationsdesign, Bad Oeynhausen, unter Verwendung des Originalcovers von www.blacksheep-uk.com
MP · Herstellung: CB
Satz: Uhl + Massopust, Aalen
Druck: GGP Media GmbH, Pößneck
ISBN 978-3-570-22486-1
Printed in Germany

www.cbj-verlag.de

Dieses Buch ist den Fans der Chroniken von Araluen in der ganzen Welt gewidmet, denen ich es verdanke, dass die letzten sieben Jahre für mich so unterhaltsam waren. Die Geschichten im vorliegenden Band sind die Antworten auf viele Fragen, die ihr mir während der letzten Jahre gestellt habt.

Ein Dankeschön an euch alle!

Araluen, Picta und Celtica

Im Jahre 643 Allgemeine Zeitrechnung

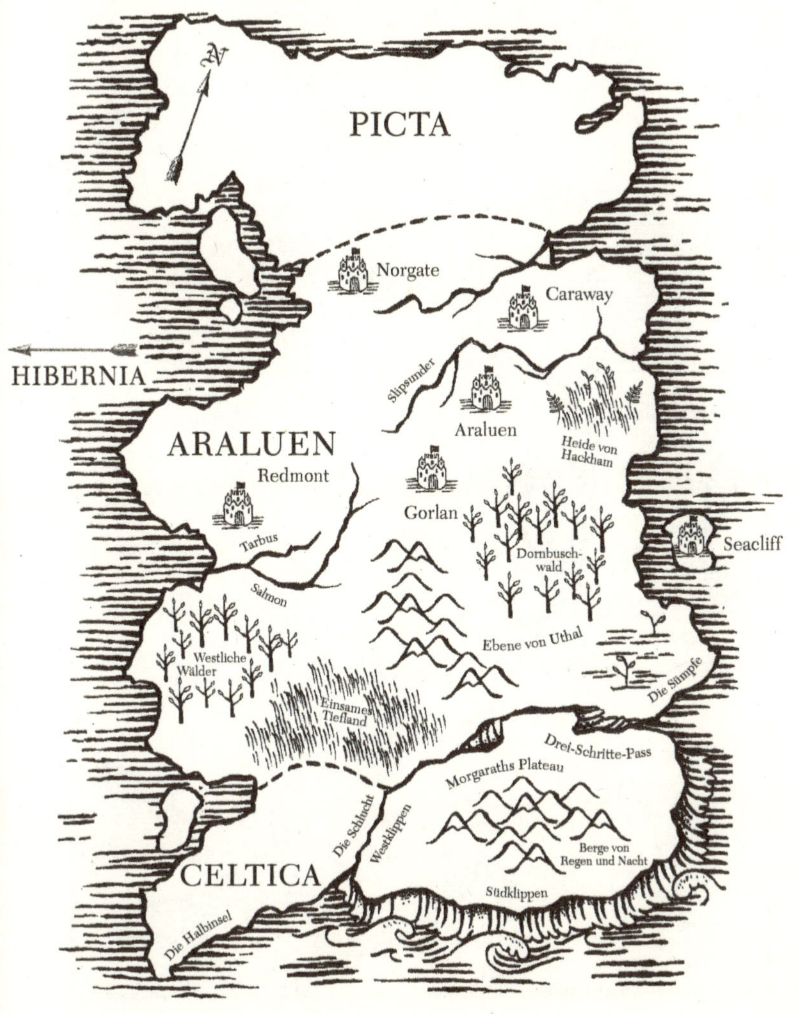

Araluen
und seine
Nachbarn
Im Jahre 643 Allgemeine Zeitrechnung
Eismeer
Nördliches
Ödland
Graustein-
wald
Westlicher Ozean
Skandia
Hallasholm
Östliche
Steppe
Sonderland
Sturmweiße
See
Skorghijl
Teutlandt
Picta
Burg
Araluen
Meer-
enge
La Rivage
Hibernia
Araluen
Montsombre
Alpina
Gallica
Celtica
Iberion
Aslava
Toscano
Endloser Ozean
N
Ewiges Meer
Meer von
Rostov

Inhalt

Vorwort

Bezirk Redman
Vereinigte Aralanische Republiken (früher das mittelalterliche Königreich von Araluen)
Juli 1896

Professor Giles MacFarlane stöhnte leise, als er sich aufrichtete. Er rieb sich den schmerzenden Rücken. Langsam wurde er zu alt, um über längere Zeit in solch kauernder Stellung zu verharren. Es fiel ihm zunehmend schwerer, die Artefakte vorsichtig aus der Erde zu holen, die von ihr so lange bewahrt worden waren und nun offenbar nur widerstrebend freigegeben wurden.

Sein Team und er hatten diese Burgruine schon vor einigen Jahren entdeckt. Die Umrisse der Hauptmauern, die zu den drei Ecktürmen führten, waren bereits kartografiert. Für eine Burg hatte das alte Gemäuer einen recht unüblichen Grundriss. In der Mitte des freigelegten Geländes stand der Stumpf des alten Bergfrieds. Der eingestürzte Turm war jetzt kaum noch vier Meter hoch. Dennoch konnte MacFarlane erkennen, dass es sich einst um ein sehr eindrucksvolles Bauwerk gehandelt haben musste.

Ihr erstes Grabungsjahr hatten sie damit verbracht, die äußeren Umrisse der Burg festzulegen. Im folgenden Jahr hatten sie mit einer Reihe von Quergrabungen begonnen und waren sehr tief nach unten vorgedrungen, um freizulegen, was sich unter den Erd- und Steinhaufen befand, die sich über zwölf Jahrhunderte hinweg angesammelt hatten.

Jetzt, im dritten Jahr, waren sie bei der Feinarbeit angelangt und begannen, alte Schätze zu bergen. Eine Gürtelschnalle hier, ein Pfeilkopf da. Ein Messer. Ein gesprungener Schöpflöffel. Schmuck, der sich durch Verarbeitung und Beschaffenheit grundsätzlich auf Mitte des zehnten Jahrhunderts datieren ließ. An einem Tag, der sich als sehr bedeutsam herausstellte, hatten sie eine Granittafel freigelegt, in die etwas eingraviert war, was einem Wildschwein mit riesigen Hauern ähnlich sah. Es war dieser Fund, durch den die Burg zweifelsfrei identifiziert wurde.

»Dies war Burg Redmont«, hatte MacFarlane seinen ehrfürchtig lauschenden Assistenten erklärt.

Burg Redmont. Sie stammte aus der gleichen Zeit wie das berühmte Schloss Araluen und war einst der Sitz von Baron Arald, einem der treuesten Gefolgsmänner des legendären König Duncan gewesen. Wenn Redmont wirklich existiert hatte, dann konnten natürlich auch all die Legenden über seine Bewohner einen wahren Hintergrund haben.

Gegen alle Vernunft hoffte MacFarlane, einen Beweis dafür zu finden, dass die geheimnisvollen Waldläufer von Araluen wirklich existiert hatten. Das wäre eine atemberaubend wichtige Entdeckung.

Doch das Grabungsjahr schritt fort und die Gräben wurden immer tiefer gezogen, ohne dass es einen Fund gegeben hätte, der so bedeutsam wie dieser erste gewesen wäre. MacFarlane und seine Mannschaft mussten sich mit der ganz normalen Ausbeute von Ausgrabungen zufriedengeben – undefinierbare Werkzeuge und Verzierungen aus Metall, Tonscherben und Überreste von Kochgeschirr.

Alle suchten, gruben und bürsteten und hofften jeden Tag von Neuem, endlich ihren persönlichen Heiligen Gral zu finden. Doch während der Sommer ins Land ging, verlor MacFarlane langsam die Hoffnung. Zumindest für dieses Jahr.

»Professor! Professor!«

Als er hörte, wie sein Name gerufen wurde, erhob er sich und rieb sich wieder einmal den Rücken. Eine der jungen Freiwilligen, die seine von der Universität bezahlten Mitarbeiter unterstützten, rannte quer durch das Grabungsgelände und winkte ihm dabei zu.

MacFarlane runzelte die Stirn. Eine archäologische Grabungsstelle war kein Ort, an dem man so achtlos umherrannte. Ein einziger Fehltritt konnte wochenlange mühsame Arbeit ruinieren. Dann erkannte er Audrey, eine seiner Lieblingshelferinnen, und sein Gesichtsausdruck wurde weicher. Sie war jung. Junge Leute waren oft sorglos.

Schwer atmend blieb sie vor ihm stehen.

»Nun, Audrey, was gibt es?«, fragte er.

Immer noch nach Luft schnappend deutete die junge Frau auf den Hügel in Richtung des Flusses Tarbus.

»Auf der anderen Seite des Flusses«, stieß sie hervor. »Zwischen alten Bäumen und viel Gestrüpp. Dort haben wir den Grundriss einer Hütte gefunden.«

Der Professor zuckte mit den Schultern und sagte gelassen: »Es gab dort unten eine Ortschaft. Also ist es nicht gerade überraschend, dort den Grundriss einer Hütte zu entdecken.« Doch Audrey schüttelte den Kopf und fasste drängend seinen Arm.

»Diese Hütte liegt aber außerhalb der Ortsgrenzen«, erklärte sie. »Sie stand völlig allein. Ach bitte, kommen Sie doch und sehen Sie es sich an!«

MacFarlane zögerte. Es war ein langer Weg nach unten und ein noch längerer wieder den Hügel hinauf. Doch dann gab er sich einen Ruck. Enthusiasmus wie der von Audrey musste unterstützt werden. Also ließ er sich von ihr den holprigen Zickzackpfad nach unten geleiten.

Sie überquerten die alte Brücke, die über den Fluss führte. Da der Professor nie eine Gelegenheit ausließ, sein Wissen weiterzugeben, zeigte er dem Mädchen, dass die Balken an den jeweiligen Enden der Brücke älter waren als der mittlere, freitragende Bogen.

»Der mittlere Teil ist viel neuer«, erklärte er. »Diese Brücken waren so konstruiert, dass vor einem Angriff der ganze Mittelteil entfernt oder zerstört werden konnte.«

Normalerweise hätte Audrey wie gebannt an seinen Lippen gehangen. Der Professor war ihr persönliches Vorbild. Doch heute war sie viel zu aufgeregt und ungeduldig, ihm endlich ihren Fund zeigen zu können.

»Ja, ja«, sagte sie geistesabwesend und zog ihn mit sich. Er lächelte nachsichtig, als sie ihn von den Überresten der alten Ortschaft wegführte.

Sobald sie den Wald betreten hatten, wurde das Fortkommen schwieriger. Sie mussten sich zwischen eng zusammenstehenden großen Bäumen und dichtem Unterholz hindurchkämpfen. Schließlich verließ Audrey den schmalen Pfad, bog erneut ab und schlug sich durch ein Gewirr von wildem Wein und sonstigen Rankgewächsen. MacFarlane folgte seufzend und blieb dann voller Erstaunen stehen, als er sich auf einer kleinen Lichtung wiederfand, die von uralten Eichen und etwas jüngeren Hartriegelgewächsen umgeben war.

»Wie um alles in der Welt hast du die denn entdeckt?«, fragte er und Audrey wurde rot.

»Oh … ich … ähm … ich brauchte ein wenig Intimsphäre … Sie wissen schon …«, antwortete sie verlegen.

Der Professor nickte und wedelte mit der Hand. »Verstehe.«

Audrey führte ihn weiter. Auf ihren Fingerzeig hin entdeckte sein geschultes Auge die unübersehbaren Überreste einer Hütte. Der größte Teil des Gebäudes war natürlich bereits verrottet. Aber es gab immer noch ein paar aufrecht stehende Balken.

»Eiche«, stellte er fest. »Die überdauert Jahrhunderte.«

Der Grundriss der Räume war noch zu erkennen – unverkennbare Zeichen, die sich über die Jahrhunderte in den Boden eingegraben hatten, auch wenn das ursprüngliche Gebäude längst nicht mehr stand. Auch der flache, ebene Untergrund der Innenräume war deutlich auszumachen.

»Es könnte einen Stall dahinter gegeben haben«, sagte sie. Irgendwie erfüllte sie dieser Ort unwillkürlich mit Ehrfurcht, sodass sie nur mit gedämpfter Stimme sprach. »Ich fand einige Metallstücke und Teile die von Zaumzeug herrühren könnten. Außerdem die Überreste eines Eimers.«

MacFarlane drehte sich langsam im Kreis und studierte den Grundriss des Gebäudes.

»Es hat einen anderen Grundriss als die Häuser im Ort«, murmelte er vor sich hin. »Völlig anders.«

Nachdem er ein paar Schritte gemacht hatte, um die Dimensionen grob abzumessen, blieb er unvermittelt stehen.

»Hast du das gehört?«

Audrey nickte mit großen Augen. »Bei Ihrem letzten Schritt. Es klang, als wäre der Untergrund hohl.«

Beide knieten sich auf den Boden und schoben Erde und verrottetes Laub fort. Audrey klopfte mit den Fingerknöcheln auf den Boden. Wieder hörten sie den hohlen Klang. MacFarlane war niemals ohne einen kleinen Handspaten am Gürtel unterwegs. Jetzt begann er, damit die Erde wegzukratzen. Es dauerte nicht lange und er stieß auf einen festen Widerstand – fest, aber nicht so hart wie Stein.

Während der Professor den Boden immer wieder auf den hohlen Klang hin überprüfte, legte er ein rechteckiges Stück frei, etwa vierzig mal fünfzig Zentimeter groß. Audrey beugte sich vor und fegte die verbliebene Erde weg. Nun blickten sie beide auf eine alte, ausgetrocknete Holzplatte, in die seitlich ein Messingring eingelassen war.

Vorsichtig schob MacFarlane seinen Handspaten unter die Platte, um sie anzuheben. Dabei splitterte das Holz entzwei und gab eine gemauerte Nische frei. Eine Nische, die eine alte Holzkiste mit Messingbeschlägen enthielt.

Erneut benutzte der Professor den Handspaten, um den Deckel der Kiste zu öffnen. Audrey legte eine Hand auf seinen Arm.

»Dürfen wir das denn wirklich machen?«, fragte sie. Soweit sie wusste, würde MacFarlane normalerweise niemals ein Artefakt so grob behandeln, sondern stets größte Sorgfalt walten lassen, um einen Fund vor Beschädigung zu schützen.

Der Professor begegnete ihrem Blick.

»Nein«, gab er zu. »Aber ich kann einfach nicht länger warten.«

Der Deckel ließ sich überraschend leicht öffnen.

Messingangeln, dachte MacFarlane. Wären sie aus Eisen gewesen, wären sie schon vor langer Zeit in rostigen Staub zerfallen. Vorsichtig und ohne seine Aufregung verbergen zu können, klappte er den Deckel zurück und spähte in die Kiste.

Sie war voller Pergamentseiten, Pergament, das nun

spröde und empfindlich dünn war. Behutsam holte er ein Blatt heraus. Die Ecken zerbröselten, doch das Innere blieb intakt. Er beugte sich vor und bemühte sich, die eng beschriebene Seite zu entziffern. Sorgsam studierte er andere Seiten. Dabei behandelte er das spröde Pergament mit routinierter Vorsicht, während er verschiedene Namen, Orte und Ereignisse entzifferte.

Dann legte er die Blätter genauso umsichtig wieder zurück und seine Augen funkelten vor Aufregung.

»Audrey«, sagte er, »ist dir klar, was wir gefunden haben?«

Sie schüttelte den Kopf. Die Reaktion des Professors ließ sie vermuten, dass dies etwas Großes war. Nein, dachte sie, mehr noch, es war etwas Beispielloses.

»Was ist es?«, wollte sie gespannt wissen.

MacFarlane legte den Kopf in den Nacken und lachte, immer noch selbst ungläubig.

»Wir haben nie herausfinden können, was aus ihnen geworden ist«, sagte er, und als sie den Kopf in einer unausgesprochenen Frage zur Seite legte, fuhr er fort.

»Die Waldläufer! Walt, Will Hallas und all die anderen. In den Chroniken wird nur bis zum Zeitpunkt ihrer Rückkehr von der Reise nach Nihon-Ja berichtet. Aber jetzt haben wir das hier.«

»Aber um was handelt es sich denn, Professor?«

MacFarlane lachte glücklich auf. »Es handelt sich um nichts weniger als die restlichen Geschichten, meine Beste! Wir haben die Legenden von Araluen gefunden!«

Tod eines Helden

Eins

Es waren drei lange, harte Tage gewesen.

Will war auf Patrouille gewesen und hatte die Dörfer in der Umgebung von Burg Redmont besucht. Das war etwas, was er regelmäßig tat, um mit den Dorfbewohnern und ihren Ältesten in Kontakt zu bleiben. Manchmal, das hatte er gelernt, konnte irgendwelcher Klatsch, der ihm ursprünglich völlig unwichtig erschienen war, sich später als nützlich erweisen, wenn es galt, Schwierigkeiten abzuwenden oder Streitigkeiten innerhalb des Lehens beizulegen.

Das gehörte dazu, wenn man ein Waldläufer war. Information, egal wie nebensächlich sie auf den ersten Blick zu sein schien, war lebenswichtig für einen Waldläufer.

Jetzt, spät am Nachmittag, als er müde zu seiner Hütte inmitten des Wäldchens ritt, war er überrascht, dass die Fenster erleuchtet waren und jemand auf der kleinen Veranda saß.

Die Überraschung verwandelte sich in Freude, als er Walt erkannte. Wills ehemaliger Lehrmeister war inzwischen ein seltener Gast in der Waldläuferhütte, da er die meiste Zeit in den Räumen verbrachte, die für ihn und Lady Pauline im Schloss zur Verfügung standen.

Will schwang sich aus dem Sattel und dehnte dankbar die müden Muskeln.

»Hallo«, grüßte er. »Was bringt dich denn hierher? Ich hoffe, du hast schon Kaffee aufgesetzt.«

»Der Kaffee ist fertig«, erwiderte Walt. »Kümmere du dich erst mal um dein Pferd, dann setz dich zu mir. Ich muss mit dir reden.« Seine Stimme klang leicht belegt.

Wills Neugierde war geweckt. Er führte Reißer sofort in den Stall hinter der Hütte, sattelte ihn ab, rieb ihn trocken und gab ihm Futter und frisches Wasser. Das kleine Pferd versetzte Wills Schulter einen dankbaren Stoß. Will tätschelte Reißer und kehrte dann auf die Veranda zurück.

Walt hatte zwei Tassen mit heißem Kaffee auf ein kleines Tischchen gestellt. Will setzte sich auf einen der mit Leinen bespannten Holzstühle. Dankbar nahm er einen Schluck des aufmunternden Getränks und spürte, wie Wärme seinen ausgekühlten Körper durchdrang. Der Winter nahte langsam und den ganzen Tag über hatte ein kalter, schneidender Wind geweht.

Will blickte Walt fragend an. Der graubärtige Waldläufer schien eigenartig unruhig. Und trotz seiner ursprünglichen Ankündigung, mit Will reden zu müssen, machte er keinerlei diesbezügliche Anstalten.

»Du wolltest etwas mit mir besprechen?«, erinnerte Will ihn.

Walt rutschte unbehaglich auf seinem Stuhl hin und her. Mit offensichtlicher Anstrengung begann er schließlich.

»Es gibt etwas, das du wissen solltest«, sagte er. »Etwas, das ich dir wahrscheinlich schon vor langer Zeit hätte erzählen sollen. Es war nur … ich weiß nicht … irgendwie schien nie der richtige Zeitpunkt zu sein.«

Wills Neugierde wuchs. Er konnte sich nicht erinnern, Walt jemals so nervös gesehen zu haben. Er wartete geduldig, um seinem Mentor Zeit zu geben, seine Gedanken zu ordnen.

»Pauline denkt, es ist an der Zeit, dir alles zu erzählen«, sagte Walt. »Und das meinte auch Arald. Sie wissen beide schon lange davon. Also möchte ich es einfach … hinter mich bringen.«

»Ist es etwas Schlimmes?«, fragte Will und Walt sah ihn jetzt zum ersten Mal direkt an.

»Ich bin mir nicht sicher«, antwortete er. »Jedenfalls könntest du es vielleicht schlimm finden.«

Einen Augenblick fragte sich Will, ob er wohl hören wollte, was Walt zu erzählen hatte – was immer es auch sein mochte. Doch als er Walts bedrückten Gesichtsausdruck bemerkte, wurde ihm klar, dass es, egal ob gut oder schlecht, etwas war, was sein alter Lehrer sich von der Seele reden musste. Also bedeutete er Walt fortzufahren.

Walt schwieg noch ein paar Sekunden, dann begann er:

»Es fängt wohl mit der letzten Schlacht gegen Morgaraths Armee an der Heide von Hackham an. Die gegnerischen Truppen befanden sich bereits auf dem Rückzug, doch dann erfolgte ein überraschender Gegenangriff. Wir hielten sie auf und drängten sie zurück, aber sie stürmten unsere rechte Flanke, wo sie eine Schwachstelle in unserer Verteidigungslinie entdeckten …«

Zwei

Südlich der Heide von Hackham

Sire! Wir haben Schwierigkeiten an der rechten Flanke!«

Duncan, der junge König von Araluen, vernahm den Ruf des Heralds über das schreckliche Lärmen der Schlacht hinweg. Das Klirren von Waffen und Schilden, die Schreie und Schluchzer der Verwundeten und Sterbenden, die harschen Befehle der Kommandeure und die undeutlichen Laute der Soldaten, die diese unwillkürlich von sich gaben, wenn sie mit dem Schwert zustießen oder auf den unerbittlichen Feind einschlugen, sorgten für einen fast ohrenbetäubenden Lärmpegel um sie herum.

Duncan führte noch einen weiteren Stoß gegen den zähnefletschenden Wargal vor sich, spürte, wie das Schwert traf, und sah, wie sich das Zähnefletschen in eine verblüffte Grimasse verwandelte, als die Kreatur merkte, dass dieser Stoß ihr Tod war. Die Wargals waren gedrungene, halbmenschliche Wesen, die seit Urzeiten in den abgeschiedenen Bergen gelebt hat ten. Doch dann hatte der aufständische Morgarath sie ausfindig gemacht und seiner Herrschaft unterworfen. Mit ihrer Hilfe hoffte er, Duncan vom Thron zu verjagen und dann selbst über Araluen zu herrschen.

König Duncan machte einen Schritt zurück und löste sich für einen Moment aus der Schlacht – sowohl körperlich als auch geistig.

Ein junger Ritter aus der Heeresschule von Araluen nahm sofort seinen Platz ein, schwang sein Schwert bereits in einem mörderischen Bogen, während er einen Schritt nach vorne machte und die vorderste Linie der Wargals ummähte, als schwinge er eine Sense durch langes Gras.

Duncan ruhte sich einen Moment aus, stützte sich auf seinem Schwert ab und atmete schwer. Er schüttelte den Kopf, um klarer zu werden.

»Sire! Die rechte Flanke …«, begann der Herald erneut, doch Duncan winkte ab.

»Ich habe es gehört.«

Vor drei Tagen hatte die Schlacht an der Heide von Hackham begonnen. Morgaraths Armee war durch einen von dem Waldläufer Walt angeführten Überraschungsangriff der Kavallerie aufgehalten worden und befand sich nun in vollem Rückzugsgefecht. Eigentlich hätte Morgarath aufgeben müssen. Sein anhaltender Widerstand kostete auf beiden Seiten nur immer mehr Opfer. Doch der aufständische Lord hatte sich noch nie darum geschert, Leben zu retten. Er wusste, dass er so gut wie besiegt war, wollte aber Duncan und seinen Männern noch so viel Schaden wie möglich zufügen. Einen Sieg sollten sie bitter bezahlen.

Was seine eigene Armee betraf, so kümmerten Morgarath die Verluste wenig. Sie war für ihn nur ein Werkzeug, und er war bereit, seine Leute weiter gegen die königliche Armee kämpfen zu lassen. Er würde Hunderte auf der eigenen Seite opfern, nur um dabei ebenso viele Opfer bei der Gegenseite zu verursachen.

Also hatte er sich nach Südosten zurückgezogen, dorthin, wo es ihm die örtlichen Gegebenheiten erlaubten, weitere mörderische Schlachten zu kämpfen. Den Ort dafür hatte er gut gewählt: ein schmales Tal zwischen zwei steilen Hügeln. Der vorausgegangene Regen hatte den Boden aufgeweicht, sodass Duncan seine Kavallerie nicht einsetzen konnte. Nun musste die Infanterie sich in harten, kräftezehrenden Gefechten gegen die Wargals behaupten.

Duncan war sich stets bewusst, dass Morgaraths Armee womöglich erneut die Oberhand gewinnen konnte, wenn er selbst nur einen einzigen Fehler machte. Das Glück im Kriege war eine flatterhafte Braut, und der Krieg, den Duncan gehofft hatte, an der Heide von Hackham bereits gewonnen zu haben, war leider noch nicht zu Ende. Duncan konnte immer noch durch einen unüberlegten Befehl oder ein nicht ausreichend durchdachtes Manöver den Sieg verspielen.

Stoßkraft und Dynamik, dachte der König. Beides war äußerst wichtig in einer solchen Situation, lebenswichtig. Man musste stets vorwärtsstürmen, um den

Feind zurückzudrängen. Ein Zögern, wenn auch nur für ein paar Minuten, konnte dem Gegner bereits den nötigen Vorteil bringen.

Er blickte nach links. Die Flanke auf dieser Seite – hauptsächlich Truppen aus Norgate und Whitby, verstärkt durch Truppen aus einigen der kleineren Lehen – drängte stark nach vorn. In der Mitte befanden sich die Truppen aus Araluen und Redmont, die ähnlich erfolgreich waren. Das war zu erwarten. Sie setzten sich aus den vier größten Lehen im Königreich zusammen und bildeten sozusagen das Rückgrat von Duncans Armee. Diese Ritter und Soldaten waren am besten ausgebildet und äußerst diszipliniert.

Die rechte Flanke war allerdings immer schon relativ schwach gewesen. Sie bestand aus einem Zusammenschluss der Lehen Seacliff, Aspienne und Culway, und da die drei Lehen alle ungefähr die gleiche Größe hatten, gab es unter ihnen keinen eindeutigen Anführer. Dies war auch der Grund, warum Duncan Heeresmeister Norman vom Lehen Aspienne als übergeordneten Kommandanten eingesetzt hatte. Norman war ein erfahrener Anführer, der in der Lage war, derart ungleiche Truppen zu vereinen.

Als läse er die Gedanken des Königs, fuhr der Herald fort:

»Heeresmeister Norman liegt im Sterben, Sire. Ein Wargal durchbrach die Linien und hat ihn mit einem Speer schwer verletzt. Norman wurde hinter die Linien gebracht, doch man bezweifelt, dass er noch lange leben wird. Die Heeresmeister Patrick und Marat sind sich nicht sicher, wie weiter zu verfahren ist, und das hat sich Morgarath zunutze gemacht.«

Natürlich hat Morgarath die Fahnen der kleineren Lehen auf dieser Flanke erkannt, dachte Duncan. Und natürlich hat er daraus geschlossen, welches Durcheinander er erzeugen kann, indem er den Kommandanten außer Gefecht setzt.

Zweifellos hatte der aufständische Lord eine seiner besten Kompanien geschickt, um die rechte Flanke anzugreifen, sobald Norman ausgeschaltet war.

Da haben wir die Dynamik wieder, dachte Duncan. Doch diesmal arbeitet sie gegen mich.

Er spähte angestrengt zum Kampfgetümmel an der rechten Flanke und konnte sehen, dass die vorderen Reihen nicht mehr nach vorne drängten, sondern die ersten Männer sogar zögernd zurückwichen. Er brauchte dort einen Kommandanten, und zwar schnell. Jemanden, der nicht zögerte. Jemanden mit der nötigen Autorität, um die Truppen zusammenzuhalten und wieder zum Angriff zu führen.

Suchend blickte er sich um. Arald von Redmont wäre seine erste Wahl gewesen. Doch Arald wurde gerade von den Heilern versorgt. Der Bolzen einer Armbrust hatte sein Bein getroffen, womit er für die restliche Schlacht außer Gefecht gesetzt war. Aralds junger Heeresmeister Rodney hatte seinen Platz eingenommen und kämpfte mit aller Kraft, um die araluanischen Truppen vorwärtszuführen. Er konnte hier nicht abgezogen werden.

»Sie brauchen einen Anführer ...«, sagte Duncan leise zu sich.

»Ich übernehme das«, antwortete eine ruhige Stimme hinter ihm.

Duncan drehte sich um und sah in die braunen Augen von Walt, dem Waldläufer. Der dunkle Bart und der ungekämmte Haarschopf verbargen den größten Teil seiner Gesichtszüge, doch sein Blick strahlte Selbstbewusstsein und Entschlossenheit aus. Dies war kein Mann, der sich über Kompetenzen stritt oder zögerte, eine Entscheidung zu treffen. Er würde handeln.

Duncan nickte. »Dann tut das, Walt. Die Truppe muss dringend wieder angreifen oder wir sind verloren. Sagt Patrick und Marat…«

Er musste nicht weiterreden. Walt lächelte grimmig.

»Oh, keine Sorge, ich werde ihnen schon sagen, was die Stunde geschlagen hat.« Damit schwang er sich auf sein zotteliges Pony und galoppierte zur rechten Flanke.

Drei

Abelards Hufe donnerten dumpf auf die weiche Erde, während Ross und Reiter zu dem gefährdeten Bereich vorstießen. Beim Näherkommen konnte Walt sehen, dass der gegnerische Vorstoß dort durch eine von Morgaraths Spezialeinheiten erfolgte. Die angreifenden Wargals rückten in Keilformation vor. Sie waren alle größer als normale Wargals und offensichtlich aufgrund ihrer Größe, Stärke und Bösartigkeit ausgewählt worden.

Sie rückten vor, als scherten sie sich keinen Deut um eigene Verluste. Ob Morgenstern, Axt oder schweres zweihändiges Schwert, sämtliche Waffen wurden geschwungen.

Einer nach dem anderen fielen die Männer der Armee von Araluen.

Walt war immer noch etwa vierzig Pferdelängen entfernt und ihm wurde klar, dass er zu spät käme. Wenn er nicht sofort etwas unternahm, wären die Linien durchbrochen.

Er zügelte Abelard und brachte ihn zum Stehen.

»Ruhig«, befahl er, und das kleine Pferd stand mit

einem Mal felsenfest, ohne auf den fürchterlichen Schlachtenlärm und den entsetzlichen metallischen Geruch frischen Bluts zu achten.

Walt nahm seinen Bogen und stellte sich in die Steigbügel, um zu schießen. Drei Pfeile befanden sich bereits in der Luft, noch bevor der riesige Wargal, der die Keilformation anführte, vom ersten Pfeil getroffen wurde. Walt hatte für diese Schlacht seinen mächtigsten Bogen gewählt. Vierzig Pferdelängen Entfernung waren für diese Waffe kein Problem. Der schwere Pfeil mit dem schwarzen Schaft durchschlug die mit Bronzeplatten besetzte Lederrüstung der Kreatur und brachte den Wargal sofort zu Fall. Dann trafen die nächsten zwei Pfeile in schneller Abfolge. Zwei weitere Wargals starben. Immer mehr Pfeile folgten, jeder mit einem Zischen und dem anschließenden tödlichen Einschlag. Walt leerte seinen Köcher und bot dabei ein beeindruckendes Schauspiel an Treffsicherheit.

Er zielte auf die Wargals an der Spitze der Formation, damit die Gefallenen das Fortkommen der Nachfolgenden behinderten. Solche Schüsse würde kein normaler Schütze auch nur versuchen. Er konnte es sich nicht leisten, sein Ziel auch nur einmal zu verfehlen. Dann hätte er seine Pfeile genauso gut gleich in die Rücken der araluanischen Soldaten schicken können, die den Wargals gegenüberstanden.

Doch Walt war kein normaler Schütze. Er schoss nicht daneben.

Sobald er seine Pfeile aufgebraucht hatte, drängte er Abelard aufs Neue vorwärts. Am Ende der Reihen angekommen, sprang er aus dem Sattel und lief weiter, um die kämpfenden Truppen zu Fuß zu unterstützen. Unterwegs blieb er nur kurz stehen, um einen runden Schild aufzuheben, der vor ihm im Gras lag. Die bei den Waldläufern übliche gekreuzte Schwertabwehr war gegen die schweren Waffen der Wargals nicht sinnvoll. Walt zögerte eine Sekunde und musterte ein langes Schwert, das neben der ausgestreckten Hand eines toten Ritters lag. Doch es war eine Waffe, mit der er nicht vertraut war, und so entschied er sich dagegen, auch das Schwert aufzuheben. Er war an sein Sachsmesser gewöhnt, dessen schwere, rasiermesserscharfe Klinge perfekt für den Nahkampf war. Er zog das schwere Messer aus der Scheide und schlängelte sich zwischen den Soldaten hindurch, um nach vorne zu rennen.

»Vorwärts!«, rief er. »Folgt mir! Wir müssen sie unbedingt zurückdrängen!«

Die Soldaten wichen zur Seite und ließen ihn durch, bis er in der vordersten Reihe angelangt war und sich einem zähnefletschenden Wargal gegenübersah. Die Kreatur war nicht einmal so viel größer als Walt, doch sie hatte unglaublich breite Schultern und wog wahrscheinlich doppelt so viel.

Der Wargal zog beim Anblick seines neuen Feindes die Lefzen hoch und bleckte die Reißzähne. Im nächsten Moment sauste bereits ein mit Nägeln gespickter Morgenstern in Walts Richtung.

Der Waldläufer duckte sich darunter hinweg, schnellte danach jedoch sofort wieder hoch und stieß sein Sachsmesser tief in die Rippen des Biestes.

Er sah ein Schwert von links kommen, das er mit dem Schild abwehrte, dann stieß er den riesigen Wargal zurück und zog sein Sachsmesser heraus. Das sterbende Ungeheuer stürzte zu Boden.

»Vorwärts!«, schrie Walt wieder und zog seine Klinge über die Kehle des nächsten Wargals, während er weiter nach vorn stürmte. Er wich einem Schwertstoß aus und stach zweimal blitzschnell auf den nächsten Feind vor sich ein. Noch während das Biest sich getroffen zusammenkrümmte, schob er es mit dem Schild zur Seite.

Die Wargals waren unglaublich stark, doch sie waren auch schwerfällig. Walt hingegen hatte die Geschwindigkeit und die Reflexe einer Schlange. Er duckte und drehte sich, hieb und stach unablässig zu und schlug so eine Bresche in die Reihen der Gegner. Nun spürte er jemanden hinter sich aufrücken und hörte eine Stimme, die seinen Ruf wiederholte.

»Vorwärts! Los, kommt, wir müssen sie zurückdrängen.«

Die araluanischen Soldaten hatten neuen Mut geschöpft, als erst ein Pfeilregen den Angriff der Wargals aufgehalten hatte und dann plötzlich Walt selbst aufgetaucht war, der sich ins Getümmel stürzte und den Kampf so wieder in die Reihen des Gegners hineintrug. Die Männer begannen erneut anzugreifen.

Walt warf einen kurzen Blick nach hinten, um zu sehen, wer ihn da so unerwartet unterstützte und die Soldaten anfeuerte. Einen Schritt hinter sich zu seiner rechten Seite erblickte er einen stämmigen Feldwebel, der mit einem Speer ausgestattet war. Noch während Walt zu ihm schaute, stieß der Mann mit dem Speer zu und durchbohrte einen Wargal. Dann grinste der Mann Walt an.

»Geh weiter, Waldläufer! Du stehst mir im Weg!«

Hinter ihm folgten andere Soldaten und bildeten nun ebenfalls eine Keilformation, um so immer tiefer in die Reihen der Wargals vorzustoßen.

Walt blickte wieder nach vorn. Ein Wargal kam auf ihn zu, die Axt zu einem tödlichen Schlag gehoben. Der Speer des Feldwebels sauste über Walts Schulter hinweg nach vorn und traf den Wargal in die Kehle.

»Danke!«, rief Walt, ohne sich umzusehen. Zwei weitere Gegner kamen auf ihn zu. Dem Schwertstoß des ersten wich er aus, merkte jedoch, wie sein Fuß umknickte, als er auf den Arm eines toten Feindes trat. Trotz aller Körperbeherrschung konnte er sich nicht mehr abfangen und fiel zu Boden.

Das Stolpern rettete Walt wahrscheinlich das Leben. Der zweite Wargal hatte nämlich bereits mit einer Keule nach ihm ausgeholt. Die Keule traf ihn zwar, doch sie zerschmetterte nicht gleich seinen Schädel. Allerdings fiel dem Waldläufer durch den heftigen Schlag sein Sachsmesser aus der Hand. Er versuchte sofort aufzustehen, wurde jedoch daran gehindert. Halb betäubt merkte Walt, dass der Wargal einen Fuß auf seinen Schild gesetzt hatte und so verhinderte, dass er sich wieder erheben konnte. Blinzelnd und immer noch benommen von dem Schlag blickte der Waldläufer hoch und sah die Keule erneut auf sich zukommen.

Das war's dann also, dachte er und fragte sich gleichzeitig, wie er seinem eigenen Tod so stoisch entgegensehen konnte. Hatte dieser brutale Schlag auf den Kopf womöglich bereits sein Denken verlangsamt? Er wartete ruhig, fast ergeben darauf, dass die Keule auf ihn niederdonnerte.

Doch stattdessen blitzte Metall über ihm auf, das Licht spiegelte sich noch kurz in einem Speerkopf, der sich gleich darauf in die Brust des Wargals grub. Die Wucht hinter dem Speer ließ die Kreatur zurückstolpern. Sie stieß einen heiseren Schmerzensschrei aus, fiel und verschwand damit aus Walts Blickfeld. Der Feldwebel machte einen großen Schritt über Walt hinüber, zog seinen Speer aus dem Körper des toten Wargals und stand breitbeinig da, um Walt vor weiteren Angriffen zu schützen. Erneut stieß er mit dem Speer zu und der nächste Wargal wich hastig zurück. Da krachte eine Streitaxt auf den Speerschaft herab und die schwere Eisenspitze wurde weggeschleudert.

Walt hatte das Gefühl, dass sich um ihn herum alles drehte. Er konnte nur verschwommen sehen. Der Schlag, den er abbekommen hatte, hatte zweifellos einen gewissen Schaden angerichtet. Seine Glieder waren schwach und er konnte einfach nicht die Kraft aufbringen, um sich zu erheben. Vor ihm schien sich alles wie in Zeitlupe abzuspielen.

Der Feldwebel warf einen Blick auf den abgehackten Speer und zuckte mit den Schultern. Er wirbelte den schweren Holzschaft wie eine Parierstange im Kreis und knallte ihn gegen den Helm eines anderen

Wargals. Dann hielt er den Schaft in beiden Händen und stieß damit von unten nach einem zweiten Gegner, trieb das Ende tief in den Bauch des Wargals.

»Pass auf!«, Walts Warnung war nicht mehr als ein Krächzen. Er hatte einen dritten Wargal gesehen, der hinter seinen Kumpanen verborgen am Boden kauerte, sein gezacktes Schwert bereit zum Zustoßen in der Hand.

Einer der verletzte Wargals zerrte an dem Schaft und brachte den Feldwebel so aus dem Gleichgewicht. Da schoss das gezackte Schwert auch schon vor wie eine bösartige Schlange. Hellrot floss das Blut aus der Seite des Feldwebels, wo das Schwert ihn getroffen hatte. Dennoch ließ er nicht nach. Er riss den Schaft aus dem Griff des Feindes und rammte ihn mit einer ausholenden Bewegung nach vorn, als werfe er einen Speer. Auf diese Weise traf er den Wargal, der ihn verwundet hatte, mit dem abgerissenen Ende des Schaftes geradewegs zwischen die Augen.

Der Wargal heulte auf und stürzte zu Boden, griff sich vergeblich an die Stirn und ließ dabei das Schwert fallen. Sofort ließ der Feldwebel den Schaft los und hob das Schwert auf. Jetzt schlug er mit unglaublicher Geschwindigkeit nach links und rechts und verletzte zwei weitere Wargals schwer. Einer fiel gleich dort, wo er stand, der andere stolperte auf seine Kumpane zu und riss dabei zwei von ihnen zu Boden. Der Feldwebel parierte einen kurzen Eisenspeer, mit dem er von rechts angegriffen wurde. Ein anderer Gegner kam von links und traf ihn am Oberschenkel. Noch mehr Blut floss. Dennoch kämpfte der Mann weiter. Er tötete den Wargal, dessen Speer ihn getroffen hatte, mit fast verächtlicher Leichtigkeit. Dann schlug und stieß er wieder mit dem Schwert nach beiden Seiten und schickte jeden Gegner zu Boden, der in seine Reichweite kam. Ein Messerstoß traf ihn in der Seite. Er achtete nicht darauf und mähte denjenigen, der den Messerstich angebracht hatte, mit dem Schwert nieder.

Da sah Walt etwas, was er nie geglaubt hatte, einmal sehen zu können.

Während der schwer blutende Feldwebel weiterkämpfte, wurden die Wargals von einer Welle der Furcht ergriffen.

Morgaraths Truppen, die er persönlich abgerichtet und ausgewählt hatte, die nichts fürchteten, außer Ritter zu Pferde, wichen vor dem blutenden Mann mit dem Schwert, der so vielen von ihnen den Tod brachte, zurück.

Und das war es, was den Männern der araluanischen Armee neuen Mut einflößte. Beherzt folgten sie nun dem Beispiel des Feldwebels. Er war schwer verwundet, doch er kämpfte weiter, bis seine Kameraden an ihm vorbeidrängten und mit triumphierenden Kriegsrufen erneut die demoralisierten Wargals angriffen.

Einen Augenblick lang stand der Feldwebel allein und ohne Gegner auf dem Schlachtfeld. Die zweite Reihe der araluanischen Krieger strömte an ihm vorbei, um die erste Reihe zu verstärken. Die Wargals traten völlig verwirrt mit heiseren, wortlosen Schreien den Rückzug an. Da gaben seine Knie nach und er sank zu Boden.

Das Schlachtengetümmel und der Lärm entfernten sich weiter von ihnen, rollten weg, gleich einer Welle. Endlich schaffte es Walt, seinen Arm aus dem Schild zu befreien, der immer noch vom schweren Körper des toten Wargals eingezwängt war. Er versuchte, sich auf die Füße zu stemmen, doch es gelang ihm einfach noch nicht. Stattdessen kroch er mit schmerzverzerrtem Gesicht zwischen den Körpern der Wargals, die sein Retter getötet hatte, hindurch zu dem am Boden liegenden Feldwebel.

Der Schwerverletzte atmete noch und drehte voller Schmerzen den Kopf, als der Waldläufer bei ihm war. Trotz seiner Schwäche brachte er ein mattes Lächeln zustande.

»Wir haben es ihnen gezeigt, Waldläufer, was?«

Walt konnte die Worte kaum hören, und seine eigene Stimme war ebenfalls nur ein schwaches Krächzen, als er antwortete: »Allerdings, das haben wir. Wie ist dein Name, Feldwebel?«

»Daniel.«

Walt fasste seinen Unterarm. »Halte durch, Daniel! Die Heiler werden bald hier sein.«

Er versuchte, so aufmunternd wie möglich zu klingen. Doch der Kamerad schüttelte den Kopf.

»Zu spät für mich.« Plötzlich stand eine gewisse Dringlichkeit in den Augen des Mannes. Er versuchte sich zu erheben, fiel aber wieder zurück.

»Ruh dich aus«, sagte Walt zu ihm, doch Daniel hob besorgt den Kopf und beugte sich zu ihm.

»Meine Frau …«, stieß er mühsam hervor. »Meine

Frau und das Kind… Versprich mir, dass du…« Er hustete und Blut floss sein Kinn hinab.

»Ich werde mich um sie kümmern«, versprach Walt. »Aber keine Sorge, du wirst bestimmt wieder gesund. Du wirst sie bald wiedersehen.«

Daniel nickte und ließ den Kopf zurückfallen. Noch einmal holte er zitternd Luft. Dann schien er sich zu entspannen und sein Atem wurde gleichmäßiger, als hätte Walts Versprechen ihm eine enorme Last abgenommen.

Walt hörte nun Stimmen und Schritte in der Nähe. Kurz darauf rollten sanfte Hände ihn zur Seite und er sah in die besorgten Gesichter von Heilern, die eine Trage neben ihm absetzten. Schwach deutete er auf Daniel.

»Mir geht es gut«, sagte er. »Kümmert euch zuerst um ihn.«

Einer der Heiler warf einen schnellen Blick auf Daniel, dann schüttelte er bedauernd den Kopf.

»Für ihn können wir leider nichts mehr tun«, sagte er. »Er ist tot.«

Vier

Walt erwachte. Im ersten Moment musste er überlegen, wo er war. Er lag auf dem Rücken und starrte auf das Dach eines großen Zeltes. In seiner Nähe bewegte sich jemand und sprach mit gedämpfter Stimme. Irgendwo weiter weg stöhnte ein anderer. Walt versuchte, den Kopf zu drehen, doch ein plötzlicher Schmerz hinderte ihn daran. Er fasste sich an die Stirn und ertastete einen dicken Verband.

Da kam die Erinnerung zurück: Der Kampf gegen die Wargals! Er erinnerte sich daran, erinnerte sich auch an die Keule, die ihn erwischt hatte. Das musste der Grund für die stechenden Kopfschmerzen sein, die er jetzt verspürte. Und er erinnerte sich an einen Feldwebel. Wie war sein Name gewesen? David? Nein! Daniel! Daniel hatte ihm das Leben gerettet.

Unvermittelt durchfuhr ihn eine unglaubliche Trauer, als ihm die Worte des Heilers einfielen. Daniel war tot.

Wie lange war er selbst überhaupt schon hier? Er wusste noch, dass er das Bewusstsein verloren hatte, als man ihn auf die Bahre gehoben hatte. All das schien nur wenige Minuten her zu sein. Walt versuchte aufzustehen, doch da breiteten sich die entsetzlichen Kopfschmerzen erneut hinter seinen Augen aus. Er stöhnte vor Schmerzen. Kurz darauf tauchte ein Gesicht über ihm auf.

»Ihr seid wach«, stellte der Pfleger fest und lächelte ihn aufmunternd an. Er streckte die Hand aus und legte sie auf Walts Stirn, um zu prüfen, ob er Fieber hatte. Anscheinend war er zufrieden und berührte anschließend nur leicht den Verband, um zu kontrollieren, ob dieser immer noch fest saß.

»Wie … lange …« Walts Stimme klang schleppend und seine Kehle war trocken und rau. Der Pfleger führte einen Becher Wasser an seine Lippen und hielt ihm den Kopf, damit er trinken konnte.

Das Wasser schmeckte wunderbar und fühlte sich herrlich in der Kehle an. Allerdings verschluckte Walt sich und hustete, sodass das Wasser wieder aus seinem Mund floss. Beim Husten rollte der Kopfschmerz erbarmungslos über ihn hinweg. Vor Schmerzen schloss er die Augen.

»Ihr spürt die Nachwirkungen immer noch, sehe ich«, stellte der Pfleger fest. »Nun, die Heiler meinten, ein ernsthafter Schaden läge nicht vor. Ihr müsst Euch nur noch ein paar Tage ausruhen, dann lassen auch die Kopfschmerzen nach.«

»Wie lange … bin ich schon hier?«

Der Pfleger runzelte nachdenklich die Stirn.

»Mal sehen. Ihr wurdet vorgestern Abend gebracht, also würde ich sagen, ungefähr sechsunddreißig Stunden.«

Sechsunddreißig Stunden! Er hatte eineinhalb Tage hier gelegen und geschlafen! Urplötzlich durchfuhr ihn eine furchtbare Sorge.

»Haben wir gesiegt?«, fragte er. Er erinnerte sich, dass die Wargals sich nach Daniels Angriff zurückgezogen hatten, doch wer wusste schon, ob das angehalten hatte. Der Heiler lächelte und nickte beruhigend.

»O ja, das haben wir. Morgarath und seine Kreaturen wurden gründlich geschlagen. Wie ich hörte, hattet Ihr auch einen nicht unwesentlichen Anteil daran?«

Der letzte Satz war eher eine Frage, als wolle er gern mehr von Walts Einsatz in der Schlacht hören. Doch der Waldläufer winkte ab.

»Sind wir immer noch bei Hackham?«, wollte er wissen.

»Ja. Die Kavallerie hat natürlich die Verfolgung des Feindes aufgenommen. Doch der Rest der Armee ist noch hier. Allerdings nicht mehr lange. Morgen beginnt der Abmarsch.«

»Abmarsch wohin?«

»Wir befinden uns bereits in der Demobilisierung. Der Krieg ist so gut wie vorbei. Die Männer werden zu ihren Bauernhöfen und Familien zurückkehren. Und das wird auch langsam Zeit.«

Bauernhöfe und Familien. Die Worte lösten eine weitere Erinnerung bei Walt aus. Daniel hatte von einer Frau und einem Kind gesprochen. Und Walt hatte ihm versprochen, sich um sie zu kümmern. Doch jetzt wurde ihm klar, dass er keine Ahnung hatte, wo er sie finden sollte. Und wenn die Armee wirklich in Kürze aufgelöst wurde und er somit keinen Ansprechpartner mehr hatte, würde er sie vielleicht nie finden. Kurz entschlossen setzte er sich auf und schwang die Beine über die Seite der Liege, krümmte sich jedoch sofort zusammen, als der unglaubliche Schmerz wieder einsetzte. Der Pfleger versuchte Walt zurückzuhalten.

»Bitte! Ihr müsst liegen bleiben, Waldläufer! Ihr müsst Euch ausruhen.«

Doch Walt hielt sich am Arm des Pflegers fest und schaffte es, schwankend neben dem Bett zu stehen. Er blinzelte einige Male. Die Schmerzen ließen etwas nach, waren jedoch immer noch da.

»Ich habe keine Zeit«, entgegnete er. »Gebt mir etwas gegen diese Kopfschmerzen. Ich muss herausfinden, wo er wohnte.«

Er erinnerte sich daran, dass die Männer der rechten Flanke, zu denen er geschickt worden war, eine zusammengewürfelte Truppe aus Seacliff, Aspienne und Culway waren. Auf seinem Weg durch die vordersten Reihen, hatte er auf den Jacken der Soldaten ein Wappen mit einem schwarzen Dachs wahrgenommen. Auch bei Daniel! Walt hatte keine Ahnung, welche Einheit unter diesem Wappen marschierte, also machte er sich auf den Weg ins Kommandozelt, zum Heeresmeister des Königs.

Als er das Kommandozentrum erreichte, erfuhr er, dass der Heeresmeister nicht mehr anwesend war. Natürlich hatte er die Verfolgung von Morgarath und seinen Wargals aufgenommen, die sich in die südöstliche Ecke des Königreichs zurückgezogen hatten. Doch sein Sekretär war noch da, listete Verluste und mögliche Beförderungen auf und versuchte, sich einen Überblick über die Lage zu verschaffen. Er blickte hoch, als Walt eintrat, und lächelte voller Anteilnahme. Die ganze Armee hatte von Walts Heldentaten während der Schlacht gehört.

»Guten Morgen, Waldläufer«, grüßte er. Im nächsten Moment bemerkte er den blutdurchtränkten Verband und sah, wie Walt schwankte und sich am Tisch festzuhalten versuchte.

»Alles in Ordnung mit Euch?«, fragte er besorgt, stand auf und beeilte sich, einen Hocker für Walt zu finden. Der Waldläufer ließ sich dankbar darauf nieder und musste mehrmals blinzeln. Seine Sehfähigkeit war immer noch eingeschränkt. Er hoffte, dass dieser nebelhafte Film vor den Augen nur vorübergehend war, denn sonst würde er nie mehr mit Pfeil und Bogen schießen können.

»Nur Kopfschmerzen«, winkte er ab. »Ich brauche aber dringend ein paar Informationen. Ich hatte das Kommando über die Truppen am rechten Flügel in der letzten Phase der Schlacht übernommen ...«

»Das habt Ihr tatsächlich«, fiel ihm der Sekretär begeistert ins Wort. »Die ganze Armee spricht davon.«

»Da gab es einen Soldaten. Einen Feldwebel namens Daniel. Er war es, der den Angriff fortsetzte, als ich am Boden lag. Hat irgendjemand seinen vollen Namen erwähnt oder könnte irgendwo notiert sein, woher er stammt?«

Der Sekretär schüttelte den Kopf. »Ich verfüge leider nicht über die Unterlagen von sämtlichen Kompanien. Die werden von jeder Streitkraft für die eigenen Männer angefertigt. Welcher Einheit gehörte er denn an?«

»Das weiß ich nicht. Sie hatte einen schwarzen Dachs im Wappen.«

Der Sekretär überlegte einen Moment mit angestrengt zusammengekniffenen Augen, dann entspannten sich seine Gesichtszüge wieder. »Einen schwarzen Dachs? Das müsste dann die Kompanie von Hauptmann Stanton aus dem Lehen Aspienne sein. Die lagert drüben im Norden, auf einer Anhöhe. Stanton wurde schwer verwundet, bevor Ihr seinen Männern zu Hilfe kamt. Deshalb wurde er zurück auf Burg Aspienne gebracht. Aber sein Adjutant müsste Euch helfen können.«

»Vielen Dank für die Auskunft.« Walt verließ das Zelt, blieb dann einen Moment stehen und blickte nach Norden. Auf einem niedrigen Hügel, etwa eine viertel Meile entfernt, gruppierten sich verschiedene Zelte um eine Flagge. Trotz der Entfernung und seiner eingeschränkten Sicht konnte er etwas Dunkles in der Flagge erkennen, das tatsächlich ein schwarzer Dachs sein mochte. Also machte er sich auf den Weg dorthin.

Wie es der Brauch war, markierte die Flagge das Zelt des Kommandanten. Beim Näherkommen konnte Walt sich davon überzeugen, dass er richtig vermutet hatte: Auf der Fahne befand sich ein schwarzer Dachs. Am offenen Eingang blieb er stehen. Das Kommandozelt war größer als die schlichten Viermannzelte, die es umgaben. Von hier aus befehligten der Kommandant und sein Stab die Truppen. Das Zelt wurde also als Kompanieverwaltung genutzt. Rückwärtig war ein Teil abgetrennt, der als Schlaf- und Wohnquartier des Kommandanten diente und jetzt, da der Befehlshaber im Lazarett lag, vermutlich frei war.

An einem Tisch im vorderen Bereich saß ein stämmiger, grauhaariger Mann mit der unübersehbaren Ausstrahlung von Autorität und Erfahrung – zweifellos der Adjutant, den der Sekretär erwähnt hatte. Er blickte auf, als Walt ins Zelt trat, und musterte den Umhang des Waldläufers und den Verband um seinen Kopf.

»Ihr seht aus, als wärt Ihr im Krieg gewesen«, sagte er mit einem Grinsen.

Walt gestattete sich ein schwaches Lächeln. »Richtig. Im gleichen, in dem Ihr auch wart. Aber jetzt versuche ich, die Heimatadresse eines Eurer Männer herauszufinden. Es geht um einen Feldwebel namens Daniel.«

Das Grinsen schwand sofort und der Adjutant schüttelte traurig den Kopf. »Daniel? Ein guter Mann! Wir haben ihn leider in der letzten Schlacht verloren.«

»Ich weiß. Er hat mir das Leben gerettet, bevor er starb.«

Der ältere Mann betrachtete Walt nun mit neuem Interesse. »Oh«, sagte er, »dann seid Ihr also dieser famose Waldläufer, nicht wahr?« Er erhob sich von seinem Stuhl hinter dem Tisch und streckte Walt die Hand entgegen. »Es ist mir eine Ehre, Euch kennenzulernen. Mein Name ist Griff.«

Walt wechselte fast verlegen von einem Fuß auf den anderen. Er stand nicht gern im Mittelpunkt. Das war einfach nicht seine Art. Er zog es vor, sich unauffällig zu bewegen und so weit wie möglich unbemerkt zu bleiben. Doch er schüttelte die Hand des Mannes.

»Ich heiße Walt«, stellte er sich vor.

Griff bat ihn, Platz zu nehmen, und setzte sich selbst ebenfalls. Nachdenklich kratzte er sich am Kinn.

»Ich fürchte, ich kann Euch nicht sehr viel erzählen. Die Mobilmachung verlief ziemlich überstürzt und Daniel war neu im Lehen. Er und seine Frau waren erst kurz vor Kriegsausbruch aus Norgate zugezogen.« Er deutete auf die Stöße von Papieren und Pergamentrollen auf dem Tisch. »Wir mussten so schnell losmarschieren, dass wir keine Zeit hatten, alle Einzelheiten über die Herkunft der Männer aufzuschreiben. Ich versuche gerade nachzuholen, was irgend möglich ist.«

»Könnt Ihr mir irgendetwas über diesen Daniel sagen?«, fragte Walt.

»Soweit ich weiß, bewirtschaftete er einen Bauernhof im südöstlichen Teil von Aspienne. Aber wo genau, das ist mir leider nicht bekannt.«

»Hatte er vielleicht Freunde in der Kompanie, die es wissen könnten?«

Der Adjutant hob bedauernd die Hände, noch bevor Walt die Frage überhaupt beendet hatte.

»Könnte sein, obwohl er sich als Feldwebel wohl etwas abseits von den gemeinen Soldaten gehalten haben dürfte. Am besten fragt Ihr noch einmal unter den Männern nach. Daniel hatte das Kommando über die sechste Gruppe. Ihr werdet sie ein paar Reihen weiter hinten finden.«

»Ich danke Euch vielmals.« Walt erhob sich und verzog unwillkürlich das Gesicht, als der Schmerz durch seinen Kopf zuckte. Mit einer Hand stützte er sich auf dem Tisch ab.

Griff sah ihn besorgt an. »Solltet Ihr wirklich schon auf sein und herumlaufen? Ihr seht noch nicht sehr gut aus.«

Walt schüttelte den Kopf – und wünschte sofort, er hätte es unterlassen. »Mir geht es gut«, versicherte er. »Bin nur ein klein wenig angeschlagen. Draußen an der frischen Luft fühle ich mich besser als im stickigen Zelt eines Heilers.«

»Das stimmt wahrscheinlich.« Griff blickte unwillkürlich zurück auf seinen Schreibtisch mit all den Papieren, als hoffte er, sie hätten sich während seines Gesprächs von selbst erledigt. Dann fuhr er fort: »Tja, es tut mir leid, dass ich Euch nicht mehr zu Diensten sein konnte.«

Walt hob dankend die Hand. »Jede noch so kleine Information hilft.«

Suchend lief er nun zwischen den Zeltreihen entlang. Vor einem davon saßen drei Soldaten in der Sonne. Ein gewisses Misstrauen war in ihren Augen zu lesen, denn auch wenn die Offiziere der Armee das

Können der Waldläufer zu schätzen wussten, fühlten sich die normalen Soldaten in ihrer Nähe meist unwohl. Walt kannte die wilden Gerüchte, die zirkulierten. So wurde erzählt, dass die Waldläufer angeblich Schwarze Magie ausübten.

»Guten Morgen«, grüßte er.

Die Männer nickten und reckten die Hälse. Einer flickte einen Riss in einer Weste, ein Zweiter schnitzte an einem Stock und ein Dritter kaute ausgiebig auf einem Stück Trockenfleisch herum. So wie es aussah, konnte man meinen, das Trockenfleisch leiste ausgiebig Widerstand.

Walt deutete auf einen freien Hocker in der Nähe. »Was dagegen, wenn ich mich einen Moment dazu setze?« fragte er.

Der Mann, der seine Weste flickte, machte eine Kopfbewegung Richtung Hocker.

»Warum nicht?«, erwiderte er. Sein Ton war weder einladend noch ablehnend.

Sein Kamerad mit dem Trockenfleisch starrte Walt stirnrunzelnd an.

»Ich kenne Euch ...«, sagte er nachdenklich und man merkte ihm an, wie er überlegte. Dann fiel es ihm ein. »Ihr habt uns in der Schlacht unterstützt!«, rief er aus. »Wir wurden zurückgedrängt und plötzlich wart Ihr da und habt uns wieder nach vorne gebracht. Das war eine beeindruckende Leistung. Wirklich beeindruckend!« Der Mann drehte sich jetzt zu den anderen. »Habt ihr das nicht gesehen? Zuerst hat er mindestens ein Dutzend Wargals mit Pfeil und Bogen erledigt und danach ist er geradewegs auf sie losgegangen und hat mit dem Messer um sich gestochen. Und seht ihn euch an! Er ist ja kaum größer als ein Junge.«

Bei dieser Aussage hob Walt eine Augenbraue. Er war zwar nicht der Größte, aber dies schien ihm nun doch etwas übertrieben. Ihm war aber klar, dass dies nicht als Beleidigung gedacht war, also ging er auf die Bemerkung nicht weiter ein.

»Euer Feldwebel hat mir geholfen«, sagte er.

Sein Gegenüber nickte heftig. »Das hat er! Er hat weitergekämpft, als Ihr zu Boden gegangen seid. Muss auch mindestens ein Dutzend von denen niedergemacht haben!«

Walt lächelte. Der Mann neigte zur Übertreibung.

»Er hat hervorragende Arbeit geleistet«, stimmte er jedoch zu.

Der Mann drehte sich zu seinen Freunden. »Habt ihr das auch gesehen?«

Beide schüttelten die Köpfe.

»Wir waren weiter rechts«, antwortete der mit der Weste. »Alles was wir sahen, war, dass die Front schon dabei war, sich aufzulösen, als es plötzlich doch wieder vorwärtsging. Und dann mussten nicht wir fliehen, sondern die Wargals.«

Doch die Frage des Kameraden mit dem Trockenfleisch war eigentlich nur rhetorischer Natur gewesen. Der Mann war nur zu erpicht darauf, seine Geschichte zu erzählen.

»Der Feldwebel hat vier oder fünf mit seinem Speer erwischt. Als ihm einer die Speerspitze abschlug, kämpfte er mit dem bloßen Holz weiter und mähte die Wargals nieder. Dann packte er ein Schwert und tötete mindestens acht oder neun, bis sie ihn erwischten.« Er blickte zu Walt zur Bestätigung. »Ihr habt es doch auch gesehen, Waldläufer! Wie viele waren es, meint Ihr?«

»Wie Ihr sagtet, mindestens acht oder neun«, sagte Walt. Er sah keinen Grund, dem Mann zu widersprechen. Die Atmosphäre war plötzlich deutlich freundlicher. »Ich wüsste gern etwas mehr über ihn«, erklärte er. »Hat jemand eine Ahnung, woher er kam?«

Zu seiner Enttäuschung verzogen alle drei bedauernd das Gesicht.

»Tut mir leid«, sagte der Mann, der Daniels Taten und Mut so gelobt hatte. »Er war neu in der Gegend und auch in der Einheit. Wurde aber ziemlich schnell befördert.«

»Stimmt«, bestätigte einer der anderen und legte die geflickte Weste beiseite. »Der Hauptmann war von seinem Einsatz begeistert und machte ihn dann auch gleich zum Feldwebel. Anscheinend hatte er in Norgate schon Erfahrungen in der Armee gesammelt, bevor er nach Aspienne kam.«

»Er wurde so schnell befördert, dass wir eigentlich gar keine Zeit hatten, ihn näher kennenzulernen«, sagte der Mann, der geschnitzt hatte. »Ich hörte, wie er mal einen Bauernhof erwähnte …«

Er brach ab. Offenbar wusste er nicht so recht, was er noch sagen sollte. Ein unangenehmes Schweigen breitete sich aus. Walt stützte sich ab, um vom Hocker aufzustehen, sehr frustriert, dass seine Bemühungen,

Daniels Familie ausfindig zu machen, anscheinend zur Erfolglosigkeit verdammt waren. Da fiel jedoch einem der Männer noch etwas ein. »Ihr könntet es bei Kord und Jerrel versuchen«, sagte er. »Die könnten etwas wissen.«

»Wenn sie es Euch dann auch verraten«, warf der Mann mit der Weste ein. Walt blickte fragend von einem zum anderen. »Ich habe das Gefühl, Ihr mögt die beiden nicht gerade?«

Die drei Männer tauschten Blicke aus. Dann antwortete derjenige, der ursprünglich die beiden Namen genannt hatte.

»Es sind zwei ziemliche Gauner. Sie spielen gern mit Würfeln. Anfangs versuchten sie, sich mit Daniel anzufreunden, luden ihn ein mitzuspielen. Ich vermute, dass sie ihn zunächst gewinnen ließen, um sich bei ihm einzuschmeicheln. Doch er durchschaute ihre Spielchen und bald bekamen sie ausreichend anstrengende Pflichten übertragen. Also war die Freundschaft schnell vorbei.«

»Und wie kommt Ihr darauf, dass sie wüssten, wo er wohnte?«, fragte Walt.

Wieder gab es eine unangenehme Pause. Schließlich sprach der Holzschnitzer.

»Das wollen sie immer von allen wissen. Ständig stellen sie einem Fragen, woher man kommt und was man zu Hause so macht. Ich kann nichts beweisen, aber ich schätze, sie haben sich alles notiert, um nach dem Krieg dorthin zu gehen und die Leute zu bestehlen.«

»Besonders die Familien jener, die in der Schlacht

umkamen«, warf der mit der Weste aufgebracht ein. »Schließlich sind die dann leichte Beute. So etwas ist ihnen jedenfalls zuzutrauen, jawohl. Und deswegen wissen sie wahrscheinlich, wo der Bauernhof von Daniel ist.«

»Das Problem wird sein, sie dazu zu bekommen, es Euch zu verraten«, sagte der mit dem Trockenfleisch und die anderen nickten.

Walt sah in ihren Gesichtern den Abscheu, den die Männer für diese beiden Halunken namens Kord und Jerrel verspürten.

»Wie könnte ich die beiden denn kennenlernen?«, fragte er.

Der Mann mit der Weste wiegte den Kopf.

»Am besten würfelt Ihr mit ihnen«, sagte er. »Aber passt auf, dass sie Euch nicht das letzte Hemd abnehmen.«

Fünf

Der Soldat Jerrel arbeitete an einem Würfelpaar. Den ersten Würfel hatte er bereits fertig und mit dem zweiten würde er auch nicht mehr lange brauchen. Er feilte sorgfältig an zwei der scharfen Kanten, rundete sie leicht ab, damit sie mit großer Wahrscheinlichkeit auf die vorbestimmte Seite fielen und öfter als normalerweise eine Sechs zeigten. Diese Methode, die Würfel zu präparieren, war nicht so verlässlich wie seine ursprüngliche. Dabei hatte er vorsichtig Gewichte in die Würfel eingebracht, damit sie mit der vorbestimmten Seite nach oben fielen. Doch die Abrundung der Kanten steigerte immerhin seine Gewinnchancen.

In seiner Tasche hatte er noch ein Paar der Würfel mit besonderem Gewicht, sorgfältig austariert, um eins und zwei zu zeigen. Doch Würfel mit Gewichten zu präparieren war eine nicht ganz einfache Angelegenheit. Es machte mehr Arbeit und vor allem dauerte es, bis man alle verräterischen Zeichen wieder entfernt hatte. Sein anderes Paar war dummerweise erst vor Kurzem von einem vorbeikommenden Offizier konfisziert worden. Deshalb musste er nun mit dem Abrunden Vorlieb nehmen, um Ersatz zu schaffen. Man brauchte zwei Paar präparierte Würfel, um ein Opfer auszunehmen. Das eine Paar benutzte man, um das Opfer an die Angel zu bekommen, indem man es die ersten Male gewinnen ließ. Wenn derjenige dann dachte, er hätte eine Glückssträhne, schlug man vor, die Einsätze zu erhöhen. Sobald er einverstanden war, vertauschte man die Würfel, sodass das Opfer auf einmal nur noch Pech hatte.

Ein Schatten fiel in den Zelteingang und Jerrel schob den Würfel und die kleine Feile hastig unter eine Decke. Einen Moment lang war der Zelteingang ausgefüllt von einem zögernd eintretenden Mann. Jerrel blickte missmutig auf. Der Neuankömmling trug einen Leinensack, in dem sich wohl seine Habseligkeiten befanden, und dazu ein Schwert im Schwertgurt. Gekleidet war er in die Uniform eines Soldaten mit dem schwarzen Dachs auf der linken Brustseite. Unschlüssig blickte der Fremde sich im Zelt um. Dann sah er eine leere Matratze, auf die er seine Habseligkeiten fallen ließ.

»Wer zum Teufel bist du denn?«, fragte Kord. Er hatte auf seiner Matratze auf der gegenüberliegenden Seite des Zeltes gelegen und die Abneigung in seiner Stimme war unüberhörbar. Er und Jerrel hatten es genossen, das Zelt für sich zu haben. Ihre Zeltgenossen waren in der Schlacht getötet oder verwundet worden. Jetzt bekamen sie anscheinend neue Gesellschaft.

»Heiße Arratay«, stellte sich der Neuankömmling

vor. »Wurde von der zweiten Einheit verlegt. Der Hauptmann befahl mir, hier Quartier zu nehmen.«

Er war ein relativ kleiner Mann, fast zierlich, aber mit breiten Schultern und kräftigen Oberarmen. Sein Bart und sein Haar waren schlecht geschnitten und verfilzt. Um den Kopf hatte er einen blutdurchtränkten Verband. Das Haar darüber war schwarz, die Augen waren ebenfalls dunkel und hatten einen durchdringenden Blick.

Wie ein Raubvogel, dachte Jerrel und musste grinsen. Es war eher wahrscheinlich, dass der Fremde selbst Opfer eines Raubes wurde – sobald die Würfel zu Ende präpariert waren.

Dennoch wollte Jerrel den Fremden nicht im gleichen Zelt haben.

»Such dir ’ne andere Koje«, fuhr er ihn an. »Unser Zelt ist voll besetzt.«

»Aber ihr seid doch nur zu zweit«, wandte Arratay völlig zutreffend ein und sah sich im Zelt um.

»Du hast ihn doch gehört«, fuhr Kord ihn an. »Und jetzt schau, dass du weiterkommst.«

Arratay zuckte mit den Schultern. »Wenn du meinst…«

»Tu ich«, sagte Kord. »Also hau ab!«

Mit einem Schulterzucken nahm der Neuling seinen Leinensack und verließ das Zelt.

Jerrel grinste Kord an. Das war einfach, dachte er. Gleich darauf verzog er jedoch das Gesicht, als er eine laute Stimme vor dem Zelt hörte.

»Du da! A-rattee – oder wie du dich nennst! Wo

willst du denn hin? Hab ich dir nicht gesagt, du sollst dich im Zelt dreiundvierzig stationieren?«

»Das Zelt ist voll, Adjutant Griff«, erwiderte Arratay.

»Den Teufel ist es!« Kord und Jerrel tauschten genervte Blicke aus, als sie hörten, wie Schritte sich näherten. Dann wurde die Zeltklappe zurückgeschlagen und die untersetzte Gestalt von Adjutant Griff erschien im Eingang.

»Voll, voll! Was soll das heißen: voll? Voll hab ich höchstens die Schnauze!« Er sah die beiden Zeltinsassen aufgebracht an. »Ihr zwei macht Platz!«, bellte er.

»Zu Befehl, Adjutant Griff«, antwortete Jerrel mürrisch. Kord stieß ein nicht weniger mürrisches Grunzen hervor. Als Arratay wieder ins Zelt trat, stellte sich Griff mit in die Seiten gestemmten Händen vor ihn.

»Und was dich betrifft, du kannst dich sofort in der Feldküche melden und den restlichen Tag Kochtöpfe schrubben. Dann merkst du dir vielleicht das nächste Mal, dass man in der Armee immer das tut, was einem befohlen wird. Verstanden?«

»Ja, Adjutant Griff«, antwortete der schmächtige Mann mit niedergeschlagenem Blick und vermied es, dem aufgebrachten Offizier in die Augen zu sehen. Doch als Griff hinausmarschierte, machte er hinter dessen Rücken eine beleidigende Geste. Mit einem Schulterzucken drehte er sich zu Jerrel und Kord.

»Tut mir leid«, sagte er.

Jerrel und Kord sahen sich kurz an, dann stand Jerrel auf, nahm Arratays Sack und legte ihn auf eine freie Matratze.

»Kann man nichts machen. Griff ist einfach ein echter Vollidiot. Sieh lieber zu, dass du in die Feldküche kommst, sonst tritt er dir gleich wieder auf die Füße.«

Er warf Kord einen Blick zu. Sobald Arratay weg wäre, könnten sie seine Sachen durchsuchen und schauen, ob es irgendetwas gab, was es wert war, gestohlen zu werden.

Kord nickte unauffällig. Er hatte den gleichen Gedanken.

Arratay seufzte und drehte sich um. Als er am Zelteingang war, rief Kord ihm nach: »Vielleicht hast du ja nach der Arbeit Lust auf ein kleines Würfelspiel?«

Arratay nickte mit einem Lächeln. »Das hört sich nach jeder Menge Spaß an.«

In gespielter Ratlosigkeit hob Kord ausholend die Hände.

»Schon wieder so ein Wurf! Hast du immer so viel Glück, Arratay?«

Der schmächtige Soldat grinste glücklich, während er seinen Gewinn einstrich. Er hatte dreimal nacheinander die meisten Punkte erwürfelt und jetzt lag ein respektabler Stoß an Münzen auf dem niedrigen Tisch, an dem sie saßen.

»Ist wohl einfach mein Glückstag«, sagte er, schob einen neuen Wetteinsatz vor und schüttelte die Würfel in der Tasse. Die viereckigen Knochenstücke klapperten, dann schüttete er sie auf den Tisch.

»Schon wieder zweimal die Sechs!«, rief Jerrel aus. »Ich glaube es einfach nicht!« Er blickte zu Kord. »Anscheinend haben wir einen Profi ins Zelt bekommen.« Kord nickte düster, doch Arratay lachte nur.

»Damit kannst du gewiss nicht mich meinen. Für mich gibt es immer nur ein ordentliches Leben und ein sauberes Gewissen, das ist alles. Sollen wir die Einsätze erhöhen?«, fügte er beiläufig hinzu. Der schnelle, verstohlene Blick, der zwischen den beiden Männern ausgetauscht wurde, entging ihm nicht.

Kord stimmte nach einem kurzen, gespielten Zögern zu. »Na ja, es ist wahrscheinlich verrückt, aber warum nicht? So haben wir vielleicht eine Chance, etwas von unserem Geld zurückzugewinnen.«

»Oder ich nehme euch noch schneller alles ab«, grinste Arratay. Er schob wieder seinen Wetteinsatz in die Mitte, wartete, bis die anderen ihren Einsatz gemacht hatten, dann würfelte er erneut. Elf dieses Mal, aber dennoch schon so gut wie gewonnen.

»Kannst du nichts anderes als Fünfen und Sechsen würfeln?«, sagte Jerrel.

»Nicht, wenn ich einen so guten Lauf habe.« Arratay grinste. Doch seine Augen wurden schmal, als er merkte, dass Kord ihn diesmal nicht selbst die Würfel einsammeln ließ, sondern sie blitzschnell eingesammelt hatte und sie ihm dann reichte.

Er hat den Austausch vorgenommen, registrierte Walt, um den es sich hier natürlich in Wirklichkeit handelte. Er nahm die Würfel, warf sie in die Tasse, schüttelte und ließ sie auf den Tisch rollen.

Seine beiden Spielgenossen johlten ironisch, als die Würfel diesmal eine zwei und eine Eins zeigten.

»Drei!«, sagte Jerrel. »Und das wurde auch wirklich Zeit!«

Es war ein äußerst einfaches Spiel. Mit Elf und Zwölf gewann man automatisch. Zwei und Drei verlor. Jede andere Zahl galt nicht. Der Spieler würfelte einfach noch einmal, bis er verloren oder gewonnen hatte. Walt schnitt eine Grimasse, als sein Geld eingestrichen wurde. Die Würfel wurden an Jerrel weitergegeben, der eine Sechs warf. Dann eine Vier, dann eine Zwei. Walt gewann einen kleinen Teil dessen zurück, was er bei seinem letzten Wurf verloren hatte. Kord nahm die Würfel und steckte sie umständlich in die Tasse.

Er hat sie wieder vertauscht, merkte Walt und sah seine Vermutung bestätigt, als Kord eine Elf und dann eine Zwölf würfelte, bevor er die Würfel erneut tauschte und verlor. Während er die Würfel an Walt weiterreichte, tauschte er sie noch einmal gegen das Gewinnerpaar aus. Die beiden Betrüger wollten nicht, dass dieser Mann, den sie als Arratay kannten, zu rasch die Begeisterung für das Würfelspiel verlor. Das Spiel ging weiter, Walt gewann einige Runden und verlor wieder einige, aber im Großen und Ganzen hatte er immer noch etwas mehr gewonnen als verloren.

Die beiden Betrüger versuchten, ihn mit Wein betrunken zu machen. Doch Walt schaffte es, seinen Krug heimlich in einen alten Stiefel zu entleeren, wenn sie nicht hinsahen. Natürlich gab er vor, immer betrunkener zu werden, sprach undeutlich und lachte wie närrisch, wenn er gewann.

»Großer Tag morgen«, sagte er, nachdem sie eine Weile gespielt hatten. »Wir müssen bald aufstehen und ziehen weiter nach Süden.«

Seine beiden Zeltgenossen reagierten darauf überrascht.

»Nach Süden?«, wiederholte Kord. »Wieso nach Süden? Wir sollen doch bald entlassen werden.«

Walt schüttelte den Kopf und stierte sie an.

»Hat sich geändert, jawoll, geändert«, sagte er und tippte sich vielsagend mit dem Zeigefinger gegen die Nase. »Die Wargals ergeben sich nicht so schnell wie gedacht. Morgarath hat sie wieder fest unter Kontrolle und Duncan braucht zusätzliche Männer. Das sind wir«, fügte er nach einer Pause hinzu.

Diese Neuigkeiten zeigten die Wirkung, die Walt beabsichtigt hatte. Kord und Jerrel tauschten einen Blick aus und wollten mehr darüber wissen.

»Woher hast du das?«, fragte Jerrel.

Walt deutete mit dem Daumen über seine Schulter in Richtung Feldküche.

»Aus der Feldküche«, sagte er. »Die Köche haben Extrarationen geliefert bekommen, die sie für uns vorbereiten sollen.«

Jetzt sahen die beiden Gauner ernsthaft besorgt drein. An dem Tratsch aus der Küche war meist etwas dran. Walt hatte natürlich gar keine solchen Gerüchte gehört. Doch er hoffte, der Gedanke an eine bevorstehende Abreise nach Süden könnte Kord und Jerrel dazu bewegen, sich früher als geplant auf den Weg zu machen. Wenn sie im Sinn hatten, Daniels Bauernhof auszurauben, könnte diese Information die Sache vielleicht beschleunigen.

Er lehnte sich vorwärts und spähte aus müden Augen auf den Tisch.

»Und wo sind jetzt die Würfel?«, fragte er. »Ich bin doch wieder dran, oder?«

»Da sind sie doch«, sagte Kord, reichte ihm die Würfel und die Tasse zum Schütteln. Er hatte gerade den letzten Wurf verloren und Walt war nun an der Reihe. Walt war sich ziemlich sicher, dass man ihm die Verlierer-Würfel gegeben hatte. Sein Verdacht wurde von Jerrels nächsten Worten noch bestätigt.

»Es wird spät«, sagte er. »Wie wäre es, wenn jeder alles setzt und wir einen einzigen großen Topf daraus machen. Was sagt ihr?«

Kord gab vor, zweifelnd dreinzusehen. »Ich weiß nicht. Arratay soll entscheiden.«

Walt zuckte mit den Schultern. »Warum nicht?«, sagte er. »Ich habe das Gefühl, mein Glück kommt zurück.«

Sie schoben alle ihr verbliebenes Geld in die Mitte des Tisches. Walt griff nach seinem Krug und nahm einen tiefen Schluck – den einzigen echten, den er den ganzen Abend genommen hatte. Als er dann den Krug unbeholfen wieder abstelle, vergoss er den darin verbliebenen Wein auf den Tisch in Jerrels Richtung, sodass die rote Flüssigkeit über das raue Holz und in seinen Schoß floss. Mit einem Fluch sprang Jerrel auf und wich zurück.

»Pass doch auf!«, schimpfte er.

»Tut mir leid, tut mir echt leid«, erwiderte Walt mit schwerer Zunge. In dem Durcheinander vertauschte er die Verlierer-Würfel mit einem anderen Paar, das er in seiner Westentasche gehabt hatte. Er hatte sie an diesem Nachmittag präpariert, als er vorgeblich in der Küche gewesen war, und zwar so angeschliffen, dass sie bei jedem Wurf eine Zwölf zeigten.

Er schüttelte die Tasse mit den Würfeln, murmelte dabei zwischendurch in die Tasse hinein und schüttete sie schließlich auf den Tisch.

»Pech geha…«, begann Kord und streckte bereits die Hand nach dem Geld aus. Doch die Worte blieben ihm im Halse stecken, als er die beiden Sechsen auf dem Tisch liegen sah, schimmernd wie zwei Zahnreihen in winzigen Schädeln.

»Das kann doch gar nicht…« Jerrel brach ab, als ihm klar wurde, dass er den geplanten Betrug verriet, wenn er weitersprach. Arratay mochte betrunken sein, doch so betrunken war er auch wieder nicht.

Walt grinste die Würfel begeistert an und nahm sie wieder in die Hand.

»Glückswürfel!«, sagte er. »Ich liebe diese Würfel!«

Er gab vor, sie lautstark und übertrieben zu küssen, und vertauschte sie dabei mit dem Verlierer-Paar, das er ursprünglich bekommen hatte. Seine eigenen Würfel steckte er in die Tasche und legte die anderen wieder auf den Tisch, um gleich darauf seinen Gewinn einzustreichen.

»Nehmt es mir nicht übel, Kumpels«, sagte er. »Ich gebe euch morgen die Gelegenheit zur Revanche.«

»Ja. Klar. Morgen«, sagte Kord. Doch sein Ton verriet Walt, dass es morgen Abend kein Spiel mehr gäbe. Und es gäbe auch kein Anzeichen mehr von Kord oder Jerrel.

Eine halbe Stunde später lag Walt auf dem Rücken und atmete schwer und lautstark durch den Mund, während er vorgab zu schlafen. Seine beiden Zeltgenossen sprachen flüsternd miteinander. Sie hatten gewartet, bis sie sicher waren, dass der vorgebliche Arratay schlief. Kord überprüfte die Würfel mehrere Male und bekam jedes Mal eine niedrige Punktezahl als Ergebnis.

»Ich versteh das einfach nicht«, sagte er. »Es ist einfach unmöglich, dass er mit denen hier eine Zwölf gewürfelt hat.«

»Pst!«, mahnte Jerrel ihn und warf einen schnellen Blick in Walts Richtung. Doch sein Kumpel wischte seinen Einwand mit einer Handbewegung weg.

»Ach, der ist doch total weggetreten«, sagte er. »Hast du gesehen, wie viel er getrunken hat? Er ist voll wie ein alter Stiefel.«

Walts Mundwinkel zuckte leicht.

Es gibt tatsächlich einen vollen alten Stiefel im Zelt, dachte er, aber das bin nicht ich. Seine laute Atmung machte es schwer zu hören, was die anderen sagten, also gab er die typische Schnappatmung eines Schnarchenden von sich, murrte etwas Undeutliches und rollte sich zur Seite, mit dem Gesicht weg von den beiden. Jetzt, da er nicht mehr auf dem Rücken lag, hörte er auf zu schnarchen, behielt aber die gleichmäßige Atmung bei.

Kord und Jerrel, die innegehalten hatten, entspannten sich wieder.

Erneut probierte Kord die Würfel aus. Erneut bekam er eine Drei.

»Gib es auf«, sagte Jerrel genervt zu ihm. »Es war ein blöder Zufall. Wahrscheinlich sind sie auf eine Ritze oder ein Astloch im Tisch gefallen. Außerdem haben wir Wichtigeres, worüber wir nachdenken müssen.«

Widerwillig steckte Kord die Würfel in seine Tasche. »Du meinst dieses Gerücht, dass wir nach Süden abkommandiert werden?«

Jerrel nickte. »Das Letzte, was wir wollen, ist noch mal in irgendwelche Kämpfe verwickelt zu werden. Die könnten noch wer weiß wie lang andauern und wir müssen uns langsam auf den Weg machen. Wenn wir aufgehalten werden, kommen inzwischen vielleicht irgendwelche Familienmitglieder den Witwen zu Hilfe und wir haben die beste Gelegenheit verpasst.«

So weggedreht, wie Walt lag, konnte er sich gestatten, aufgebracht das Gesicht zu verziehen.

Es stimmt, dachte er, die beiden haben tatsächlich vor, die Familien der gefallenen Männer auszurauben.

»Also, was machen wir dann?«, fragte Kord.

Jerrel schien zu überlegen und sagte dann: »Ich schlage vor, wir hauen noch heute Nacht ab. Am besten brechen wir so ein oder zwei Stunden vor Sonnenaufgang nach Norden auf. Zuerst nehmen wir uns den Hof vom Feldwebel vor, der liegt am nächsten.«

»Wenn sie uns bei der Fahnenflucht erwischen, sind wir dran«, warf Kord ein, doch Jerrel wischte seinen Einwand zur Seite.

»Die werden uns schon nicht erwischen. Bei all den Toten und Verletzten merken sie wahrscheinlich nicht einmal, dass wir weg sind.«

»Griff schon. Ich hab das Gefühl, dass er uns besonders im Auge hat.«

Kord schnaubte verächtlich. »Griff ist viel zu beschäftigt, um sich um uns zu kümmern. Wahrscheinlich ist er sogar froh, wenn er uns los ist. Aber jetzt hauen wir uns erst mal aufs Ohr. Wir müssen zeitig los.«

»Was machen wir mit ihm?«, fragte Jerrel und deutete mit dem Daumen auf Walts reglose Gestalt. Kord zögerte.

»Am liebsten würde ich ihm eins über die Rübe geben und unser Geld zurückholen«, sagte er. »Aber wenn wir ihn umbringen oder ihm was tun, lenken wir nur die Aufmerksamkeit auf uns und laufen Gefahr, dass Griff uns ein paar Männer hinterherschickt. Bleibt uns wohl nichts anderes übrig, als ihn in Ruhe zu lassen.«

Sechs

Es war kurz vor drei Uhr morgens, als Walt hörte, wie die beiden Gauner aufbrachen. Die Diebe waren es gewohnt, sich leise zu bewegen. Doch die Sinne eines Waldläufers waren stets geschärft und Walt hatte einen leichten Schlaf. Er lauschte auf die verstohlenen Bewegungen und leisen Schritte, als sie ihre Sachen zusammenpackten und sich hinaus in die Nacht schlichen. Der Mond stand am Himmel, doch im Augenblick schickte der Wind Wolken, die ihn immer wieder verdeckten und Schattenstreifen über das stille Lager warfen.

Kord und Jerrel hatten keine Probleme, die Wachen zu umgehen. Die Männer, deren dreistündige Schicht sich dem Ende zuneigte, waren müde und gelangweilt. Außerdem achteten sie eher darauf, dass sich niemand ans Lager anschlich, als auf Leute, die möglicherweise das Lager verließen. Schließlich war das Gerücht, dass die Kompanie nach Süden zöge und die Schlacht dort fortgesetzt würde, fingiert, sodass niemand Grund hatte zu desertieren.

Walt wartete etwa eine Viertelstunde, damit die beiden genug Zeit hatten, das Lager zu verlassen. Dann rollte er sich aus seinen Decken, um seine eigene Kleidung aus dem Kommandozelt zu holen. Griff wartete schon auf ihn, eine abgedunkelte Laterne warf ein schwaches Licht.

»Haben sie den Köder geschluckt?«, fragte er.

Walt nickte. Er wechselte die Kleidung und legte die schwere Börse, die seinen Spielgewinn enthielt, auf den Tisch.

»Ihr könnt das in die Unterstützungskasse geben«, sagte er.

In den meisten Kompanien gab es eine Kasse, mit deren Mitteln die Familien der Gefallenen unterstützt wurden. Griff bedankte sich mit einem Nicken.

»Wenn Ihr sie erwischt, könnt Ihr sie gern hierher zurückbringen«, sagte er. »Ich würde sie nur allzu gern verurteilt sehen.«

»Oh, ich werde sie erwischen«, antwortete Walt, »und dann kommt es ganz auf ihr Verhalten an, wie ich mit ihnen umgehe.«

Er schüttelte dem Adjutanten die Hand und ging hinter das Zelt, wo Abelard auf ihn wartete. Leichtfüßig schwang er sich in den Sattel und trabte aus dem Lager. Es war unnötig, sich jetzt noch zu verbergen, und so identifizierte er sich beim Verlassen des Lagers offen bei den Wachen.

Im Schritttempo folgte er auf Abelard der Straße nach Norden, denn er wollte die beiden Männer nicht zu schnell einholen. In seinem Waldläuferumhang würden sie ihn wahrscheinlich gar nicht sofort als ihren früheren Zeltgenossen erkennen, doch der Anblick eines Waldläufers, der dieselbe Straße nahm, konnte sie auch veranlassen, ihre Pläne fürs Erste zu verschieben.

Sobald die Dämmerung einsetzte, beschleunigte Walt sein Tempo wieder. Als er ein wenig später um eine Wegbiegung kam, entdeckte er etwa eine halbe Meile vor sich zwei Gestalten. Zum Glück hatten sich die Kopfschmerzen und die Sehstörungen inzwischen gelegt und er hatte keine Probleme, die beiden Männer zu erkennen: Kord, groß und drahtig, sowie Jerrel, der etwas kleiner und untersetzt war. Walt lenkte Abelard von der Straße und ritt nun so, dass das dunkle Grün der Bäume ihn vor Entdeckung verbarg.

Als die beiden Halunken eine weitere Biegung nahmen und aus seiner Sicht verschwanden, trabte er ihnen langsam hinterher.

So setzte er seine Verfolgung den restlichen Tag fort. Sobald es heller wurde, war er in der Lage, Kords und Jerrels Spuren auf der staubigen Straße zu erkennen – ihre mit groben Nägeln beschlagenen Schuhe hinterließen eine unverkennbare Spur, der man leicht folgen konnte. Walt ließ sich weiter zurückfallen und holte erst wieder auf, als das Licht am späten Nachmittag schwächer wurde. Bei Einbruch der Dunkelheit verließen die beiden Gauner die Straße und schlugen ein Lager auf.

Walt verbrachte die Nacht in seinen Mantel gewickelt an einen Baum gelehnt und beobachtete das Licht ihres Lagerfeuers. Zwischendurch nickte er immer wieder kurz ein, im Vertrauen darauf, dass Abelard ihn wecken würde, wenn sich in dem Lager der beiden Verfolgten etwas täte.

Das Feuer war kurz vor Morgengrauen fast erloschen und sonderte nur noch eine dünne Rauchspirale ab. Nach etwa einer halben Stunde beobachtete Walt, wie sich die beiden Männer erhoben und bewegten. Abelard stand verdeckt zwischen den Bäumen und Walt benötigte keine weitere Deckung. In seinem Umhang war er selbst für jemanden, der direkt in seine Richtung blickte, so gut wie unsichtbar.

Walts Magen knurrte, als die Halunken ihr Feuer neu anfachten und bald darauf der Geruch von gebratenem Speck zu ihm drang. Zu allem Überfluss machte ihm danach auch noch Kaffeeduft den Mund wässrig. Er selbst musste sich mit etwas kaltem Wasser aus seinem Schlauch zufrieden geben. Das war ein jämmerlicher Ersatz.

Die beiden Betrüger kamen nur langsam in die Gänge. Walt seufzte ungeduldig, während er darauf wartete, dass sie sich wieder auf den Weg machten. Endlich rollten sie ihre Schlafmatten ein, lösten das Lager auf und machten sich wieder auf den Weg Richtung Norden. Walt wartete, bis sie die nächste Straßenbiegung hinter sich gebracht hatten, dann ging er zu seinem im Wald stehenden Pferd. Er hatte Abelard gesattelt gelassen – für den Fall, dass er überraschend aufsitzen musste. Nun zog er lediglich die Sattelgurte, die er etwas gelockert hatte, wieder fest, stieg auf und ritt dem Betrügerduo langsam hinterher. Als er die

Biegung erreicht hatte, stieg er ab und spähte um die Kurve.

Es war nichts von ihnen zu sehen.

Im ersten Moment erschrak Walt. Dieses Straßenstück war mindestens eine fünftel Meile lang und zumindest von seinem Standpunkt aus konnte er keine Abzweigung vor der nächsten Biegung sehen.

Wo waren die beiden hin? Hatten sie gemerkt, dass ihnen jemand folgte? Vielleicht hatten sie sich irgendwo entlang der Straße in einen Hinterhalt für einen etwaigen Verfolger gelegt? Oder waren sie doch schneller gewesen, als er gedacht hatte, und bereits hinter der nächsten Biegung verschwunden?

Er zwang sich, ruhig zu bleiben. Beide Annahmen waren möglich. Doch am wahrscheinlichsten war, dass sie irgendwo eine von hier noch nicht zu erkennende kleine Abzweigung genommen hatten. Sie befanden sich inzwischen bereits im Lehen Aspienne und konnten schon in der Nähe von Daniels Bauernhof sein. Walt stieg wieder aufs Pferd und ritt los.

Die Versuchung war groß, in vollem Galopp loszureiten, um die beiden möglichst schnell zu finden. Doch das würde Lärm verursachen und konnte ihn verraten. Also ritt Walt lieber im langsamen Trab über die harte Straßenoberfläche.

Etwa vierzig Pferdelängen weiter fand er, wonach er suchte: Ein schmaler Seitenweg, der offensichtlich regelmäßig benutzt wurde, zweigte von der Hauptstraße ab. Walt spähte hinein, konnte aber zunächst kein Anzeichen von Kord und Jerrel entdecken. Aufmerksam untersuchte er den Boden und entdeckte schon bald einen ihm bekannten Fußabdruck. Kords rechter Schuh war am Ballen abgewetzt, anscheinend das Ergebnis einer Fußfehlstellung. Walt schwang sich aus dem Sattel und führte Abelard den Weg entlang. Es wäre nicht gut, den beiden Halunken unerwartet gegenüberzustehen.

Nach einer Weile roch er Holzfeuer, dann war der Geruch eines Bauernhofes auszumachen. Es war eine Mischung aus frisch geschnittenem Gras, das zu Heu getrocknet wurde, und Milchvieh, was ihm verriet, dass er sich Daniels Bauernhof näherte. Dann hörte er etwas, das diese Vermutung bestätigte.

Irgendwo in der Nähe schrie eine Frau.

Sieben

Walt ließ die Zügel fallen und rannte los. Abelard würde ihm sowieso folgen. Ein zweiter Schrei schallte durch den Wald. Hatte der erste nach Angst und Schrecken geklungen, war der nächste gemischt mit Wut. Walt rannte schneller, Sachsmesser und Köcher schlugen gegen seine Hüfte und Schulter. Zu spät wurde ihm klar, dass er sich lieber wieder hätte aufs Pferd schwingen und reiten sollen. Doch da gelangte er auch schon auf eine Lichtung, wo ein kleines Bauernhaus stand. Rauch stieg aus dem Schornstein und einige Kühe, die auf der Koppel neben dem Haus weideten, brüllten unruhig.

Noch ein Schrei war zu hören, dann die wütende Stimme eines Mannes, das unmissverständliche Geräusch eines Schlages und der Schmerzensschrei einer Frau.

»Mein Mann wird Euch dafür umbringen!«, rief sie.

»Dein Mann ist tot!«, erwiderte eine höhnische Stimme. »Und du wirst ihm Gesellschaft leisten, wenn du nicht tust, was wir dir sagen. Du und das Kind!«

Walt hörte den entsetzten Ausruf der Frau bei diesen

Worten. Voller Wut stieß er die Haustür des Bauernhofes mit der Schulter auf und stürmte in den schwach erleuchteten Raum.

Mit einem Blick hatte er sämtliche Einzelheiten erfasst. Die Frau kauerte in der gegenüberliegenden Ecke, nahe am Herd, die Arme schützend über einer Wiege. Jerrel stand über ihr, die Hand erneut zum Schlag erhoben, hielt jedoch in der Bewegung inne, als die Tür aufgestoßen wurde.

In einer Ecke durchwühlte Kord eine Truhe nach Wertsachen und warf dabei Kleidung und Haushaltswäsche in alle Richtungen. Auch er erstarrte beim plötzlichen Auftauchen des Waldläufers. Dann erkannte er das bärtige Gesicht.

»Du!«, zischte er. »Was willst du denn hier?«

Er wartete nicht auf eine Antwort, sondern sprang bereits auf, zog das billige Schwert, das er am Gürtel trug, und stürmte auf Walt zu.

Der Waldläufer reagierte instinktiv. Er wich dem wilden Schwerthieb aus, zog gleichzeitig mit der linken Hand das Sachsmesser und hielt dieses so, dass Kord unweigerlich in die Klinge rannte. Entsetzt blickte der Gauner nach unten, als die rasiermesserscharfe Klinge aus gehärtetem Stahl problemlos durch die rostigen Maschen seines Kettenhemdes drang.

Während er noch nach Luft schnappte, drang bereits Blut aus seinem Mund. Er verdrehte die Augen und seine Knie gaben nach. Walt zog das Messer aus dem fallenden Körper und wirbelte herum, um sich Jerrel vorzunehmen, der immer noch versuchte, die sich überschlagenden Ereignisse zu begreifen. Wütend und mit zusammengekniffenen Augen zog Jerrel sein eigenes Schwert und machte vorsichtig einen Schritt vorwärts. Er handelte nicht so überstürzt wie Kord, sondern zielte sorgfältig mit der Spitze auf seinen Gegner.

Die Frau kauerte neben der Wiege und beobachtete die Geschehnisse mit großen Augen.

Jerrel tat einen weiteren Schritt nach vorn.

Walt wechselte das Sachsmesser in die rechte Hand und zog sich wachsam zurück. Er war sich sicher, dass er den Soldaten besiegen konnte, trotz der scheinbar großen Ungleichheit ihrer Waffen. Schwertkämpfer unterschätzten oft das tödliche Potenzial eines Sachsmessers. Dennoch wollte Walt, dass Jerrel den ersten Zug machte und so näher herankam.

Jerrel fingierte einen Angriff mit dem Schwert, doch Walt, der die Augen seines Gegners genau beobachtet hatte, erkannte das und ignorierte die Bewegung. Seine offensichtliche Ruhe machte Jerrel zornig. Walt sah, wie rasende Wut in seinen Augen aufstieg.

»Du bist ein toter Mann, Arratay«, stieß Jerrel durch zusammengebissene Zähne hervor.

Walt lächelte. »Das wurde schon öfter behauptet. Und dennoch bin ich hier.«

Er wich einen weiteren Schritt zurück und stand jetzt ganz nahe bei Kords Körper, der reglos auf dem festgestampften Lehmboden des Bauernhauses lag.

Jerrel stieß mit der Schwertspitze nach ihm. Dieser Stoß war nicht fingiert und Walt war dafür bereit. Er wehrte den Stoß mit dem Sachs ab, die beiden Klingen schlugen gegeneinander. Die Geschwindigkeit und Leichtigkeit der Abwehr ließ eine gewisse Unsicherheit in Jerrel aufsteigen. Er hatte die längere Waffe. Er war im Vorteil. Und dennoch schien diese bärtige Gestalt in dem eigenartig gesprenkelten Umhang völlig entspannt.

Er dachte noch darüber nach, als der Mann, den er unter dem Namen Arratay kannte, ihn mit dem kurzen, im Licht aufblitzenden Sachs angriff. Mit einem überraschten Aufschrei machte er einen Sprung zurück und schaffte im letzten Moment eine unbeholfene Abwehrbewegung mit dem Schwert. Zum ersten Mal kam ihm der Gedanke, dass er möglicherweise einen überlegenen Gegner vor sich haben könnte. Er wollte schon seine Waffe fallen lassen und um Gnade bitten, als etwas völlig Unerwartetes geschah.

Walt spürte einen eisernen Griff um seinen linken Knöchel, dann wurde das Bein unter ihm weggerissen, sodass er auf den Boden knallte.

Noch im Fall drehte er sich und sah dabei in Kords Gesicht. Die Augen waren hasserfüllt, die Lippen in höhnischem Triumph zurückgezogen. Mit seinem letzten Atemzug hatte Kord es geschafft, sich an diesem schmächtigen Mann zu rächen, der ihnen in die Quere gekommen war. Dann wich das Leben aus ihm und seine Augen wurden glasig.

Jerrel, der normalerweise nicht besonders schnell von Begriff war, erkannte, dass sein Gegner für einen kurzen Moment hilflos vor ihm lag. Mit einem Triumphschrei hob er das Schwert mit beiden Händen, die Spitze nach unten gerichtet und machte einen Schritt nach vorn, um es in den am Boden liegenden Gegner zu rammen. Walt versuchte aufzustehen, doch er wusste, dass es zu spät war. Die funkelnde Schwertspitze kam bereits auf ihn zu.

Da schnellte eine Gestalt aus dem Nirgendwo auf Jerrel zu, klammerte sich an ihn und stieß ihn zur Seite, sodass er das Schwert losließ. Die Waffe wirbelte durch die Luft. Walt warf sich zur Seite. Erst als das Schwert klirrend neben ihm zu Boden fiel, wurde ihm klar, was geschehen war: Die Frau hatte sich auf Jerrel geworfen, war auf seinen Rücken gesprungen und klammerte sich dort wie eine Wildkatze fest, während sie mit ihren Fingernägeln nach seinem Gesicht und seinen Augen kratzte.

Der Dieb stolperte unter dieser Wucht und drehte sich, sodass sie beide in den Küchentisch krachten, der dadurch gegen die Wand geschleudert wurde. Die eng geflochtenen, mit Lehm verstärkten Weidenruten wurden zerschmettert. Da Jerrel die entschlossene Gestalt auf seinem Rücken nicht loswerden konnte, zog er seinen schweren Dolch und stieß damit verzweifelt zu.

Der Frau entfuhr ein Schmerzensschrei. Sie ließ los und fiel zurück, während sie die furchtbare Wunde in ihrer linken Seite hielt. Blut strömte über ihre Hände und durchtränkte die weiße Baumwollschürze, als sie auf die Knie sank.

Im nächsten Moment war Walt bereits über Jerrel, packte die Messerhand des Mannes und drückte sie nach oben. Zugleich zog er sein eigenes Wurfmesser und rammte es tief in Jerrels Körper. Jerrel stöhnte laut auf. Der schwere Dolch fiel aus seiner Hand und einen Moment lang wurde der Mann nur von Walts Griff um seine rechte Hand gehalten. Sobald der Waldläufer ihn losließ, fiel er auf die Knie. Schlagartig wurde ihm klar, dass sein Leben zu Ende war. Mit entsetztem Blick schaute er zu Walt empor, dann fiel er zur Seite und versuchte verzweifelt, mit den Händen den Blutfluss aus der Wunde aufzuhalten. Walt stand einen Moment lang abwartend da, um sicherzugehen, dass Jerrel wirklich tödlich getroffen war. Als er sich davon überzeugt hatte, dass Jerrel nicht noch einmal angreifen würde, kniete er sich neben die verletzte Frau.

Ihr Gesicht war kreidebleich und schmerzverzerrt. Walt sah, welch große Menge Blut sie bereits verloren hatte. Er wusste, dass sie nicht überleben würde. Sie blickte hoch zu dem Fremden, der versucht hatte, sie zu retten, und den sie wiederum durch ihren verzweifelten Angriff auf Jerrel gerettet hatte. Sie sah die Trauer in seinen dunklen Augen und erkannte die Wahrheit: Sie musste sterben. Und doch gab es da noch etwas, was sie wissen musste.

»Mein … Mann …«, stieß sie hervor. »Ist er wirklich tot?«

Walt zögerte. Er war versucht zu schwindeln, um sie zu trösten. Doch er konnte es einfach nicht. So nickte er.

»Ja«, sagte er. »Er starb als großer Held und Ihr werdet bald bei ihm sein.«

Er sah die Sorge im Gesicht der Sterbenden, als sie zur Wiege in der Ecke blickte.

»Unser Sohn …«, stieß sie hervor und hustete bereits Blut. Mit enormer Anstrengung sprach sie weiter: »Lasst ihn nicht bei den Bauern … Er würde kein Leben hier haben … wir sind noch Fremde hier … er müsste sich zu Tode schuften …«

Walt nickte. Daniel und seine Frau waren Neuankömmlinge in dieser Gegend. Also hatten sie keine Freunde hier, die ihren kleinen Sohn aufnehmen würden. Ein Waisenkind wäre für die meisten Bauern nur eine Last. Sein einziger Wert wäre seine Arbeitskraft. Der Junge würde sein Leben lang nur ein Knecht sein.

»Ich werde mich um ihn kümmern«, sagte er sanft und die Frau griff mit überraschender Stärke nach seiner Hand.

»Versprecht es mir«, bat sie.

Walt legte seine andere Hand auf ihre. »Ich schwöre es Euch.«

Einige Sekunden lang blickte sie suchend in seine Augen und schien dort schließlich die Sicherheit zu finden, die sie brauchte. Sie ließ seine Hand los und sank zurück auf den blutgetränkten Boden. Sie sagte etwas, doch ihre Stimme war so leise, dass er die Worte nicht verstand. Er hielt sein Ohr über ihren Mund.

»Sagt es noch einmal«, bat er.

Diesmal konnte er ihr Flüstern verstehen: »Sein Name ist Will.«

»Das ist ein guter Name«, sagte er zu ihr. Doch sie hörte ihn nicht mehr. Sie war bereits tot.

Acht

Walt beerdigte die Frau auf einer kleinen Lichtung hinter der Koppel und markierte das Grab mit einem Stein. Da er ihren Namen und Familiennamen nicht kannte, schrieb er darauf: »Eine tapfere Mutter.«

Kord und Jerrel verdienten keine derartige Behandlung. Sie hatten eine glückliche, liebende Familie zerstört, also zog er ihre Körper lediglich in den Wald und überließ sie dort den Füchsen und Krähen.

Der Säugling schlief ruhig in seiner Wiege, während Walt sich um all diese Dinge kümmerte. Als er dann in der verwüsteten Wohnstube saß und eine Tasse Kaffee trank, erwachte der Säugling und brabbelte leise. Walt bemerkte mit Erleichterung, dass er nicht schrie.

»Ich nehme an, du bist hungrig«, sagte er. Er hatte eine Schüssel mit Kuhmilch gewärmt und ein sauberes Leinentuch bereitgelegt. Nun tauchte er eine Ecke des Tuches in die Milch und hielt es vor den Mund des Kindes. Es dauerte nicht lange und das Kind saugte die Milch von dem Tuch. Walt tauchte das Tuch immer wieder in die Schüssel. Diese Vorgehensweise war zeitaufwendig, doch sie schien zu funktionieren. Der Säugling sah ihn dabei aus ernsten, großen braunen Augen an.

»Die Frage ist«, sagte Walt, »was ich nun mit dir tun soll.«

Er wusste, dass der Bauernhof an den Baron des Lehens zurückfallen würde und dass dieser ihn einem anderen Pächter zur Bewirtschaftung überlassen würde. Also gab es für das Kind hier nichts zu erben. Walt konnte ihn nicht hier zurücklassen. Darauf hatte ihn die Mutter ja bereits so verzweifelt hingewiesen. Und er konnte das Kind auch nicht selbst aufziehen. Er war einfach nicht dafür eingerichtet, ein Kleinkind zu versorgen, und hatte auch keine Zeit dafür. Seine Arbeit als Waldläufer führte ihn immer wieder für längere Zeit fort. Das Kind wäre dann ganz allein und hätte niemanden, der sich um es kümmerte.

Doch ein Gedanke war ihm gekommen. Baron Arald hatte auf Burg Redmont ein Waisenhaus gegründet, wo man sich um die Kinder der Männer und Frauen kümmerte, die im Krieg in seinen Diensten gestorben waren. Es war ein fröhlicher, heller Ort, der von freundlichen und liebevollen Menschen geführt wurde. Dort würde Will Wärme und Kameradschaft erfahren. Und wenn er heranwuchs, würde man ihm die Wahl lassen, welchen Beruf er ergreifen wollte. Alles in allem schien es die beste Lösung zu sein.

»Das Problem ist«, sagte Walt zu dem ihn aufmerksam anblickenden Säugling, »dass wir niemanden wissen lassen dürfen, dass ich dich dorthin gebracht habe. Die Menschen sind den Waldläufern gegenüber vorsichtig, wenn nicht gar misstrauisch eingestellt. Wenn sie dich mit mir in Verbindung bringen, würden sie auch dich möglicherweise mit Misstrauen behandeln.«

Walt überlegte einen Moment. Dann nickte er vor sich hin. Ja, so war es richtig: Die Waldläufer umgab eine gewisse geheimnisvolle Aura. Das konnte sich für ein Kind als großer Nachteil herausstellen. Oft fürchteten die Menschen Dinge, die sie nicht verstanden, und er wollte nicht, dass sie diese Furcht auf den kleinen Will übertrugen. Da war es noch besser, wenn seine Herkunft ein Geheimnis blieb.

»Was letztlich auch stimmt«, fuhr Walt nachdenklich fort. »Ich kenne ja nicht einmal deinen Nachnamen.«

Er dachte nach. Natürlich konnte er hier im Lehen Fragen stellen. Doch wie er bereits wusste, war die Familie neu in der Gegend. Vermutlich kannten nur wenige ihren Namen. Zudem würde er dadurch seine Pläne für das Kind offenlegen müssen, und er war sich nicht sicher, ob sein Vorhaben rechtmäßig war. Will war das Kind von zwei Untertanen des örtlichen Barons und Walt hatte offiziell kein Recht, ihn in ein anderes Lehen zu verbringen.

Doch Walt hatte in seinem Leben schon oft das ignoriert, was den offiziellen Gesetzen entsprach. Offizielle Gesetze und Bürokratismus interessierten ihn nicht. Allzu oft standen sie einem im Weg, wenn man einfach nur das Richtige tun wollte.

Er tauchte das Tuch in die restliche Milch und hielt

es an den Mund des Kindes. Will saugte eifrig, seine Augen immer noch auf den Waldläufer gerichtet.

»Ja, das Waisenhaus ist der beste Ort für dich«, sagte Walt zu ihm. »Baron Arald werde ich natürlich im Vertrauen sagen, wo du herkommst. Aber niemand sonst wird es wissen. Nur wir beide. Was sagst du?«

Zu seiner Überraschung gab das Kind einen lauten Rülpser von sich, dann lächelte es ihn an.

Der bärtige Waldläufer musste schmunzeln. »Ich werte das als Einverständnis.«

Vier Tage später, kurz bevor die ersten grauen Lichtfinger die Dämmerung ankündigten, stahl sich eine schattenhafte Gestalt mit einem Korb über den Hof von Burg Redmont zu dem Gebäude, in dem das Waisenhaus untergebracht war.

Walt stellte den Korb auf die Treppe vor der Tür zum Waisenhaus, griff hinein und zog die Decke vom Gesicht des Säuglings. Die Mitteilung, die er geschrieben hatte, legte er zu Füßen des Kindes in den Korb.

Seine Mutter starb im Kindbett.
Sein Vater starb als Held.
Bitte sorgt für ihn. Sein Name ist Will.

Eine winzige Hand wurde unter der Decke hervorgestreckt und fasste seinen Zeigefinger.

»Man könnte meinen, du willst mir zum Abschied

die Hand schütteln«, flüsterte Walt. Dann löste er sich sanft und strich dem Säugling über die Stirn.

»Dir wird es hier gut gehen, kleiner Will. Und bei den Eltern, die du hattest, wirst du zu einem beeindruckenden Menschen heranwachsen, da bin ich mir sicher.«

Er blickte sich um – niemand war zu sehen. Schnell streckte Walt die Hand aus, um laut an die Tür des Waisenhauses zu klopfen, bevor er wieder mit den Schatten des Hofes verschmolz.

Das Personal des Waisenhauses war bereits auf. Walt hörte, wie die Tür geöffnet wurde. Jemand stieß einen überraschten Schrei aus.

»Du liebe Güte, es ist ein Säugling! Mistress Aggie, kommt schnell! Jemand hat einen Säugling auf der Türschwelle abgelegt.«

In seinen Umhang gehüllt, verborgen im Schatten der großen Mauer, beobachtete er, wie die Mägde des Waisenhauses aufgeregt miteinander diskutierten und dann das Kind hereinholten und die Tür hinter sich schlossen.

Walt verspürte ein ihm kaum vertrautes Brennen in den Augen und ein eigenartiges Gefühl von Verlust.

»Auf Wiedersehen, Will«, flüsterte er. »Ich werde ein Auge auf dich haben.«

Walt verspürte das gleiche Brennen nun, als er seine Geschichte beendet hatte. Er drehte sich leicht weg, damit Will die Tränen nicht sehen konnte, die sich in seinen Augen gebildet hatten.

»Aber Walt, warum hast du mir das all die Jahre

nicht erzählt? Warum hast du gesagt, meine Mutter sei im Kindbett gestorben?«

»Ich dachte, so wäre es leichter für dich«, sagte Walt. »Ich dachte, das Wissen, dass deine Mutter ermordet wurde, könnte dich vielleicht verbittern. Und, wie gesagt, ich dachte, es wäre einfacher für dich, wenn ich nicht im Spiel wäre. Wenn ich angegeben hätte, dass deine Mutter ermordet wurde, hätten die Leute angefangen, Fragen über dich zu stellen. Das wollte ich nicht. Ich wollte, dass du akzeptiert wirst.«

Will nickte nachdenklich. »Stimmt schon.«

Walt holte tief Luft.

»Da war noch etwas anderes …«

Will öffnete den Mund, schloss ihn aber sofort wieder, um Walt erst ausreden zu lassen.

Doch sein alter Lehrmeister zögerte. Erst nach einer Weile sagte er mit so leiser Stimme, dass Will es kaum verstehen konnte: »Ich hatte Angst, du könntest mich hassen.«

Will wich bei diesen Worten überrascht zurück. »Dich hassen? Wie hätte ich dich hassen können? *Weshalb* sollte ich dich hassen?«

Jetzt drehte Walt sich zu ihm und Will konnte die Pein in seinem Blick erkennen.

»Weil ich für den Tod deiner Eltern verantwortlich war!« Die Worte kamen so heftig heraus, als müsste er sie sich aus dem Leibe reißen. »Daniel starb, als er in der Schlacht mein Leben rettete. Dann kam mir deine Mutter zu Hilfe, als ich gegen Jerrel kämpfte. Wenn sie das nicht getan hätte, wäre sie noch am Leben.«

»Und du wärst tot«, warf Will ein.

Doch Walt schüttelte den Kopf. »Vielleicht. Vielleicht auch nicht. Aber Tatsache bleibt, dass ich gewissermaßen der Anlass war, dass deine Familie zerstört wurde. Bis jetzt war ich nicht imstande, dir das zu erzählen. Ich fürchtete, dass du mir die Schuld daran geben könntest.«

»Walt, es war doch nicht deine Schuld. Wer könnte dir da Vorwürfe machen? Du hast das Versprechen gehalten, das du meinem Vater gegeben hast. Gib Morgarath oder seinen Wargals die Schuld. Oder gib diesen Verbrechern Kord und Jerrel die Schuld. Sie haben diese Schuld auf sich geladen. Aber gewiss nicht du!«

Während Will seinen alten Lehrmeister ansah, merkte er, wie dessen Schultern vor Erleichterung nach unten sackten.

»Pauline hat mir vorhergesagt, dass du genau das sagen würdest«, flüsterte Walt.

Will legte einen Arm um ihn. Es fühlte sich eigenartig an, dass er jetzt den Mann tröstete, von dem er während der letzten Jahre so oft getröstet worden war.

»Walt, du hast meine Familie nicht zerstört. Das war Schicksal. Du hast mir eine zweite Chance gegeben, eine Familie zu haben. Du hast mir ein ganz neues Leben gegeben. Wie könnte ich dich dafür hassen? Außerdem«, fügte er nach einem Moment hinzu, »kannst du dir mich als Bauern vorstellen?«

Er spürte, wie Walt kräftig durchatmete, und sah, wie seine Schultern zuckten. Im ersten Moment dachte er, Walt weine womöglich. Doch dann wurde ihm mit Erleichterung klar, dass er lachte.

»Nein«, antwortete der alte Waldläufer. »Als Bauern kann ich mir dich ganz bestimmt nicht vorstellen. Bauern müssen sich nämlich an Gepflogenheiten und Regeln halten!«

Beide lächelten bei der Vorstellung, wie Will pflügte oder säte.

Doch nach einer Weile wurde der junge Waldläufer wieder ernst.

»Aber ich würde gern das Grab meiner Mutter besuchen«, sagte er.

Walt nickte. »Ich werde dich hinbringen.«

Und dann sagten sie nichts weiter, sondern saßen nur in freundschaftlichem Schweigen da und sahen zu, wie die Schatten länger wurden und die Sonne schließlich unterging.

Das Tintenfass und der Dolch

Anmerkung des Autors: Ich habe über die Jahre viele Mails von Fans bekommen, die fragten, was Gilan erlebte, während Walt und Horace in DER EISERNE RITTER *durch Gallica in Richtung Skandia reisten, um Will zu retten. Hier ist die Antwort.*

Eins

Lehen Araluen
Auf der Küstenstraße
Kurz nach der Schlacht am Drei-Schritte-Pass

Gilan saß auf seinem Pferd und blickte Walt hinterher, als er davonritt. Die grau-grün gekleidete Gestalt wurde nach und nach immer kleiner und kleiner, bis sie schließlich völlig mit dem feinen Regenvorhang verschmolz, der den ganzen Morgen schon das Land überzog.

Der junge Waldläufer spürte Tränen in seinen Augen aufsteigen. Ungeduldig schüttelte er den Kopf, um sie loszuwerden. Sein ehemaliger Lehrer Walt war immer schon ein ernster Mann gewesen, der nur selten lächelte. Doch heute hatte ihn eine unglaubliche Traurigkeit umgeben. Natürlich wusste Gilan, dass es noch nicht lange her war, dass Walt mit König Duncan gestritten und ihn öffentlich beleidigt hatte. Dabei war König Duncan ein Mann, für den Walt immer größten Respekt und Bewunderung gehegt hatte.

Diese Insubordination hatte zur Folge gehabt, dass Walt für die Dauer von zwölf Monaten aus dem Königreich verbannt und darüber hinaus für diese Zeit auch aus dem Bund der Waldläufer ausgeschlossen worden war.

Diese beiden Tatsachen allein hätten ausgereicht, um die Trauer gleich einem Messerstich in Walts Seele zu treiben. Doch Gilan spürte, dass der wirkliche Grund für Walts Traurigkeit tiefer lag.

»Er gibt sich die Schuld«, sagte er zu Blitz.

Die kastanienbraune Stute stellte die Ohren auf, als sie die Stimme ihres Herrn hörte.

»Er hätte Will nicht nach Celtica schicken sollen. Aber er glaubte, das Richtige zu tun. Niemand hätte die Entwicklungen voraussehen können. Außerdem, wenn es jemand gibt, der die Schuld an dieser Katastrophe trägt, dann bin ich es. Ich hätte Will und Evanlyn niemals allein in Celtica zurücklassen dürfen.«

Es kam keine Antwort von Blitz und Gilan fragte sich, ob die Stute womöglich zustimmte, dass die Gefangennahme von Will und Evanlyn durch die Nordländer und ihre Entführung auf einem Wolfsschiff tatsächlich seine Schuld war. Besorgt blickte er auf sein Pferd, doch Blitz neigte eigentlich nicht zu Schuldzuweisungen. Die Stute hatte wahrscheinlich einfach nur nichts weiter zur Diskussion hinzuzufügen.

Walt war jetzt in dem grauen Regenvorhang nicht einmal mehr zu erahnen. Vielleicht war er auch schon hinter der nächsten Straßenbiegung verschwunden. Gilan blickte noch ein paar Minuten weiter auf die leere Straße, dann stieß er einen tiefen Seufzer aus und lenkte Blitz zurück Richtung Schloss Araluen.

Fünfzehn Minuten später hatte er Crowley eingeholt. Der Oberste der Waldläufer hatte sein Pferd im Schritt gehen lassen, damit der junge Kollege ihn einholen konnte. Sie wechselten deprimierte Blicke, dann zuckte Crowley mit den Schultern.

»Nichts weiter dazu zu sagen, oder?«

Gilan nickte. Die Abwesenheit des graubärtigen Waldläufers machte sich jetzt bereits schmerzhaft bemerkbar – umso stärker, als sie ja bereits den Verlust von Will und der Prinzessin verkraften mussten. Die Waldläufer waren an sich schon eine verschworene Gemeinschaft, doch darüber hinaus war Crowley Walts ältester Freund und Gilan war Walts erster Lehrling gewesen. Kein Wunder, dass sie am meisten unter Walts Fortgehen litten.

Sie ritten eine Weile schweigend nebeneinander, der Hufschlag ihrer Pferde stets im Takt. Schließlich sagte Gilan: »Er möchte, dass ich Foldar aufspüre.«

Morgaraths Stellvertreter war nach der letzten Schlacht untergetaucht, doch die Waldläufer waren entschlossen, ihn zu finden und seiner gerechten Strafe zuzuführen.

Crowley nickte. »Das dachte ich mir schon. Ich habe die Unterlagen über ihn im Schloss. Walt sorgte dafür, dass ich sie bekam, bevor er losging, um den König in den Tavernen zu beleidigen.«

»Er war ziemlich gut organisiert für jemanden, der so impulsiv handelt. Man könnte fast glauben, dass er genau wusste, was er da tat.«

Crowley blickte den hochgewachsenen jungen Waldläufer neben sich von der Seite an.

»Natürlich wusste er, was er tat. Walt weiß immer genau, was er tut.«

Zurück im Schloss wechselte Gilan zuerst in trockene Kleidung. Er bewohnte derzeit ein Gästequartier, ein kleines, aber bequemes Gemach im Südturm. Um dorthin zu gelangen, musste er zurück in den dritten Stock des Schlosses und von dort zur Treppe des Südturms wechseln.

Er lächelte, als er die Wendeltreppe hochstieg. Wie bei allen Burgen und Schlössern waren auch die Treppen auf Schloss Araluen rechtsherum gewendelt, damit ein rechtshändiger Schwertkämpfer, der nach oben stürmte, durch die Enge der inneren Biegung behindert war und seinen Schwertarm gegenüber dem oberhalb befindlichen Verteidiger entblößen musste, während die Verteidiger aus einem gewissen Schutz heraus kämpfen konnten. Dies war auch der Grund, weshalb MacNeil, der Schwertmeister, der Gilan von klein auf unterrichtet hatte, so großen Wert darauf gelegt hatte, seinen jungen Schüler die Schwertkunst mit beiden Händen erlernen zu lassen. Infolgedessen war Gilan mit der linken Hand ein sehr guter Fechter – mit der rechten Hand jedoch war er ein absoluter Könner.

Crowleys Arbeitszimmer befand sich drei Stockwerke weiter oben. Gilan klopfte an der Tür und trat auf Crowleys Aufforderung hin ein. Das Zimmer war geräumig und luftig wie die meisten Räume auf Schloss Araluen. Ein großes Fenster bot Aussicht auf die Wiesen, die sich mit leichtem Gefälle vom Schloss aus nach unten ausbreiteten. In der Ferne waren ein kleines Dorf und die ordentlichen Rechtecke der Felder zu sehen.

Crowley hatte sich ebenfalls trockene Kleidung angezogen. Jetzt saß er bequem am Fenster in einem großen Lehnstuhl aus Eichenholz und las einen Bericht. Es regnete immer noch, doch der Wind trieb den Regen vom Schloss weg. Wie die meisten Waldläufer liebte Crowley frische Luft und Licht, sodass er die hölzernen Fensterläden noch nicht geschlossen hatte. Gegen die Kälte flackerte ein fröhliches Feuer im Kamin gegenüber dem Fenster.

»Nimm Platz«, lud er Gilan ein und deutete auf einen weiteren Lehnstuhl, der nicht ganz so wuchtig war wie sein eigener. Gilan setzte sich. Crowley blickte vom Dokument in seiner Hand auf und deutete auf den niedrigen Tisch zwischen den Stühlen, auf dem mehrere Pergamentrollen lagen – jede mit einer schlichten schwarzen Schnur zusammengebunden.

»Walts Berichte über die Foldar-Nachforschungen«, sagte er. »Sieh sie dir an.«

Er streckte die Hand aus und nahm eine Feder aus einem Tintenfass, um etwas auf dem Dokument, das er in der Hand gehabt hatte, anzumerken, dann las er weiter.

Es lagen mindestens ein Dutzend Pergamentrollen auf dem Tisch. Jede war mit dem Namen des Lehens gekennzeichnet, aus dem der Bericht stammte. Drei trugen außerdem die Kennzeichnung: »erledigt«. Gilan wählte eine davon aus, öffnete sie und überflog ihren Inhalt.

Wie er vermutet hatte, beinhalteten die Pergamentrollen die Fälle, denen Walt nachgegangen war und die sich als falsche Spuren entpuppt hatten.

Foldar war als kaltblütiger und völlig mitleidsloser Mörder bekannt. Wenn Reisende also einem Mann gegenüberstanden, der vorgab, Foldar zu sein, würden sie ihm ihr Geld wahrscheinlich ohne Gegenwehr aushändigen. Aus diesem Grunde waren plötzlich überall falsche Foldars aufgetaucht.

Der Bericht, den Gilan nun las, handelte von einem solchen Fall. Ein gewöhnlicher Räuber, Anführer einer kleinen Bande, hatte sich als Foldar ausgegeben und versucht, auf einem Waldweg einen wohlhabenden Kaufmann und seine Frau zu überfallen. Walt hatte von dem geplanten Überfall erfahren und eingegriffen. Der falsche Foldar saß nun im Gefängnis.

Es war diese zunehmende Zahl von falschen Foldars, die Walt ganz besonders aufgebracht hatte. Jeder einzelne Fall wollte geprüft werden, jeder dieser falschen Foldars musste aufgespürt und festgenommen werden. Diese Aufgabe konnte ein Jahr und länger dauern.

Außer …

Gilan kratzte sich nachdenklich am Kinn, während er rasch einen weiteren Bericht durchlas. Eine Idee bildete sich langsam in seinem Kopf. Er blickte zu Crowley, der immer noch in den gleichen Bericht vertieft war.

»Ist es in Ordnung, wenn ich die hier mitnehme?«, fragte er.

Der Oberste der Waldläufer blickte auf. Im ersten Moment waren seine Gedanken noch ganz woanders. Dann nickte er.

»Aber gerne«, sagte er. »Je weniger Schreibkram ich hier drin habe, desto besser.«

Er deutete auf einen Schreibtisch in der Ecke, auf dem sich die Pergamentrollen nur so stapelten, dazu mit Leinen bezogene Mappen, die Berichte, Anfragen und andere offizielle Dokumente aus dem ganzen Königreich enthielten. Es war tatsächlich ein Berg von Unterlagen, erkannte Gilan. Er grinste mitfühlend.

»Dann nehme ich dir diese hier ab«, sagte er. Er sammelte die fraglichen Pergamentrollen ein, erhob sich und ging hinaus.

Zwei

Ich habe gestern Abend noch die ganzen Berichte durchgesehen«, berichtete Gilan am folgenden Morgen.

Crowley schenkte ihm ein müdes Lächeln. »Alle? Ich wünschte, ich könnte das Gleiche sagen. Dieser Papierkram ist der Fluch meines Lebens.«

»Tja, das ist der Preis deiner gehobenen Stellung«, antwortete Gilan mit einem Grinsen. »Vielleicht genießt du deshalb so viel Ansehen?«

»Weißt du, es gibt wahrscheinlich auch Leute, die es förderlich für die Karriere hielten, Mitgefühl für ihren Vorgesetzten zu zeigen«, sagte der Oberste der Waldläufer. Mit einem Seufzer fuhr er dann fort: »Aber solche Leute wurden wohl kaum von Walt ausgebildet.«

»Das stimmt«, pflichtete Gilan ihm bei.

Sie schlenderten durch den Park südlich von Schloss Araluen. Crowley hielt seine Gespräche mit den Waldläufern oft im Freien ab. Er behauptete, das geschähe aus Sicherheitsgründen. In einer Burg wisse man nie, wer vielleicht auf der anderen Seite der Wand oder vor einer Tür lauschte. Hier draußen könnte sich einem niemand ungesehen nähern.

Gilan vermutete jedoch, dass Crowleys Liebe zur Natur ebenso wichtig war. Wie oft konnte man den Obersten der Waldläufer darüber murren hören, dass er »den ganzen Tag eingesperrt« sei.

»Also, hast du etwas Wichtiges entdeckt?«, fragte Crowley nach einer kurzen Pause.

»Könnte durchaus sein«, antwortete Gilan. »Es gibt neun Fälle, die noch nicht gelöst sind. Davon sind sieben relativ kleine Vorfälle – ein Raub hier, ein Überfall da. Manchmal haben die Räuber einzelne Reisende auf der Straße überfallen und ausgeraubt. Bei anderen Gelegenheiten haben sie kleine, abseits liegende Tavernen oder Siedlungen überfallen. In all diesen Fällen war die Beute relativ gering. Der höchste Betrag belief sich auf fünfzehn Goldkronen. Das ist kaum mehr als eine Bagatelle, und ich kann mir nicht vorstellen, dass Foldar sich mit so wenig zufrieden gibt.«

»Fünfzehn Goldkronen sind viel für eine kleine Taverne«, warf Crowley ein.

Gilan nickte ungeduldig. »Ich sage nicht, dass es für die Opfer bedeutungslos ist. Aber für Foldar? Für ihn sind das Kleinigkeiten. Ich meine, er hat Morgarath bei dem Versuch geholfen, den König zu stürzen. Für einen solchen Mann sind fünfzehn Goldkronen kaum wert, den Finger zu heben.«

»Wie ist es mit den anderen beiden Fällen?«, fragte Crowley. Er hielt Gilans Hinweis für ausgezeichnet.

Foldar war nie ein einfacher Dieb gewesen. Er plante in viel größeren Zusammenhängen.

»Bei einem handelte es sich um einen ziemlich großen Betrag. Ein Kaufmann wurde beraubt und die Diebe erbeuteten einen großen Betrag in Gold- und Silbermünzen.«

»Das klingt vielversprechend«, sagte Crowley. Doch Gilan winkte ab.

»Der Höhe der Beute nach wäre es Foldar eher zuzutrauen. Doch die Methode passt nicht zu ihm. Der Überfall geschah nachts, ohne dass der Kaufmann oder seine Familie irgendetwas hörten. Sie bemerkten überhaupt erst am folgenden Morgen, dass sie beraubt worden waren. Der Dieb verschloss sogar die Türen wieder hinter sich, als er sich aus dem Staube machte.«

»Ich verstehe, was du meinst. Wäre Foldar der Täter gewesen, so hätte er sie wahrscheinlich alle im Schlaf ermordet, nur so aus Spaß.«

»Ganz genau!«, stimmte Gilan zu.

»Was bedeutet, dass wir noch einen einzigen anderen Fall haben«, gab Crowley ihm das Stichwort.

Der junge Waldläufer nickte. »Stimmt. Nur noch ein anderer: Ein Überfall auf einen gut bewachten Geldtransport im Lehen Highcliff, der Silber und Gold geladen hatte. Das war der Sold für die Garnisonen in den weiter entfernten Burgen. Highcliff ist zufälligerweise zurzeit ohne Waldläufer. Der wurde nämlich im Kampf verletzt und ist noch nicht wieder einsatzbereit.«

»Was das Lehen zu einer attraktiven Ausgangsbasis

für Foldar machen würde«, ergänzte Crowley nachdenklich.

»Dieser Gedanke kam mir ebenfalls. Der Geldtransport wurde von fünfzehn bis zwanzig schwer bewaffneten und gut ausgebildeten Männern überfallen. Die Hälfte der Wachen wurde getötet, die anderen konnten sich in den Wald flüchten. Die Kutscher hatten nicht so viel Glück.«

»Nun, das trägt tatsächlich Foldars Handschrift«, stellte Crowley fest.

»Genau das dachte ich auch. Zusätzlich zur Organisation des Überfalls und der unglaublichen Brutalität, mit der vorgegangen wurde, ist es sehr wahrscheinlich, dass es einen Informanten auf Burg Highcliff gibt. Die Route des Geldtransports war nämlich geheim.«

»Auch das sieht Foldar ähnlich«, stellte Crowley fest. »Was hast du als Nächstes vor?«

»Ich dachte, ich begebe mich mal nach Highcliff und überlege mir irgendeine Falle für Foldar und seinen Informanten. Ich muss mich dort erst ein wenig umsehen, bevor ich einen genauen Plan entwickeln kann.«

Crowley nickte. »Hört sich gut an. Gut gemacht, Gilan«, lobte er. Dann runzelte er die Stirn. »Eigentlich erstaunlich, dass Walt nicht zum gleichen Schluss kam. Normalerweise durchschaut er diese Dinge sehr schnell.«

»Dieser Gedanke kam mir auch. Aber natürlich war Walt durch seine Sorge um Will stark abgelenkt. Und er wollte sich auch zuerst um die Fälle kümmern, die am nächsten zu Schloss Araluen lagen.«

»Damit er ausreichend Gelegenheit hatte, König Duncan und mich zu bearbeiten«, nickte Crowley. »Von weiter weg, aus Highcliff zum Beispiel, hätte er mich nicht jeden zweiten Tag drängen können, ihn gehen zu lassen.«

»Wohingegen ich keinen Grund habe, nicht nach Highcliff zu reisen und dich deinen Akten zu überlassen«, sagte Gilan.

Crowley verzog die Mundwinkel. »Oje, der Schreibkram. Du könntest dir nicht vielleicht vorstellen, mit mir den Platz zu tauschen? Du bleibst und bearbeitest die Berichte und Anfragen, während ich Foldar jage?«

Gilan lächelte spöttisch. »Du hast recht, ich kann es mir nicht vorstellen.«

»Aber ich könnte es dir eigentlich auch befehlen«, überlegte Crowley, und Gilan hatte das dumpfe Gefühl, dass dies nicht nur ein Scherz war.

»Das könntest du. Und wahrscheinlich müsste ich dann den König ebenfalls in aller Öffentlichkeit beleidigen, um für eine Weile verbannt zu werden«, antwortete er.

Crowley schüttelte den Kopf. »Manchmal frage ich mich, ob es wirklich eine gute Idee war, Walt Lehrlinge ausbilden zu lassen. Er scheint ihnen einfach keinen Respekt gegenüber Autoritäten beizubringen.«

»Oh, das bringt er uns sehr wohl bei«, sagte Gilan unschuldig. »Aber gleichzeitig lehrt er uns auch, diese Autoritäten auch mal zu ignorieren, falls nötig.« Dann fügte er hinzu: »Ich mache mich heute Nachmittag noch auf den Weg.«

Crowley nickte mit einem Seufzer.

»Je früher du aufbrichst, desto früher bist du auch wieder zurück«, sagte er.

»Stimmt genau. Und außerdem verschwinde ich lieber, bevor du mir doch noch befiehlst, an deiner Stelle hierzubleiben.«

Drei

Burg Highcliff trug ihren Namen zu Recht, stellte Gilan fest. Er zog die Zügel an, woraufhin sein Pferd langsamer wurde und schließlich stehen blieb.

An der Burg selbst war nichts Bemerkenswertes – ein solides Bauwerk aus Granit mit den üblichen vier Ecktürmen und den mit Zinnen versehenen dicken Mauern. Ein einziger hoher Turm stand in der Mitte. Das dürfte der Bergfried sein, dachte Gilan. Dort befanden sich meist Küche, Schlaf- und Verwaltungsräume. Natürlich war es der Ort, an dem die Burg errichtet worden war, der ihr ihren Namen verliehen hatte. Die Küste in diesem Teil Araluens war durch steile Felsenklippen aus weißem Kalkstein geprägt. Burg Highcliff war auf einem hohen Felsvorsprung gebaut, der einer Halbinsel ähnelte. Mit der Küste war sie nur durch einen schmalen Landstreifen von kaum zwanzig Schritt Breite verbunden. Auf beiden Seiten dieses Wegs fielen die Klippen jäh nach unten. Wellen schlugen unablässig gegen die Felsen und jagten Gischtfetzen nach oben. Haufen aus Kalksteinbrocken am Fuße der Klippen zeigten, wo der Weg von der Gewalt der Wellen stetig unterspült wurde.

Irgendwann wird der Weg vollständig verschwunden sein und Highcliff steht auf einer richtigen Insel, dachte Gilan.

Er beobachtete die Burg eine Weile. Auf den Mauern patrouillierten Wachposten. In einem der landeinwärts gerichteten Türme konnte er eine winzige Gestalt ausmachen, die mit den Ellbogen auf der Brüstung lehnte. Jemand gesellte sich dazu, den Arm ausgestreckt, deutete er auf die Stelle, wo Gilan und Blitz bewegungslos standen. Der erste Wachposten richtete sich auf und drehte sich um, zweifellos, um jemandem eine Warnung zuzurufen.

»Sie haben uns gesehen«, sagte Gilan zu Blitz.

Wir sind auch wohl schlecht zu übersehen, so wie wir uns gegen den Himmel abzeichnen.

»Ich wollte mich ja auch gar nicht unbeobachtet anschleichen«, antwortete Gilan und Blitz schnaubte verächtlich. Das gehörte zu den Angewohnheiten der Stute. Da Gilan auch wusste, dass er niemals das letzte Wort bei seinem Pferd haben würde, ließ er es weitergehen.

Vorsichtig suchte die Stute ihren Weg entlang des felsigen Pfades, der zu dem schmalen Burgzugang hinabführte.

Der Zugang wurde von zwei gelangweilt aussehenden Soldaten bewacht. Gilan wies sich aus, auch wenn der Umhang eines Waldläufers und der große Langbogen wohl kaum Zweifel daran ließen, wer oder was er war.

Der ältere Wachmann nickte ihm zu. »Einen Moment bitte, Waldläufer«, sagte er respektvoll und stieß seinen Kameraden mit dem Ellbogen an. »Zieh die gelbe Flagge auf, Nobby«, sagte er.

Ohne ein Wort trat der zweite Mann zum Fahnenmast, wo zwei Signalflaggen an den Leinen hingen, die beide jederzeit gehisst werden konnten. Die eine war gelb, die andere rot. Nobby machte sich an der gelben zu schaffen und schon stieg das viereckige farbige Stoffstück den Mast empor. Die Flagge flatterte in der steifen Meeresbrise und stand regelrecht vom Fahnenmast ab. Nach ein paar Sekunden erschien am Burgtor die Antwort in Form einer Flagge.

Wahrscheinlich, vermutete Gilan, hätte der Soldat die rote Flagge gehisst, wenn der Besucher sich als Feind erwiesen hätte. Natürlich hätte Gilan, wäre er tatsächlich in feindlicher Absicht gekommen, den Wachen keine Möglichkeit gelassen, diese Fahne zu hissen. Aber es förderte vermutlich die Moral der Wachen, wenn sie glaubten, sie hätten bei einer direkten Bedrohung ihres Postens immer noch die Möglichkeit, eine Alarmflagge zu hissen.

»Ihr könnt passieren, Waldläufer«, forderte ihn der Wachposten auf. Gilan bedankte sich mit einer Handbewegung und ritt los.

Er ließ sein Pferd selbst den Weg suchen. Für einen einzelnen Reiter war der Zugang nicht besonders schmal, dennoch war sich Gilan der steilen Klippen rechts und links bewusst. Je weiter er sich dem Burgtor und dem Fallgatter näherte, desto schmaler wurde der

Weg, bis er nur noch für höchstens vier Reiter nebeneinander Platz bot.

Als Gilan das Gatter erreicht hatte, brachte er die Stute zum Stehen.

Der Torwächter trat vor. Sein aufmerksamer Blick glitt über den Umhang und den Langbogen, den Gilan über seinem Sattelknauf mitführte. Der Mann registrierte auch das lange Schwert an der linken Seite des Waldläufers und runzelte die Stirn. Schwerter gehörten normalerweise nicht zu den Waffen eines Waldläufers.

Gilan nickte anerkennend. Die beiden Außenwachen hatten die Waffe nicht bemerkt, und wenn doch, hatten sie ihr keine Bedeutung beigemessen. Er zog jetzt das silberne Eichenblatt heraus, das er an einer Kette um den Hals trug, und beugte sich vor, damit der Wachmann es deutlich sehen konnte.

»Waldläufer Gilan, zeitweise abgestellt für besondere Aufgaben«, sagte er.

Der Wachmann musterte das Amulett und blickte noch einmal auf Gilans Schwert. Dann gab er das Zeichen, den Schlagbaum vor dem Tor zu heben, und trat einen Schritt zurück.

»Ihr könnt passieren, Waldläufer Gilan«, sagte er. »Das Kontor des Seneschalls ist geradeaus, im Erdgeschoss des Bergfrieds.«

Gilan bedankte sich mit einem Nicken und lenkte sein Pferd durch den Schatten des riesigen Tores. Der Hufschlag hallte laut auf dem Kopfsteinpflaster des Burghofes.

Sofort tauchte ein Stallknecht auf. »Darf ich mich um Euer Pferd kümmern, Waldläufer?«, fragte er.

Gilan überlegte kurz. Normalerweise kümmerte er sich immer selbst um Blitz.

»Das wäre sehr nett«, antwortete er dann. »Wir haben einen weiten Weg zurückgelegt, also reibt meine Stute bitte gut trocken und gebt ihr reichlich Hafer.«

Der Stallbursche nickte.

Gilan saß ab und reichte dem Mann die Zügel. Dabei sagte er zu seinem Pferd: »Geh mit, Blitz.«

So angewiesen ließ sich die Stute willig zu dem Holzgebäude an der Nordmauer führen, in dem die Ställe untergebracht waren. Gilan lächelte. Hätte er Blitz nicht diesen schlichten Befehl erteilt, wäre sie so unbeweglich wie die Nordmauer selbst geblieben.

Er betrat den Bergfried. Das Erdgeschoss stellte sich als ein relativ großer offener Raum dar. In der Mitte befand sich eine breite Holztreppe, die in den nächsten Stock führte. Bei einem Angriff konnte diese Treppe niedergebrannt oder zerstört werden, sobald die Einwohner sich ins nächste Stockwerk zurückgezogen hatten, wodurch eventuelle Angreifer keinen Zugang mehr hätten. Von der ersten Etage aus gab es durch die üblichen rechtsseitigen Wendeltreppen Zugänge zu den höher gelegenen Stockwerken. Auf der linken Seite war ein großer Teil des Raumes durch eine Holzwand abgetrennt. Das war wahrscheinlich der Ort, wo die Wachen schlafen oder sich entspannen konnten, wenn sie Pause hatten. Auf der rechten Seite teilte eine weitere Wand ein kleineres Gemach ab. Das musste das Kontor des Burgverwalters sein, den man auch Seneschall nannte.

Als Waldläufer hätte Gilan auch einfach in den nächsten Stock, zum Quartier des Barons, weitergehen können. Er fand es jedoch höflicher, sich zuerst dem Seneschall vorzustellen, und sah keinen Grund, diesen zu düpieren, nur um sich wichtig zu machen.

Ein leicht übergewichtiger Mann saß an einem Tisch vor der messingbeschlagenen Tür zum Kontor. Seine Ärmel waren durch schwarze Stoffmanschetten vor Tintenflecken geschützt. Er übertrug gerade eine Zahlenreihe aus einer Pergamentrolle in ein großes Kontobuch. Beim Klang von Gilans Schritten auf dem Kopfsteinpflaster blickte er auf.

»Kann ich Euch behilflich sein?«, fragte er höflich.

Gilan schlug seinen Umhang zurück und zeigte erneut das silberne Eichenblatt.

»Mein Name ist Gilan«, stellte er sich vor. »Ich bin Waldläufer des Königs und würde gern den Seneschall sprechen, bitte.«

»Aber natürlich. Bitte wartet einen Moment.« Der Schreiber legte seine Feder ab, stand auf und eilte zu der Tür, die nach innen führte. Nach kaum einer Minute kam er wieder heraus und winkte Gilan hinein.

»Bitte tretet ein. Seneschall Philipp steht zu Euren Diensten. Kann ich Euch vielleicht etwas zu trinken anbieten?«

Gilan überlegte kurz. Es war ein langer Ritt gewesen und während der letzten zehn Meilen war der vom Meer herwehende Wind eiskalt gewesen.

»Gerne einen Kaffee, wenn Ihr welchen habt«, sagte er.

Der Schreiber verbeugte sich. »Ich werde sofort welchen bringen«, sagte er.

Gilan betrat das Kontor. Der Seneschall saß hinter einem großen Schreibtisch. Er war ein älterer Mann. Sein halblanges Haar war vollständig grau und sein Gesicht von Falten durchzogen. Gilan fragte sich, ob diese Falten von den Pflichten seines Berufs oder vom Alter herrührten.

Der Seneschall erhob sich und kam ihm mit zum Gruß ausgestreckter Hand entgegen. »Willkommen auf Highcliff, Waldläufer Gilan«, sagte er. »Es ist uns eine Ehre, einen solch bedeutenden Gast begrüßen zu dürfen.«

Die Worte mochten vielleicht übertrieben ehrerbietig sein, doch Philipp machte einen offenen und zuverlässigen Eindruck. Andererseits hatte Gilan das Gefühl, dass der Seneschall vom Besuch des Waldläufers verunsichert war.

Philipp zeigte einladend auf einen Stuhl vor seinem Schreibtisch. »Bitte nehmt Platz, Waldläufer. Es tut mir leid sagen zu müssen, dass Ihr uns unvorbereitet antrefft. Baron Douglas ist auf der Jagd. Er wird erst in einigen Stunden zurück sein. Doch vielleicht kann ich Euch in irgendeiner Weise behilflich sein?«

Gilan winkte ab. »Ich habe es nicht eilig und warte gern auf die Rückkehr des Barons. In der Zwischenzeit könnt Ihr mich vielleicht mit gewissen Informationen versorgen.«

Während er sprach, meinte Gilan den Anflug eines schlechten Gewissens bei seinem Gegenüber auszumachen, was dieser jedoch schnell zu verbergen suchte.

Gilans Augen wurden schmal. Philipp war definitiv wegen irgendetwas nervös. Das passte zu dem Verdacht des Waldläufers, dass es einen Informanten in der Burg gab. Es musste sich um jemanden handeln, dessen Rang hoch genug war, dass er über den letzten Geldtransport und seine Route Bescheid wusste.

»Informationen?«, fragte Philipp nach. Inzwischen hatte er sich wieder besser unter Kontrolle. Seine Stimme war ruhig und sein Verhalten ließ keine Schlüsse zu. »Worüber denn?«

Es klopfte an der Tür und der Schreiber trat mit einem Tablett ein, auf dem er eine Tasse Kaffee balancierte.

Gilan beschloss, nicht sofort zu antworten. Der Seneschall sollte sich ruhig fragen, welche Informationen der Waldläufer wohl haben wollte. Stattdessen nahm er erst die Tasse entgegen, fügte Zucker hinzu und nahm zufrieden einen großen Schluck. Er nickte dem Schreiber dankend zu, woraufhin sich dieser wieder zurückzog. Erst als die Tür sich hinter dem Mann geschlossen hatte, wandte Gilan sich wieder dem Seneschall zu.

»Ich versuche, einen Mann namens Foldar aufzuspüren«, erklärte er. »Ihr habt vielleicht von ihm gehört?«

Philipp lief knallrot an. Plötzlich wirkte er nicht mehr nervös, sondern vielmehr wütend.

»Foldar?«, rief er aus. »Ich habe nie einen bösartigeren Mann gekannt. Meiner Meinung nach war er fast schlimmer als Morgarath selbst.«

Gilan blickte ihn aufmerksam an. »Ihr kennt ihn?«

Philipp nickte einige Male, bevor er antwortete. »Oh ja. Ich kenne ihn«, bestätigte er. »Ich kannte sogar beide – Morgarath und Foldar. Unglaublich bösartig waren sie. Ich vermute, genau das bewegte Foldar auch dazu, sich Morgarath anzuschließen. Wie heißt es doch so schön: Gleich und gleich gesellt sich gern.«

»Wo habt Ihr sie denn kennengelernt?«, fragte Gilan fasziniert. Er hatte noch nicht viele Leute getroffen, die Morgarath tatsächlich gekannt hatten, auch wenn der Schatten des früheren Barons viele Jahre lang drohend über Araluen gelegen hatte.

Philipp sah ihn an.

»Auf Burg Gorlan«, antwortete er. »Ich habe dort meine Ausbildung als Kontorist begonnen. Natürlich darf ich nicht direkt behaupten, dass ich sie gut kannte, zumindest nicht in dem Sinn, dass ich Zeit mit ihnen verbracht oder mich mit ihnen unterhalten hätte. Doch ich sah sie oft genug auf der Burg und das reichte mir. Ich konnte es kaum erwarten, von dort wegzukommen.»

»Wann war das?«, fragte Gilan. Er gab vor, nur höflich interessiert zu sein, doch er war in höchstem Maße alarmiert. Philipp hatte zwar erklärt, dass er Morgaraths früheren Stellvertreter nicht ausstehen konnte, doch das musste nichts heißen. Vielleicht hatte Foldar dennoch eine Möglichkeit gefunden, sich der Dienste des Seneschalls zu versichern.

»Es muss wohl drei oder vier Jahre vor Morgaraths Aufstand gewesen sein«, antwortete Philipp. »Ich merkte, dass sich etwas Schlimmes anbahnte, und wollte nicht hineingezogen werden. Also sah ich zu, dass ich wegkam. Das kostete mich ein ganzes Jahr, um die Ausbildung zu wiederholen, und dazu den Lohn von drei Monaten. Doch ich denke, letztlich war es trotzdem ein guter Tausch.«

Interessant, dachte Gilan. Der Mann hätte wohl kaum einen Grund, Morgarath oder Foldar gegenüber loyal zu sein. Andererseits konnte es sich auch um einen sorgsam ausgewählten Spion handeln, dessen Flucht vom Lehen Gorlan von langer Hand vorbereitet gewesen war. Morgarath war zu solchen hinterhältigen Plänen mehr als fähig gewesen.

»Wie kommt Ihr darauf, dass Foldar hier irgendwo in der Gegend ist?«, fragte Philipp und unterbrach damit Gilans Gedanken.

»Es gab einen Bericht über einen Angriff auf einen Geldtransport. Dabei wurden Männer aus der Eskorte kaltblütig umgebracht und Gold gestohlen. Das alles sieht Foldar sehr ähnlich.«

Philipp nickte nachdenklich.

»Ja. Ich erinnere mich daran«, sagte er. »Ich war sogar derjenige, der diesen Bericht abgeschickt hat. Damals habe ich den Überfall zwar nicht direkt mit Foldar in Verbindung gebracht. Wenn ich nun allerdings so darüber nachdenke, meine ich mich zu erinnern, dass einer der Überlebenden berichtete, der Anführer der Banditen hätte einen schwarzen Mantel getragen, wie ihn Foldar immer anhat. Dennoch, es scheint eine recht dünne Verbindung zu Foldar zu sein. Seid Ihr sicher, dass er es war?«

»Nein. Ganz und gar nicht. Ich verfolge lediglich Spuren im ganzen Königreich. Diese hier schien am vielversprechendsten. Ich werde noch ein paar Tage bleiben, mich in der Gegend umsehen und die Leute fragen, ob sie etwas Verdächtiges bemerkt haben. Dabei werde ich auch ein wenig durch den Wald streifen. Wenn es irgendwo in der Gegend eine Räuberbande gibt, dann wird sie sich wohl am ehesten dort aufhalten. Mal sehen, was ich herausfinden kann.«

Gilan achtete darauf, dass seine Worte möglichst vage klangen. Er erwähnte selbstverständlich nicht, dass er einen Plan ausbrütete, um den Banditen eine Falle zu stellen. Schließlich konnte er nicht sicher sein, wem Philipps Loyalität galt.

Der Seneschall zuckte mit den Schultern. »Das ist wahrscheinlich alles, was Ihr tun könnt«, stimmte er zu. »Aber wer weiß? Irgendetwas könnte sich ergeben.«

»Genau das dachte ich auch«, erwiderte Gilan. Er setzte seine Tasse ab und erhob sich von seinem Stuhl. »Und wenn Ihr mich jetzt von jemandem zu meinem Quartier bringen lassen könntet, dann halte ich Euch auch nicht weiter von Eurer Arbeit ab.«

Philipp erhob sich ebenfalls und begleitete ihn zur Tür.

»Mein Sekretär wird Euch zu Eurem Zimmer führen«, sagte er.

Als die Tür geöffnet wurde, blickte der Schreiber auf.

»Bringt Waldläufer Gilan zur Gästewohnung im vierten Stock«, wies der Seneschall ihn an. Dann drehte er sich wieder zu Gilan und sagte: »Ich werde Euch Bescheid geben lassen, sobald der Baron von der Jagd zurück ist. Gewiss wird er Euch sofort sehen wollen.«

Das Gästequartier war eine bequeme Zimmerflucht aus drei Räumen, von der man auf das Meer blicken konnte.

Bei dieser Lage gehen wohl die meisten Räume aufs Meer hinaus, dachte Gilan.

Eine frische Brise drang durch das offene Fenster und die schweren Vorhänge blähten sich auf. Es gab auch Fensterläden, doch Gilan bevorzugte offene Fenster. Er mochte frische Luft und die Kälte störte ihn jetzt, da er windgeschützt war, nicht.

Nachdem er sich eingerichtet hatte, ging er in den Stall, um nach Blitz zu sehen. Es gab noch ein braunes Pferd in einem Abteil in der Nähe des Eingangs. In dem schwachen Licht hätte er es einen Moment lang fast für Blitz gehalten. Dann hörte er das vertraute Wiehern seiner Stute und merkte, dass sie vier Boxen weiter stand.

Der Stallbursche hatte ausgezeichnete Arbeit geleistet und sie mit genügend frischem Stroh und einem halben Korb voll Hafer versehen. Das Wasser im

Eimer, der von einem Haken hing, war frisch und sauber. Mit einem zufriedenen Nicken tätschelte Gilan die Stute.

Da trat ein Dienstbote ein, der offenbar nach ihm suchte.

»Der Seneschall lässt ausrichten, dass Baron Douglas zurückgekehrt ist. Er wird Euch nun empfangen.«

Douglas hatte seine Amtsräume und das Schlafzimmer im dritten Stock. Gilan runzelte darüber leicht die Stirn. Ein umsichtiger Kommandant würde seine Kommandoposition hoch im Turm einrichten, nicht in den niedrigeren Stockwerken, die einfacher zugänglich waren.

Douglas ist wahrscheinlich faul geworden, dachte er. Vielleicht hat er etwas gegen das Treppensteigen.

Seine erste Begegnung mit dem Baron von Highcliff bestätigte diese Vermutung. Der Mann hatte enormes Übergewicht. Gilan wusste, dass viele andere Barone, wie etwa Arald von Redmont, sich bemühten, in Form zu bleiben. Doch Douglas schien keine diesbezüglichen Absichten zu hegen.

Er war etwa so groß wie Gilan und sein Haar lichtete sich bereits. Wie um diese Tatsache auszugleichen, ließ er es an den Seiten lang wachsen. Gilan vermutete, dass er es bei offiziellen Anlässen seitlich über den Kopf kämmte, um die rosa Kopfhaut zu verbergen.

Douglas war glatt rasiert, hatte fleischige Wangen und seine blauen Augen standen eng beieinander. Das verlieh ihm nach Gilans Meinung ein etwas verschlagenes Aussehen. Dann schüttelte der Waldläufer über sich selbst den Kopf. Douglas konnte weder etwas für die Stellung seiner Augen noch für seine Neigung zur Glatzköpfigkeit.

Der Baron sprach etwas zu laut, als wolle er seine eigene Wichtigkeit unterstreichen. Sein Benehmen war barsch, wenn auch nicht direkt unhöflich. Kein Mann mit Verstand war jemals einem Waldläufer gegenüber unhöflich.

»Philipp berichtete mir, dass Ihr der Meinung seid, dieser Teufel Foldar sei irgendwo hier in Highcliff«, sagte er, nachdem sie die Formalitäten der Vorstellung hinter sich gebracht hatten.

Gilan zuckte mit den Schultern. »Ich folge lediglich verschiedenen Hinweisen«, antwortete er. »Es besteht zumindest die Möglichkeit, dass er hier ist. Philipp hat den Überfall auf den Geldtransport vor einigen Wochen sicher erwähnt, oder?«

Douglas schnaubte. »Das? Ich glaube kaum, dass das Foldar war. Nur irgendwelche Räuber, wenn Ihr mich fragt.«

»Ihr habt wahrscheinlich recht. Allerdings stimmte Euer Seneschall mir zu, dass dieser Überfall zu Foldars üblicher Vorgehensweise passt. Anscheinend hat er ihn vor einigen Jahren mal kennengelernt. Wie ist es mit Euch? Habt Ihr ihn je getroffen?«

Douglas richtete sich abrupt auf. »Ich? Nein. Habe ihn nie gesehen. Will ich auch gar nicht. Warum fragt Ihr?«, fügte er hinzu und beugte sich misstrauisch nach vorn.

Gilan winkte ab. »Ich versuche lediglich, ein möglichst vollständiges Bild von dem Mann zu bekommen. Je mehr ich über ihn weiß, desto einfacher wird es, seine Schritte vorherzusagen.«

»Tja, dabei kann ich Euch leider nicht helfen», erwiderte Douglas. Sein Ton machte deutlich, dass diese Unterhaltung seiner Meinung nach bereits lange genug gedauert hatte. »Wenn ich noch irgendetwas für Euch tun kann, dann sagt Bescheid. Am besten wendet Ihr Euch an Philipp. Er ist der Mann, der sich um alles kümmert.«

»Ich werde versuchen, Euch nicht allzu sehr zur Last zu fallen«, erwiderte Gilan lächelnd. Douglas schüttelte nachdrücklich den Kopf. Er schien die meisten Dinge nachdrücklich zu tun, wie Gilan feststellte.

»Ihr fallt nicht zur Last, gar nicht.« Und damit hatte er Gilan bereits abgehakt.

Vier

Die vorübergehende Abwesenheit des zuständigen Waldläufers konnte nach Gilans Meinung durchaus Foldars Entscheidung beeinflusst haben, Highcliff als Ausgangspunkt für seine Überfälle auszuwählen – immer angenommen, dass er es tatsächlich war.

Einen Tag nach seiner Ankunft ritt Gilan über die in Burgnähe gelegenen Felder. Es war ein gutes, fruchtbares Land. Die Mehrheit der Bauern hier betrieb Milchwirtschaft. Die Gegend schien ruhig, die Leute wirkten zufrieden und freundlich.

Um die Mittagszeit hielt Gilan an einem kleinen Dorfgasthaus an. Da es ein sonniger Tag war, entschied er sich dafür, an einem Tisch draußen vor dem Gasthof Platz zu nehmen. Die Wirtin war eine attraktive Frau um die dreißig. Sie hatte ein freundliches Wesen und lächelte ihn an, während sie seine Bestellung aufnahm. Er bemerkte, dass sie einen schlichten Ring am Finger trug. Dennoch war nirgendwo in der Wirtschaft etwas von einem Ehemann zu sehen.

Als die Wirtin zurückkam und einen Bierkrug vor ihn stellte, sah er sich noch einmal suchend um.

»Ist Euer Mann verreist?«, fragte er.

Das Lächeln der Frau schwand. Traurigkeit erfüllte ihren Blick. »Er fiel im Krieg«, sagte sie.

Gilan machte eine entschuldigende Geste. »Das tut mir leid«, sagte er und bedauerte, dass er sie an ihren Verlust erinnert hatte. »Ich hätte nicht fragen sollen.«

Sie zuckte ergeben mit den Schultern. »Ich bin nicht die einzige Frau hier, die ohne Mann zurückgeblieben ist«, sagte sie. »Und ich bin besser dran als die meisten. Zumindest habe ich ein Geschäft, das ich allein führen kann. Manche Witwen stehen mit einem Bauernhof da, um den sie sich kümmern müssen – und das ist schließlich keine Arbeit für eine Frau.«

Sie lächelte wieder, wenn auch nicht ganz so strahlend wie vorher, und wechselte das Thema. »Also, was führt Euch zu uns, Waldläufer?«

»Bitte sagt doch Gilan.«

Sie ergriff seine ausgestreckte Hand und schüttelte sie.

»Ich bin Maeve«, sagte sie und musterte ihn offen.

Dieser Gilan war groß und gut aussehend, stellte sie fest. Er schien Humor zu haben und aus seinen Augen blitzte der Schalk. Dabei strahlte er ein ruhiges Selbstbewusstsein aus, keine Arroganz wie manch andere junge Männer. Er war wahrscheinlich ein oder zwei Jahre jünger als sie selbst. Doch das war kein großer Altersunterschied und sie fragte sich, ob er wohl verheiratet war.

Maeve war so in Gedanken, dass sie Gilans Antwort auf ihre Frage nicht richtig mitbekam.

»Was sagtet Ihr, führt Euch her?«, fragte sie nach.

»Oh, nur eine Angelegenheit auf der Burg«, antwortete Gilan beiläufig. »Eigentlich sind es nur ein paar Formalitäten, um die Dinge nach dem Krieg wieder in Ordnung zu bringen.« Er machte eine Pause, dann fügte er hinzu: »Kennt Ihr eigentlich Philipp, den Seneschall?«

In der Vergangenheit hatte er oft genug festgestellt, dass Wirte normalerweise gut informiert waren, was örtlichen Klatsch betraf. Und sie waren meist allzu gern bereit, ihr Wissen zu teilen. Maeve erwies sich da nicht als Ausnahme.

»Philipp ist ein guter Verwalter«, erzählte sie. »Das heißt: Wenn er es schafft, den Würfeln fernzubleiben.«

»Er spielt?«, hakte Gilan nach.

Maeve zögerte. Sie mochte Philipp und wollte nicht, dass Gilan ein falsches Bild von ihm bekam.

»Früher hat er gespielt. Er und ein paar der Kaufleute am Ort haben regelmäßig im Schwan gewürfelt.« Sie deutete mit dem Kopf auf ein einstöckiges Haus auf der anderen Seite der Hauptstraße, das offensichtlich eine Taverne war. »Aber ich habe ihn nun schon seit ein oder zwei Monaten nicht mehr dort gesehen. Ich denke, er hat dem Spiel inzwischen abgeschworen. Er hatte ziemliche Schulden bei den anderen Spielern angehäuft. Einige von ihnen drohten, es Baron Douglas zu melden, aber es ist ihm gelungen, sie davon abzubringen.«

»Da hat er Glück gehabt«, sagte Gilan. Als Seneschall war Philipp für die Finanzen der Burg verantwortlich.

Douglas wäre es wohl kaum recht, zu hören, dass sein Verwalter Spielschulden im Ort angehäuft hatte.

»Stimmt. Nicht, dass irgendjemand hier eine besondere Vorliebe für den Baron ...« Maeve hielt schuldbewusst inne, als sie merkte, dass sie vielleicht zu viel ausgeplaudert hatte.

Gilan lächelte verständnisvoll.

»Ich habe ihn bereits kennengelernt«, sagte er. »Er neigt ein wenig zur Selbstherrlichkeit, nicht wahr?«

Maeve schien sich zu entspannen. »Wie gesagt, niemand hier hat das Gefühl, ihm noch etwas zu schulden. Man schuldet ihm bereits genug an Steuern«, fügte sie düster hinzu. »Er langt ziemlich zu, wenn es darum geht, die örtlichen Geschäfte zu besteuern.«

Gilan nickte, ohne eine Miene zu verziehen. Doch innerlich musste er grinsen. Er hatte noch keinen Händler oder Wirt getroffen, der nicht der Meinung war, zu viel Steuern zu zahlen.

»Also kommt Philipp dieser Tage nicht mehr so oft in den Ort?«, fragte er.

Maeve schüttelte nachdrücklich den Kopf. »Nicht in den Schwan«, erklärte sie. »Aber ich habe ihn kürzlich einige Male spätnachts im Ort gesehen. Ich habe einen leichten Schlaf und sitze oft an meinem Fenster und schaue auf die Straße hinaus.«

Sie fügte nicht hinzu, dass ihr Schlafmangel der Einsamkeit in den frühen Morgenstunden geschuldet war. Das war die Zeit, in der sie – so untätig und allein – den Verlust ihres Mannes am schmerzhaftesten spürte.

»Wohin ging er?«, fragte Gilan.

Sie zögerte ein paar Sekunden. »Wenn er es war. Obwohl ich ziemlich sicher bin, dass er es war. Sein Gesicht habe ich nie richtig sehen können, doch er hat eine ganz bestimmte Weise zu gehen. Die Art, wie er seinen Kopf vorstreckt und die Schultern vorzieht, erkenne ich. Er schien zu Ambrose Turners Haus am Ende der Hauptstraße zu wollen. Ich fand es eigenartig, da Ambrose derjenige ist, dem er das meiste Geld schuldet.«

»Hat er es nicht geschafft, seine Schulden zurückzuzahlen?«, fragte Gilan.

»Das weiß ich nicht. Muss er aber wohl, sonst wäre er ja kaum bei Ambrose willkommen, oder?«

Gilan runzelte nachdenklich die Stirn. »Nein, wohl nicht«, pflichtete er ihr bei.

Maeve, die während ihrer Unterhaltung auf dem Rand seines Tisches gesessen hatte, blickte auf, als eine Gruppe neuer Gäste hereinkam und sie fröhlich grüßte.

»Um die muss ich mich jetzt kümmern«, entschuldigte sie sich. »Euer Essen wird gleich kommen. War nett, mit Euch zu reden, Gilan. Kommt doch gelegentlich wieder vorbei«. In ihren Augen lag ein fast sehnsüchtiger Blick, als sie diese Einladung aussprach.

»Das werde ich«, erwiderte Gilan mit einem Lächeln. Doch in Gedanken war er bereits vollauf damit beschäftigt, aus ihren Informationen seine Schlüsse zu ziehen. Es gab einiges, worüber er nachdenken musste.

An diesem Nachmittag ritt er gemächlich zur Burg zurück und dachte immer noch über die Dinge nach, die er erfahren hatte:

Der Seneschall war – zumindest früher – ein leidenschaftlicher Spieler. Noch schlimmer: Er war ein erfolgloser Spieler und hatte bei einigen Händlern am Ort Schulden gemacht. Das war eine gefährliche Kombination. Als Seneschall hatte Philipp Zugang zur Schatzkammer der Burg. Wenn er die Schulden zurückgezahlt hatte – und wie Maeve richtig bemerkt hatte, wäre er wohl kaum mehr in der Ortschaft willkommen, wenn er das nicht getan hatte – dann war seine wahrscheinlichste Geldquelle die Schatzkammer der Burg.

Es gab darüber hinaus noch einen anderen Gedanken, der nahelag: Philipps Spielsucht machte ihn zu einem erstklassigen Ziel für Erpressung. Sollte der Baron erfahren, dass sein Seneschall Spielschulden hatte, würde er diesen sofort entlassen.

Was, wenn Foldar Philipps Geheimnis entdeckt hatte? Er hätte seine Schulden bezahlen und ihm dann mit der Aufdeckung seines Geheimnisses drohen können. Sobald er den Mann in seinen Klauen hatte, konnte er ihn dazu gezwungen haben, sein Informant auf Burg Highcliff zu werden, auch was die Geldtransporte anging.

Die vierteljährliche Steuerabgabe an den König war in einer Woche fällig. Hatte Philipp vielleicht Foldar Informationen darüber zukommen lassen, welcher Betrag nach Schloss Araluen geschickt werden sollte?

Hatte er ihm vielleicht auch das Datum und den Transportweg verraten?

Das könnte seine heimlichen nächtlichen Ausflüge in den Ort erklären. Was, wenn er nicht zum Kaufmann Ambrose ging, sondern sich stattdessen mit Foldar oder dessen Kumpanen traf? Schließlich hatte Maeve ihn nie direkt in Ambroses Haus hineingehen sehen. Philipp konnte genauso gut daran vorbei und zu einem Treffen mit Foldar gegangen sein.

Bei all diesen Überlegungen hätte Gilan beinahe die Warnung überhört, die Blitz ihm zukommen ließ, ein tiefes Brummen und eine heftige Kopfbewegung nach links. Alarmiert blickte er in diese Richtung und entdeckte zwei Gestalten hinter einem umgestürzten Baumstamm auf der anderen Seite des Flusses, den er eben entlangritt. Den Bruchteil einer Sekunde später bemerkte er auch, dass jeder der beiden mit einer Armbrust ausgestattet war und damit auf ihn zielte.

Gilan zog die Füße aus den Steigbügeln und ließ sich nach rechts aus dem Sattel fallen, sodass er durch sein Pferd vor den Angreifern verborgen war. Im gleichen Moment hörte er ein verdächtiges Surren unmittelbar neben seinem Kopf und spürte etwas an seinem Umhang zerren. Dann kam er auch schon auf dem Boden auf und rollte sich ab, um den Sturz abzufangen. Sofort rief er leise: »Blitz! Panik!«

Die Stute stellte die Ohren auf, sobald sie ihren Namen hörte. Beim zweiten Wort setzte sie zu einer bemerkenswerten Vorführung an. Mit einem lauten

Wiehern erhob sie sich auf die Hinterbeine, mit den Vorderbeinen schlug sie wild in die Luft. Sobald ihre Vorderhufe wieder auf dem Boden aufkamen, drehte sie sich mit einem unablässigen Wiehern panisch im Kreis. Anschließend rannte sie einige Schritte zurück, blieb stehen, zögerte und rannte in die entgegengesetzte Richtung. Dabei warf sie wie wild mit dem Kopf und schüttelte ihre Mähne.

Das Ganze war eine sorgsam einstudierte Verhaltensweise, eine von vielen, die Waldläufer und ihre Pferde vom ersten gemeinsamen Tag an übten. Der Lärm und die Bewegungen, die offensichtliche Panik, all das diente zur Ablenkung.

Auch jetzt bewährte sich dieser Trick: Statt auf Gilan starrten die Beobachter wie gebannt zu dem panischen Pferd.

Das verschaffte Gilan ausreichend Zeit, sich einige Male zur Seite zu rollen und sich dabei in seinen Umhang zu hüllen. Schließlich blieb er flach auf dem Boden liegen, sein unter einem Zipfel des Umhangs wie unter einer Maske verborgenes Gesicht in die Richtung gewandt, aus welcher der Angriff erfolgt war. Er lag absolut still und atmete nur verhalten, während Blitz sich von ihrer angeblichen Panik erholte und mit gesenktem Kopf etwa zehn Schritte von ihm entfernt stehen blieb.

Vertrau auf den Umhang. Das wurde allen Waldläufern während ihrer Lehrjahre eingetrichtert. Und genau dieser Regel folgte Gilan jetzt, indem er unbeweglich im matschigen Gras lag. Das grau-grüne Muster des Umhangs machte ihn für alle Beobachter praktisch unsichtbar.

Seine Angreifer befanden sich kaum dreißig Schritte entfernt, nur der tiefe Fluss trennte sie. Er konnte sie klar und deutlich hören.

»Wo ist er hin?«

»Ich habe ihn erwischt. Ich weiß, dass ich ihn erwischt habe.« Die zweite Stimme klang aufgeregt. Die erste Stimme antwortete daraufhin voller Sarkasmus.

»Und wo ist er dann? Es ist nichts von ihm zu sehen.«

»Er muss aber da sein. Ich bin sicher, dass …« Die Stimme brach ab.

Mit zusammengekniffenen Augen beobachtete Gilan, wie die beiden Männer hinter dem umgestürzten Baumstamm hervortraten und vorsichtig zum Flussufer liefen. Der Ältere blickte misstrauisch auf das dunkle, schnell fließende Wasser.

»Dann spring rüber und such ihn«, befahl er, doch sein Kumpan schnaubte entrüstet.

»Rüberspringen? Bestimmt nicht! Der Fluss ist so tief, dass man nicht stehen kann, und ich kann nicht schwimmen! Spring doch selber rüber.«

Jetzt erst merkten die beiden verhinderten Angreifer, dass keiner von ihnen seine Armbrust neu geladen hatte. Das holten sie nun nach und stöhnten schwer unter der Anstrengung.

Gilan sah zu der Stelle ein paar Schritte weiter, wo sein Langbogen lag. Er hatte ihn während seines Falles losgelassen, um nicht darauf zu landen und ihn dadurch zu zerbrechen. Er überlegte kurz, wie er weiter vorgehen sollte. Er konnte sich erheben. Innerhalb von Sekunden hätte er sich den Bogen geschnappt. Noch zwei Sekunden, um einen Pfeil aus dem Köcher zu ziehen und anzulegen. Dann eine halbe Sekunde, um zu zielen und zu schießen. Und das alles unter der Voraussetzung, dass sein Umhang, der im Augenblick um seinen Körper gehüllt war, nicht seinen Griff zum Köcher behinderte. Wahrscheinlicher war jedoch, dass der Köcher und die darin befindlichen Pfeile hoffnungslos in den Falten seines Umhangs steckten, was wichtige Sekunden kosten würde, bis er endlich einen Schuss abgeben konnte.

Nein. Er hatte die Gelegenheit verpasst, als die beiden Feinde dort mit nicht geladener Armbrust gestanden hatten. Hätte er es jetzt nur mit einem Gegner zu tun, hätte er es riskieren können. Doch mit zwei Schützen in so geringer Entfernung war das Risiko zu groß. Nur einen Moment, nachdem er diese Entscheidung getroffen hatte, war er äußerst froh darüber. Da meldete sich nämlich eine dritte Stimme zu Wort.

»Ihr beiden! Was ist los?«

Die Stimme klang nicht ungebildet, doch der Ton war scharf und fordernd. Gilan schaute in die Richtung, aus der sie kam. Er wagte es nicht, den Kopf zu bewegen, und konnte am Rand seines Gesichtsfelds gerade noch eine dunkle Gestalt wahrnehmen. Wer immer es war, er schien in Schwarz gekleidet zu sein. Mit der Antwort eines der Schützen wurde die Identität des dritten Mannes auch schon enthüllt.

»Wir schauen nur nach, Lord Foldar.«

Gilan merkte auf. Also ist Foldar tatsächlich hier, dachte er.

»Ihr schaut nach? Was schaut ihr denn genau? Habt ihr ihn nun erwischt oder nicht?«

Die beiden Schützen tauschten einen besorgten Blick aus. Dann antwortete der Ältere: »Ja. Wir haben ihn erwischt. Er ist zu Boden gegangen und wir denken, dass er erledigt ist.«

»Dann seht zu, dass er auch wirklich erledigt ist«, befahl Foldar aufgebracht. Wieder tauschten die beiden Männer einen besorgten Blick aus. Wenn sie Gilan nicht entdecken konnten, wie sollten sie dann sicher sein, dass er auch wirklich tot war? Schließlich zuckte der Ältere leicht mit den Schultern.

»Sehr wohl, Lord Foldar«, antwortete er und hob seine Armbrust. Er zielte auf irgendeine Stelle etwa drei oder vier Schritte links von Gilan und zog den Abzug. Es war das übliche hässliche Surren zu hören und dann ein dumpfer Einschlag, als der Bolzen sich in die Erde bohrte.

Gilan beschloss, dass das Ganze nun lange genug gedauert hatte. Blitz stand immer noch ein paar Schritte entfernt. Der Waldläufer pfiff leise, ein melodischer Pfiff aus einer Folge von drei Tönen – ein weiteres einstudiertes Signal. So leise es auch war, die Schützen auf der anderen Seite des Flusses hörten es auch und blickten abrupt auf, nicht sicher, woher das Geräusch gekommen war.

»Was war das?«, fragte der Jüngere. Doch da lieferte Blitz die nächste Vorstellung. Die Stute hob den Kopf, legte die Ohren an und blickte von Gilan weg und in den Wald hinein. Mit einem Wiehern trottete sie in diese Richtung.

»Es kommt jemand!«, sagte der ältere Schütze. »Sehen wir zu, dass wir von hier verschwinden.«

Gilan sah ihnen nach, als sie unbeholfen durch das Unterholz stapften. Er hörte noch einen kurzen, aufgebrachten Wortwechsel zwischen ihnen und Foldar, wobei sie ihrem Anführer versicherten, dass Gilan tot sei. Schließlich verschwanden alle drei Gestalten zwischen den Bäumen auf der anderen Seite des Flusses.

Gilan wartete ein paar Minuten, dann setzte er sich langsam auf. Er pfiff und Blitz kam zu ihm zurückgetrottet.

Wie war ich?

»Du warst beeindruckend«, antwortete Gilan. »Um genau zu sein, kam mir kurzzeitig der Gedanke, ob du nicht vielleicht wirklich Panik bekommen hast.«

Blitz schnaubte abfällig. *Ich? Panik? Wegen zwei tollpatschiger Armbrustschützen? Warum hast du sie denn nicht erschossen?*

»Ich habe meinen Bogen fallen gelassen«, sagte Gilan und wünschte sofort, er hätte es unterlassen. Blitz drehte den Kopf und sah ihn von der Seite an.

Natürlich.

Er stieg auf und ritt nachdenklich davon. Nach ein paar Meilen sprach er seine Gedanken aus. »Warum sollte Foldar Männer schicken, die mir auflauern? So bleibt man gewiss nicht unbemerkt. Niemand bildet sich ein, dass er nicht auffällt, wenn er einen Waldläufer umbringt.«

Vielleicht mag er Waldläufer einfach nicht.

»Möglich. Aber wahrscheinlicher ist, dass er weiß, dass ich hinter ihm her bin. Vermutlich hoffte er, dass er mich erwischen könnte, bevor ich ihn erwische.«

Woher sollte er wissen, dass du hinter ihm her bist? Dann müsste ihm ja jemand von dir erzählt haben.

»Eben«, sagte Gilan. »Und es gibt nur zwei Leute, die wissen, was ich hier suche.«

Fünf

Es war einige Stunden nach Mitternacht, als Philipp aus dem großen Gebäude am Ende des Dorfes kam. Er bewegte sich verstohlen und blieb im Schatten der Häuser. In seiner rechten Hand trug er einen weißen Leinensack.

Gilan beobachtete ihn von einer Seitenstraße aus. Der Seneschall ging ganz nahe an ihm vorbei, bemerkte ihn aber nicht. Gilan konnte es klimpern hören, als Philipp den Sack in seine andere Hand wechselte.

Geld, dachte der Waldläufer. Und zwar eine ganze Menge.

Als der Seneschall weiterging, rannte Gilan leichtfüßig zur Rückseite der Allee. Er blieb parallel zur Hauptstraße und rannte weiter. Seine Füße verursachten kaum ein Geräusch auf der weichen Erde. Beim Erreichen des Ortsendes hatte er Philipp bereits überholt und befand sich nun etwa zwanzig Schritt vor ihm.

Philipp ging mit dem schweren Sack langsam. Er hatte den Kopf gebeugt und schien sich nicht weiter für seine Umgebung zu interessieren. Zu dieser Nachtzeit erwartete er nicht, jemanden zu sehen oder von jemand gesehen zu werden. Dennoch blieb Gilan hinter den Bäumen in Deckung, als er nun parallel zur Hauptstraße zurück zur Burg rannte und immer mehr Abstand zwischen sich und den Seneschall legte.

Nach Sonnenuntergang war der äußere Wachposten nicht besetzt. Die Wachen hatten sich ins Burginnere zurückgezogen und das schwere Fallgitter war nach unten gelassen worden, um den Zugang zu versperren. Doch es befanden sich immer noch Wachen auf dem Wehrgang, die den schmalen Zugangsweg gut im Blick hatten.

Als Gilan Philipp am frühen Abend von der Burg aus gefolgt war, hatte er beobachtet, wie der Seneschall unbeholfen über den Abhang neben der Straße geklettert war, wo ein steiniger und kaum erkennbarer Pfad zwischen den Felsbrocken hindurch führte. Hier war er dem Blick der Wachposten verborgen. Gilan bewegte sich jetzt entlang des Pfades, bis er nur ein paar Schritte von den hoch aufragenden Burgmauern entfernt war. Er presste sich gegen den rauen Stein und schob sich nach links um einen der Ecktürme. Ein paar Schritte weiter kam er zu dem schmalen Weidentor, das Philipp benutzt hatte, um die Burg zu verlassen.

»Es gibt immer einen geheimen Weg hinein und heraus«, hatte Gilan sinniert, als er gesehen hatte, wie der Seneschall das Tor am Abend aufgeschlossen hatte. Dies war der Grund, weshalb er Philipp vorausgeeilt war. Wenn der Seneschall die Burg wieder betrat, würde er das Tor gewiss verschließen. Gilan zog es hinter sich zu und schlich sich lautlos zum Bergfried.

Sobald er diesen betreten hatte, verbarg er sich hinter einem hohen Lehnstuhl. Von diesem Versteck aus hatte er freien Blick auf Philipps Kontor und auf die massive Tür zur Schatzkammer, wo die Steuereinnahmen aufbewahrt wurden.

Er musste nur einige Minuten warten, da wurde die Tür bereits geöffnet und der Seneschall betrat den Bergfried. Er blickte sich um, als wolle er sich vergewissern, dass niemand zusah, und eilte dann weiter in Richtung Schatzkammer. Wieder hörte Gilan das Klimpern von Münzen, als der Seneschall den weißen Sack absetzte und mit einem Schlüsselbund herumfummelte, um die Tür zu öffnen.

Einige Minuten später kam er heraus und betätigte sich erneut an den verschiedenen Schlössern der Schatzkammer. Am Ende überprüfte er noch einmal sorgfältig, ob die Tür auch wirklich verschlossen war. Mit einem müden Seufzer verschwand er dann in seinem Kontor. Gilan wusste, dass Philipps Privaträume sich hinter dem Kontor befanden. Er beobachtete außerdem, dass der Seneschall beim Herauskommen aus der Schatzkammer den Geldsack nicht mehr bei sich trug.

»Interessant«, sagte Gilan leise zu sich.

»Das ist ein großes Risiko«, wandte Baron Douglas stirnrunzelnd ein, als Gilan seinen Plan erläuterte. »Ihr wollt die ganzen Steuereinnahmen in einem kleinen Karren ohne Eskorte schicken? Das gefällt mir nicht.«

»Das Geld ist nicht direkt ohne Eskorte«, widersprach Gilan. »Schließlich werde ich mitfahren.«

Baron Douglas sah nicht überzeugt aus. Waldläufer hin oder her, ein einziger Mann würde bei einem Überfall von Foldars Bande wohl kaum einen Unterschied machen.

»Der Punkt ist der«, fuhr Gilan fort, »dass Foldar denken wird, dass das Geld sich im üblichen Transport befindet. Wir werden alles so organisieren, dass der normale Transport mit der üblichen Eskorte zehn Minuten nach dem kleinen Karren abfährt.«

Baron Douglas lehnte sich in seinem Stuhl zurück und schüttelte zweifelnd den Kopf.

»Wenn Foldar wirklich einen Überfall auf den Transport plant«, sagte er, »dann beobachtet er die Burg und wird sehen, wie der kleine Karren mit Euch abfährt, ein paar Minuten bevor der große Wagen mit seiner Eskorte losfährt. Er wird vermuten, dass Ihr das Geld nicht aus den Augen lassen würdet, und sofort eine Falle wittern. Schließlich ist er kein Narr.«

»Darauf setze ich auch.« Gilan lächelte. »Denn ich habe eine doppelte Täuschung im Sinn. Das Geld wird genau dort sein, wo es sein soll – im großen Wagen mit der Eskorte. Während also Foldar den Karren angreift – und mir so die Gelegenheit verschafft, ihn gefangen zu nehmen – wird der echte Steuertransport schon meilenweit entfernt und in Sicherheit sein.«

Einen Augenblick lang war Douglas sprachlos. Seine Lippen bewegten sich wortlos, während er versuchte, Gilans verdrehten Gedankengängen zu folgen.

»Also wird der große Transport, der eigentlich eine Ablenkung sein soll, tatsächlich das Geld geladen haben, während der kleine Karren mit Euch darin die Fälschung sein wird?«

»Stimmt genau«, sagte Gilan fröhlich. »Manchmal bin ich so raffiniert, dass ich mich selbst verwirre.«

»Ich möchte nicht an Eurer Stelle sein, wenn Foldar Euch erwischt und merkt, dass Ihr ihn hereingelegt habt«, sagte Douglas.

»Das gehört ja zum Plan. Ich möchte schließlich, dass er mich erwischt. Dann brauche ich ihn nicht aufzuspüren und spare Zeit.«

Douglas schüttelte den Kopf bei diesen Worten. »Besser Ihr als ich. Ich möchte ihm nicht gegenüberstehen, wenn er wütend ist. Allein sein Blick kann einem eine Gänsehaut einjagen. Seine Augen sind so kalt und leblos wie die einer Schlange.«

»Oh, ich habe in meiner Zeit als Waldläufer schon ein paar solche Schlangen erledigt«, sagte Gilan nachdrücklich und gab unvermittelt seine bisherige Heiterkeit auf.

Douglas rieb sich nervös das Kinn, als er plötzlich den stahlharten Blick in den Augen des jungen Waldläufers bemerkte. Er blickte zur Seite und wechselte schnell das Thema.

»Natürlich werden die Männer, welche die Wagen beladen, Bescheid wissen, wo genau sich nun das Geld befindet. Wir müssen sicher gehen, dass sie nicht reden.«

»Sperrt sie einen Tag lang ein«, sagte Gilan.

Douglas runzelte die Stirn. »Ist das nicht ein wenig übertrieben?«, fragte er.

Gilan zuckte mit den Schultern. »Ihr müsst sie ja nicht in ein Verlies werfen. Haltet sie nur einen Tag lang in der Burg fest. Wir dürfen kein Risiko eingehen, dass etwas von der doppelten Täuschung zu Foldar gelangt. Und wir wissen, dass es irgendwo in der Burg einen Informanten gibt. Auf diese Weise werden nur Ihr und ich diejenigen sein, welche die wahre Geschichte kennen.«

»Und Philipp natürlich«, ergänzte Douglas. »Er muss schließlich das Geld zählen und die Steuerformulare ausfüllen. Oder soll ich ihn etwa auch fernhalten?«

Gilan zögerte nur einen Moment, dann sagte er leichthin: »Nein. Ich bin sicher, dass wir Philipp trauen können.«

»Wie viele Männer habt Ihr in Eurer Truppe?«, fragte Gilan den rotbärtigen Bauern. Sein Name war Bran Richards und er war der Kommandant der örtlichen Bogenschützen. Jedes Lehen im Königreich hatte die Pflicht, eine einsatzbereite Truppe von Bogenschützen zu stellen. Die Männer übten die Schießkunst das ganze Jahr über, zusätzlich zu ihrer normalen Arbeit wie Pflügen, Ernten oder Getreidemahlen. Im Kriegsfall konnten sie so in die königliche Armee eingezogen werden und waren sofort kampfbereit.

»Fünfzehn«, antwortete der Mann. »Eigentlich wären es achtzehn, aber wir haben drei Mann im Krieg verloren. Ich werde so bald wie möglich drei neue Männer rekrutieren und ausbilden müssen.«

»Hm. Nun ja, sechs Männer sollten für meine Zwecke reichen. Sucht Eure sechs besten Bogenschützen aus und wartet übermorgen drei Meilen hinter der Stelle auf mich, wo die Küstenstraße und die Hauptstraße sich teilen. Es gibt dort ein kleines Wäldchen, wo Ihr Euch verbergen könnt. Bleibt außer Sicht. Um genau zu sein, wäre es wahrscheinlich am besten, wenn Ihr Euch noch vor der Dämmerung dorthin begebt.«

Bran nickte. »In Ordnung.«

Ein weiterer Gedanke kam Gilan.

»Noch etwas«, fügte er hinzu. »Sagt Euren Männern, dies sei nur eine Routineübung. Erwähnt keinesfalls, dass ich damit zu tun habe – niemandem gegenüber.»

Bran nickte. Er deutete auf den Krug, der zwischen ihnen auf dem Tisch stand. Sie saßen zusammen in der gemütlichen Stube seines Hauses.

»Noch etwas Apfelmost?«, bot er an. Doch Gilan lehnte ab.

»Ich brauche einen klaren Kopf«, sagte er, »denn ich muss noch einige Vorbereitungen treffen.«

Sechs

Der Beobachter auf dem Hügel sah zu, wie das Fallgatter langsam nach oben gezogen wurde, um einen kleinen geschlossenen Karren aus dem Burghof zu lassen, der von einem einzelnen Pferd gezogen wurde. Ein braunes Pferd war mit einem Führseil hinten an den Karren gebunden. Neben dem Kutscher saß eine hochgewachsene Gestalt, die den unverwechselbaren Umhang eines Waldläufers trug. Der Beobachter sah zu, wie der Karren langsam bis zur Weggabelung fuhr und der Küstenstraße folgend nach links abbog.

Etwa zehn Minuten später fuhr ein zweiter Wagen – größer als der erste und von zwei Pferden gezogen – aus dem Burghof. Eine Eskorte von sechs bewaffneten Männern folgte ihm. Dieser Wagen bog an der Weggabelung nach rechts ab und folgte der Hauptstraße, die Richtung Wald führte.

»Genau wie Lord Foldar gesagt hat«, murmelte der Mann auf dem Hügel, eilte zu seinem Pferd und ritt davon. Er galoppierte querfeldein und blieb der Straße fern, bis er den langsam fahrenden Wagen überholt hatte und weit genug vor ihm war, um von dort aus nicht gesehen zu werden. Dann kehrte er auf die Straße zurück und erhöhte seine Geschwindigkeit. Als er zu einem umgestürzten Baum neben der Straße kam, zog er die Zügel an. Foldar kam aus dem Wald, unverkennbar in seinem schwarzen Samtmantel mit dem hohen Kragen. Unter dem Mantel trug er ein Kettenhemd, das ebenfalls schwarz war. Über seinem linken Arm hatte er einen dreieckigen Schild. Sein langes Schwert steckte in einer Scheide an seinem Sattelknauf.

Foldar lenkte sein Pferd näher. »Bericht!«, forderte er.

Der Reiter zögerte unwillkürlich, denn wenn sein Anführer ihn direkt ansah, fühlte er sich immer etwas unwohl. Dieser Mann hatte einen starren Blick und schien, wenn überhaupt, nur selten zu blinzeln.

»Der kleine Karren ist vor zwanzig Minuten losgefahren, meldete er. »Der Waldläufer saß darauf.«

»Und ist das dann der gleiche Waldläufer, von dem du mir versichert hast, dass du ihn getötet hättest?«, fragte Foldar kühl.

Der Späher bewegte sich verlegen im Sattel.

»Ja, Lord Foldar. Ich bitte um Entschuldigung. Ich dachte …«

Aber der Anführer der Banditen schnitt ihm mit einer energischen Handbewegung das Wort ab. »Hör auf herumzuplappern. Ist der zweite Wagen ebenfalls losgefahren?«

»Kurz darauf, Lord Foldar. Er kommt über die

Hauptstraße durch den Wald, genau wie von Euch erwartet.«

Foldar schnaubte höhnisch bei dem schwachen Versuch des Mannes, sich einzuschmeicheln.

»Und der Karren zur Ablenkung?«, fragte er.

»Der kleine Karren hat die Küstenstraße genommen.«

Foldar überlegte kurz. Es war ein plumper Versuch, ihn zu täuschen, fand er, auch wenn er dem Waldläufer zugutehalten musste, dass er auf dem Ablenkungskarren selbst mitfuhr. Das zeigte zumindest etwas Einfallsreichtum. Umso ärgerlicher würde es für den Waldläufer sein, wenn ihm klar wurde, dass sein Plan fehlgeschlagen war. Meilenweit vom echten Angriff entfernt würde er keine Möglichkeit haben, ins Geschehen einzugreifen.

»Sehr gut«, sagte Foldar. »Dann runter von der Straße mit dir, damit du nicht gesehen wirst.«

»Zu Befehl«, sagte der Kundschafter unterwürfig. Sie ritten zurück in den Wald, wo eine Gruppe schwer bewaffneter Reiter auf Foldars Befehl wartete.

»Du, du und du«, sagte er und deutete mit einem Daumen auf den Kundschafter und zwei andere Männer. »Postiert euch auf der anderen Seite der Straße. Wenn ihr mein Horn hört, dann greift ihr sofort an und macht dabei möglichst viel Lärm.«

Die drei Männer bestätigten den Befehl mit nachdrücklichem Nicken, doch als sie losgehen wollten, hielt ihr Anführer sie noch einmal auf.

»Achtet darauf, außer Sicht zu bleiben«, befahl er

noch einmal warnend. Dann blickte er sich unter den verbliebenen Männern um. »Sobald die Eskorte abgelenkt ist, greifen wir an. Aber nicht, bevor ich den Befehl dazu gegeben habe.«

Einige Reiter nickten. Sie waren erleichtert, dass sie nicht für den ersten Angriff ausgewählt worden waren. Sie wussten, dass Foldar mit dem Hauptangriff so lange warten würde, bis die Soldaten der Eskorte voll beschäftigt waren. Die drei Männer, die er ausgewählt hatte, wären zwei zu eins in der Minderheit, und es war unwahrscheinlich, dass sie alle überlebten. Alle drei hatten während der letzten Tage Foldars Unmut auf sich gezogen.

Sie hörten den Konvoi kommen, noch bevor sie ihn sahen, dafür sorgten der Hufschlag der Pferde und das laute Quietschen des Fuhrwerks. Schließlich kam der Transport um die Ecke gebogen. Zwei Männer der Eskorte ritten vor dem Fuhrwerk, zwei weitere zu jeder Seite, die beiden letzten Männer bildeten die Nachhut. Außer dem Kutscher befand sich noch ein weiterer bewaffneter Mann auf dem Kutschbock.

Die Eskorte war in Alarmbereitschaft und behielt ständig den Wald zu beiden Seiten der Straße im Auge. Die Nachhut drehte sich jede halbe Minute um, um die Straße hinter sich zu beobachten.

Foldar hatte schon damit gerechnet, dass sie zu einem so frühen Zeitpunkt ihrer Fahrt auf der Hut waren. Deshalb hatte er auch die drei Männer auf die andere Seite der Straße geschickt, die die Aufmerksamkeit vom Hauptangriff ablenken sollten.

Jetzt wartete er darauf, dass der Wagen sich langsam der Stelle näherte, wo er mit seinen Männern im Wald versteckt lag. Das Pferd neben ihm machte einen Schritt, bevor sein Reiter es zügeln konnte.

»Still, verdammt!«, zischte Foldar und sah sich den Mann genau an.

Der Bandit wurde blass. Er wusste, sein Anführer würde ihn zu einem späteren Zeitpunkt bestrafen. Wahrscheinlich ist es ratsam, die Bande nach diesem Überfall zu verlassen, dachte er.

Foldar hatte ein kleines Messinghorn an seinem Gürtel hängen, das er nun hob. Im richtigen Moment stieß er kurz ins Horn.

Die Männer der Eskorte vernahmen das Tuten und erkannten auch, dass es von links kam. Alle zugleich drehten sie sich in die entsprechende Richtung und griffen nach ihren Schwertern. Dann hörten sie Geschrei und ein plötzliches Donnern von Pferdehufen von rechts und drehten sich zurück in diese Richtung. Einen Moment lang herrschte Konfusion. Dann rief der Offizier seine Befehle und sammelte die Eskorte an der rechten Straßenseite – gerade noch rechtzeitig, um die angreifenden Reiter abzuwehren.

Anfangs waren die Angreifer im Vorteil. Die Eskorte hatte kaum Zeit, sich zu einer Verteidigungslinie zusammenzuschließen, da hatten die drei Räuber sie auch schon erreicht. Ein Pferd der Eskorte scheute und strauchelte, als ein Bandit in vollem Galopp darauf zuritt. Ein anderer Verteidiger drehte ab und ließ sein Schwert fallen, während er an seinen verwundeten Oberarm griff und versuchte, die von einem Schwertstreich verursachte starke Blutung aufzuhalten.

Doch sobald die ursprüngliche Energie des Angriffs verpufft war, gerieten die Banditen in Schwierigkeiten. Einer fiel durch einen Schwerthieb, als er gerade nach dem Anführer der Eskorte ausholen wollte. Damit stand es zwei zu fünf und die Mitglieder der Eskorte hatten ihre Gegner im Nu umzingelt.

Im Waldstück an der linken Seite der Straße sah Foldar mit zusammengekniffenen Augen zu und wartete, bis die Eskorte vollends beschäftigt war. Er hätte früher angreifen und wahrscheinlich die beiden verbliebenen Männer dadurch retten können. Doch deren Wohl scherte ihn wenig und seine eigenen Erfolgsaussichten waren größer, wenn er wartete. Jetzt, da nur noch einer seiner Männer im Sattel saß, hielt er den richtigen Zeitpunkt für gekommen. Er hob sein Schwert, deutete damit nach vorn und führte seine Männer aus dem Wald und auf den Konvoi zu.

Wie vorher befohlen, gaben sie keinen Laut von sich. Es gab weder Schlachtrufe noch Gejohle, nur das dumpfe Schlagen der Pferdehufe im weichen Gras.

Foldar sah, wie der Letzte der drei Männer, die die ursprüngliche Attacke ausgeführt hatten, von einem Schwertstreich getroffen im Sattel zusammensackte. Wie zu erwarten, entspannten sich die Wachen jetzt und dachten, der Kampf sei vorbei. Sie wollten gerade ihre Schwerter wegstecken, als einer aufblickte und den mächtigen Trupp sah, der da auf sie zugaloppierte.

Der Mann rief eine Warnung, woraufhin die anderen sich verblüfft umdrehten.

Da hörte Foldar über ihre entsetzten Ausrufe hinweg ein weiteres Geräusch – ein Zischen – und im nächsten Moment sah er die Pfeile auch schon. Nur Sekunden später hörte er den dumpfen Einschlag. Vier seiner Männer kippten aus dem Sattel und blieben reglos liegen. Ihre Pferde liefen noch weiter, doch ohne Reiter, die sie antrieben, trotteten sie schließlich ziellos herum.

Nach einem neuerlichen Pfeilhagel gingen zwei weitere Männer zu Boden. Die Verbliebenen zügelten ihre Pferde und drehten vor dem Transportwagen und der Eskorte ab. Foldar brachte sein eigenes Schlachtross zum Halten und blickte sich suchend um, um herauszufinden, woher diese tödlichen Pfeile kamen.

Und da sah er sie. Etwa sechzig Schritte entfernt waren ein halbes Dutzend Schützen aus der Deckung des Waldes getreten. Eine hochgewachsene Gestalt auf einem braunen Pferd stand bei ihnen und gab Befehle. Auch ohne den gesprenkelten Umhang erkannte Foldar den jungen Waldläufer. Wütend überlegte er, wie der Mann so schnell hierher gekommen war und obendrein noch die Schützen aufgetrieben hatte.

Doch nun war nicht die Zeit, darüber nachzudenken. Seine eigene Truppe aus ursprünglich neun Männern war jetzt auf drei zusammengeschrumpft und die Mitglieder der Eskorte, die durch diese unerwartete Verstärkung Mut fassten, gingen bereits zum Angriff über.

»Weg hier!«, schrie Foldar seiner restlichen Bande zu. »Haut ab! Treffpunkt morgen im Lager!«

Er wartete nicht ab, ob sie ihn gehört hatten oder seinen Befehl befolgten. Stattdessen drehte er sein Pferd und gab ihm die Sporen.

In vollem Galopp lenkte er es in den Wald. Das schwere Schlachtross bahnte sich seinen Weg durch das Unterholz und zwischen den großen Bäumen hindurch. Die Äste und Zweige zischten nur so an Foldars Kopf und Schultern vorbei und trafen ihn gelegentlich schmerzhaft, wenn sie zurückschnalzten und er sich nicht schnell genug gebückt hatte. Durch solche Peitschenhiebe der Zweige stiegen unwillkürlich Tränen in seine Augen und er konnte kaum mehr sehen, wohin er ritt. Doch er vertraute auf den Instinkt des Pferdes und kauerte sich tief über seinen Hals, um den zurückschnalzenden Zweigen zu entgehen. Blindlings trieb er das Pferd jedes Mal mit den Sporen an, wenn es langsamer werden wollte.

Endlich kamen sie aus dem schattigen Wald heraus ins Sonnenlicht. Foldar hob wieder den Kopf und sah, dass sich weite Wiesen und Felder meilenweit vor ihm erstreckten. Unvermittelt tauchte ein niedriger Steinwall auf. Bevor das Pferd noch vor dem Hindernis scheuen konnte, zwang Foldar es, darüberzuspringen. Das Streitross nahm den Wall tatsächlich mit einem großen Satz. Während des Absprungs, als sein Hufschlag einen Moment lang aussetzte, hörte Foldar schnelle Hufschläge hinter sich.

Das Pferd kam schwer auf dem Boden auf und

Foldar wurde nach vorn, über den Hals des Pferdes gedrückt. Er klammerte sich an die Mähne, um sein Gleichgewicht wiederzufinden. Beinahe wäre ihm dabei sein Schwert aus der Hand gerutscht. Sobald er wieder fest im Sattel saß, blickte er sich um.

Da sah er auch schon das braune Pferd sauber die Mauer überspringen, die er gerade genommen hatte. Der Waldläufer saß dabei locker im Sattel. Das Pferd galoppierte praktisch sofort weiter und holte das schwerfällige Schlachtross mit Leichtigkeit ein.

Foldar sah sich um. Um ihn herum befand sich offenes Feld. Das nächste Waldstück war mindestens zwei Meilen entfernt. Er würde es niemals rechtzeitig erreichen. Er blickte zurück zu seinem Verfolger. Der Waldläufer war allein und nur mit einem Schwert ausgestattet. Es gab kein Zeichen des Langbogens, den Waldläufer normalerweise mit sich trugen. Foldar verzog den Mund zu einem höhnischen Grinsen. Er wusste, dass das Schwert nicht zur Standardwaffe von Waldläufern zählte. Und er selbst war ein gut ausgebildeter, erfahrener Schwertkämpfer, der über die Jahre in vielen Schlachten gekämpft hatte. Mit dem linken Arm fuhr er durch die Riemen seines Schildes und fasste den Griff.

Dann zügelte er sein Schlachtross, lenkte es in einem Halbkreis und stieß ihm die Sporen wieder in die Flanken, um seinen Verfolger anzugreifen.

Gilan nickte wissend, als er sah, wie Foldar die Richtung änderte. Bevor er die Verfolgung des Banditen aufgenommen hatte, hatte er seinen Bogen Bran zugeworfen, dem Anführer der Bogenschützen. Es war klar, dass Foldar vorhatte, in den Wald zu entkommen, und der Langbogen wäre zwischen den dicht stehenden Bäumen und unter den tief hängenden Zweigen nur hinderlich gewesen. Außerdem hatte Crowley gesagt, er solle Foldar wenn möglich festnehmen und für ein Gerichtsverfahren zurückbringen. Darum war es auf jeden Fall besser, sich auf einen Nahkampf einzulassen, statt den Gegner aus der Entfernung mit einem Pfeil zu töten.

Als das Schlachtross wieder mit trommelnden Hufen näher kam, zog Gilan sein eigenes Schwert aus der Scheide. Er spürte, wie Blitz sich unter ihm anspannte.

»Noch nicht«, sagte er und sein Pferd reagierte auf den Befehl mit einem Zucken der Ohren.

Foldar kam seitlich auf ihn zugeritten, seinen rautenförmigen Schild horizontal über dem Sattelknauf, um seinen Körper zu schützen, das lange Schwert zum Stoß erhoben. Es war eine Frage von Sekunden …

»Jetzt!«, rief Gilan, auch wenn das Kommando unnötig war. Der Schenkeldruck und das Anziehen der Zügel sagten Blitz genau, was er von ihr wollte.

Die Stute machte einen Satz seitlich nach rechts und querte blitzschnell vor dem Schlachtross, bevor Foldar noch eine Gelegenheit hatte, darauf zu reagieren. Der Bandit versuchte, sich im Sattel zu drehen, doch sein eigener Schild verhinderte die Bewegung und Gilan sauste links an ihm vorbei. Foldar riss an den Zügeln in seiner linken Hand, doch erneut war der Schild eine

Behinderung. Das Schlachtross machte eine unbeholfene Bewegung und drehte sich nach links.

An den Bewegungen von Gilans Stute hingegen war nichts Unbeholfenes. Auf Gilans Kommando hin hatte sie sich auf die Hinterbeine erhoben, drehte gleich einer Tänzerin eine Pirouette, um ihre Richtung erneut zu ändern. Als ihre Vorderhufe den Boden wieder berührten, galoppierte sie bereits im Höchsttempo auf das Schlachtross zu.

Gilan näherte sich Foldar von links. Dessen Pferd versuchte noch immer, sich zu drehen. Unvermittelt zog Foldar die Zügel an und stieß dem Tier brutal die Sporen in die rechte Flanke. In diesem Augenblick rammte Blitz das Schlachtross genau zwischen Sattel und Schulter. Dadurch wurde das große Pferd aus dem Gleichgewicht gebracht.

Blitz war auf den Zusammenstoß vorbereitet, Foldars Pferd hingegen nicht. Es verlor endgültig das Gleichgewicht und kippte seitlich weg.

Im letzten Augenblick sprang Foldar ab, setzte den Schild ein, um den Aufprall abzufangen, und rollte sich zusätzlich ab. Das Pferd schlitterte noch ein Stück über den feuchten Untergrund und seine Hufe schlugen während des Sturzes wie wild in die Luft. Mit einem verblüfften Wiehern erhob es sich unverletzt und trabte davon.

Während Foldar langsam wieder auf die Füße kam, glitt Gilan aus dem Sattel. Er stand einige Schritte von dem Banditen entfernt, das Schwert locker und mit leicht nach unten zeigender Spitze in der Hand haltend.

»Ich schlage vor, Ihr ergebt Euch jetzt«, sagte er ruhig. »Legt einfach Euer Schwert ab.«

Foldar lachte harsch. »Das hättet Ihr wohl gern, was?«, sagte er. »Tja, und ich schlage vor, dass Ihr Euch umdreht und verschwindet. Dann könnte ich Euer Leben vielleicht verschonen. Das hier übersteigt Eure Fähigkeiten! Ihr habt jetzt keinen Bogen, hinter dem Ihr Euch verstecken könnt.«

Foldar unterlief ein schwerer Fehler. Er wusste zwar, dass Waldläufer meisterhafte Schützen waren, hatte aber noch nie gehört, dass sie im Schwertkampf unterrichtet wurden. Darum war er fest davon überzeugt, dass es um seine Chancen bei dieser Begegnung bestens bestellt war. Diesem aufdringlichen jungen Mann, der seine Pläne durchkreuzt hatte, einen tödlichen Schwertstoß zu verpassen, würde ihm eine ganz besondere Genugtuung sein.

»Was macht Ihr denn überhaupt hier?«, fragte er. »Ihr wurdet auf dem Wagen gesichtet, der zur Täuschung dienen sollte. Euer Pferd war dahinter angebunden. Wie seid Ihr also so schnell hierher gekommen?«

Jetzt lächelte Gilan. »Der Wagen zur Täuschung?«, wiederholte er. »Oh, Ihr meint den kleinen Karren, der heute Morgen abgefahren ist? Das war keine Täuschung, sondern der echte Geldtransport. Er ist jetzt meilenweit weg. Und ich befand mich nie darauf. Das war nur ein junger Soldat, der meinen Ersatzumhang trug.«

»Aber Euer Pferd …«

»Eigenartig, nicht wahr? Ich versteckte es gestern Abend außerhalb der Burg. Es gab noch ein braunes Pferd im Stall, das ich mir borgte und hinter dem Karren festband. Sie sehen sich sehr ähnlich, auch wenn es ein Hengst ist, während es sich bei meinem Pferd um eine Stute handelt.«

Foldar zögerte, als ihm klar wurde, dass er hereingelegt worden war. »Aber man hat mir gesagt...«

Er bracht abrupt ab. Doch Gilan hatte es bereits gehört.

»Ja, ich bin sicher, man hat Euch etwas gesagt, nämlich dass das Geld in dem größeren Wagen sei. Und da war es auch. Aber letzte Nacht habe ich es wieder vertauscht. Dadurch wurde es ganz schön spät für mich, das kann ich Euch sagen. Doch so wusste niemand sonst davon. Vor allem nicht Euer Informant. Wer ist es denn überhaupt?«

»Das werdet Ihr nie erfahren«, antwortete Foldar. »Und wenn doch, würde es Euch nichts nützen.«

Er redete immer noch, während er bereits zum Angriff ausholte. Das war ein alter Trick, um einen Feind unvorbereitet zu überraschen. Doch Gilan war ein erfahrener Kämpfer. Er parierte Foldars drei schnelle Schwertschläge problemlos. Nach dem ersten heftigen, blitzschnellen Angriff umkreisten die beiden Gegner einander. Jeder schätzte den anderen ab. Gilan konnte erkennen, dass Foldar ein fähiger Schwertkämpfer war. Und er hatte den Vorteil des schmalen Schilds an seinem linken Arm. Wenn er Gilans Schläge damit abwehrte und dessen Schwert nach rechts drückte, konnte er seinen Gegner weiter heftig bedrängen.

Der Schild verschaffte dem Banditen einen Vorteil und Gilan entschied, dass es Zeit war, dagegen etwas zu tun.

Er wechselte das Schwert in die andere Hand.

Foldars überraschter Gesichtsausdruck war nicht zu übersehen. Sofort drängte der schwarz gekleidete Bandit aber wieder nach vorn und schwang sein Schwert über Gilans Kopf. Doch nun hatte sich die Situation verändert. Jetzt, da Gilan sein Schwert in der linken Hand hatte, war Foldar gezwungen, hauptsächlich mit dem Schwert zu parieren, da ihm der Schild bei dieser Stellung nichts nützte.

Hastig zog Foldar sich zurück und versuchte, sich an diese neue Situation anzupassen, es gelang ihm allerdings nicht sehr gut. Gilan holte nun sein Sachsmesser aus der Scheide und hielt es in seiner rechten Hand. Während er Foldars Schwert linkshändig mit seinem eigenen Schwert abwehrte, konnte er einen Gegenangriff starten und mit dem schweren Sachs zustoßen.

Beim zweiten Mal landete er bereits einen Treffer. Das Sachs durchdrang problemlos das Kettenhemd unter Foldars Mantel und erzeugte eine klaffende Wunde zwischen den Rippen. Foldar stieß einen Schmerzensschrei aus und versuchte, seinen Körper mit dem Schild zu schützen.

Das war Gilans Gelegenheit, einen auf Foldars Helm gezielten Kopfschlag zu landen. Er ließ dem Banditen keine Zeit, sein eigenes Schwert zum Einsatz zu bringen, sondern brachte eine blitzschnelle Serie von Schlägen an, die Foldar dazu zwangen, zum Schutz seinen eigenen Schild zu heben.

Einer der Schläge traf Foldar mit voller Wucht am Helm. Er stolperte nach hinten und ließ sich auf ein Knie fallen, sein Atem kam in abgehackten Stößen.

»Ich gebe Euch noch eine Gelegenheit, Euch zu ergeben«, sagte Gilan ruhig. »Nur eine.«

Gilan hatte eine harte Schule durchlaufen und wusste, dass er selbst mit der linken Hand ein geschickterer Schwertkämpfer war als Foldar. Doch er wusste auch, dass ein solches Duell stets voller Unsicherheitsfaktoren war. Ein einziger Fehltritt auf dem feuchten Gras konnte alles ändern. Seine Ausbildung beinhaltete, dem Gegner eine Gelegenheit zur Kapitulation anzubieten. Aber eben nur eine.

»Ergebt Euch doch selbst!«, herrschte Foldar ihn an. Er vollführte aus seiner halb knienden Position heraus eine Attacke und stieß sich für einen weiteren Angriff vom Boden ab. Doch Gilan hatte Foldars Absicht erahnt. Er fing das Schwert mit seinem Sachsmesser ab und leitete den Hieb mit einer geschickten Armbewegung ab, sodass sein Gegner sich unwillkürlich drehen musste. Foldar versuchte noch eine letzte Abwehr, aber da spürte er bereits einen fürchterlichen Stoß zwischen seinen Schulterblättern, gefolgt von einem brennenden Schmerz.

»Aaa!«, schrie er. Seine Stimme wurde schwächer und sein Verstand fragte sich immer noch, was gerade geschehen war. Das Schwert fiel ihm aus der Hand, der plötzlich jedwede Kraft fehlte. Das Letzte was der unbarmherzige Bandit sah, war das Gras, das immer näher zu kommen schien.

Gilan zog sein Schwert zurück und machte einen Schritt nach hinten. Foldar lag mit dem Gesicht nach unten im Gras, Blut befleckte den schwarzen Mantel. Gilan zuckte mit den Schultern. Crowley hatte ihn gebeten, den Mann nach Möglichkeit festzunehmen. Doch nach Gilans Meinung beinhaltete »nach Möglichkeit« nicht, bei einem längeren Schwertkampf sein eigenes Leben aufs Spiel zu setzen.

»Vielleicht ist es so besser«, sagte er zu dem toten Banditen. »Bösartige Schlangen haben die Angewohnheit, sich davonzuschleichen.«

Sieben

»Also ist Foldar tot. Das ist eine Beruhigung.« Douglas ging in seinem Arbeitszimmer auf und ab, während er sich Gilans Bericht von dem Überfall auf den Konvoi anhörte. »Allerdings seid Ihr ein großes Risiko eingegangen, als Ihr das Geld in den kleinen Karren geladen und es völlig ungeschützt losgeschickt habt.«

Gilan winkte ab. »Nicht wirklich. Ich war überzeugt, dass Foldars Informant ihm sagen würde, dass das Geld im großen Konvoi sei.«

Baron Douglas' Augen wurden für einen Moment schmal, als er Gilans unnachgiebigen Blick sah. Dann wich er, wie so oft, dem direkten Augenkontakt aus.

»Hm. Ja. Der Informant. Irgendeine Ahnung, wer das sein könnte?«

»Nun«, sagte Gilan mit Bedacht, »abgesehen von Euch und mir selbst gab es nur noch eine einzige andere Person, die wusste, dass das Geld in dem größeren Wagen sein sollte.«

»Philipp?«

Gilan nickte. »Genau.«

Jetzt schüttelte der Baron traurig den Kopf. »Das hätte ich nie gedacht. Dieser Mann ist seit Jahren bei mir. Andererseits … ich vermute, wenn die Versuchung groß genug ist, kann wohl jeder auf die andere Seite wechseln.« Er seufzte tief. Offensichtlich fand er die ganze Angelegenheit abscheulich. »Ich denke, wir sollten ihn hereinholen.«

»Wenn Ihr so freundlich wärt«, sagte Gilan.

Sie warteten schweigend, bis Philipp zögernd das Arbeitszimmer des Barons betrat. Der Seneschall blickte erst zu dem Waldläufer, dann zum Baron. Natürlich wusste er von den Vorfällen des Vormittags. Es war ihm klar, dass er als einer der wenigen Menschen, die über den Geldtransport Bescheid gewusst hatten, unter Verdacht stand.

»Warum hast du das getan, Philipp?«, begann der Baron, Enttäuschung schwang deutlich hörbar in seiner Stimme mit.

»Mylord?«, antwortete Philipp unsicher. Bislang war er noch nicht beschuldigt worden, auch wenn er ahnte, dass dies gleich kommen musste.

Gilan hob eine Hand, um den Baron davon abzuhalten, weiterzusprechen.

»Wenn Ihr gestattet, Baron Douglas?«, sagte er und der Baron signalisierte sein Einverständnis, Gilan die Angelegenheit zu überlassen. Er selbst drehte sich weg, die Hände hinter dem Rücken verschränkt, ein Bild enttäuschten Vertrauens.

»Philipp«, sagte Gilan leise, »was habt Ihr in Ambroses Haus gemacht?«

Der Baron drehte sich mit einem verblüfften Gesichtsausdruck sofort wieder um. Philipps Gesicht zeigte ebenfalls Überraschung. Doch er war nicht verblüfft. Er wusste, was Gilan meinte.

»Ambrose?«, fragte Douglas nach. »Wer zum Teufel ist Ambrose?«

»Ambrose ist ein wohlhabender Kaufmann hier am Ort«, antwortete Gilan. »Philipp schuldete ihm Geld.«

Der Seneschall ließ den Kopf hängen. »Ihr wisst davon?«, sagte er mit kaum hörbarer Stimme. Der Baron machte jetzt einen Schritt nach vorn, blieb unmittelbar vor Philipp stehen und sah auf seinen Seneschall hinab, der nun auf seinem Platz zusammensackte, den Kopf gesenkt, unfähig, dem Blick des Barons zu begegnen.

»Also habt Ihr Geld von Foldar genommen, um Euer Lehen zu verraten?«, fragte Baron Douglas empört. »Um mich zu verraten?«

Philipp blickte auf, Verwirrung und Angst im Gesicht.

»Foldar?«, wiederholte er. »Ich habe niemals Geld von Foldar genommen, Mylord. Das schwöre ich.«

»Wie habt Ihr dann Eure Schulden bezahlt?«, wollte der Baron aufgebracht wissen.

Wieder sackte Philipps Kopf nach unten. Er öffnete den Mund, doch Gilan kam ihm mit der Antwort zuvor.

»Er nahm es von den Steuereinnahmen, die bereits hier lagerten«, antwortete er.

Beide Männer sahen ihn überrascht an.

»Was?«, fragte der Baron nach, noch bevor Philipp antworten konnte.

»Ich hatte nie vor, es zu behalten. Ich wollte es immer zurückzahlen! Das schwöre ich. Und ich habe es auch zurückbezahlt.«

»Ich weiß«, sagte Gilan und blickte nun zum Baron. »Während der letzten Monate hat Philipp seine Abende damit verbracht, für Ambrose und einige andere Kaufleute im Ort zu arbeiten. Ich beobachtete ihn kürzlich, als er mit einem großen Geldsack von Ambrose zurückkam. Er brachte das Geld in die Schatzkammer. Es war ein sehr gut erkennbarer weißer Sack und ich sah, wie er gestern Abend die Steuereinnahmen auf den Karren lud. Aber weshalb sollte ein Mann, der plant, Foldar beim Raub der Steuereinnahmen zu helfen, sich die Mühe machen, das bereits gestohlene Geld zurückzubringen?«

»Aber was hat er denn dann für diese Kaufleute gemacht?«, fragte der Baron verwirrt.

Wieder sah Philipp verlegen drein. »Ich habe ihnen bei ihrer Buchführung geholfen. Ihre Bücher waren bislang sehr schlampig geführt und die meisten von ihnen bezahlten weit mehr Steuern, als sie hätten zahlen müssen. Ich habe ihnen gezeigt, wie sie ihre Steuerlast reduzieren konnten. Sie bezahlten mich für meine Dienste, und sobald ich genug verdient hatte, ersetzte ich das Geld, das ich aus der Schatzkammer geborgt hatte.« Er sah Gilan bittend an. »Das war nicht ungesetzlich, ich schwöre es.«

Gilan verbarg ein Lächeln. »Vielleicht. Ob es auch moralisch korrekt war, ist eine andere Frage. Man könnte zumindest bemängeln, dass es ein Interessenskonflikt war, da Ihr zuallererst beruflich dafür verantwortlich seid, die Steuern einzuziehen.« Er drehte sich zurück zum Baron. »Tatsache ist, Mylord, dass nicht Philipp unser Verräter ist.«

»Wer ist es dann?«, fragte Douglas.

Gilan sah ihn durchdringend an. Nach ein paar Sekunden senkte der Baron den Blick. Dann sprach Gilan es leise aus.

»Ihr seid es, Mylord.«

»Ich? Macht Euch nicht lächerlich!« All die Aufgeblasenheit war jetzt wieder aus der Stimme des Barons herauszuhören. »Weshalb sollte ich denn das Lehen und das Königreich an Foldar verraten?«

»Die üblichen Gründe, nehme ich an. Geld gehört bestimmt auch dazu. Und ich vermute, Ihr wart früher, während des Aufstands, insgeheim mit Foldar und Morgarath im Bunde. Vielleicht drohte Foldar damit, diesen Umstand zu verraten, wenn Ihr ihm nicht helft. Ich bin sicher, das wird sich alles bei Eurer Verhandlung herausstellen.«

»Lächerlich!«, rief Baron Douglas, als sei Lautstärke gleichbedeutend mit Unschuld. »Wie sollte ich mit Foldar unter einer Decke stecken? Ich habe ihn ja noch nie getroffen.«

»Das habt Ihr auch bei unserer ersten Begegnung behauptet«, sagte Gilan. »Doch bei einer anderen Gelegenheit sagtet Ihr zu mir: *Allein sein Blick kann einem eine Gänsehaut einjagen. Seine Augen sind so kalt und leblos wie die einer Schlange.* Eigenartig, so etwas zu sagen, wenn Ihr ihn doch angeblich noch nie getroffen habt.«

Der Baron sah sich verzweifelt im Raum um, als suche er nach einer Möglichkeit zu entkommen. Sein Blick fiel auf seinen Dolch, der auf dem Schreibtisch lag, und er machte einen Satz darauf zu.

Doch Philipp war schneller. Er machte ebenfalls einen Satz nach vorn, packte das volle Tintenfass und warf es nach dem Baron. Im Gesicht getroffen, stolperte Douglas zurück, griff nach seinen Augen und versuchte, die schwarze Tinte herauszureiben.

»Ihr wolltet mich für Euer Verbrechen hängen sehen!«, rief Philipp empört.

Der Baron hatte seine Augen schließlich so weit gesäubert, dass er wieder etwas sehen konnte. Und das Erste was er sah, war Gilans Schwert. Der Waldläufer lächelte ihn an, aber es lag kein echter Humor in diesem Lächeln.

»Wir werden heute Nachmittag noch nach Schloss Araluen aufbrechen«, sagte er. »Ich hätte gar nichts dagegen, wenn Ihr versucht, unterwegs zu entkommen.«

Diesmal schaffte Douglas es, Gilans Blick standzuhalten. Was er sah, ließ ihn erbleichen. Auf der Stelle beschloss er, gewiss keinen Fluchtversuch zu unternehmen. Gilan holte ein Paar Fesseln aus Leder und Holz aus einer Innentasche seines Mantels. Mit dieser Art von Fesseln pflegten die Waldläufer ihren Gefangenen beide Daumen zusammenzubinden – eine äußerst effektive Methode.

Gilan warf die Fesseln Philipp zu. »Legt ihm die an«, sagte er.

Der Seneschall nickte und gehorchte. Dann fragte

er nach kurzem Zögern: »Wer trägt denn nun hier die Verantwortung, wenn er fort ist?«

Gilan zuckte mit den Schultern. »Im Augenblick Ihr, nehme ich an. Danach müssen wir sehen. Kümmert Euch einfach darum, dass der König die ihm zustehenden Steuern aus diesem Lehen erhält, ja?«

Philipp nickte mehrere Male nachdrücklich. »Natürlich. Alles, was ihm zusteht.« Dann konnte er ein kleines Lächeln nicht unterdrücken. »Aber auch nicht mehr.«

»Das ist auch nur gerecht.« Gilan schob sein Schwert wieder in die Scheide, fasste Douglas bei den Ellbogen und schob ihn zur Tür. Im Hinausgehen blickte er zurück zum Seneschall, der am Boden kniete, um die verschüttete Tinte aufzuwischen.

»Ich kenne zwar die Redensart, dass die Feder mächtiger ist als das Schwert«, sagte Gilan. »Aber dass das Tintenfass auch mächtiger sein kann als der Dolch, das habe ich noch nie gehört.«

Die Landfahrer

Eins

Lehen Redmont
Am Fluss Tarbus

Das Handelsboot war letztlich nichts weiter als ein riesiges Floß – eine flache Plattform über einem halben Dutzend großer Balken, die für den nötigen Auftrieb sorgten. Fell- und Wollbündel, Getreidesäcke, Mehl und Stoffe waren in der Mitte des Decks gestapelt und zum Schutz gegen Unwetter und Hitze mit Segeltuch abgedeckt. Dahinter bot eine schlichte Kajüte Unterschlupf für die kleine Mannschaft.

Der Platz des Kapitäns war im Heck, ausgestattet mit einem extralangen Ruder, das zum Steuern diente. Es gab noch vier andere Ruder, auch wenn im Moment nur zwei davon besetzt waren. Mit ihnen wurde das Boot etwas schneller als die Strömung. Nur so ließ es sich manövrieren und reagierte auf das Steuerruder. Zusätzlich konnten bei entsprechendem Wind ein kleiner Mast gesetzt und ein rechteckiges Segel gehisst werden.

Es war eine praktische Methode, um die Güter zum Markt an der Flussmündung zu bringen. Die Alternative war eine dreiwöchige Überlandreise mit dem Ochsenkarren. Selbst wenn man die vielen Biegungen in Betracht zog, die der Fluss machte, schaffte man den Weg per Boot meist innerhalb von fünf Tagen. Die Bauern und Müller von Wensley und einem halben Dutzend anderer Dörfer entlang des Flusses nutzten diese bequeme Möglichkeit, ihre Produkte zu verkaufen. Der Schiffer bezahlte sie für ihre Güter und verkaufte diese dann mit etwas Gewinn weiter. Die Hersteller verdienten so vielleicht etwas weniger als den Marktpreis, aber sie ersparten sich dadurch auch eine lange und beschwerliche Fahrt, während der sie zu allem Überfluss stets Gefahr liefen, überfallen und beraubt zu werden.

Raub gehörte allerdings auch zu den Gefahren, mit denen die Händler auf dem Fluss zu tun hatten. Seit Neuestem gab es immer mehr Flusspiraten, die ihnen auflauerten.

Wie Walt einmal zu Will bemerkt hatte: »Wann immer jemand eine gute Idee wie diese Flussschifffahrt hat, können andere es nicht abwarten, den Betreffenden auszurauben.«

Das Boot erreichte eine weite Flussbiegung. Der Steuermann und die Ruderer legten sich mächtig in die Riemen, um das schwerfällige Gefährt in der Mitte des Stroms zu halten und die in den Fluss ragende Sandbank auf der linken Seite zu umschiffen. Unbeholfen schwang das Gefährt im spitzen Winkel zur Strömung um die Kurve. Der Schiffer arbeitete mit seinem langen Steuerruder, um das Boot gerade zu halten, und befahl den Ruderern, in gegensätzliche Richtungen zu ziehen – einer vorwärts, der andere rückwärts. Etwa ein Dutzend Schläge machten sie, bis sie wieder mit der Strömung dahinglitten.

Der Schiffer wusste genau: Wenn das Boot nicht richtig ausgerichtet war, geriet es ins Trudeln. Dann würde es noch größerer Anstrengungen bedürfen, es für die nächste Kurve in die richtige Position zu bringen.

Sobald das Boot wieder geradeaus fuhr, rief er den Ruderern – seinen beiden Söhnen – zu, dass sie wieder normal weiterrudern konnten. Doch im nächsten Augenblick sah er am rechten Ufer eine Bewegung im Schilf.

»Oswald! Ryan!«, rief er. »Achtung! Bewegung!«

Er hatte seine Warnung kaum ausgesprochen, als auch schon ein langes, schmales Boot auf sie zusteuerte. Es war voll besetzt mit mindestens fünfzehn Männern und mit acht Rudern ausgestattet. Der Kapitän drückte gegen die Ruderpinne und lenkte das Boot in Richtung des linken Ufers, während seine Söhne sich wieder in die Riemen legten.

Es war unmöglich, die Verfolger abzuhängen. Die einzige Chance bestand darin, das Boot an Land zu bringen, bevor die Piraten es entern konnten, und dann in den Wald zu fliehen. Dadurch verloren sie zwar ihre Fracht, aber nicht das Leben. Die Mannschaft des anderen Bootes war schwer bewaffnet und schrie ihnen Drohungen und Beleidigungen entgegen.

Ihr Anführer stand im Bug und schwang ein langes Schwert. »Beidrehen!«, rief er. »Wenn ihr flieht, bringen wir euch alle um!«

Der Schiffer schüttelte den Kopf. Die Piraten würden sie so oder so töten. In den letzten Monaten waren die Leichen von mindestens einem Dutzend Händlern angeschwemmt worden. Boote und Fracht waren nie wieder gesehen worden.

»Sie schneiden uns den Weg ab«, schrie er, obwohl seine Söhne genauso sehen konnten, was passierte, wie er. Das schnelle Piratenschiff hielt von der Seite auf ihren Bug zu.

Da ertönte eine leise Stimme unter dem Segeltuch hervor, das die Fracht bedeckte.

»Bringt Eure Jungen zum Heck. Sagt uns, wenn die Piraten an Bord kommen.«

Der Kapitän nickte. »Oswald! Ryan! Lasst jetzt die Ruder und kommt hierher zurück!«

Die beiden muskulösen Ruderer mussten kein zweites Mal gebeten werden. Sie ließen ihre Ruder in den Dollen, griffen nach den schweren Knüppeln, die bereitlagen, und balancierten in Richtung Heck.

Sobald die Ruder das Boot nicht mehr auf Kurs hielten, drehte es sich langsam, obwohl der Kapitän versuchte, mit dem Steuerruder dagegenzuhalten.

Die Piraten waren inzwischen nur noch wenige Bootslängen entfernt. Ihr Anführer machte sich im Bug bereit zum Entern. Das Piratenboot stieß mit der Spitze gegen das schwerfällige Handelsschiff und ging dann längsseits. Sobald sie angedockt hatten, sprang der Piratenkapitän an Bord und gab seinen Männern das Kommando, ihm zu folgen.

»Sie kommen an Bord«, rief der Kapitän.

Da wurde auch schon ein Teil der Segeltuchabdeckung zurückgeworfen und zwei grau-grün gekleidete Gestalten kamen darunter hervor. Jeder von ihnen hatte einen massiven Langbogen in der Hand, den ersten Pfeil bereits schussbereit an der Sehne.

»Waldläufer des Königs!«, schrie einer von ihnen. »Legt eure Waffen nieder und ergebt euch!«

Im ersten Moment war der Anführer der Piraten verblüfft. Das plötzliche Auftauchen der beiden Waldläufer ließ ihn innehalten. Seine Gedanken überschlugen sich. Er und seine Männer waren erwischt worden. Die Strafe für Piraterie war Hängen – zumindest für ihn als ihren Anführer. Es gab nur eines, was er tun konnte. Voller Wut murrte er einen Fluch, dann drehte er sich wütend zu seinen Männern.

»Los, kommt schon! Auf sie! Tötet sie alle!« Er lief weiter auf die beiden Gestalten in den Umhängen zu.

»Nicht die Antwort, die ich hören wollte!«, sagte Walt ruhig. Er spannte den Bogen, zielte und schoss, noch bevor der Pirat einen zweiten Schritt machen konnte.

Der schwere Pfeil mit dem schwarzen Schaft traf den Mann mitten in der Brust und schleuderte ihn zurück. Er stürzte vom Rand des Bootes in die Masse von Männern, die versuchten, ihm an Bord zu folgen. Das schmale Piratenboot schaukelte gefährlich, als die Männer einander anrempelten und stürzten. Einer von ihnen ging dabei über Bord. Andere fielen rückwärts in die Ruderer. Das Resultat war völliges Durcheinander.

Dann übernahm einer der Piraten das Kommando. Der Gedanke, zwei Waldläufern gegenüberzustehen, die als schnelle, treffsichere Schützen bekannt waren, war etwas ganz anderes, als die hilflose Besatzung eines Flussbootes umzubringen.

»Weg hier!«, schrie er dem Steuermann des Piratenbootes zu. Anschließend schrie er die Ruderer an, die versuchten, sich von den Körpern ihrer gefallenen Kumpane zu befreien: »Rudert, verdammt noch mal! Rudert! Bringt uns hier raus!«

Langsam wurde es auf dem Piratenboot ruhiger. Walt drehte sich zu den beiden Ruderern des Handelsschiffes und deutete mit dem Daumen auf das Piratenboot.

»Enterhaken! Schnell!«

Der Steuermann der Piraten begann bereits damit, sein Steuerruder hin- und herzubewegen, um sein Boot so von dem anderen wegzubringen und Abstand zu gewinnen.

Oswald und Ryan ließen ihre Knüppel fallen, die sie anscheinend sowieso nicht mehr brauchten, und rasten nach vorn. Oswald packte einen dreigabeligen eisernen Enterhaken, wirbelte ihn über seinem Kopf und warf.

Er sauste über die sich verbreiternde Lücke und knallte in die Reling am Bug des Piratenschiffes. Sofort zog Oswald an dem Seil, sodass sich die scharfen Zinken ins Holz bohrten. Dann zerrte er das Piratenboot zurück zu ihrem eigenen Fahrzeug.

In der Zwischenzeit hatte Ryan eines der Ruder aus den Dollen genommen. Sobald sein Bruder den Bug des Piratenschiffes herangezogen hatte, stemmte er das Ruder gegen das Heck, sodass die Räuber bald drei Ruderlängen vom Handelsschiff entfernt in der Falle saßen.

Walt und Will gingen vor zum Bug und zielten mit ihren Langbogen auf die Piraten.

»Kappt das verdammte Seil!«, schrie der Anführer der Räuberbande. Als sich keiner seiner Männer bewegte, zog er einen schweren Dolch aus seinem Gürtel und ließ das Steuer los, um selbst zum Enterhaken zu gehen und das Seil, das sein Boot festhielt, zu durchtrennen.

Wills Bogensehne surrte. Im nächsten Augenblick zuckte der Pirat getroffen zusammen. Will hatte auf seinen Arm gezielt, doch der Mann hatte sich bewegt und dadurch seinen Oberkörper in die Schusslinie gebracht.

Entsetzt blickte er zu dem jungen Waldläufer, als ihm klar wurde, was gerade geschehen war. Der Dolch fiel klappernd auf das Deck des Bootes, dann kippte der Pirat zur Seite. Seine Beine waren noch vom Steuerruder blockiert, aber sein Oberkörper hing über die Reling, wodurch das Boot plötzlich eine gefährliche Schräglage bekam. Dann zerrte einer der Piraten an den Beinen und schob sie dem Oberkörper hinterher. Sofort richtete sich das Boot wieder auf und der Körper des Toten wurde von der Strömung erfasst. Das Wasser um ihn herum färbte sich langsam rot.

»Werft eure Waffen über Bord!«, befahl Walt. Im ersten Moment reagierte niemand. Doch als er seinen Bogen hob, wurden plötzlich Messer, Keulen, Streitäxte und Schwerter in das braune Flusswasser geworfen.

»Oswald, das Seil um den Poller«, befahl Walt und ließ die Piraten nicht aus den Augen. Jetzt deutete er auf den Sandstrand auf der linken Seite des Flusses.

»Nehmt die Ruder!«, befahl er den Piraten. »Und rudert uns auf diese Sandbank!«

Mit der Kraft von sechs Männern steuerte das Piratenboot auf die Sandbank zu und zog das schwer beladene Handelsschiff hinter sich her. Auf ein Zeichen von Walt hin, gingen Oswald und Ryan an die eigenen Ruder und halfen dabei, das Handelsboot auf die Sandbank zu lenken.

Als Walt spürte, wie der Kiel auf der Sandbank aufkam, sprang er gemeinsam mit Will hinab in das knietiefe Wasser. Die beiden Langbogen waren unentwegt auf die Piraten gerichtet.

»Aus dem Boot«, befahl Walt. »Gesicht nach unten in den Sand. Jeder, der eine Bewegung macht, die mir nicht gefällt, wird erschossen.«

Einen Augenblick lang zögerten die Räuber. Schließlich waren es nur zwei Bogenschützen, die ihnen gegenüberstanden. Doch dann setzte sich der gesunde Menschenverstand durch. Sie waren unbewaffnet und die beiden Schützen waren Waldläufer. Innerhalb weniger Sekunden konnte jeder von ihnen einen ganzen Regen von Pfeilen loslassen. Zwei ihrer Mannschaftskameraden waren bereits tot und keiner der Piraten wollte der Nächste sein. Langsam und zögernd kamen sie an Land und legten sich mit dem Gesicht nach unten in den Sand.

»Die Hände auf den Rücken«, befahl Walt und rief dann die Händler.

»Ryan, Oswald, fesselt sie bitte.«

Die beiden Brüder folgten dieser Aufforderung nur zu gern. Flink fesselten sie die Piraten mit den kurzen Seilstücken, die sie für diesen Zweck bereits vorbereitet hatten. Als Seeleute wussten sie genau, wie die Knoten beschaffen sein mussten, damit sie hielten.

»Jetzt bindet sie alle an ein langes Seil«, sagte Walt, »wir wollen ja nicht, dass sich einer von ihnen aus dem Staub macht.«

Der Handelskapitän warf ihnen ein langes, schweres Seil zu und die Brüder banden die Gefangenen daran. Dann schafften sie die Räuber, nicht allzu sanft, an Bord ihres Bootes.

»Etwa drei Meilen flussabwärts gibt es eine Garnison«, sagte Walt. »Dort werden wir diese Schönheiten vor Gericht stellen. In der Zwischenzeit können wir uns alle ausruhen und eine entspannte Flussfahrt genießen.«

»Außer uns«, sagte Ryan, während er an sein Ruder zurückkehrte. Doch er grinste. Er war nur zu froh, die Piraten in Gefangenschaft zu sehen. Die Flussgemeinschaft war klein und er hatte in den letzten Tagen einige Freunde durch Piraten verloren.

»Ja«, sagte Will und erwiderte das Grinsen, »außer euch.«

Zwei

Ich wünschte, all unsere Einsätze wären so schnell erledigt wie dieser«, sagte Walt.

Es war am folgenden Tag. Sie hatten die Piraten bei der Garnison von Claradon gelassen und dann Ruderer angeworben, die sie im konfiszierten Piratenboot wieder flussaufwärts gebracht hatten. Dort hatten sie die Pferde aus dem Stall geholt und befanden sich nun auf dem Heimritt.

»Ich muss gestehen, ich hatte schon gefürchtet, dass wir einige Wochen lang den Fluss auf und ab fahren müssten, bis die Piraten den Köder schlucken«, sagte Will, »nicht nur vier Tage. Wir hatten Glück.«

»Ja. Ich fand die Vorstellung, mich die nächsten Wochen unter diesem stickigen Segeltuch zu verstecken, auch nicht so berauschend«, sagte Walt. »Aber manchmal haben wir eben auch Glück.«

Sie ritten langsam die Hauptstraße von Wensley entlang und nickten den Leuten zu. Die meisten grüßten freundlich, doch Will bemerkte auch den ein oder anderen Dorfbewohner, der beim Anblick von zwei Waldläufern davonlief. Er grinste.

»Sieht so aus, als seien manche überrascht, uns so bald wieder zurück zu sehen«, sagte er. »Ich frage mich, was sie wohl getrieben haben.«

Walt hob eine Augenbraue. »Das werden wir ganz sicher in den kommenden Tagen herausfinden. Es gibt immer irgendjemanden, der nur darauf wartet, es auszunutzen, wenn wir fort sind.«

Da die Aktion gegen die Piraten innerhalb des Lehens Redmont stattgefunden hatte, hatten sie sich nicht die Mühe gemacht, Gilan für die Zeit ihrer Abwesenheit einspringen zu lassen. Doch Walt war lange genug Waldläufer, um zu wissen, dass selbst ein friedlicher Ort wie Wensley seine Diebe, Spieler und Trickbetrüger hatte.

Sie erreichten die Stelle, wo der Pfad abzweigte, der zu der kleinen Hütte im Wald führte. Will nickte in Richtung der Burg, die auf dem Hügel über ihnen thronte.

»Kehrst du sofort in die Burg zurück?«

Walt zögerte, überprüfte den Sonnenstand und registrierte, dass immer noch einige Stunden Tageslicht zur Verfügung standen. »Nein. Ich komme mit zur Hütte. Dann kann ich schon mal meinen Bericht für Crowley anfangen.«

»Besser du als ich«, sagte Will fröhlich. Es hatte durchaus Vorteile, der jüngere Waldläufer zu sein, fand er.

Walt warf ihm daraufhin einen nachdenklichen Blick zu. Will rutschte unbehaglich im Sattel hin und her. Es war nie ein gutes Zeichen, wenn Walt ihn so ansah.

»Wenn ich es mir recht überlege«, sagte der ältere Waldläufer, »könnte ich aber auch die Sonne auf der Veranda genießen und dich den Bericht schreiben lassen. Ich unterschreibe ihn dann, wenn ich meine ganzen Korrekturen vorgenommen habe.«

»Es könnte doch sein, dass gar keine Korrekturen nötig sind«, meinte Will und grinste Walt an.

»Oh, ich finde bestimmt etwas.«

Will wollte schon antworten, als sie den Hufschlag eines Pferdes hinter sich hörten. Sie drehten sich um und sahen Alyss. Sie kam aus dem Ort und galoppierte mit Höchstgeschwindigkeit auf sie zu.

»Da scheint sich jemand aber sehr über deine baldige Rückkehr zu freuen«, bemerkte Walt und ein leichtes Lächeln umspielte seine Mundwinkel. Er mochte Alyss und war erfreut über die Beziehung, die sich zwischen ihr und Will entwickelt hatte.

Auch Will lächelte bei ihrem Anblick. Wie sie im Sattel sitzt und ihr langes blondes Haar hinter ihr weht, dachte er bewundernd.

Doch als Alyss näher kam, ohne zu winken oder ihm ein Willkommenslächeln zu schenken, regte sich Besorgnis in ihm.

»Irgendetwas stimmt nicht«, sagte er. Walt war bereits zum gleichen Schluss gekommen. Sie hielten an und wendeten ihre Pferde, als Alyss schließlich ihren Schimmel vor ihnen zum Stehen brachte.

»Will!«, rief sie mit besorgter Stimme. »Es tut mir so leid! Ebony wird vermisst!«

Drei

»Vermisst? Was meinst du mit vermisst?«, fragte Will.

Noch während er die Frage aussprach, merkte er, wie albern sie klang. Alyss konnte nur eines damit meinen.

»Sie ist verschwunden. Seit drei Tagen. Ich ließ sie bei der Hütte, als ich zu einer Besprechung in die Burg musste. Es tut mir so leid, Will. Ich hätte sie mitnehmen sollen. Aber ich dachte …« Alyss war den Tränen nah.

Will streckte die Hand aus und legte sie auf ihre, um seine Freundin zu beruhigen.

»Weshalb hättest du das tun sollen?«, erwiderte er. »Ich lasse sie auch oft allein bei der Hütte zurück.«

Als er und Walt sich aufgemacht hatten, um die Piraten zu fassen, war Alyss vorübergehend in die Hütte gezogen, um der jungen Hündin Gesellschaft zu leisten und sie jeden Tag zu füttern. Doch natürlich hatte Will gewusst, dass Alyss auch Pflichten hatte, die sie zur Burg führen würden. Ebony war kein Welpe mehr. Sie genoss Alyss' Gesellschaft, doch man konnte sich auch darauf verlassen, dass sie bei der Hütte blieb, wenn Alyss für ein paar Stunden weg musste.

»Vielleicht streift sie im Wald umher«, meinte Walt.

Doch Will schüttelte den Kopf. »Das würde sie nicht tun. Sie ist so erzogen, dass sie nicht wegläuft, wenn man ihr befohlen hat, zu bleiben, wo sie ist.« Er blickte wieder zu Alyss. »Wann hast du sie denn das letzte Mal gesehen?«

»Wie gesagt, vor drei Tagen. Ich habe sie morgens noch gefüttert, dann bin ich mit ihr ins Dorf gelaufen. Dort erfuhr ich, dass man mich auf der Burg brauchte. Daraufhin habe ich Ebony zur Hütte zurückgebracht und ihr befohlen, auf der Veranda zu bleiben. Als ich nach zwei Stunden wiederkam, war sie fort. Zuerst dachte ich, sie sei vielleicht irgendeinem Tier in den Wald nachgejagt, also suchte ich nach ihr und rief sie. Doch nirgends war etwas von ihr zu sehen.«

»Was ist mit dem Dorf?«, fragte Will. »Hat sie dort jemand gesehen?« Wenn Ebony davongelaufen war, wäre sie jedenfalls nicht weiter als nach Wensley gekommen. Sie war bei den Dorfbewohnern beliebt und hatte sich bei verschiedenen Gelegenheiten schon bei ihnen aufgehalten.

Alyss schüttelte den Kopf. »Ich habe nachgefragt, aber niemand hat sie gesehen. Es tut mir so leid!«

Ursprünglich hatte Will gedacht, es fände sich eine einfache Antwort für die Abwesenheit des Hundes. Aber jetzt wurde er doch langsam besorgt. Alyss' Unruhe war ansteckend. Normalerweise war Alyss immer sehr ruhig und kontrolliert, selbst in den schlimmsten

Situationen. Er fürchtete, dass sich hinter dieser Geschichte mehr verbarg, als er bisher gehört hatte. Dass es etwas gab, das Alyss ihm noch nicht erzählt hatte.

Wenn Ebony nicht einen Unfall gehabt hatte, gab es eigentlich nur einen Grund dafür, warum sie noch nicht wieder aufgetaucht war.

»Jemand muss sie mitgenommen haben«, sagte er. Ein Blick in Alyss' Gesicht verriet ihm, dass es das war, was auch sie befürchtete. »Was weißt du noch?«

Tränen rannen ihre Wangen hinab, als sie antwortete. »Es ist fahrendes Volk durch den Ort gekommen …«

»Fahrendes Volk?«, unterbrach Will. »Welche Art von fahrendem Volk?«

Alyss' nächste Worte bestätigten seinen Verdacht.

»Landfahrer. Sie haben für eine Nacht außerhalb von Wensley ihr Lager aufgeschlagen und sind dann weitergezogen. Ich wusste nicht einmal, dass sie da waren, bis ich anfing, nach Ebony zu fragen. Sie waren an dem Tag hier, an dem sie verschwand.«

Landfahrer reisten in von Pferden gezogenen Wohnwagen durchs Land. Sie hatten kein festes Zuhause, sondern lagerten einen Tag oder auch mehrere in der Nähe von Ortschaften, solange man sie dort duldete und sie Arbeit fanden. Sie waren meist in Großfamilien unterwegs – Mütter, Väter, Onkel, Tanten und Kinder. Sie waren Musikanten und Gaukler und unterhielten die Dorfbewohner und Bauern, um sich etwas zu verdienen. Normalerweise schienen sie ein lustiges und romantisches Völkchen zu sein. Allerdings fehlten leider oft ein paar Tage nach ihrer Abreise irgendwelche Dinge – Kleidungsstücke, kleine Wertsachen, auch mal ein Huhn oder eine Ente.

Die Landfahrer kamen ursprünglich aus einem Land südöstlich von Toscano, hatten sich jedoch über die Jahrhunderte weiter ausgebreitet und reisten übers Land. Sie tauchten auf, zogen nach ein paar Tagen weiter und wurden danach einige Jahre nicht mehr gesehen. Dann tauchten sie eines Tages unvermittelt wieder auf. Sie waren eine eng verknüpfte, geheimnisvolle Gruppe mit pechschwarzem Haar und bräunlicher Haut. Die jungen Frauen waren oft von bemerkenswerter Schönheit und die Männer zeichneten sich durch ihre Heißblütigkeit aus.

Es gab noch etwas im Zusammenhang mit den Landfahrern, woran Will sich erinnerte. Es hieß, dass sie eine enge Verbindung zu ihren Tieren hatten – zu Pferden, Eseln und Hunden – obwohl sie diese seltsamerweise oft schlecht behandelten, was völlig im Widerspruch dazu stand. Wenn Ebony von den Landfahrern mitgenommen worden war, mussten sie die Hündin sobald wie möglich wieder zurückholen.

»Ich mache mich an die Verfolgung«, sagte Will entschlossen. »So schnell sind sie sicher nicht vorangekommen. Ich sollte in der Lage sein, sie innerhalb eines Tages einzuholen.«

Er wollte sein Pferd schon wenden, da streckte Walt die Hand aus und fasste das Zaumzeug.

»Warte mal kurz«, sagte er. »Wenn sie von Landfahrern mitgenommen wurde, kannst du nicht einfach hingehen und verlangen, dass sie dir das Tier wieder zurückgeben.«

»Was meinst du damit, Walt? Ich will Ebony zurück, und zwar sofort.«

Doch Walt schüttelte den Kopf. »Mit den Landfahrern ist nicht so leicht umzugehen«, erklärte er. »Sie lehnen Außenstehende ab und verwischen ihre Spuren gründlich. Sie sind beinahe so geschickt darin, verborgen zu bleiben, wie wir. Wenn sie beschlossen haben, Ebony zu verstecken, dann wirst du große Schwierigkeiten haben, sie zu finden. Und wenn sie merken, dass sie den Hund eines Waldläufers gestohlen haben, wird sie in Gefahr sein.«

»Wieso das?«, fragte Will.

»Wahrscheinlich wird man sie töten, um den Beweis loszuwerden«, sagte Walt geradeheraus.

Will lehnte sich entsetzt im Sattel zurück. »Sie töten?«

Walt nickte. »Landfahrer wurden über viele Jahrhunderte hinweg sehr schlecht behandelt, weshalb auch immer. Entsprechend haben sie gewisse Verteidigungsstrategien entwickelt. Wenn sie merken, dass sie einen Hund mitgenommen haben, der eigentlich einem Waldläufer gehört, werden sie annehmen, dass sie das Gesetz zu fürchten haben ...«

»Und da haben sie auch völlig recht!«, warf Will hitzig ein. Doch Walt hob eine Hand, um ihn zu beruhigen.

»*Wenn* du diesen Hund bei ihnen finden kannst. Also werden sie es für den sichersten Weg halten, den Hund loszuwerden. Sie werden ihn töten und verscharren oder in den Fluss werfen. Kurz: Sie werden alles tun, damit du keinen gestohlenen Hund bei ihnen finden kannst. Das darfst du einfach nicht riskieren.«

»Willst du damit sagen, dass ich sie davonkommen lassen soll?«, fragte Will unsicher.

»Ganz und gar nicht. Spüre sie auf. Aber tu es vorsichtig. Sei spitzfindig. Lass sie nicht wissen, dass du ein Waldläufer bist, und auch nicht, dass du nach einem verloren gegangenen Hund suchst.«

Will dachte mit traurigem Gesicht über Walts Worte nach. Da meldete sich Alyss wieder zu Wort.

»Ich komme mit dir.«

Automatisch schüttelte Will den Kopf. »O nein, das tust du nicht.«

Sie verzog entschlossen den Mund. »Will, ich fühle mich verantwortlich. Ich möchte helfen.«

»Das könnte eine gute Idee sein«, sagte Walt, worauf Will ihn überrascht und Alyss ihn erleichtert ansah. Walt fuhr fort: »Einem jungen Mädchen gegenüber sind sie vielleicht weniger misstrauisch als gegenüber einem sportlichen jungen Mann. Sie mögen schlau sein, aber sie haben ein paar Schwachstellen: Sie betrachten Frauen als Menschen zweiter Klasse und haben keine Ahnung, wie fähig und gefährlich ein Kurier sein kann. Ich denke, Alyss hat eine bessere Chance herauszufinden, wo der Hund ist.«

»Wird Ebony denn nicht in ihrem Lager sein?«, wollte Alyss wissen.

Walt runzelte nachdenklich die Stirn. »Möglich.

Aber sie wissen, dass der gestohlene Hund wertvoll ist. Also rechnen sie möglicherweise damit, dass der Eigentümer bei ihnen auftaucht und nach dem Tier sucht. Meine Vermutung ist, dass sie Ebony irgendwo in der Nähe des Lagers verstecken, bis sie weit genug von unserer Gegend entfernt sind. Wenn du sie verfolgst, Will, und herausfindest, wo sie Ebony verstecken, dann ist es sehr wahrscheinlich, dass sie dich entdecken. Andererseits werden sie weniger besorgt sein, wenn sie Alyss sehen. Wie gesagt, sie schätzen Frauen nicht sehr hoch ein.«

Es gab noch einen anderen Punkt, den Walt nicht sehr gern aufbrachte. Will war sowieso schon so besorgt. Doch je länger Walt darüber nachdachte, desto deutlicher spürte er, dass er es erwähnen musste.

»Da gibt es noch etwas, was du wissen solltest«, fügte er hinzu. »Oft richten sie Hunde zum Kämpfen ab.«

»Zum Kämpfen?«, sagte Will und seine Stimme war nur mehr ein Flüstern. »Was meinst du damit?«

»Sie richten sie dazu ab, mit anderen Hunden zu kämpfen. Und dann veranstalten sie Hundekämpfe, bei denen man Wetten abschließen kann, welcher Hund gewinnt. Oder sie verabreden sich mit anderen Landfahrersippen und lassen ihre Favoriten gegeneinander kämpfen. Es ist bösartig und gemein und natürlich auch absolut verboten. Das ist ein weiterer Grund dafür, warum sie Ebony gewiss verstecken werden.«

»Das ist ja furchtbar!« Alyss war plötzlich kreidebleich.

Walt nickte. »Ich weiß. Es ist schwer zu verstehen, da die Landfahrer doch für ihre Tierliebe bekannt sind. Aber es ist eine Tatsache.«

Will hatte über Walts Worte nachgedacht und schüttelte jetzt verständnislos den Kopf. »Ich verstehe einfach nicht, weshalb sie Ebony genommen haben sollen, Walt. Sie ist doch gar nicht so groß und auf keinen Fall aggressiv. Sie könnten sie niemals in einen Kampfhund verwandeln.«

Walt seufzte und holte tief Luft, um Will das Schlimmste zu erklären.

»Selbst der beste Hund kann wild werden, wenn er schlecht behandelt wird, Will. Deshalb ist es auch wichtig, dass ihr Ebony so schnell wie möglich findet.«

Vier

Alyss und Will sahen düster drein, als sie sich zwei Stunden später auf den Weg machten.

Auf Walts Rat hin hatte Will den grau-grünen Umhang abgelegt, der ihn als Waldläufer auswies. Der Umhang lag versteckt in seiner Schlafrolle. Der Langbogen und die Pfeile waren in einem Behältnis aus Leinen verborgen, das an Reißers Sattel hing.

Auch Alyss hatte ihr elegantes weißes Kleid, das sie offiziell als Kurier trug, abgelegt. Stattdessen trug sie ein einfaches grünes Kleid aus selbst gesponnenem Stoff und dazu einen braunen Wollmantel. Die Wahl der Farben war Absicht. Dadurch konnte sie besser mit ihrem Hintergrund verschmelzen, wenn sie durch die Wälder reisten.

Erkundigungen im Dorf und in einigen der verstreut weiter draußen liegenden Bauernhöfe brachten zutage, dass die Landfahrer weiter nach Süden unterwegs waren. Sie reisten in einem Konvoi von fünf Pferdekarren, begleitet von verschiedenen Pferden, Hunden und Ziegen. Keiner der Einheimischen, die sie auf der Straße gesehen hatten, hatte einen schwarzweißen Hütehund darunter gesehen. Auch hatte niemand irgendein Tier gesehen, das nach einem Kampfhund aussah, doch das war kaum überraschend.

»Da Hundekämpfe verboten sind«, sagte Will zu Alyss, »müssen sie natürlich auch alle Kampfhunde versteckt halten. Und Ebony sowieso, da sie gestohlen ist.«

Auch wenn die Landfahrer einen dreitägigen Vorsprung hatten – und einen großen Teil des vierten Tages noch dazu – hatte Will erwartet, sie recht schnell einzuholen. Bislang hatte er, wann immer er Landfahrer zu Gesicht bekommen hatte, den Eindruck gehabt, dass diese gerade mal mit Schrittgeschwindigkeit reisten. Am Ende des zweiten Tages jedoch, als er auf einem Bauernhof nachfragte, erfuhr er, dass die Wagen bereits vor zwei Tagen vorbeigekommen waren. Das verblüffte ihn und er sprach mit Alyss darüber.

»Ich habe Lady Pauline gefragt, was sie über Landfahrer weiß, als ich in der Burg meine Reisekleidung holte«, sagte sie. »Sie hatte über die Jahre schon öfter mit ihnen zu tun und erzählte, dass sie die ersten Tage immer ziemlich schnell weiterziehen, besonders dann, wenn sie etwas gestohlen haben. So haben sie den Bezirk bereits verlassen, wenn der Diebstahl bemerkt wird.«

»Leuchtet ein«, sagte Will und blickte hoch zum Himmel. Die Sonne ging bereits unter. In einer halben Stunde würde es schon dunkel sein.

»Macht es dir etwas aus, nach Einbruch der Dunkelheit noch ein paar Stunden weiterzureiten? Wir werden versuchen, einen Bauernhof zu finden, wo wir übernachten können, statt im Finstern ein Lager aufzubauen.«

»Nichts dagegen«, antwortete Alyss. Sie teilte Wills Wunsch, die Landfahrer so bald wie möglich einzuholen. Die Furcht, dass Ebony tatsächlich zum Kampfhund abgerichtet werden sollte und womöglich jeden Tag gegen einen anderen Hund kämpfen musste, plagte sie beide.

Der Mond stieg kurz nach Einbruch der Dunkelheit auf und tauchte die Landschaft um sie herum in ein blasses bläuliches Licht. Schweigend ritten sie weiter.

Es war gegen neun Uhr abends, als sie ein erleuchtetes Fenster in einem kleinen Bauernhaus sahen.

»Am besten machen wir hier Rast«, schlug Alyss vor. »Bauern gehen meistens zeitig zu Bett. Wenn wir noch länger warten, wecken wir sie nur. Und das mögen sie bestimmt nicht.«

Es stellte sich heraus, dass sie völlig recht hatte. Als sie sich dem Bauernhaus unter dem heftigen Gebell zweier Wachhunde näherten, wurden sie von einem Bauern empfangen, der mit einer Laterne in der Hand in der Tür stand. Er trug bereits ein Nachthemd und es war offensichtlich, dass er gerade ins Bett hatte gehen wollen.

»Was wollt Ihr?«, rief er misstrauisch. In Anbetracht der Hunde waren Will und Alyss außerhalb des Zauns geblieben.

»Wir sind Reisende«, antwortete Will. »Meine Schwester und ich suchen nach einer Unterkunft für die Nacht. Wir bezahlen auch gern für Eure Mühe.«

Der Bauer überlegte. Der Gedanke an Bezahlung gefiel ihm offensichtlich. »Steigt ab und kommt her. Ich will mir Euch erst mal ansehen.«

Will stieg ab und Alyss folgte ihm. Er blieb mit der Hand auf dem Gartentor stehen und nickte zu den beiden Hunden.

»Geben die beiden Hunde Ruhe?«, fragte er.

»Das tun sie, solange ich ihnen nichts anderes befehle. Platz, ihr beiden! Und kusch!«, rief der Mann plötzlich zu den Hunden und sofort machten sie Platz. Sie hörten auf zu bellen, knurrten jedoch leise, als bäten sie um Erlaubnis, diese beiden Eindringlinge in Stücke zu reißen.

Will und Alyss traten vorsichtig ein. Will bemerkte leicht amüsiert, dass Alyss darauf achtete, dass er sich stets zwischen ihr und den Hunden befand. Die Tiere knurrten lauter, als die beiden Fremden an ihnen vorbeigingen, doch sie folgten dem Bauern aufs Wort.

Der hielt nun die Laterne höher. Als sie etwa drei Schritte von ihm entfernt waren, befahl er ihnen stehen zu bleiben.

»Das reicht«, sagte er und musterte sie. Die Laterne hielt er in der linken Hand, während er in der rechten eine schwere, mit Nägeln besetzte Keule hatte. Hinter ihm sah Will jemand anders im Haus und hörte, wie eine männliche Stimme eine Frage stellte – ein Bruder vielleicht, oder ein Sohn.

»Sie sehen einigermaßen harmlos aus«, antwortete der Bauer über seine Schulter. »Nur zwei junge Leute.«

Alyss lächelte bei diesen Worten. Will hatte tatsächlich ein junges, unschuldig wirkendes Gesicht. Doch ihn als harmlos zu bezeichnen, war ein guter Witz. Er dürfte wahrscheinlich die gefährlichste Person sein, die dieser Bauer je gesehen hatte.

»Im Haus können wir Euch nicht unterbringen«, sagte der Bauer. »Wir sind schon zu sechst.«

»Die Scheune würde uns völlig genügen«, erwiderte Will. »Wir wollen nur ein Dach über dem Kopf. Es sieht nach Regen aus.«

Der Bauer blickte hoch zum Himmel und schnüffelte probeweise in der Luft. »Stimmt«, bestätigte er. »Es wird auf jeden Fall noch vor Sonnenaufgang regnen. Ich will sieben Pfennig für die Unterkunft. Und wir haben kein Essen für Euch«, fügte er schnell hinzu. »Wir haben schon gegessen und das Feuer ist für die Nacht gelöscht.«

»Das ist kein Problem. Wir haben unser eigenes Essen.« Will löste den Beutel an seinem Gürtel und suchte darin. »Ich habe keine Pfennige, aber ich gebe Euch stattdessen einen Groschen.«

Der Groschen war zehn Pfennige wert, doch Will bezahlte gern etwas mehr, wenn das bedeutete, dass er und Alyss dafür in der Nacht ein Dach über dem Kopf hatten. Der Bauer setzte die Laterne auf den Boden, streckte die Hand aus und rieb Daumen und Zeigefinger aneinander.

»Dann ist es mit einem Groschen abgemacht«, sagte er.

Will trat einen Schritt nach vorn. Einer der Hunde,

ein schwerer, gedrungener Gescheckter, jaulte sofort unruhig. Will bemerkte, dass er sämtliche Muskeln angespannt hatte und sprungbereit war. Er bleckte die Zähne, als Will dem Bauern die Münze reichte. Der Mann betrachtete die Münze und nickte dann zufrieden.

»Also gut. Meine Frau wird Euch am Morgen ein Frühstück bringen – das dürfte die drei Pfennig mehr abdecken. Und kein Feuer in der Scheune. Keine Kerze und kein Feuer. Es hängt eine Laterne gleich neben der Tür, aber lasst sie, wo sie ist. Das Licht dort reicht aus.«

»Danke«, sagte Will. Dann konnte er nicht anders, als seinen dringlichsten Wunsch auszusprechen. Ist es in Ordnung, wenn ich im Hof dort ein Feuer anzünde, um Kaffee zu kochen?«

Der Bauer nickte mit einem zustimmenden Grunzen. »Aber weit genug von der Scheune entfernt! Und vergesst nicht, dass die Hunde die ganze Nacht hier in unserem Hof sind. Wenn Ihr versucht, ins Haus zu gelangen, packen sie Euch.«

»Wir werden es nicht vergessen«, antwortete Will.

Der Bauer nickte. »Dann wünsch ich eine gute Nacht.« Er machte mit den Händen eine Bewegung, als wolle er sie aus dem Hof scheuchen.

»Danke, gleichfalls«, sagte Will.

Er und Alyss gingen zum Gartentor und schlossen es nach dem Hinausgehen sorgfältig hinter sich. Zufrieden, dass die Fremden wieder außerhalb des Zauns waren, schloss der Bauer die Tür. Man konnte hören, wie ein schweres Schloss im Inneren einschnappte. Die beiden Hunde blieben auf der Türschwelle. Sie legten sich auf den Boden, die Schnauzen auf den Pfoten, während sie die beiden Fremden beobachteten, die ihre Pferde in die Scheune führten.

Müde vom stundenlangen Ritt, schliefen Will und Alyss tief und fest. Will erwachte nur einmal kurz nach Mitternacht vom gleichmäßigen Trommeln des Regens auf dem Dach. Froh, dass sie Schutz vor dem Wetter hatten, zog er seine Decke hoch zum Kinn und schlief weiter. Es hatte etwas Beruhigendes, auf den Regen zu lauschen, wenn man warm und trocken lag.

In den Morgenstunden erwachte er erneut, als er einen Hahn krähen und Hennen im Scheunenvorhof gackern hörte. Der Regen hatte aufgehört und die Luft roch frisch und feucht.

Bei Tageslicht zeigte der Bauer ein freundlicheres Gesicht. Seine Frau brachte ihnen ein gutes Frühstück. Will betrachtete den Berg von Eiern, Speck, Kartoffeln und geröstetem Brot mit einem breiten Grinsen.

»Bauern essen gut«, kommentierte er.

Alyss lächelte. »Das liegt daran, dass sie härter arbeiten als du.«

Bevor sie losritten, fragten sie noch, ob die Familie vielleicht Landfahrer in der Gegend gesehen hätte.

»Vor zwei Tagen«, antwortete der Bauer sofort. »Sie wollten auf unseren Wiesen zelten, doch ich habe sie nicht gelassen. Habe schon einmal erlebt, dass etwas fehlte, nachdem Landfahrer in der Nähe waren.«

»Ich weiß«, sagte Will. »Ich vermisse einen Hund.«

Der Bauer kratzte sich nachdenklich an der Nase. »Oh ja, das kann ich mir vorstellen. Tja, ich würde keine Zeit verlieren, um sie einzuholen. Das Lager von Landfahrern ist wahrscheinlich kein gesunder Platz für einen Hund.«

Mehr sagte er nicht dazu, aber Will hatte keine Zweifel, was er damit meinte. Sie verabschiedeten sich und kurz nach Sonnenaufgang waren sie bereits wieder auf der Straße, diesmal in schnellerem Tempo als am Vortag. Sie ritten eine ganze Weile im Trab, dann stiegen sie ab und liefen ein Stück mit den Pferden, danach ging es wieder im Trab weiter. Zum Mittagessen hielten sie nicht an, sondern aßen im Sattel Trockenfleisch, Obst und Brot.

Ihre Anstrengung zahlte sich aus. Als sie bei Sonnenuntergang in einem kleinen Weiler anhielten, erfuhren sie, dass die Landfahrer nur noch einen Tag Vorsprung hatten. Sie bezahlten dafür, in der Küche eines der größeren Häuser schlafen zu dürfen, da der Weiler kein Gasthaus hatte. Sie aßen, gingen bald zu Bett und waren schon vor Tagesanbruch wieder auf der Straße, im gleichen schnellen Tempo.

Als die Sonne aufging und der Frühnebel sich zu lichten begann, schüttelte Reißer heftig die Mähne.

Wir werden sie heute einholen, das spüre ich in den Knochen.

Will zögerte und blickte zu Alyss. Er war sich nicht sicher, wie sie reagieren würde, wenn er mit seinem Pferd redete.

»Nur zu, antworte ihm, wenn du möchtest«, sagte sie, den Blick auf die Straße vor ihnen gerichtet.

Jetzt sah er sie überrascht an. »Du kannst ihn auch hören?«

Sie schüttelte lächelnd den Kopf. »Nein. Aber Pauline hat mir erzählt, dass ihr Waldläufer allesamt mit euren Pferden sprecht – und du hast so ausgesehen, als überlegtest du, ob ich wohl mithöre.«

»Oh.« Er war sich nicht sicher, ob er Reißer jetzt antworten sollte. Ihre Unterhaltungen waren eigentlich etwas, was nur zwischen ihnen blieb.

Nicht nötig, mir zu antworten.

»Dann ist es ja gut«, sagte Will. Diese Antwort konnte sowohl Reißer als auch Alyss als an sich gerichtet betrachten. Die nächsten Meilen ritten sie schweigend nebeneinander her und Alyss musste ein Lächeln unterdrücken.

Fünf

Die Landfahrer zogen weiter nach Süden. Will und Alyss fanden die Überbleibsel ihres letzten Lagers auf einer Wiese neben der Straße. Die Räder der Pferdekarren hatten sich in den weichen Boden eingedrückt. Außerdem waren da einige schwarze Kreise an den Stellen, wo Feuer gemacht worden war. Will stieg ab und untersuchte die Asche.

»Kalt«, sagte er. »Sie sind immer noch ein gutes Stück vor uns.«

Doch es war offensichtlich, dass sie aufholten. Vielleicht hatte Alyss recht mit ihrer Vermutung, dass die Landfahrer langsamer wurden, sobald sie sich weit genug vom Ort ihres letzten Diebstahls entfernt hatten. Will nickte. Das war eine Möglichkeit.

Am Nachmittag des dritten Tages holten sie den Konvoi ein. Als Alyss und Will um eine Straßenbiegung kamen, entdeckten sie das Lager nur etwa eine viertel Meile vor sich. Fünf der eigenartigen Wohnwagen mit gewölbtem Dach standen dort auf einer offenen Wiese und bildeten eine Art Kreis. Menschen liefen zwischen den Wagen herum und es brannte bereits ein Feuer. Irgendwo spielte jemand eine leise, ergreifende Melodie auf einer Zither.

Instinktiv wollte Alyss beim Anblick des Lagers ihr Pferd anhalten, doch Will bemerkte ihre Handbewegung und hielt sie rechtzeitig davon ab.

»Reite weiter«, sagte er. »Wir wollen doch nicht, dass sie denken, wir hätten nach ihnen gesucht. Wir reiten an ihnen vorbei zu dem Dorf dort am Hügel.«

Will betrachtete das Lager der Landfahrer genau, während sie langsam vorbeiritten. Es waren einige Hunde zu sehen, aber keiner von ihnen zeigte Ebonys unverkennbares schwarz-weißes Fell. Einer von ihnen bellte sie halbherzig an und bekam dafür von einem Landfahrer einen Fußtritt. Der Hund winselte und verkroch sich unter einem Karren.

»Dürfen wir sie denn so anschauen?«, fragte Alyss. »Verraten wir uns dadurch nicht?«

Will schüttelte den Kopf. »Es wäre unnatürlich, sie nicht zu mustern«, sagte er. »Sie sind es gewöhnt, dass Fremde sie anstarren. Wenn wir nur geradeaus schauen, werden sie viel eher misstrauisch.«

Er konnte jetzt weitere Einzelheiten ausmachen. Die Zugpferde standen auf einer kleinen, provisorischen Koppel, deren Umzäunung schnell aus x-förmig in den Boden gerammten Holzpflöcken, auf denen lange Stangen lagen, errichtet worden war. Drei Frauen standen über eine große Wanne gebeugt und wuschen eifrig Wäsche. Während Will zusah, richtete sich eine von ihnen auf, wrang ein bunt gemustertes Hemd aus und hängte es auf eine zwischen zwei Bäumen gespannte

Wäscheleine. Dann ging sie zurück zu dem Waschzuber. Einige Hemden und andere Kleidungsstücke hingen bereits feucht auf der Leine.

»Waschtag«, bemerkte Alyss.

»Sieht so aus, als blieben sie für ein paar Tage hier«, stellte Will fest. »Das wundert mich nicht. Sie sind schnell vorangekommen, seit sie Wensley verlassen haben. Wahrscheinlich brauchen sie jetzt eine Pause.«

Vier Männer saßen auf niedrigen Hockern um ein Feuer und ließen einen Krug herumgehen. Sie starrten die beiden Reisenden an, als diese langsam vorbeiritten. Selbst auf diese Entfernung konnten die beiden jungen Reiter die Ablehnung und Unfreundlichkeit in den Blicken spüren.

»Sieht so aus, als seien Besucher nicht gerade willkommen«, bemerkte Will.

Sie hatten jetzt das Lager passiert und es wäre verräterisch gewesen, sich im Sattel umzudrehen. Doch Will hatte bereits einen kleinen Überblick über das Lager gewonnen.

»Ich hätte gedacht, dass sie näher an den Bäumen lagern«, sagte Alyss. Das Lager lag mitten im offenen Feld. »Da hätten sie mehr Schutz.«

Will schüttelte den Kopf. »Wenn sie so im offenen Feld lagern, ist es viel schwieriger, sich ihnen ungesehen zu nähern«. erklärte er. »Walt hatte recht in Bezug auf diese Leute. Sie werden nicht leicht zu täuschen sein.«

Er hatte bereits beschlossen, in der kommenden Nacht zu diesem Lager zurückzukehren. Doch nun hatte er so seine Zweifel. Wenn die Landfahrer so schlau waren, wie Walt gesagt hatte, konnte es selbst für einen geübten Waldläufer schwierig werden, nahe genug heranzukommen, um irgendetwas Nützliches zu hören. Und da waren auch noch die verflixten Hunde. Bestimmt würden sie nachts das Lager bewachen. Hunde können einem Späher die Aufgabe wirklich schwer machen, dachte er seufzend.

Im Dorf gab es eine kleine Wirtschaft, aber keine Übernachtungsmöglichkeit. Der Wirt ließ sie jedoch in seinem Stall schlafen, und Will und Alyss waren ganz zufrieden damit, sich noch eine Nacht auf einem Bett aus Stroh in ihren Decken zusammenzurollen. Nicht im Hauptgebäude zu schlafen, bedeutete auch, dass es leichter für Will wäre, sich davonzuschleichen und das Lager der Landfahrer auszuspähen.

Zuerst aßen sie etwas, dann zogen sie sich in den Stall zurück. Will machte sich gerade für die nächtliche Erkundungstour bereit, als Alyss in schwarzer Kleidung zu ihm trat. Sie trug eine dunkle Hose und eine schwarze Jacke mit Gürtel, die bis über die Oberschenkel reichte.

Es war offensichtlich, dass sie vorhatte, ihn zu begleiten. Will wollte das schon ablehnen, da kam ihm Alyss zuvor, indem sie die Hand hob.

»Ich komme mit«, verkündete sie. »Denk an das, was Walt gesagt hat. Ich werde diejenige sein, die Kontakt zu ihnen aufnimmt. Es ist sinnvoll, dass ich weiß, womit ich es zu tun habe.«

»Ja«, sagte Will, »aber …«

»Ich werde nicht versuchen, allzu nahe ans Lager heranzukommen«, versicherte sie. »Das überlasse ich dir. Ich bleibe in der Deckung der Bäume und versuche, so viel zu sehen, wie ich kann. Danach kannst du mich mit den Einzelheiten vertraut machen.«

Will zögerte. Sie hatte natürlich recht. Und er konnte sich darauf verlassen, dass Alyss nicht unüberlegt handelte. Also nickte er.

»In Ordnung. Dann sehen wir zu, dass wir loskommen.«

Sie mieden die Hauptstraße und schlüpften in eine Seitenstraße, die aus dem Ort hinaus und in ein kürzlich abgeerntetes Feld führte. Der Waldrand war kaum fünfzig Schritt entfernt.

Unter ihren Füßen knirschten die Stoppeln des frisch gemähten Getreidefeldes. Während des letzten Stücks hielten sie sich dann im Schutz des Waldes, bis sie zu einer Stelle kamen, von der aus sie das Lager sehen konnten.

An zwei Stellen brannten Lagerfeuer und hinter zwei Wohnwagenfenstern war gelbes Laternenlicht zu sehen. Die anderen drei Wagen waren dunkel. Es saßen auch noch Leute um eines der Feuer – zwei Männer und eine Frau.

»Bleib hier!«, flüsterte Will in Alyss' Ohr. »Ich versuche näher ranzukommen.«

Sie nickte und er kroch nun auf dem Bauch durch das hohe, feuchte Gras. Es gab kaum Büsche oder Bäume, die er als Deckung benutzen konnte. Darum bewegte er sich besonders langsam und verharrte manchmal einige Minuten auf einer Stelle, bis eine Wolke über den Himmel zog und einen Fleck Dunkelheit mit sich trug.

Er war vielleicht fünfzig Schritt vom Lager entfernt, als einer der Hunde den Kopf hob und ein zögerndes Knurren ausstieß. Will verharrte, wo er war. Er hörte einen der Landfahrer etwas rufen, dann einen lauten Seufzer, als der Mann sich vom Boden erhob, um hinaus in die Dunkelheit zu spähen.

»Irgendetwas gesehen?«, fragte ihn die Frau.

»Das Feuer ist zu hell.«

»Der Hund hat etwas gehört, sonst hätte er nicht geknurrt«, sagte sie.

Der Mann schnaubte abfällig. »Der Hund ist strohdumm. Wahrscheinlich hat er einen Dachs oder ein Wiesel gewittert.«

»Vielleicht solltest du nachsehen«, schlug sie vor, doch er reagierte wütend auf ihre Worte.

»Vielleicht solltest du das machen! Wenn du alles besser weißt, dann geh du doch!«

»Ich bin aber kein Mann«, sagte sie entschuldigend und Will erinnerte sich an Walts Worte über die Einstellung der Landfahrer gegenüber Frauen. »Das ist nicht meine Aufgabe.«

»Genau, du Frauenzimmer. Deine Arbeit ist Putzen, Kochen, Flicken und Mundhalten. Also fang damit am besten endlich an!«

»Dann geh ich eben gleich schlafen!«, erwiderte sie eingeschnappt.

Ihr Mann sah ihr nach. »Frauen!«, sagte er abfällig.

»Du kannst froh sein, dass du nicht verheiratet bist, Jerome.«

»Weiß ich«, rief der Angesprochene. Er schüttelte den Krug, stellte fest, dass er leer war und legte ihn weg.

Sein Freund gähnte und streckte sich. »Tja, ich geh auch ins Bett«, verkündete er dann, stand auf und schwankte zu dem Wohnwagen, in den seine Frau gestiegen war. Er stolperte auf der behelfsmäßigen Treppe und schlug lautstark die Tür hinter sich zu, als er schließlich darin angelangt war. Offensichtlich war das nicht der einzige Krug gewesen, den sie diese Nacht getrunken hatten.

Da nur noch Jerome am Feuer saß, gab es nicht mehr viel, was Will belauschen konnte. Langsam zog er sich zurück und robbte unauffällig in den Wald, wo Alyss wartete.

»Und?«, fragte sie erwartungsvoll. Er zuckte mit den Schultern.

»Habe nicht allzu viel gehört, was nützlich für uns wäre«, sagte er. »Außer, dass Walt recht hat, was ihre Einstellung Frauen gegenüber betrifft. Es scheint, die Frauen der Landfahrer dürfen nicht einmal eine eigene Meinung haben.«

»Also, was tun wir?«, fragte Alyss.

Will zögerte und überlegte. »Wir müssen noch mehr über sie herausfinden«, antwortete er schließlich. »Was sie tun und wie sie sich verhalten. Wie ihr Tagesablauf aussieht.« Er kaute nachdenklich auf seiner Unterlippe. Ihm hallte noch Walts Warnung im Kopf, dass die Landfahrer ein schwieriges Ziel seien. Er konnte es sich nicht leisten, einen Fehler zu machen, der die Leute misstrauisch werden ließ.

»Wir kommen morgen zurück und beobachten sie ein paar Stunden. Vielleicht können wir irgendeine Schwachstelle herausfinden. Jetzt lass uns erst mal zurück in die Wirtschaft gehen. Ich könnte etwas Heißes zu trinken brauchen, um mich aufzuwärmen.«

Sie schlichen sich gebückt in den Wald. Sobald sie nichts mehr vom Lagerfeuer sehen konnten, richteten sie sich auf und beschleunigten ihren Schritt.

Zurück im Dorf zogen sie sich um und betraten die Wirtschaft. Es war spät, aber es gab immer noch etwa ein Dutzend Gäste, die sich lautstark unterhielten und nicht groß auf sie achteten. Drei Männer saßen an einem Tisch in der Nähe der Theke und würfelten. Während Will und Alyss auf ihre Getränke warteten, sah Alyss interessiert bei dem Spiel zu. Einer der Spieler hatte gerade eine größere Summe gewonnen. Als er seinen Gewinn einstrich, bemerkte er ihren Blick. Er lächelte sie an. Schließlich war er gut gelaunt – und Alyss war ein sehr hübsches Mädchen.

»'n Abend, Süße«, sagte er zu ihr. »Anscheinend hast du mir Glück gebracht. Willst dich nicht zu uns setzen?«

Alyss erwiderte sein Lächeln. Sein Ton war freundlich und von einem einfachen Bauern in einer Dorfkneipe konnte man wohl kaum vornehme Höflichkeiten erwarten. »Geht leider nicht«, sagte sie. »Mein Freund könnte sich einsam fühlen.«

»Er kann uns ja Gesellschaft leisten«, sagte einer der anderen Spieler. »Wir freuen uns immer über Fremde… und über ihr Geld.«

Alle lachten und Will lächelte ebenfalls. »Lieber nicht, Leute. Mein Geldbeutel ist auch so schon schmal genug.«

»Keine Lust zum Spielen?«, fragte der dritte Mann am Tisch und Will schüttelte mit einem wehmütigen Lächeln den Kopf.

»Im Gegenteil, zu viel Lust. Deshalb ist mein Beutel ja auch so schmal.«

Das löste ein mitfühlendes Lachen in der Würfelrunde aus. Sie alle kannten diese Situation gut genug.

»Welch ein Jammer«, sagte der Mann, der zuerst gesprochen hatte. »Du könntest 'ne Menge gewinnen am Siebententag. Da gibt's einen H…«

Bevor er seinen Satz beenden konnte, stieß ihm einer der anderen den Ellbogen in die Rippen.

»Das reicht, Randell!«, schnitt er ihm das Wort ab. »Musst ja nicht alles an die große Glocke hängen!«

»Was? Oh… nein! Tut mir leid.« Der Mann schien nach der Warnung verlegen und senkte den Blick. »Hab ja gar nichts gesagt«, murmelte er.

Sein Freund lächelte entschuldigend. »Also wirklich, unser Randell plappert manchmal einfach zu viel, junger Freund. Achte nicht auf ihn.«

»Sicher.« Will hob abwehrend die Hände, um zu zeigen, dass er verstanden hatte. Der Wirt hatte inzwischen gebracht, was sie bestellt hatten, und Will nahm das zum Anlass, die Unterhaltung zu beenden.

»Schönen Abend noch, Leute«, verabschiedete er sich und setzte sich mit Alyss an einen Tisch weiter hinten in der Gaststube.

Als sie sich langsam zwischen den anderen Tischen hindurchschlängelten, konnte er noch ein paar Worte der Unterhaltung zwischen den Würfelspielern mit anhören.

»Spinnst du, Randell?«, fragte der dritte Mann. »Du sollst doch Fremden nichts von dem …« Er bremste sich selbst gerade noch rechtzeitig, »… du Weißt-schon-was erzählen.«

»Tut mir leid! Ich weiß«, das war jetzt Randell. »Aber ich hab ja noch abgebrochen und sie wissen nichts. Außerdem sehen sie harmlos aus. Nicht, als …«

Der Rest seiner Worte ging im Stimmengewirr des Gastraumes verloren. Als Will und Alyss sich setzten, wechselten sie einen wissenden Blick. Dann lächelte Alyss Will überschwänglich an.

»Lache«, sagte sie. »Du musst laut auflachen, und zwar sofort.«

Verblüfft legte er den Kopf zurück und lachte. Sie stimmte ins Lachen ein, dann strich sie zärtlich über seine Hand. Immer noch lächelnd sagte sie leise: »Sie dürfen nicht denken, dass wir über das Gespräch von eben reden.«

Er nickte mit einem breiten Lächeln. Es schien merkwürdig, mit einem fröhlichen Grinsen so ernst zu reden. Doch Alyss war in dieser Art von Verstellung erfahren, darum folgte er ihrem Rat.

Sie beugte sich zu ihm und streichelte seine Wange. »Wir wollen so aussehen, als plauderten wir über etwas Romantisches«, sagte sie. Er nickte, immer noch lächelnd, nahm sanft ihre Hand und zog sie zu einem Kuss an seine Lippen.

»Was hältst du denn von dem Versprecher?«, fragte sie und sah sich dann scheu im Gastraum um, als sei sie verlegen und wolle sehen, ob jemand sie beobachte. »Du musst weiter lächeln«, wies sie ihn an, als sie sah, wie er nachdenklich die Stirn runzeln wollte. Sofort passte er seinen Gesichtsausdruck an.

»Irgendetwas passiert an diesem sogenannten Siebententag. Etwas, was mit Wetten und der Möglichkeit, Geld zu gewinnen, zu tun hat.«

»Also«, sagte sie und strich sich in einer koketten Geste das Haar aus dem Gesicht, »ist es eine Veranstaltung außer der Reihe. Was liegt da nahe?«

Es war klar, dass sie beide an das Gleiche dachten.

»Hundekämpfe«, stellte er fest. »Deshalb haben sich die Landfahrer auch für eine Weile hier niedergelassen. Sie werden irgendwo im Wald am Siebententag Hundekämpfe organisieren.«

»Bis dahin haben wir noch ein paar Tage Zeit«, sagte Alyss nachdenklich.

»Aber das ist nicht viel«, sagte Will und auf einmal fiel ihm das Lächeln besonders schwer. »Wir wissen immer noch nicht, wie wir Ebony finden sollen. Wir müssen morgen Erfolg haben!«

Sechs

Kurz nach Sonnenaufgang befanden sie sich schon wieder auf ihrem Beobachtungsposten und behielten das Lager der Landfahrer im Blick. Die ersten Stunden passierte nichts Außergewöhnliches, man verrichtete lediglich die alltäglichen Arbeiten: Das Feuer wurde angefacht und das Frühstück zubereitet, dann fingen einige Frauen an zu putzen, während andere Kleidung und Werkzeuge ausbesserten.

Zur Mittagszeit verließ Jerome, der breit gebaute Mann, den sie in der Nacht zuvor belauscht hatten, seinen Wohnwagen. Er trug eine schwarze Hose und kniehohe braune Lederstiefel, dazu ein bunt gemustertes Hemd, das bis über seine Hüften reichte und weite Ärmel hatte, die an den Handgelenken mit Ledermanschetten zusammengefasst wurden. Außerdem hatte er einen schweren Ledergürtel um die Taille. Will konnte darin ein langes Messer in einer Scheide erkennen.

Voller Interesse beobachtete Will, dass Jerome einen großen Leinensack in der Hand hielt. Als der Landfahrer die Treppe seines Wohnwagens nach unten stieg, rannten sofort zwei Hunde aus dem Lager herbei und krochen unterwürfig auf ihn zu, um an dem Sack zu schnüffeln. Er bedachte sie mit einem wütenden Fluch, woraufhin sie sich mit eingezogenem Schwanz zurückzogen.

»Was, glaubst du, ist in dem Sack?«, fragte Will flüsternd.

Alyss, die in ihren braunen Mantel gehüllt neben ihm lag, warf ihm einen nachdenklichen Blick zu.

»Bei dem Interesse, das die Hunde zeigen, tippe ich auf Fleisch.

»Denke ich auch«, pflichtete Will ihr bei. »Außerdem war der Sack fleckig – wahrscheinlich getrocknetes Blut.«

Jerome marschierte auf die andere Seite des Lagers, dann drehte er sich um und rief: »Petulengo! Wo bist du denn, verdammt noch mal?«

»Ich komm schon, Jerome!«, rief eine hohe, sich überschlagende Stimme. Die Tür eines anderen Wohnwagen wurde geöffnet und ein Junge, dem Aussehen nach nicht älter als vierzehn oder fünfzehn, eilte die Treppe hinab und steckte noch im Gehen sein Hemd in die Hose. Sein langes, dunkles Haar wurde von einem gelben Stirnband aus dem Gesicht gehalten.

»Das nächste Mal sieh zu, dass du rechtzeitig fertig bist«, mahnte Jerome, der dem Jungen offensichtlich zeigen wollte, wer das Sagen hatte. »Und jetzt halt mir den Rücken frei«, befahl er und ging auf den Wald zu. Der Junge musste fast rennen, um mit Jeromes langen Schritten mithalten zu können. Dennoch blieb er immer ein paar Schritte hinter ihm.

»Warte hier und beobachte alles«, sagte Will. »Ich möchte sehen, wohin unser Freund Jerome will.«

Das war leichter gesagt als getan. Er musste einen weiten Bogen schlagen, um nicht vom Lager aus gesehen zu werden. Dennoch war er überzeugt, Jeromes Spur bald wiederfinden zu können.

Er hatte sich getäuscht. Er fand zwar problemlos die Spur des Jungen, doch Petulengo war nicht direkt bei seinem älteren Kumpan. Er folgte ihm in einiger Entfernung und verwischte dabei dessen Spuren. Jerome hatte zudem ein paar Haken geschlagen, sodass man die Richtung, die er einschlug, nicht deutlich erkennen konnte und wenn Will näher käme, würde er von Petulengo entdeckt werden.

Außerdem war der Junge sehr auf der Hut. Einige Male, als Will ein leises Geräusch machte – und es war unmöglich, sich in dieser Geschwindigkeit lautlos zu bewegen – drehte er den Kopf und Will musste im Schutze seines Umhangs auf der Stelle verharren.

Petulengo blieb so weit hinter Jerome zurück, dass Will den stämmigen Landfahrer nie ausmachen konnte. Er musste sich damit zufriedengeben, den Jungen zu verfolgen. Nach einer Weile wurde ihm klar, wie effektiv das System der Landfahrer war. Der Junge wusste offensichtlich, wohin Jerome wollte, also konnte er weit hinter ihm bleiben und jeden potenziellen Verfolger – wie Will zum Beispiel – dadurch auf Abstand halten.

Nach etwa zehn Minuten musste Will sich geschlagen geben. Er wollte nicht das Risiko eingehen, entdeckt zu werden – das konnte Ebony das Leben kosten. Frustriert kehrte er zurück zu der Stelle, wo Alyss das Lager beobachtete. Sie sah an seinem Gesichtsausdruck, dass er kein Glück gehabt hatte, und deutete auf das Lager.

»Ich glaube, ich habe einen Weg ins Lager gefunden«, sagte sie.

Will folgte der Richtung ihres ausgestreckten Zeigefingers und sah eine Gestalt, die er vorher nicht bemerkt hatte. Es war eine alte Frau, in Lumpen gekleidet, das graue lange Haar ungekämmt. Sie lief vornübergebeugt im Lager umher, holte Feuerholz von einem Holzstoß neben einem der Wagen und legte es zu den beiden Feuerstellen, an denen gekocht wurde.

Danach füllte sie einen Eimer aus einem Wasserfass und wollte auch das Wasser zur Feuerstelle tragen.

Anscheinend war sie nicht mehr als eine billige Arbeitskraft, mehr eine Last als eine Hilfe. Die Landfahrer ignorierten sie bestenfalls, oft genug bekam sie im Vorbeigehen böse Worte zu hören. Einer der Männer gab ihr sogar eine Kopfnuss. Sie duckte sich und ließ dabei ihren Eimer fallen, worauf das ganze Wasser verschüttet wurde. Auf ihr Gejammer bekam sie nur schadenfrohes Gelächter zu hören, und als sie sich bückte, um den Eimer aufzuheben, schickte der Mann ihn mit einem Fußtritt noch weiter weg. Sie humpelte dem Eimer hinterher, eine Hand instinktiv gehoben, um einen möglichen weiteren Schlag abzuwehren, und schniefte und jammerte dabei.

Da wurde in einem der Wagen eine Tür geöffnet

und eine Frau, die mindestens zwanzig Jahre jünger als die Grauhaarige war, rief: »Hilde! Bring sofort das Wasser her! Was treibst du denn wieder, du Faulpelz!«

Hilde jammerte etwas Unverständliches, und der Mann, der daran schuld war, dass sie das Wasser verschüttet hatte, fuhr sie ebenfalls an, als sie zur Regentonne zurückhumpelte, um den Eimer neu zu füllen, begleitet vom unablässigen Schimpfen der Frau.

Im Lager der Landfahrer stand Hilde auf der allerletzten Stufe.

Will sah Alyss stirnrunzelnd an. »Ich verstehe nicht, was du meinst.«

Sie lächelte zurück. »Während du fort warst, hörte ich, wie man ihr befahl, mehr Feuerholz zu holen. Wir warten, bis sie das Lager verlässt. Dann folgen wir ihr und ich nehme ihren Platz ein.«

»Du machst wohl Scherze!«, sagte Will. Er blickte von der vornübergebeugten Alten, die jetzt mit einem vollen Wassereimer zum Wagen zurückhumpelte, zu Alyss – schlank, schön und jung. »Meinst du nicht, dass sie einen leichten Unterschied im Aussehen bemerken könnten?«

»Ich glaube nicht, dass sie die Frau überhaupt bemerken«, erwiderte Alyss ernsthaft. »Sie sehen sie nicht als Person, nur als eine Art Gegenstand oder etwas, woran sie ihre schlechte Laune auslassen können. Vergiss nicht, ich bin dafür ausgebildet, mich bei Bedarf zu verkleiden. Wenn ich Asche und Schmutz in mein Haar reibe und genauso humple wie diese Hilde, werden sie den Unterschied nicht bemerken. Besonders, wenn ich die Kleidung mit ihr tausche.« Sie schauderte leicht. »Das ist allerdings der Teil des Plans, auf den ich ganz und gar nicht scharf bin.«

Will musterte die armselige Gestalt erneut. »Du glaubst wirklich, dass du dich als sie ausgeben kannst?«

Alyss nickte. »Wäre sie wirklich eine von ihnen, ginge das nicht. Aber sie beachten sie gar nicht. Und die Menschen sehen das, was sie zu sehen erwarten. Das hast du mir selbst oft genug gesagt.«

Will schwieg einen Moment.

Alyss argumentierte weiter: »Auf diese Weise bin ich innerhalb des Lagers. Ich kann ihre Unterhaltungen belauschen und mit etwas Glück finde ich heraus, wo sie Ebony verstecken. Und wenn Jerome und der Junge in den Wald gehen, kann ich ihnen folgen. Sie werden wohl kaum auf Hilde achten, wenn sie Feuerholz sammelt. Du kannst mir dann in ausreichender Entfernung folgen. Auf diese Weise bleibst du außer Sicht, bis wir wissen, wo genau Ebony versteckt ist.«

»Ich weiß nicht«, sagte Will. »Es könnte klappen. Aber es ist ein großes Risiko …«

»Ich bin bereit, es einzugehen. Was können sie mir denn schon tun? Schließlich bist du hier im Wald, falls sie doch etwas merken. Und ich glaube wirklich, das ist unsere einzige Chance, Ebony zu finden.«

»Lass mich mal kurz nachdenken …«, sagte Will. Er wusste genau, wenn er selbst an Alyss Stelle wäre, würde er nicht zögern, den Vorschlag umzusetzen. Doch da er damit Alyss der Gefahr aussetzte, konnte er einfach nicht so schnell entscheiden.

»Denk lieber schnell nach«, drängte Alyss. »Sie verlässt das Lager.«

Will blickte auf. Hilde lief in den Wald, eine kleine Axt in der Hand und einen großen Weidenkorb über der Schulter.

»Also gut«, sagte er mit einem Seufzer. »Versuchen wir es.«

Es war nicht schwierig, Hilde zu finden. Das Geräusch der kleinen Axt schallte durch den Wald, als sie morsches Fallholz in Stücke von passender Länge hackte. Als Will das Gefühl hatte, weit genug vom Lager entfernt zu sein, trat er leise zwischen den Bäumen hervor. Für Hilde schien es, als wäre der junge Mann in dem grüngrauen Umhang plötzlich wie von Zauberhand vor ihr aufgetaucht. Unwillkürlich entfuhr ihr ein kleiner Schreckensschrei und sie stolperte zurück, eine Hand vor dem Gesicht erhoben. Will erkannte die Geste. Damit versuchten ältere Leute bei Fremden das abzuwehren, was sie den »Bösen Blick« nannten.

Er bemerkte auch, dass Hilde, obwohl sie die Axt in der anderen Hand hatte, keine Anstalten machte, sich zu verteidigen.

»Nur die Ruhe, Hilde«, sagte er leise. »Ich will dir nichts tun.«

»Wer bist du? Woher kennst du meinen Namen? Ich habe nichts gemacht!«, stieß sie hervor und mied immer noch seinen Blick. Will sah zu Alyss, die noch verborgen im Wald wartete, und gab ihr ein Zeichen: *Brauche Unterstützung*.

Alyss trat zu ihm und sagte mit sanfter Stimme: »Es ist alles in Ordnung, Hilde«, sagte Alyss mit beruhigender Stimme. »Wir tun dir nichts. Wir sind hier, um dir zu helfen.«

Anscheinend beruhigte der Anblick einer anderen Frau Hilde. Langsam senkte sie den Arm, mit dem sie ihr Gesicht abgeschirmt hatte. Sie beugte sich vor, um Alyss genauer zu betrachten. Alyss lächelte sie ermutigend an. Auf Burg Redmont sagte man, dass Alyss' Lächeln etwas Besonderes war. Und tatsächlich schien es auch auf die alte Frau einen beruhigenden Effekt zu haben.

»Wer bist du?«, fragte Hilde.

»Mein Name ist Alyss und das ist mein Freund Will«, erklärte sie und deutete auf den jungen Waldläufer. Hilde warf ihm einen Blick zu. Erneut machten sich Misstrauen und Furcht auf ihrem Gesicht breit. Alyss fuhr rasch fort: »Sag uns, Hilde, warum sind die Landfahrer so gemein zu dir?«

Das war die richtige Annäherung, merkte Will. Alyss hatte sich damit auf Hildes Seite gestellt. Die alte Frau schniefte und wischte sich mit dem Ärmel über die Nase.

»Gemein? Ja, das sind sie. Schlagen mich. Schimpfen und stoßen mich. Dabei geb ich mir doch Mühe, aber ich bin eben alt. Kann mich nicht mehr so schnell bewegen wie früher. Ich versuch's ja, aber ich bin zu langsam – und dann schlagen sie mich.«

»Aber bist du denn nicht eine von ihnen?«, fragte Alyss. Sie nahm die Hand der alten Frau sanft in die eigenen und Hilde sah sie mit Tränen in den Augen an. Sie hatte blasse Augen, deren Farbe vom Alter wie ausgewaschen schien.

»Eine von ihnen? Nein. Ich komme ursprünglich aus Teutlandt. Als mein Mann starb, hatten sie im Dorf keinen Platz mehr für mich. Wollten den Bauernhof, versteht ihr? Sie warfen mich hinaus, ohne einen einzigen Pfennig. Ich hätte sterben können. Die Landfahrer nahmen mich auf. Zuerst war ich dankbar, doch nach einer Weile wünschte ich, sie hätten es nicht getan. Wäre vielleicht besser gewesen, gleich zu sterben. Jetzt bin ich schon lang bei ihnen ...« Sie machte eine Pause und sah in die Ferne. »Ich weiß gar nicht mehr, wie lang.«

»Warum bleibst du denn bei ihnen?«, fragte Will.

Hilde sah ihn an. Inzwischen schien sie verstanden zu haben, dass sie von ihm nichts zu befürchten hatte.

»Wohin soll ich denn sonst?«, fragte sie. »Wer will schon eine alte Frau? Für mich heißt's, bei den Landfahrern bleiben oder sterben.« Sie lachte plötzlich auf, ein raues Lachen ohne jeglichen Humor. »Nicht, dass sie mich gut füttern. Es sind immer nur Krümel und Reste – alles, was nicht gut genug für die Hunde ist.«

Alyss und Will wechselten einen schnellen Blick.

»Die Hunde«, sagte Alyss. »Die Hunde im Lager?«

»Ja. Die auch. Und die an ...« Sie hielt inne, Furcht blitzte in ihren Augen auf. »Ja, die Hunde im Lager«, wiederholte sie schnell.

Mit enormer Anstrengung beherrschte Will sich, um nicht wieder zu Alyss zu blicken. Stattdessen sah er beiläufig zur Seite, als hätte er Hildes Versprecher gar nicht bemerkt.

»Warum läufst du denn nicht weg?«, fragte Alyss noch einmal.

Hilde sah sie an, als sei sie nicht bei Troste. »Wie denn? Wohin soll ich denn? Ich habe nichts. Wenn ich versuche wegzulaufen, kommen sie mir nach und holen mich. Eine alte Frau wie ich kann nicht schnell laufen. Gar nichts kann ich tun. Ich hänge bei diesen Landfahrern fest und muss das Beste daraus machen«

Ihre Stimme klang resigniert angesichts der Unausweichlichkeit ihres Schicksals.

»Hilde«, sagte Alyss langsam. »Wenn du von dort weg könntest, würdest du das wollen?«

»Aber klar doch!«, antwortete Hilde sofort. Doch gleich holte die Realität sie wieder ein. »Aber es geht eben nicht. Nein, es ist närrisch, bloß daran zu denken.«

»Wir würden dir helfen«, sagte Will.

Sie sah ihn misstrauisch an. »Warum solltet ihr das denn tun?«

»Sagen wir einfach, wir haben mit diesen Landfahrern noch eine Rechnung offen«, antwortete Will.

Hilde zögerte. Die Vorstellung, ihrem gegenwärtigen Leben zu entkommen, war verlockend.

»Was müsste ich denn dafür tun?«, fragte sie.

Diesmal antwortete Alyss. »Wir haben eine Freundin, die eine Gastwirtschaft betreibt. Bestimmt könntest du für sie arbeiten. Es wäre viel einfacher als das, was du jetzt machst, und niemand würde dich schlagen oder beschimpfen.«

»Aber du müsstest arbeiten«, warnte Will sie.

Sie sah ihn an. »Ich scheue keine Arbeit«, sagte sie, »und ich erwarte keine Almosen. Aber wenn ich etwas zu essen und einen Schlafplatz bekomme, vielleicht sogar noch einen Pfennig ab und zu, das wäre wie der Himmel.«

»Ich bin sicher, dass Jenny dir genug zu essen gäbe«, sagte Will. »Und sie ist eine gute Köchin.«

»Wir geben dir ein wenig Geld für den Augenblick«, sagte Alyss, »und Will bringt dich in ein anderes Dorf, wo du auf uns warten kannst. Wir haben Pferde, also wird er dich weit genug wegbringen, damit du vor den Landfahrern in Sicherheit bist.«

Hilde zögerte noch. »Gibt diese Freundin von euch mir auch wirklich Arbeit?«

Alyss nickte nachdrücklich. »Wenn wir sie fragen, ja. Es wird keine schwere Arbeit sein und du wirst ein gutes Leben haben, Hilde. Und um den Handel perfekt zu machen, kannst du dieses gute Kleid von mir haben.«

Da wurden Hildes Augen groß. Das Kleid war schlicht, doch von guter Qualität, weiche und warme Wolle. Es war sauber, ungeflickt und so unglaublich viel besser als die Lumpen, die sie trug.

»Aber was ziehst du denn dann an?«, fragte die Alte.

Alyss deutet auf Hildes zerschlissenen Rock, die Bluse und den Schal. »Ich tausche mit dir.«

Hilde runzelte verblüfft die Stirn. »Wieso willst du denn meine Lumpen tragen?«

Alyss gestattete sich ein kleines Lächeln.

»Glaub mir, ich will es eigentlich nicht. Aber es ist leider nötig für das, was ich vorhabe.«

Sieben

Auch wenn Will seine Freundin Alyss früher schon in Verkleidungen gesehen hatte, war er von der Verwandlung beeindruckt. Sie hatte ihr Haar ein wenig abgeschnitten, damit es die gleiche Länge wie Hildes hatte. Dann hatte sie Erde und Asche hineingerieben, sodass es stumpf, grau und verfilzt wirkte. Ihr Gesicht war dunkler, wirkte faltig und müde vom Alter. Erst wenn er ganz genau hinsah, konnte Will erkennen, dass all dies das Resultat von geschickter Schminke war. Alyss reiste, wie alle Kuriere, nie ohne ihren Schminkbeutel. Der gehörte zu den wichtigsten Werkzeugen eines Kuriers.

Doch der allerwichtigste Teil der Verwandlung war, dass sie die Haltung und Körpersprache der alten Frau angenommen hatte. Alyss hatte Hilde während des Vormittags genau beobachtet und ahmte nun ihre gebückte, unterwürfige Haltung nach. Sie bewegte sich genauso vornübergebeugt und mit diesem seitlichen, humpelnden Gang, den Blick gesenkt. Zu ihrem Glück sah Hilde kaum jemals irgendeinem Landfahrer in die Augen. Doch selbst wenn, konnte

Will sich nicht vorstellen, dass jemand den Tausch bemerkte.

Zudem trug Alyss Hildes fleckige und zerlumpte Kleidung, das vervollständigte das Bild. Sie lächelte Will an, als sie hinter den Büschen hervorkam, wo sie sich verwandelt hatte. Die Kleidung hatte sie ausnahmsweise zuletzt angezogen.

»Das ist der Teil, der mir am wenigsten gefällt«, hatte sie gesagt.

Hilde hingegen war von ihrem neuen grünen Kleid begeistert. Sie stolzierte zwischen den Bäumen umher und murmelte bewundernde Worte. Will vermutete, dass sie wohl in ihrem ganzen Leben kein so schönes Kleid besessen hatte.

»Und jetzt«, sagte Alyss, »schlage ich vor, du bringst Hilde in das Dorf, durch das wir gestern gekommen sind. Bring sie in der Wirtschaft unter und komm gleich wieder zurück. In der Zwischenzeit nehme ich ihren Platz im Lager ein.«

Doch Will schüttelte den Kopf. »Das mache ich heute Abend«, sagte er. »Zuerst will ich mich vergewissern, dass deine Verkleidung die Landfahrer auch wirklich überzeugt. Hilde und ich werden dich vom Wald aus beobachten, nur um sicherzugehen, dass du klarkommst.«

»Ich komme zurecht, Will«, versicherte sie ihm.

»Dann gibt es auch keinen Grund, Hilde jetzt schon wegzubringen. Wenn sie auf deine Verkleidung hereinfallen, werden sie nicht nach ihr suchen, oder?«

Alyss lächelte. Es gefiel ihr, dass Will sich um ihre Sicherheit sorgte, auch wenn sie überzeugt war, mit ihrer Rolle durchzukommen. Sie streckte eine schmutzbefleckte Hand aus und legte sie auf seine.

»Du hast recht. Und ich werde mich auch sicherer fühlen, wenn ich weiß, dass du in der Nähe bist und alles beobachtest.«

Alyss' Zuversicht erwies sich als wohlbegründet. Als sie einige Minuten später ins Lager humpelte, beladen mit dem Feuerholz, das Will gesammelt hatte, während sie sich verkleidet hatte, beachtete sie keiner.

Im Laufe des Tages bekam sie zwischendurch besonders unangenehme Arbeiten, die keiner selbst tun wollte. Bei verschiedenen Gelegenheiten, wenn sie absichtlich langsam mit der Erledigung einer Arbeit war, wurde sie mit Stößen oder Kopfnüssen bestraft und angeschrien. Alyss reagierte genau, wie sie es bei Hilde gesehen hatte: Sie duckte sich weg, jammerte und versuchte, ihren Kopf mit angezogenen Armen abzuschirmen.

Es war eine meisterhafte Vorstellung. Während Hilde im Wald zufrieden ein Nickerchen machte, presste Will jedes Mal die Lippen zusammen, wenn er sah, wie Alyss geschlagen wurde. Er merkte sich die entsprechenden Landfahrer. Sobald die Sache vorbei war, würde er sich für diese hinterhältigen Schläge revanchieren.

Als der Nachmittag so vorbeiging, war klar, dass die Täuschung gelungen war. Will war nun nicht mehr so angespannt. Er weckte Hilde, als die Dämmerung hereinbrach. Die alte Frau hatte seit Jahren nicht mehr so lange ungestört schlafen können und erhob sich nur widerstrebend.

»Wie macht sich das Fräulein«, fragte sie.

Will lächelte sie beruhigend an.

»Bestens. Die Landfahrer haben keine Ahnung, dass du fort bist. Willst du mal sehen?« Er führte sie vorsichtig zwischen den Bäumen hindurch an den Waldrand.

Hilde kauerte sich in den Schatten eines Baums und sah zu, wie Alyss im Lager herumhumpelte, Brennholz ablegte und das Feuer für das Abendessen entzündete.

Fasziniert beobachtete Hilde ihr Alter Ego bei der Arbeit. Einmal, als einer der Landfahrer mit einem kleinen Ast vom Feuerholz nach Alyss warf und sie damit am Bein traf, zuckte sie mitfühlend zusammen. Schließlich fasste Will ihren Arm und führte sie in den Wald zurück. Gemeinsam gingen sie zu den Pferden. Sie humpelte neben ihm her, doch nach einer Weile blickte sie zu ihm auf, den Ansatz eines Lächelns in ihrem faltigen Gesicht.

»Zum Glück haben sie nicht bemerkt, das sie nicht so hübsch ist wie ich«, sagte sie und kicherte los.

Will sah sie mit erhobenen Augenbrauen an.

»Du findest wirklich, du bist hübscher als sie?«, fragte er ungläubig.

Sie kicherte wieder. »Aber klar doch. Schließlich hab ich ein feines neues Kleid!«

Darauf fiel Will nun auch nichts mehr ein.

Alyss verbrachte eine unbequeme Nacht vor Kälte zitternd unter einem der Wohnwagen, lediglich in Hildes dünne Decke gehüllt. Sie versuchte nicht an die kleinen Insekten zu denken, die diese Decke zweifellos mit ihr teilten, doch am Morgen war sie von roten Bissen übersät und kratzte sich heftig.

»Alles Teil der Verkleidung«, sagte sie sich.

Sie hatte Hilde vorher genau nach ihren Pflichten gefragt. Also holte sie Wasser und Holz, fütterte die Ziegen und Hühner aus dem Abfalleimer und schrubbte die Kochtöpfe mit Sand und Wasser sauber.

Von Zeit zu Zeit rief jemand – Mann oder Frau – nach ihr, damit sie irgendeine unangenehme Aufgabe erledigte: Dann musste sie die mit Kuhmist oder Hundekot verschmutzten Stiefel putzen oder einen Teppich ausklopfen.

Gegen elf Uhr sah sie, wie sich der junge Petulengo dem Wagen von Jerome näherte, und hielt sich hoffnungsvoll in der Nähe auf. Dies war die Gelegenheit, auf die sie gewartet hatte. Sie eilte zu dem Wagen, unter dem sie geschlafen hatte, und holte den Korb fürs Feuerholz. Dabei hörte sie, wie die Tür von Jeromes Wagen mit einem lauten Schlag aufging und schwere Schritte die Treppe hinunterpolterten. Wie beiläufig blickte sie in seine Richtung. Wieder trug er den blutbefleckten Sack. Wieder musste er die Hunde aus dem Lager wegscheuchen.

Er nickte, als er sah, dass Petulengo bereits auf ihn wartete.

»Dein Glück«, sagte er. »Ich mag es nicht, wenn man mich warten lässt.«

Der Junge erwiderte nichts, sondern ging einfach hinter dem stämmigen Landfahrer her. Sie schlugen die gleiche Richtung wie am Vortag ein. Alyss humpelte mit dem Korb langsam hinter ihnen her. Sie wusste, auch wenn Petulengo etwaige Verfolger abhalten sollte, wäre Hilde eine vertraute und harmlose Gestalt. Wahrscheinlich würde der Junge sie völlig ignorieren und sie konnte endlich herausfinden, wo Ebony versteckt wurde. Während sie den beiden nachging, würde Will ihr heimlich folgen. Das war der Plan, auf den sie sich am Vortag geeinigt hatten.

Sie hatte das Lagergelände gerade verlassen, als eine schrille Stimme sie aufhielt.

»Hilde! Wo willst du denn hin, du nutzlose alte Vettel?«

Das kam von einer der jüngeren Frauen. Sie beugte sich über das Geländer ihres Wohnwagens und winkte Alyss ungeduldig zu sich. Insgeheim fluchend blieb Alyss stehen und zeigte den Korb fürs Feuerholz. Mit furchtsamer Stimme rief sie:

»Brennholz sammeln! Wir haben nicht mehr viel!«

Die Frau schien einen Moment zu überlegen. Erst fürchtete Alyss schon, sie könnte sie zurückrufen. Doch dann nickte sie nur.

»Geh noch Beeren sammeln, wenn du schon im Wald bist!«, rief sie. »Und zwar reichlich. Camlo will, dass ich ihm Beerenwein mache.«

Alyss seufzte erleichtert auf. Dieser Auftrag war

sogar zu ihrem Vorteil. Auf der Suche nach Beeren konnte sie im ganzen Wald umherlaufen. Wenn sie dabei »zufällig« Petulengo und Jerome begegnete, war das nur umso besser.

»Ja! Ich bringe welche mit, bringe viele!«, rief sie zurück. Dann drehte sie um und eilte in den Wald, bevor ihr die Frau womöglich noch eine andere Aufgabe übertrug.

Sie bückte sich, hob unterwegs ein paar kleine Zweige auf und hielt nach Petulengo Ausschau, während sie einem Trampelpfad zwischen den Bäumen hindurch folgte. Gelegentlich sah sie Petulengos gelbes Hemd zwischen den Bäumen aufblitzen. Es gelang ihr, den Jungen nicht aus den Augen zu verlieren. Wenn er seinen Auftrag ernst nahm, musste er sie inzwischen auch bemerkt haben. Sie beschloss, das zu überprüfen, und ging weiter in die Richtung, wo der Junge jetzt auf einem Baumstumpf saß. Es war ein Glücksfall, dass sie nur ein paar Schritte seitlich eine Stelle mit besonders vielen Walderdbeeren entdeckte. Sie humpelte mit gesenktem Blick darauf zu und gab vor, den Jungen nicht zu bemerken. Mit einem erfreuten Ausruf begann sie die Beeren zu pflücken und in den Korb auf das Holz zu legen.

»Was machst du denn da, alte Hilde?« Seine junge Stimme hatte einen unangenehmen Beiklang. Alyss gab sich überrascht und drehte sich zu ihm um, ohne ihn direkt anzublicken, wie Hilde es getan hätte. Sie vermutete zu Recht, dass eine gewisse Unterwürfigkeit seinem jungen Ego schmeichelte.

»Beeren sammeln, junger Herr«, sagte sie und zeigte ihm den Korb. »Drina will Wein daraus machen.«

»Zeig her«, verlangte er und sie humpelte zu ihm und zeigte ihm den Korb. Er griff hinein, nahm sich eine große Handvoll heraus und begann sie zu verzehren, der rote Saft tropfte sein Kinn hinab.

»Nicht schlecht«, sagte er und grinste gehässig. »Aber wenn du an mir vorbeiwillst, musst du mir mehr geben. Das ist wie ein Zoll, verstehst du?«

Ein schmaler Pfad verlief durch den Wald hinter ihm. Alyss vermutete, dass dies der Pfad war, den Jerome genommen hatte, und dass Petulengo an diesem Abzweig Wache halten musste.

Wie sie gehofft hatte, betrachtete Petulengo sie nicht als Bedrohung. Er war bereit, sie hier entlanggehen zu lassen, wenn sie ihm eine Handvoll Beeren überließ. Sie nickte unterwürfig und verbarg die Aufregung, die in ihr aufstieg.

»Ich hole noch mehr«, sagte sie und humpelte zurück zu den Walderdbeeren. Sie pflückte eine beträchtliche Zahl der süßen Beeren ab und als sie auch Brombeeren entdeckte, griff sie so hoch, wie sie konnte. Petulengo beobachtete sie ohne echtes Interesse.

Als sie mit dem Korb wieder zu ihm zurückkam, nahm er sich alle Beeren aus dem Korb

Alyss jammerte: »Aber das ist alles, was ich hatte, junger Herr! Und dort ist jetzt nichts mehr«, sagte sie. Er grinste und spuckte roten Saft in ihre Richtung.

»So ein Jammer. Dann musst du eben weitersuchen.«

Sie nickte jammernd. Dann deutete sie auf den Pfad.

»Da hinten sind noch Brombeerbüsche, das weiß ich«, sagte sie.

Er zuckte mit den Schultern. »Dann hol welche. Und vergiss nicht, mir genug davon abzugeben.«

Interessant, dachte sie. Also hatte er vor, an dieser Stelle zu bleiben. Das bedeutet, dass Jerome irgendwo in der Nähe ist – Jerome und die Hunde. Sie hoffte, dass Will auch nicht weit entfernt war.

Eilig humpelte sie an dem bösartigen Jungen vorbei den Pfad entlang. Sie war noch keine zehn Schritte gegangen, als sie ihn rufen hörte.

»Hilde!«

Gleichzeitig hörte sie das Zischen eines Steckens, der durch die Luft flog. Vernünftigerweise drehte sie sich nicht um und im nächsten Moment erwischte sie der dicke Ast am Hinterkopf. Sie stolperte und stürzte, wobei sie ihr ganzes gesammeltes Holz ausschüttete. Petulengo lachte.

»Pass auf, wo du hinläufst, Hilde!«

Innerlich fluchend rappelte sie sich auf, riss sich zusammen, um sich ihre Wut nicht anmerken zu lassen, und begann mühselig, das Holz wieder aufzulesen.

»Petulengo!«

Beide erschraken sie bei dem Ruf, der vom anderen Ende des Pfades kam. Petulengo erhob sich vom Baumstumpf und sah auf einmal etwas nervös aus.

»Ja, Jerome?«, rief er.

»Alles klar?«, rief Jerome.

Alyss, die scheinbar vollauf damit beschäftigt war, das Feuerholz wieder aufzusammeln, hätte schwören können, dass sie ein kurzes Bellen gehört hatte.

»Alles klar, Jerome.«

Alyss lächelte. Anscheinend zählte sie nicht. Tja, sie würden ihren Irrtum bald bereuen.

»Dann komm her! Ich brauch dich.«

»Komme schon, Jerome!« Petulengo lief den schmalen Pfad entlang. Als er an Alyss vorbeikam, schaffte er es, ihren Korb erneut umzustoßen, sodass das Holz wieder herausfiel. Sie hörte ihn lachen, während er leichtfüßig den Pfad entlangrannte.

»Kleiner Drecksack«, murrte sie.

Acht

Petulengo ließ die vermeintliche Alte hinter sich und eilte den Pfad entlang, bis er eine Abzweigung erreichte. Der neue Pfad war noch schmaler und von Schlingpflanzen überwuchert. Petulengo musste sich unter den tief hängenden Ästen wegducken. Nach ein paar Schritten kam er zu einer kleinen Lichtung.

Instinktiv wich er zur Seite, als er merkte, dass Jerome nur noch ein paar Schritte entfernt war und einen riesigen schwarzen Hund am Kragen hielt.

Petulengo kannte den Namen des Hundes: Teufelszahn. Sein Fell war schwarz, doch weder glänzend noch gesund. Dieses Fell war drahtig und verfilzt. Die darunterliegende Haut war an vielen Stellen vernarbt – Erinnerungen an die Kämpfe, die Teufelszahn bereits überstanden hatte.

Sein Kopf war riesig und der Körper kraftvoll. Die Augen waren wild und gelb, die Lefzen hatte er zu einem wütenden Knurren verzogen. Weißer Schaum tropfte aus seinem Mund, während er sich gegen Jeromes Griff stemmte.

Normalerweise wurde Teufelszahn von einer schweren Kette gehalten. Doch Jerome hatte diese bereits gelöst. Stattdessen hatte er den Hund jetzt zwischen den Knien eingeklemmt und hielt ihn mit beiden Händen an seinem Lederhalsband. Teufelszahn kämpfte darum, sich völlig zu befreien. Jerome war ein kräftiger Mann, doch die Kraft des Hundes war selbst für ihn fast zu viel.

»Hol den Hütehund«, sagte er grimmig zu Petulengo. »Wir müssen die Hunde in ein anderes Versteck bringen.«

Bis zum Kampf wurden die Hunde ein weiteres Mal umgesiedelt, damit sie nicht doch noch von irgendjemandem entdeckt wurden. Petulengo blickte über die Lichtung. Auf der anderen Seite, an einen Baum gekettet, war der schwarz-weiße Hütehund, den Jerome gestohlen hatte. Petulengo musterte ihn. Unter Jeromes Anweisungen hatte er den Hund die vergangenen Tage immer wieder geärgert und provoziert, damit er seine natürliche Gutmütigkeit ablegte. Gestern hatte er es geschafft, dass der Hütehund nach ihm geschnappt hatte. Er war nicht sehr groß, aber schnell, und Petulengo hatte seine Hand gerade noch wegziehen können. Dieser Hund beobachtete ihn jetzt, die Ohren angelegt, nachdem er ihn erkannt hatte. Er fletschte die Zähne, sodass Petulengo beschloss, sich ihm lieber nicht zu nähern.

»Nein«, sagte er. »Er wird mich beißen.«

»Verdammt noch mal!«, zischte Jerome. »Wen kümmert's, ob du gebissen wirst? Hol jetzt den Hund her!«

Normalerweise hätte Petulengo es nicht gewagt, Jerome zu widersprechen. Doch der stämmige Mann brauchte im Augenblick beide Hände, um Teufelszahn im Zaum zu halten, und konnte nicht viel machen. Petulengo wusste, dass Jerome sich später an seinen Ungehorsam erinnern würde. Aber dann würde er sicher eine Lösung finden.

Jerome beschimpfte den Jungen, doch der schüttelte nur weiter den Kopf.

»Hilde soll's machen«, sagte er. »Ich hol sie her.«

»Hilde? Was macht Hilde denn hier?« Jerome war verblüfft über diesen Vorschlag. Doch er war sich nicht sicher, wie lange er Teufelszahn noch halten konnte.

»Sie sammelt Beeren für Drina, gleich da drüben!«

Jerome gab es auf. Er hatte keine Lust mehr, sich noch weiter mit dem Jungen herumzustreiten, und brauchte dringend jemanden, der ihm jetzt half. Hilde war im Augenblick so gut wie jeder andere. Aber er nahm sich fest vor, Petulengo seinen Ungehorsam später, wenn sie wieder im Lager waren, büßen zu lassen.

»Also gut! Bring sie her. Aber schnell!«

Der Junge rannte den Pfad zurück und sah sich suchend um. Als er die Alte an einem Beerenbusch entdeckte, seufzte er erleichtert auf.

»Hilde!«, rief er. »Komm her!«

Alyss blickte auf, und als er sie drängend zu sich winkte, begann sie, den Pfad entlangzuhumpeln. Sobald sie Petulengo erreicht hatte, riss er ihr ungeduldig den Korb aus den Händen und packte sie am Ärmel, um sie mitzuziehen.

»Komm schon! Beeil dich, verdammt!«

Sie stolperte auf die Lichtung und sah Jerome, der einen furchtbar großen Hund im Zaume hielt. Dann verschlug es ihr fast den Atem, als sie ein schwarz-weißes Tier auf der anderen Seite der Lichtung entdeckte.

Ebony! Angekettet, den Schwanz eingezogen, die Ohren angelegt, das Fell matt vor Schmutz und Schlamm. Alyss musste an sich halten, um nicht ihren Namen zu rufen.

»Mach den Hütehund von der Kette los und komm mit mir!«, befahl Jerome. Seine Stimme war angespannt, da er immer noch mit dem sich sträubenden schwarzen Ungetüm kämpfte, das er zwischen seinen Knien hielt.

Alyss humpelte so schnell wie möglich zu Ebony. Als sie sich näherte, stellte die Hündin die Ohren auf, denn sie erkannte einen vertrauten und geliebten Geruch. Ihre Sinne, die viel schärfer waren als die menschlichen, ließen sich von Alyss' Verkleidung nicht täuschen.

Alyss fummelte an der Kette herum, um sie zu lösen.

»Mach endlich! Ich kann den hier nicht den ganzen Tag halten!«, schrie Jerome sie an.

Teufelszahn, der spürte, dass Jeromes Aufmerksamkeit abgelenkt war, machte plötzlich einen kräftigen Satz, der den Landfahrer aus dem Gleichgewicht brachte, sodass er den Griff um das Lederhalsband löste.

Jerome fiel rücklings ins feuchte Gras und Teufelszahn, der darauf abgerichtet war, jeden anderen Hund sofort anzugreifen, rannte direkt über die Lichtung auf Ebony zu.

Ebony, die schließlich von ihrer Kette befreit war, kauerte sich tief auf den Boden, als die riesige Bestie auf sie zurannte. Sie war ein Hütehund und so gezüchtet, dass sie sich schnell bewegen und im Bruchteil einer Sekunde die Richtung wechseln konnte. Teufelszahn war weniger als einen Schritt entfernt, als Ebony zur Seite sprang. Die Kiefer des Biestes schnappten in die Luft.

Teufelszahn drehte sich schlitternd, um erneut anzugreifen. Doch nun stellte sich Alyss selbst zwischen die beiden Hunde. Sie hatte einen morschen Ast vom Boden aufgehoben, stieß damit nach dem angreifenden Hund und fing den Hals des Hundes mit der Astgabel ab. Einen Moment lang hielt sie den angreifenden Hund dadurch auf, auch wenn sie unter seinem Drängen einen Schritt zurückweichen musste. Doch dann brach der Ast ab und Teufelszahn knurrte wütend, während er sich auf den Zweibeiner konzentrierte, der ihn angegriffen hatte. Er spannte die Muskeln seiner Hinterbeine an, um Alyss an die Kehle zu springen.

Alyss vernahm ein Zischen. Plötzlich steckte ein langer Pfeil mit einem grauen Schaft im Brustkorb der Bestie. Der riesige Hund wankte unter dem Einschlag. Er heulte einmal kurz auf, dann knickten seine Beine unter ihm weg und er fiel zur Seite.

Jerome blickte entsetzt zu seinem Hund, der leblos auf dem Boden lag. In all dem Durcheinander hatte er den Pfeil gar nicht gesehen. Aber er hatte gesehen, wie die alte Frau den Kampfhund mit einem Ast angegriffen hatte. Jetzt lag Teufelszahn reglos da.

»Du verdammte alte Hexe!«, schrie er und rannte auf sie zu.

Er legte die Hände um ihren Hals und schüttelte und würgte sie. Alyss kämpfte gegen ihn an, doch er war zu stark. Ihr Kopf schlenkerte vor und zurück und ihr begannen die Sinne zu schwinden.

Im nächsten Moment warf sich ein schwarz-weißes Etwas auf Jerome und sprang an ihm hoch, um die Zähne in seinen Arm zu schlagen.

Der Landfahrer schrie auf. Ebony hatte sich in seinem Unterarm verbissen. Ihr Gewicht brachte ihn aus dem Gleichgewicht, sodass er über eine Baumwurzel stolperte und quer über den reglosen Körper von Teufelszahn fiel.

»Lass los, Eb! Komm her, mein Mädchen!«, stieß Alyss hervor. Gehorsam gab Ebony Jeromes Arm frei und trottete mit wedelndem Schwanz zu ihrer Freundin. Jerome versuchte ebenfalls aufzustehen. Er presste den verletzten Arm an sich und stützte sich mit der anderen Hand auf Teufelszahns leblosem Körper ab, um sich hochzustemmen.

Zu spät merkte er, dass der Hund noch lebte.

Wie verrückt vor Wut und Schmerzen fletschte Teufelszahn unter dem Druck der Hand die Zähne und biss blindlings zu. Jeromes Schreckensschrei brach ab, als die Zähne des Hundes sich in seine Kehle schlugen. Jerome stieß wie wild mit den Beinen, schlug um sich und versuchte, sich aus diesem entsetzlichen Biss zu lösen. Dabei gab er ein grauenhaftes, gurgelndes Geräusch von sich.

Dann war er still.

Jetzt richtete Teufelszahn seine furchterregenden gelben Augen auf das Mädchen und den Hund. Schwerfällig erhob er sich und fletschte die Zähne.

Ebony plusterte ihr Fell auf, bis es doppelt so dicht zu sein schien und ging in Stellung, um Alyss vor dem sich langsam nähernden Biest zu schützen.

Zisch!

Der zweite Pfeil traf Teufelszahn in der Seite, kurz hinter dem linken Vorderbein. Ohne einen weiteren Laut fiel die Bestie um und war tot, noch bevor sie auf dem Boden aufkam.

Will stürmte zwischen den Bäumen hervor, den Bogen in seiner Hand. Er rannte auf Alyss und Ebony zu und wusste nicht, wen er zuerst umarmen sollte. Also ging er zwischen ihnen auf die Knie und legte die Arme um beide gleichzeitig.

Und beide schienen damit sehr zufrieden. Von einer Seite wurde sogar seine Hand geleckt. Durch die Tränen in seinen Augen konnte er nichts sehen, aber er vermutete doch stark, dass es Ebony war.

Neun

Die Landfahrer beobachteten besorgt, wie der unauffällig gekleidete Waldläufer und die große junge Frau, die Hildes zerlumpte Kleidung trug, aus dem Wald ins Lager kamen. Neben ihnen trottete der schwarz-weiße Hütehund, den Jerome außerhalb von Wensley gestohlen hatte.

Petulengo hatte erzählt, was im Wald geschehen war. Wie gelähmt hatte er mit angesehen, wie Teufelszahn von einem Pfeil getroffen wurde, dann hatte sich das Entsetzen noch gesteigert, als die wütende Bestie Jerome totgebissen hatte. Das Auftauchen des Waldläufers war der letzte Tropfen gewesen, der das Fass zum Überlaufen gebracht hatte. Petulengo hatte sich umgedreht und war zurück ins Lager gerannt. Aus seinen wirren Reden musste man sich zusammenreimen, was wohl im Wald passiert war.

Jetzt standen die Landfahrer schweigend im Halbkreis da und beobachteten die beiden Fremden, wie sie mit dem Hund näher kamen. Petulengo stand nervös ganz hinten in der Gruppe und versuchte, sich hinter den älteren Clanmitgliedern zu verbergen. Ab und zu spähte er vorsichtig hervor, um herauszufinden, ob man ihn bemerkt hatte. Er war verblüfft über die Verwandlung, die mit Hilde vor sich gegangen war. Sie trug immer noch die gleichen schäbigen Lumpen. Doch jetzt stand sie hoch aufgerichtet, war schlank und anmutig. Sie hatte sich etwas von der Asche und dem Schmutz aus dem Haar gestreift, sodass man blonde Strähnen zwischen dem Grau sehen konnte.

Will blieb einige Schritte vor den Landfahrern stehen. Ihre Feindseligkeit war offensichtlich. Doch sie hatten ihre Erfahrungen und erkannten einen Waldläufer an seinem Umhang. Sie wussten auch von den legendären Fähigkeiten der Waldläufer im Umgang mit Waffen und von ihrer absoluten Autorität in Gesetzesdingen. Sie hatten nicht vor, sich mit einem von ihnen anzulegen. Als Landfahrer wurden sie sowieso nur geduldet. Darum mieden sie die direkte Auseinandersetzung mit den Autoritäten, wann immer sie konnten.

»Jerome ist tot«, verkündete Will. Ein leises Gemurmel setzte ein. Petulengo hatte ihnen das auch erzählt, doch der Junge war völlig panisch und fast nicht zurechnungsfähig gewesen. Nun wurde Jeromes Tod bestätigt. Ihr Anführer war tot. Um der Wahrheit die Ehre zu geben: Es waren nicht alle traurig, das zu hören.

»Er wurde von diesem bösartigen Hund getötet, den er im Wald versteckt hielt«, fuhr Will fort. »Ich nehme an, das könnte man ausgleichende Gerechtigkeit nennen. Der Hund ist ebenfalls tot. Ich habe ihn erschossen.«

Er machte eine Pause. Die Landfahrer machten ausdruckslose Gesichter.

Will schnaubte aufgebracht. »Ich weiß, ihr werdet alle behaupten, ihr hättet keine Ahnung von dem gehabt, was er tat«, sagte er. »Und wir wissen alle, dass das nicht stimmt. Ich sollte euch auf der Stelle festnehmen lassen. Doch das macht eigentlich viel zu viel Arbeit und wird wohl sowieso nichts ausrichten. Aber ihr werdet weiterziehen. Ihr habt genau acht Stunden, um das Lehen Redmont zu verlassen, und ich werde darauf achten, dass ihr dann auch fort seid. Ihr werdet mich nicht sehen. Aber ich werde da sein.«

Er machte eine Pause, um diese Worte einsinken zu lassen. »Noch etwas: Ich werde dafür sorgen, dass ihr nirgends in den angrenzenden Lehen willkommen sein werdet. Ihr werdet keinen Ort finden, wo man euch auch nur einen Tag bleiben lässt. Man wird euch fortjagen, wohin ihr auch geht.«

Er sah an ihren mürrischen Mienen, dass sie nichts anderes erwartet hatten. Sie hatten ihr Glück mit dem Hund versucht und waren erwischt worden. So war das Leben der Landfahrer nun einmal.

»Um genau zu sein«, fuhr Will fort, »könnte es sein, dass euer Leben insgesamt leichter würde, wenn ihr ganz aus dem Land verschwindet.«

Er musterte die Reihe von trotzigen und verbissenen Gesichtern vor sich und ging davon aus, dass sie innerhalb einer Woche aus Araluen verschwunden wären. Natürlich würden sie irgendwann wieder zurückkommen, aber damit konnte er sich befassen, wenn es soweit war.

»Jetzt fangt an zu packen und seht zu, dass ihr weiterkommt!«

Er machte eine Geste mit dem Daumen in Richtung Straße. Die Landfahrer begannen erst zögernd, dann immer schneller, das Lager aufzulösen. Will bückte sich und kraulte Ebony zwischen den Ohren. Sie sah zu ihm auf und wedelte freudig mit dem Schwanz.

»Schön, dich wieder zurückzuhaben, mein Mädchen«, sagte er leise. Dann drehte er sich zu Alyss. »Bist du bereit zum Aufbruch?«

Sie hob die Hand. »Da wäre noch etwas zu erledigen«, sagte sie. Sie sah sich im Lager um und entdeckte Petulengo in der Nähe der Ziegen.

»Petulengo!«, rief sie.

Beim Klang ihrer Stimme zuckte der Junge schuldbewusst zusammen. Suchend blickte er sich nach einem Ausweg um. Doch als er sah, wie Will seinen massiven Langbogen von der Schulter nahm, schien es dem Jungen plötzlich keine so gute Idee mehr zu fliehen.

Da lächelte Alyss Petulengo ausgesprochen freundlich an.

»Hab keine Angst, mein Lieber«, sagte sie beruhigend. »Ich will mich nur verabschieden.«

Sie winkte ihn zu sich und lächelte ihn weiter aufmunternd an, sodass er zu ihr kam und dabei immer selbstbewusster wurde. Irgendwie schien er die Gunst dieser jungen Frau gewonnen zu haben. Etwas von seiner alten Prahlerei kehrte zurück und er rückte durch das Lächeln ermutigt noch etwas näher. Unter all der Asche und dem Schmutz war dieses Mädchen auf jeden Fall ein Hingucker. Er erwiderte ihr Lächeln. Petulengo, das sollte man vielleicht erwähnen, hielt sich trotz seiner jungen Jahre für einen Frauenheld.

Behandle sie schlecht und sie fressen dir aus der Hand, war sein Motto.

Dann verschwand das Lächeln wie eine Kerze, die ausgeblasen wird. Er verspürte einen plötzlichen Schmerz in seinem rechten Fuß. Alyss hatte ihn mit ihrem schweren Stiefel – Teil von Hildes Ausstattung – auf seinen Spann getreten, unmittelbar unterhalb des Knöchels. Unwillkürlich krümmte der Junge sich vor Schmerzen.

Dann drehte sich Alyss und schlug ihm mit dem Handballen kräftig gegen die Nase, sodass sein Kopf zurückschnappte und er das Gleichgewicht verlor. Verzweifelt ruderte er mit den Armen, krachte aber dennoch auf die harte Erde.

Dort lag er benommen, während seine Nase so stark blutete, dass er husten musste.

»Das nächste Mal, wenn du mit einem Ast nach einer alten Dame wirfst, solltest du in Betracht ziehen, dass sie so etwas mit dir machen könnte.«

Sie drehte sich zu Will und rieb sich sehr zufrieden die Hände.

»*Jetzt* bin ich bereit zum Aufbruch«, sagte sie.

Ein Gedicht in Purpur

Eins

Will lehnte sich in seinem Stuhl zurück und verspürte dieses angenehm unangenehme Gefühl, das einen überkommt, wenn man von etwas richtig Gutem ein klein wenig zu viel gegessen hat.

Lady Pauline lächelte den jungen Mann liebevoll an. »Möchtest du einen Nachschlag, Will? Es ist noch genügend da.«

Er klopfte sich auf den Bauch.

»Nein danke, Pauline«, lehnte er ab. »Ich hatte ja schon eine zweite Portion.«

»Du hattest sogar schon eine dritte und eine vierte Portion«, kommentierte Walt.

Will sah erst zu ihm, dann wieder lächelnd zu Pauline. Sie machte – anders als ihr Mann – wenigstens keine überflüssigen Kommentare.

»Das war wirklich ein wunderbares Essen«, lobte er. »Das Fleisch war so zart und dennoch knusprig gebraten. Und die Kartoffeln! Eine Sinfonie aus Geschmack und Konsistenz!«

»Komisch«, warf Walt ein. »Ich habe gar keine Trompeten oder Flöten gehört.«

»Vielen Dank. Diese Komplimente sind sehr nett, Will«, sagte Pauline. »Aber ich bin eine berufstätige Frau. Wenn ich ehrlich sein soll: Ich koche gar nicht selbst. Unsere Mahlzeiten hier kommen aus der Küche der Burg. Wenn jemandem ein Kompliment zu machen ist, dann Meister Chubb.«

»Oh … natürlich.« Will kam sich auf einmal ziemlich dumm vor. Walt und Pauline hatten ihn zum Essen in die bequemen Gemächer eingeladen, die Baron Arald ihnen zur Verfügung stellte. Da beide zu den ältesten und wertvollsten Ratgebern des Barons gehörten, kamen sie in den Genuss einer schönen Wohnung sowie sämtlicher Dienste der Burg. Jetzt, da Will darüber nachdachte, konnte er sich die große, elegante Diplomatin auch gar nicht mit einer Schürze über dem weißen Kleid an einem Herd vorstellen.

»Deine Sprache ist ein wenig zu blumig, oder?«, meinte Walt. »Eine Sinfonie aus Geschmack … also wirklich!«

Will zuckte mit den Schultern. »Ich versuche nur, etwas mehr Poesie in der Sprache zu entwickeln«, gab er zu.

Walt runzelte die Stirn, doch Pauline gestattete sich den Ansatz eines Lächelns. Manchmal können junge Männer die eigenartigsten Dinge furchtbar ernst nehmen, dachte sie.

»Gibt es denn einen Grund für dieses plötzliche Interesse an Poesie, Will?«, fragte sie.

»Na ja«, sagte er, »es geht um meine Rede für die Hochzeit.«

»Du meinst die Hochzeit von Horace und Evanlyn?«, fragte Walt nach.

Will nickte. »Als Trauzeuge muss ich einen Trinkspruch auf die Braut und den Bräutigam ausbringen.«

»Wie du es auch bei unserer Hochzeit getan hast«, warf Pauline ein und lächelte bei dieser Erinnerung.

»Genau. Und er soll etwas Besonderes sein. Weil sie ja beide zu meinen besten Freunden gehören.«

»Die Rede, die du bei unserer Hochzeit gehalten hast, war auf jeden Fall etwas Besonderes«, sagte Walt. Auch er konnte sich noch ganz genau daran erinnern, denn er war von Wills schlichter Erklärung von Liebe und Zuneigung beeindruckt und berührt gewesen. Dass er diese Rede jetzt erwähnte, war ein klarer Beweis dafür. Sein Leben lang hatte Walt seine Gefühle vor der Welt verborgen. Nur selten ließ er seine emotionale Seite, die er selbst seine rührselige Seite nannte, zum Vorschein zu kommen.

»Ich arbeite gerade an der Rede«, erzählte Will und griff in die Innentasche seiner Jacke. »Wollt ihr vielleicht mal hören, was ich bisher habe?«

Er blickte von Pauline zu Walt und wieder zurück.

»Wie könnten wir das ablehnen?«, erwiderte Pauline. So jung und so ernst, dachte sie bei sich.

Walt warf ihr einen schnellen Blick zu. Zu spät hatte er versucht, ihr ein entsprechendes Zeichen zu geben. Seiner Meinung nach hätte sie lieber eine taktvolle Ausrede finden sollen, um sich die Rede nicht anhören zu müssen. Schließlich war sie doch Diplomatin. Taktvolle Ausreden waren ihr tägliches Brot. Er seufzte unmerklich.

Will glättete bereits die Blätter, die er aus der Tasche gezogen hatte, und schaute fragend zu seinen Gastgebern.

Pauline beugte sich auf ihrem Platz nach vorn und nickte ihm ermutigend zu. Walt blickte zur Decke.

Will nahm das als Zeichen, mit dem Vortrag anzufangen. Er räusperte sich mehrmals, glättete das Papier noch einige Male und runzelte die Stirn, während er die ersten Zeilen überflog.

»Natürlich«, erklärte er dabei, »ist das nur ein erster Entwurf. Es ist keinesfalls die endgültige Fassung. Ich werde wahrscheinlich noch hie und da Änderungen vornehmen. Ich meine, ich werde die Rede auf jeden Fall noch einmal überarbeiten, und dann werde ich hie und da ...«

»Natürlich«, warf Pauline ein und bat ihn mit einer Handbewegung anzufangen.

Will räusperte sich erneut.

»Bekommst du eine Erkältung?«, fragte Walt unschuldig und verzog dann das Gesicht, als Pauline ihm unter dem Tisch einen Tritt versetzte. Selbst in eleganten Abendschuhen hat sie einen kräftigen Tritt, dachte er und beugte sich vor, um seine Wade zu massieren.

Will blickte mit geröteten Wangen von seiner Rede auf.

»Nein«, sagte er. »Warum?«

»Achte nicht auf ihn, Will, mein Lieber«, sagte Pauline. In ihrer Stimme lag ein gewisser stahlharter

Unterton, den Will gar nicht bemerkte. Walt jedoch schon. Er kannte diese Frau schon seit vielen Jahren und verstand, dass er in den nächsten Minuten besser schweigen sollte.

»Also gut«, sagte Will mit einem Räuspern und begann:

»Ich spreche heute aus dem größten Füllhorn meines Herzens …«

»Hoppla! Halte mal kurz die Luft an. Aus welchem Horn?«, fragte Walt ungläubig, der seinen Vorsatz zu schweigen schon wieder vergessen hatte.

Will sah verlegen hoch.

»Aus dem größten Füllhorn meines Herzens«, wiederholte er. Dann blickte er noch einmal auf den Satz vor sich. »Ja. Das stimmt. Füllhorn meines Herzens.«

»Und was um Himmels willen soll ›Füllhorn meines Herzens‹ bedeuten?«, fragte Walt. Er warf seiner Frau einen raschen Blick zu und bemerkte, dass sie ein Lächeln verbarg.

Will wedelte mit seiner freien Hand.

»Na ja, es bedeutet… du weißt schon… eine Menge… da kommt eben eine Menge… aus meinem Herzen.«

Walt starrte ihn weiter verständnislos an und schüttelte den Kopf, also versuchte es Will erneut. Mittlerweile war er knallrot im Gesicht, bemerkte Pauline.

»Es bedeutet, dass ich glücklich bin. Sehr glücklich«, erklärte Will schließlich.

»Und warum sagst du das dann nicht einfach?«, fragte Walt.

Will rutschte verlegen auf seinem Stuhl hin und her. »Na ja, das wäre doch …«, er suchte nach einem passenden Wort, »… sehr prosaisch, oder?«

Walts Augenbrauen schossen nach oben. »Prosaisch? Zuerst ist es das herzliche Füllhorn …«

»Füllhorn des Herzens«, verbesserte ihn Will mit zusammengebissenen Zähnen. Walt ignorierte ihn.

»Jetzt ist es prosaisch. Da laust mich doch der Affe, wenn ich weiß, was du damit sagen willst!«

»Bedenke deine Ausdrücke, mein Lieber«, mahnte Pauline. »Er meint wohl, dass es zu gewöhnlich wäre.«

»Oh, dann bin ich gewöhnlich, ja?«, forderte Walt Will heraus. »Und seit wann ist es denn zum Verbrechen geworden, Worte zu benutzen, die man auch versteht?«

»Wie ich schon sagte, ich versuche, diese Rede unvergesslich zu machen«, erklärte Will.

Walt ließ sich auf seinem Stuhl zurückfallen. »Und das wird sie auch sein«, murrte er. »Noch jahrelang werden die Leute sagen: *Erinnerst du dich an Wills Rede, die niemand verstanden hat?*«

Dann forderte er Will mit einer Handbewegung zum Weiterreden auf. »Also, lass uns noch etwas mehr hören.«

Will schob seine Papiere zurecht und begann erneut. »Ich spreche heute aus dem größten Füllhorn meines Herzens …«

»Das haben wir schon mal gehört.«

»Walt …«, mahnte Pauline.

»… und stehe nun in Eurer illustren Gesellschaft

bei diesem außergewöhnlichen und glückseligen Anlass, um Lob und Preis zu verkünden für diese beiden hochgeschätzten Altersgenossen und Gefährten meiner Jugendjahre.«

»Gute Güte«, murrte Walt und handelte sich damit noch einen Fußtritt ein.

»Es wäre unverzeihlich, würde ich deren Altruismus …«

»Nein, nein, nein!«, rief Walt und wedelte vor ihm mit den Armen herum. »Das reicht! Nicht weiter!«

»Gibt es ein Problem?«, fragte Will hochmütig.

Walt verdrehte die Augen. »Ja, da gibt es ein Problem! Du hörst dich an, als hättest du ein Wörterbuch verschluckt und wieder ausgespuckt!«

»Das ist vielleicht etwas grob ausgedrückt, Walt«, warf Pauline ein und der graubärtige Waldläufer seufzte.

Will wandte sich daraufhin an Pauline.

»Was meinst du dazu, Pauline? Du kannst doch mit Worten so gut umgehen.«

Pauline zögerte. Sie liebte diesen jungen Mann wie ihren eigenen Sohn und würde niemals absichtlich seine Gefühle verletzen. Doch sie konnte ihn auch nicht mit diesen übertrieben aufgeblasenen Worthülsen weitermachen lassen.

»Glaubst du nicht, dass die Sprache vielleicht … ein wenig zu blumig ist?«, fragte sie vorsichtig.

Walt schnaubte und blickte aus dem Fenster. »Blumig? Das ist noch bescheiden ausgedrückt«, sagte er. »Es klingt, als käme es von Baron Arald!«

Will sah ihn entsetzt an. »Nein, so schlimm ist es doch nun auch wieder nicht, oder?«

Walt sah ihn lediglich mit erhobenen Augenbrauen an.

»Will, du hast bei unserer Hochzeit eine so wundervolle Rede gehalten. Mach es doch einfach wieder genauso«, riet ihm Pauline. Doch er schüttelte den Kopf.

»Das sagen alle. Aber es ist doch so: Damals hat niemand eine große Ansprache von mir erwartet. Diesmal jedoch erwarten alle viel mehr. Außerdem ist das eine königliche Hochzeit, das heißt, die Rede wird in den Chroniken aufgezeichnet. Sie muss einfach etwas Besonderes sein.«

»Gorlog helfe uns«, stöhnte Walt. Pauline drehte sich neugierig zu ihm.

»Wer ist denn Gorlog, mein Lieber?«, fragte sie.

»Gorlog ist ein Gott der Nordländer, den ich mir von ihnen ausgeborgt habe. Er ist sehr nützlich, wenn du fluchen willst, ohne jemanden zu beleidigen.«

»Außer die Nordländer?«, meinte sie, doch Walt schüttelte den Kopf.

»Nein. Sie haben nichts dagegen, denn sie mögen ihn auch nicht besonders.«

Pauline nahm das mit einem Nicken zur Kenntnis, dann drehte sie sich wieder zurück zu Will.

»Ich vermute, dass du dir einfach viel zu viel Mühe gibst, Will«, sagte sie. Sie deutete auf die Papiere. »Wieso überarbeitest du das Ganze nicht noch einmal, damit es etwas schlichter klingt?«

Will schob zweifelnd die Unterlippe vor. Walts Kritik brauchte er nicht ernst zu nehmen, denn sein alter Lehrmeister hatte einfach keinen Sinn für Poesie. Doch mit Pauline war es natürlich ganz anders. Dennoch … er hatte stundenlang über diesen Sätzen gebrütet und wollte sie nicht einfach so aufgeben.

»Ich werde darüber nachdenken«, sagte er schließlich.

Walt schnaubte noch einmal.

»Achte einfach nicht auf ihn«, sagte Pauline zu Will. »Du weißt doch, wie er ist.«

»Ja«, sagte Walt. »Tut mir ja leid, mein hochgeschätzter und illustrer Geselle.«

»Ich sprach von Gefährten«, sagte Will.

Walt sah ihn mit einem wölfischen Grinsen an. »Meinetwegen, mein illustrer Gefährte.«

Pauline tätschelte sanft Wills Hand. »Wie ich schon sagte, achte einfach nicht auf sein Geschwätz. Ich rede später noch mit ihm«, fügte sie hinzu.

Will blickte zu seinem alten Mentor und sah etwas, was man wirklich nur sehr selten zu sehen bekam: Walt sah aus, als hätte er auf einmal ein sehr flaues Gefühl im Magen.

Zwei

Will war am Nachmittag ohne Erfolg auf der Jagd gewesen.

Jenny hatte erwähnt, dass sie frisches Wild in ihrem Lokal brauchen könnte, und er hätte ihr gern geholfen. Doch manchmal kam eben auch der beste Jäger mit leeren Händen zurück. Auf gewisse Weise gehörte das natürlich auch zur Faszination des Jagens. Das einzige Wild, das er während des ganzen Nachmittags gesehen hatte, war eine junge Rehkuh mit ihrem Kitz gewesen, das offensichtlich noch auf seine Mutter angewiesen war. Er hatte die Tiere mit einem Lächeln weggescheucht.

»Verschwindet und wachst erst noch ein wenig!«, hatte er gesagt. »Alle beide!«

Da er auf die Jagd ging, um Nahrung zu beschaffen, und nicht, weil ihm das Töten Vergnügen bereitete, war er auch von seiner Erfolglosigkeit nicht enttäuscht, sondern akzeptierte sie philosophisch. Jenny hatte anderes Fleisch, das sie auf ihrer Karte anbieten konnte. Es war ja nicht, als müssten die Leute hungern. Also war er eigentlich ganz gut gelaunt, als er nach Redmont zurückkehrte.

Eigentlich. Es gab nur eines, was unentwegt an seinen Nerven zehrte. Je mehr er darüber nachdachte, desto mehr beunruhigte es ihn.

Während er Reißer absattelte, sah das kleine Pferd ihn neugierig an.

Warum machst du so ein langes Gesicht?

Reißer hat diesen alten Witz nie verstanden, dachte Will und machte einen neuen Anlauf, ihm die Pointe klarzumachen.

»Das ist eigentlich das, was *ich* zu *dir* sagen muss. Schließlich bist du das Pferd. Der Witz geht so: Ein Pferd kommt in eine Taverne und der Wirt sagt: ›Warum machst du so ein langes Gesicht?‹ Und *das* ist dann lustig, weil das Pferd *sowieso* schon ein langes Gesicht hat, verstehst du?«

Reißer trat von einem Vorderbein auf das andere – seine Version eines Schulterzuckens.

Egal. Aber was geht dir denn nun im Kopf herum?

»Es geht um die Rede, die ich bei der Hochzeit halten soll«, vertraute Will ihm an, während er ihn mit einer alten Decke abrieb und sich anschließend nach der Bürste umsah. Reißers Fell war voller Kletten aus dem Unterholz. »Diese Rede macht mir langsam Sorgen.«

Deshalb halten Pferde keine Reden.

»Pferde werden auch nicht zu Hochzeiten eingeladen, soweit ich weiß.«

Stimmt. Aber wir gehen auch nicht gerade mit Scheuklappen durch die Welt.

Reißers Ohren zuckten bei seiner eigenen Wortspielerei und sein Schnauben bedeutete in diesem Fall wohl eine Art Kichern.

Will seufzte. »Es macht dir wirklich Spaß, mich zu veralbern, oder?«, fragte er und bürstete weiter. Reißer stand still und genoss das Bürsten.

»Walt war nicht gerade beeindruckt«, sagte Will nach ein paar Minuten Schweigen.

Walt ist selten von irgendetwas beeindruckt.

Walt und Reißer waren nicht immer einer Meinung, insbesondere, wenn es um die Frage ging, wie viele – oder vielmehr wie wenige – Äpfel gut für ein Pferd waren.

»Das stimmt. Aber ich habe Pauline gefragt, und auch wenn sie es nicht so direkt gesagt hat, glaube ich, ihr hat meine Rede auch nicht gefallen.«

Er wartete und machte eine Pause zwischen den Bürstenstrichen. Doch es kam keine Antwort. War das gut oder schlecht? Versuchte Reißer ihm taktvoll beizubringen, dass er vielleicht wirklich ein Problem hatte, wenn auch Pauline die Rede nicht gefiel? Andererseits, wenn Will genauer nachdachte, war Reißer selten wirklich taktvoll. Will beugte sich nach vorn. Womöglich war Reißer im Stehen eingeschlafen. Das konnten Pferde schließlich. Doch die großen braunen Augen blinzelten.

Da kam Will eine Idee. Er beendete die letzten Bürstenstriche und machte einen Schritt zurück, um das jetzt wunderbar glänzende Fell zu bewundern.

»Ich könnte dir ein Stück davon vorlesen«, schlug er vor. Reißer wechselte von einem Fuß auf den anderen. Die Bewegung war zögerlich.

Ich hab es dir schon gesagt. Pferde halten keine Reden.

»Schon klar. Aber wenn du eine hörst, weißt du, ob sie gut ist.« Will legte die Bürste ab und griff in seine Innentasche. Reißer verdrehte die Augen.

Und wenn nicht?

»Was, wenn du nicht weißt, ob sie gut ist?«, fragte Will.

Nein, was, wenn sie nicht gut ist?

Will war ob dieses mangelnden Vertrauens doch etwas verblüfft.

»Oh, sie wird schon nicht so schlecht sein«, sagte er steif. »Hör einfach nur zu.«

Ich hatte meinen Apfel noch nicht.

»Du bekommst ihn nach meiner Rede.«

Ist es eine lange Rede?

»Im Moment sind es ein paar Seiten. Aber sie ist so gut, da kommt sie einem gar nicht so lang vor. Du wirst dir wünschen, sie wäre noch länger.«

Will blickte zu seinem Pferd und sah zu seiner Überraschung einen skeptischen Ausdruck. Seit wann konnte Reißer denn so dreinschauen? Es war beunruhigend. Will faltete die eng beschriebenen Seiten auseinander, glättete sie und räusperte sich.

Gesundheit!

»Wie bitte?«

Du hast geniest.

»Hab ich nicht. Ich habe mich geräuspert. So.« Er räusperte sich demonstrativ.

Reißer blinzelte einige Male. *Klingt für mich nach einem Niesen. Könnte die Pest sein.*

»Es war kein Niesen und es ist nicht die Pest. Du hörst dir jetzt diese Rede an, ob sie dir gefällt oder nicht«, sagte Will gereizt. Dann fügte er eilig hinzu: »Aber sie wird dir bestimmt gefallen. Sie ist wirklich gut.«

Reißer stieß ein tiefes Brummen aus. Will sah ihn von der Seite an. Das klingt nach Kritik, dachte er. Doch dann fiel ihm ein, dass das ja nicht möglich war, da er mit seiner Rede noch gar nicht begonnen hatte.

Er strich noch einmal über die Seiten, dann begann er vorzulesen.

»... Es wäre ein unverzeihlicher Mangel an Ehrerbietung meinerseits, bei dieser besonderen Gelegenheit nicht auch mein herzliches Dankeschön jenen Menschen gegenüber auszusprechen, die durch ihre unablässige Fürsorge ...«

Will machte eine Pause. Er hatte inzwischen einige Minuten gelesen und Reißer hatte sich nicht mehr gerührt. Jetzt meinte Will, Reißer hätte einen Laut von sich gegeben – einen tiefes Schnauben oder etwas Ähnliches.

»Was war das denn?«, fragte er. Doch es kam keine Antwort. Er zuckte mit den Schultern und schaute wieder auf das Papier in seiner Hand. »Wo war ich stehen geblieben? Ach ja, hier: ... unablässige Fürsorge ...«

Erneut dieses Geräusch! Diesmal war Will sich sicher, dass es von Reißer kam. Im nächsten Moment schauderte der Pferdekörper richtiggehend. Will sah genauer hin. Vielleicht hatten seine gefühlvollen Worte seinen alten Freund zu Tränen gerührt. Er machte einen Schritt auf Reißer zu und sah, dass die Augen des Pferdes geschlossen waren. Es schlief tief und fest und beim nächsten Laut wurde Will klar, was er da gehört hatte: Reißer schnarchte!

»Du treuloser Schuft«, empörte sich Will. Reißer schnarchte weiter.

Beleidigt faltete Will das Papier und steckte es in seine Innentasche. Er drehte sich um und ging zur Tür. Als er dort ankam, hörte das Schnarchen auf und Will sah zu Reißer.

Wo ist mein Apfel?

Aufgebracht erwiderte er: »Tut mir leid, ich habe keinen. Vielleicht kannst du dir ja einen erträumen!«

Damit verließ er den Stall und ging zu seiner Hütte, wo Ebony auf der Veranda in der Sonne lag. Als er die Stufen hinaufstieg, öffnete sie ein Auge und ihr schwerer Schwanz klopfte auf die Verandabohlen.

Will betrachtete sie einen Moment lang. Hunde verurteilen einen niemals, dachte er. Ein Hund bleibt dir immer treu. In den Augen eines Hundes kann man nichts Falsches tun. Ein Hund ist immer vollkommen ehrlich.

»Gutes Mädchen, Eb«, sagte Will und der Schwanz bewegte sich wieder. Will setzte sich auf die Verandabank. Ebony reckte den Kopf und beobachtete ihn. Er schnippte mit den Fingern.

»Komm her, Ebony. Komm her, mein Mädchen.«

Mit einem Schnauben rollte sich die Hündin auf den

Bauch, stand auf und schüttelte sich. Mit einem langsamen Schwanzwedeln trottete sie zu ihm.

»Platz!«, befahl er und sie legte sich zu seinen Füßen, die Augen immer auf ihn gerichtet. Während er das Papier aus der Tasche holte, sah er prüfend in ihre großen schönen, zweifarbigen Augen. Das eine war braun, das andere blau.

»Ich werde dir eine Rede vorlesen, Ebony«, verkündete er.

Der Schwanz klopfte auf die Verandabohlen.

»Und ich möchte deine ehrliche Antwort.«

Sie wandte nicht den Blick von ihm. Er faltete das Papier auseinander und begann zu lesen. Nach einigen Absätzen seufzte Ebony und ließ die Nase auf ihre ausgestreckten Vorderpfoten sinken, sah ihn jedoch immer weiter an, ohne zu blinzeln. Schließlich kam er zum Schluss seiner wohlgesetzten Rede, auf den er besonders stolz war. Den las er gleich zwei Mal vor.

»Also«, sagte er, »was meinst du?«

Die Hündin blickte ihn weiter aufmerksam an. Die Nase lag immer noch auf den Vorderpfoten. Ebony machte keine Bewegung. Aber zumindest, dachte Will, ist sie wach.

»Hat es dir gefallen, Ebony?«, fragte er und der Schwanz klopfte einmal auf den Verandaboden. Er lächelte sie an und kraulte sie zwischen den Ohren. Ein guter Hund lässt dich niemals im Stich.

»Sie ist ziemlich gut, oder?«, fragte er. Keine Reaktion.

»Ist sie gut, Ebony?« Der Schwanz schlug auf den

Verandaboden und Will kam plötzlich ein Verdacht. Er starrte die Hündin an, blickte ihr durchdringend in die Augen.

»Ist sie gut?«, wiederholte er. Keine Reaktion.

»Ist sie gut, Ebony?« Und da kam das Klopfen.

»Ist es der größte Unsinn, den du je gehört hast?« Keine Reaktion.

»Ist es der größte Unsinn, den du je gehört hast… Ebony?«

Klopfen. Will seufzte.

»Du reagierst nur, wenn ich deinen Namen sage, stimmt's?«

Keine Reaktion.

»Du reagierst nur auf deinen Namen, nicht wahr… Ebony?«

Klopfen.

Will stand auf und schüttelte entnervt den Kopf.

»Ich kann mich einfach auf keinen verlassen, wenn ich eine ehrliche Antwort bekommen will. Ihr könnt mir alle mal den Buckel runterrutschen. Reißer ebenso wie du, Ebony!«

Und da kam das Klopfen auch schon.

Aufgebracht stapfte Will in die Hütte und knallte die Tür hinter sich zu. Ebony lag noch ein paar Sekunden da und beobachtete die Tür. Als Will nicht wieder herauskam, stand sie auf, schüttelte sich und ging auf die andere Seite der Veranda, wo die Sonnenstrahlen warm auf den Boden fielen. Mit einem zufriedenen Knurren ließ sie sich dort nieder, drehte sich zur Seite, streckte sich mit zurückgelegtem Kopf aus und machte ein Nickerchen.

Drei

Wie ist die Kampfbereitschaft der Heeresschule einzustufen?

Ausgezeichnet. Gut. Durchschnittlich. Mangelhaft. Schlecht.

Will zuckte mit den Schultern und machte ein Kreuz neben *Ausgezeichnet.*

Zu den Aufgaben der Waldläufer gehörte es, in gewissen Abständen die Heeresschule des Lehens zu bewerten und nach Schloss Araluen hinsichtlich der Qualität der Ausbildung, der Fertigkeiten der Truppenangehörigen und der grundsätzlichen Alarmbereitschaft zu berichten. Die Heeresschule von Redmont war eine der besten im ganzen Land und Wills Beurteilungen bewegten sich praktisch immer in der Kategorie *ausgezeichnet.* Manchmal fragte er sich, warum er nicht einfach *Siehe letzte Beurteilung* schreiben konnte, doch der Heeresmeister des Königs verlangte jedes Mal eine ausführliche Antwort.

Will seufzte, als er die nächste Frage sah.

Worauf gründet sich diese Beurteilung?

Hier konnte er nicht einfach ankreuzen, sondern musste eine richtige Aussage formulieren. Was hatte er noch mal in seinem letzten Bericht geschrieben? Da ging die Tür plötzlich auf und Walt trat ein.

»Hallo! Ich habe dich gar nicht kommen hören«, sagte Will. Walt nickte zufrieden.

»Gut. Ab und zu versuche ich tatsächlich, nicht wie ein wilder Eber durch den Wald zu preschen. Ich bin nur überrascht, dass Reißer mich nicht hörte.«

»Er ist beleidigt. Ich habe ihm gestern keinen Apfel gegeben.«

Natürlich wussten sie beide, dass Reißer sehr wohl eine Warnung abgegeben hätte, wenn sich jemand anders als Walt genähert hätte – beleidigt hin oder her.

»Gut. Er bekommt sowieso schon zu viele Äpfel.« Walt blickte auf die Papiere vor Will und sein Gesicht nahm einen vorsichtigen Ausdruck an.

»Du sitzt doch nicht schon wieder über deiner Rede, oder?«

Will seufzte. »Nein. Ich muss meinen Bericht für den Königlichen Heeresmeister abgeben. Ich weiß nicht, warum ich das immer wieder schreiben muss. Sie müssten doch inzwischen wissen, dass es keine Probleme an der Heeresschule von Redmont gibt.«

Walt zuckte mit den Schultern. »Eine Armee erfordert immer viel Papierkram«, sagte er. »Aber egal, das kannst du im Augenblick sowieso vergessen. Wir haben einen Auftrag.«

Will setzte sich aufrecht. »Einen Auftrag? Wohin müssen wir?«

An der Wand der Hütte hing eine große Karte von

Araluen. Walt ging darauf zu und tippte mit dem Zeigefinger auf einen Punkt an der Südwestküste, oberhalb der Grenze zu Celtica.

»Nach Hambley«, erklärte er. »Wir haben Berichte erhalten, dass an der Küste dort Neumondler unterwegs sind. Hambley ist wahrscheinlich ihr nächstes Ziel.«

»Neumondler?« Will hatte den Ausdruck bisher noch nicht gehört, was Walt nicht verwunderte. Es war schon viele Jahre her, dass eine organisierte Bande Neumondler in Araluen ihr Unwesen getrieben hatte.

»Strandräuber«, erklärte er. »Sie arbeiten in der Dunkelheit, am liebsten in den finsteren Nächten, wenn Neumond ist. Dann entzünden sie falsche Leuchtsignale an den besonders gefährlichen Küstenabschnitten. Vorbeifahrende Seeleute richten sich nach diesen Leuchtfeuern und denken, sie hätten einen Hafen erreicht. Also segeln sie darauf zu und laufen unversehens auf Grund. Das Schiff geht unter und die Neumondler holen sich die Fracht.«

»Was passiert mit der Mannschaft?«, wollte Will wissen.

»Wer den Schiffbruch überlebt, schwimmt an Land. Aber dort warten auch Neumondler, und die hinterlassen nach Möglichkeit keine Zeugen.«

»Diese Neumondler hören sich nach einer ziemlich unangenehmen Spezies an«, meinte Will.

Walt nickte. »Genau. Und es ist schwer, sie aufzuspüren, denn die Einheimischen haben meist Angst vor ihnen.« Er runzelte die Stirn. »In manchen Fällen machen sie sogar gemeinsame Sache mit ihnen.«

»Sie teilen die Beute«, vermutete Will.

»Stimmt. Es gibt eine Menge Dinge, mit denen die Neumondler nicht viel anfangen können – Holz und Seile zum Beispiel. Getrocknete Lebensmittel, Segeltuch oder Metallbeschläge. Alles Dinge, die man in einem armen Dorf nützlich findet. Also lass uns jetzt aufbrechen. Schon in einer Woche ist Neumond und da kommen wir ins Spiel. Ich möchte heute Nachmittag bereits auf dem Weg sein. Gilan habe ich schon benachrichtigt, damit er ein Auge auf alles hat, während wir fort sind.«

»Ich hole meine Ausrüstung«, sagte Will. Zögernd blickte er auf das unfertige Bewertungsformular. »Ich könnte das wahrscheinlich noch erledigen, während wir schon unterwegs sind«, überlegte er. Walt nahm das Formular und riss es entzwei, noch bevor Will ihn daran hindern konnte.

»Ich habe eine bessere Idee. Du hinterlässt Gilan eine Nachricht, dass die Beurteilung fällig ist, aber du noch nicht dazu gekommen bist. Dann kann er eine eigene Beurteilung vornehmen und das Formular für dich abgeben.«

Will zögerte und blickte auf die Papierfetzen in Walts Händen.

»Ist das nicht ziemlich raffiniert?«, fragte er und Walt zuckte mit den Schultern.

»Das ist es auf jeden Fall. Aber genau das sollen wir Waldläufer ja sein, oder?«

Eine Stunde später befanden sie sich bereits auf der Straße nach Südwesten. In Anbetracht dessen, dass Ebony erst kürzlich von Landfahrern gestohlen worden war, ließ Will sie lieber auf der Burg bei Pauline zurück. Die Hündin war zwar intelligent und treu, aber andererseits war sie doch noch recht jung und leicht abzulenken. Will wollte das Risiko nicht eingehen, sie auf eine möglicherweise gefährliche Mission mitzunehmen. Pauline freute sich darüber, dass die Hündin ihr Gesellschaft leistete, und Ebony liebte Pauline.

Während sie aus dem Ort ritten, entfuhr Will ein vergnügter Gluckser. Walt drehte sich im Sattel um und sah ihn an.

»Was ist so lustig?«

»Mir ist gerade wieder eingefallen, dass Gilan den Bericht für mich übernimmt«, sagte Will. »Du hattest recht. Es ist ziemlich raffiniert.«

Walt nickte. »Geschieht ihm recht für all die Male, in denen er versuchte, mir auf dem Weg zu den Versammlungen aufzulauern«, sagte er. »Manchmal verlieren ehemalige Lehrlinge den Respekt gegenüber ihren früheren Meistern.« Er blickte bedeutungsvoll zu Will, der sich beeilte zu antworten.

»Ich nicht!«, versicherte er. »Ich habe immer noch den allertiefsten Respekt vor dir, Walt!«

Walt sah ihn einen Moment lang durchdringend an und schien dann zufrieden zu sein, denn er nickte und sagte: »Dann ist es ja gut. Vergiss es nur nicht!«

Eine Weile ritten sie schweigend weiter, dann brach Will erneut das Schweigen.

»Das Beste ist, dass ich dadurch abends noch an meiner Rede feilen kann«, freute er sich.

»Hast du sie etwa mitgebracht?«, fragte Walt leicht beunruhigt.

Will nickte. »Es ist doch eine gute Gelegenheit, ohne Ablenkungen und Unterbrechungen daran zu arbeiten.«

Nach einem längeren Schweigen sagte Walt: »Natürlich will ich dich keinesfalls ablenken. Ich meine, ganz bestimmt möchte ich nicht deinen kreativen Fluss unterbrechen oder so was. Stell dir einfach vor, ich sei gar nicht da, wenn du so dringend weiter daran arbeiten willst.« Der alte Waldläufer rechnete damit, dass Will den Sarkasmus hinter dieser Aussage erkannte, doch zu seiner Überraschung nickte sein einstiger Lehrling dankbar.

»Danke, Walt. Das weiß ich zu schätzen. Aber sag, was werden wir denn nun als Nächstes unternehmen?«

Walt seufzte.

»Wie ich schon heute Morgen sagte, können wir von den Einheimischen keinerlei Hilfe erwarten. Wir dürfen nicht das Risiko eingehen, dass sie uns an die Neumondler verraten.«

»Also können wir davon ausgehen, dass die Neumondler keine Einheimischen sind?«, erkundigte sich Will.

Walt nickte bestätigend. »Stimmt. Sie reisen die Küste entlang. Würden sie in einem bestimmten Gebiet zu lange ihr Unwesen treiben, spräche sich das herum und sie liefen Gefahr, dass Gesetzeshüter wie wir auftauchen, um sie festzunehmen. Außerdem lernen die Seefahrer auch schnell, diesen Teil der Küste zu meiden.«

»Du sagtest, du hättest den Hinweis von einem Informanten. Können wir von ihm vielleicht Hilfe erwarten?«, fragte Will weiter.

»Wenn er schlau ist, lässt er sich lieber nicht mit uns sehen. Schließlich muss er noch weiter dort leben, wenn wir weg sind.«

»Das leuchtet ein. Also, was ist unser Plan?«

»Wir schlagen ein Lager auf und hören uns um, hoffentlich ohne gesehen zu werden. Normalerweise halten sich die Neumondler nicht in den Dörfern selbst auf, also müssen sie auch irgendwo in der Gegend ein Lager haben. Das zu verbergen wird nicht leicht sein, denn sie werden über mindestens fünfzehn oder zwanzig Mann verfügen. Also müssen wir danach suchen – und außerdem auch nach Anzeichen dafür, wann sie sich bereit machen.«

»Wie zum Beispiel?«

»Wie zum Beispiel ein Leuchtfeuer an der falschen Stelle. Das müssen sie jedenfalls ein oder zwei Tage vorher vorbereiten. Außerdem brauchen wir einen Ausguck nach Norden. Einer von uns muss nach Schiffen Ausschau halten. Und wir müssen darauf achten, ob andere Leute ebenfalls Ausschau halten.«

»Und wenn wir so jemanden sehen?«, fragte Will.

Walt lächelte ihn an. Dieses Lächeln erinnerte Will an einen Wolf, der seine Zähne zeigt.

»Dann bitte ich ihn, damit aufzuhören. Ich kann sehr überzeugend sein, wenn ich mir Mühe gebe.«

»Das habe ich auch schon festgestellt«, bestätigte Will.

Den restlichen Tag kamen sie gut voran, indem sie die Pferde abwechselnd traben und im Schritt gehen ließen. Die Dämmerung brach bereits an, als Walt unter einigen Bäumen einen Platz entdeckte, der frei von Unterholz war.

»Das sieht nach einem guten Lagerplatz aus«, sagte er und deutete darauf. »Schlagen wir unser Lager auf, bevor es zu dunkel wird.«

»Soll ich etwas kochen?«, fragte Will. Natürlich konnte Walt ebenfalls kochen, doch Will kochte eigentlich recht gern. Er führte stets eine kleine Auswahl an Gewürzen und Zutaten mit, um den Geschmack seiner Mahlzeiten zu verbessern. Da Waldläufer unterwegs oft gezwungen waren, sich von Trockenfleisch, Obst und Brot zu ernähren, kochte er frisch, wann immer sich eine Möglichkeit bot.

Walt war da völlig seiner Meinung.

»Ich freue mich darauf«, sagte er. »Sobald wir in der Nähe von Hambley sind, sind wir sowieso gezwungen, mit kalter Kost vorliebzunehmen. Also lass uns jetzt noch warme Mahlzeiten und Kaffee genießen. Ich spüle dafür danach ab.«

Auch wenn Will früher sein Lehrling gewesen war, betrachtete Walt ihn inzwischen als gleichberechtigt und war immer bereit, die Pflichten mit ihm zu teilen.

»Gerne«, sagte Will. Wie viele Köche genoss er es, das Essen zuzubereiten, war jedoch weniger begeistert von den Aufräumarbeiten, die folgten. »Dadurch habe ich noch ein wenig Zeit, an meiner Rede zu arbeiten.«

»Darauf freue ich mich auch«, kommentierte Walt, ohne eine Miene zu verziehen.

Vier

Eine Hügelkette verlief hinter Hambley, etwa eine Meile im Landesinneren. Der Ort selbst war um einen kleinen, aber gut geschützten Hafen gebaut. Auf dem nördlichen Wellenbrecher konnte Will ein großes, hohes Metallgestell sehen.

»Das ist der echte Leuchtturm«, erklärte Walt ihm, als er seinen interessierten Blick bemerkte. »Dort wird jede Nacht Feuer gemacht, um den Schiffen anzuzeigen, wo sich der nördliche Wellenbrecher befindet, und ihnen dadurch einen Anhaltspunkt zum Steuern zu geben. Das Problem ist diese hohe Hügelkette. Wenn ein Schiff weiter oben die Küste entlangkommt, verstellen diese Hügel den Seeleuten die Sicht auf den Leuchtturm. Erst wenn das Schiff nur noch etwa eine halbe Meile entfernt ist, kann man vom Ausguck aus den Leuchtturm sehen.«

Sie lagen bäuchlings oben auf der Hügelkette, von der aus man den Ort überblicken konnte. Die Pferde standen auf der anderen Seite des Hügels außer Sicht. Die beiden Waldläufer lagen still und durch ihre Umhänge getarnt. Schon aus der Nähe waren sie kaum auszumachen, geschweige denn auf eine halbe Meile Entfernung.

»Jetzt schau weiter nach Norden«, wies Walt seinen Gefährten an. Hinter der Landzunge schwang sich der Strand in Richtung Norden und ging in ein etwas tiefer liegendes Landstück über. »Ich vermute, dass sie dort das falsche Leuchtfeuer aufbauen. Man sieht, wie flach das Wasser vor dem Strand ist. Jedes Schiff, das in der Annahme, den Hafen gefunden zu haben, darauf zusteuert, wird auf Grund laufen, bevor der Kapitän noch weiß, wie ihm geschieht. Ich nehme an, die Strandräuber werden eine Reihe von Laternen und kleinen Feuern entzünden und sie auf das Gelände hinter dem Strand stellen, sodass es von Weitem so aussieht, als wäre es der Ort. Der Schiffskapitän sieht, was er zu sehen erwartet. Ein Leuchtfeuer und einen Ort. Jemand, der vom Meer aus Ausschau hält, wird Lichter in der Dunkelheit sehen, aber keine Einzelheiten.«

Walt rieb sich nachdenklich das Kinn und entfernte damit gleich eine Ameise, die gerade dabei war, seinen Bart zu erkunden.

»Diese Stelle ist für Strandräuber ideal: Das fehlgeleitete Schiff wird feststecken, aber solange kein starker Wind herrscht, wird es nicht auseinanderbrechen. Das bedeutet, dass die Neumondler bei Ebbe hinwaten und die Waren problemlos wegtransportieren können. Und zwar alles, statt wie sonst einen Teil davon ans Meer zu verlieren.«

Will blickte den graubärtigen Waldläufer von der

Seite an. »Du scheinst eine Menge über ihre Arbeitsweise zu wissen, Walt.«

Sein Mentor nickte grimmig. »Strandraub war während des ersten Krieges mit Morgarath eine regelrechte Plage in unserem Land«, erklärte er. »Die Truppen des Königs waren zu beschäftigt mit Morgarath, um sich um andere Dinge zu kümmern. Und du weißt, wie schnell kriminelle Elemente eine solche Situation ausnutzen.«

Will nickte. »Und wie hast du den Neumondlern damals das Handwerk gelegt?«

»Oh, nach dem Krieg haben Crowley und ich eine kleine Kampagne gegen sie begonnen. Nach einer Weile schienen sie zu merken, dass Araluen nicht der beste Ort für Strandräuberei war. Die meisten von ihnen zogen nach Gallica weiter, wo die Bedingungen für sie besser waren.«

»Die meisten?«, fragte Will. »Was war mit den anderen?«

»Die blieben hier«, sagte Walt grimmig. »Du findest ihre Gräber entlang der Westküste, wenn du danach suchst.«

»Du und Crowley, ihr wart ein großartiges Gespann damals, stimmt's?«, fragte Will.

Ein schwaches Lächeln umspielte Walts Mund. »Wir hatten gute Zeiten«, sagte er. Dann robbte er wieder vom Hügelkamm zurück, bis er sich beruhigt aufrichten konnte. Hier lief er nicht mehr Gefahr, dass irgendjemand, der zufällig vorbeikam, seine sich gegen den Himmel abhebende Silhouette wahrnahm. Will folgte ihm und sah seinen alten Lehrer erwartungsvoll an.

»Wir gehen nach Norden und etwas weiter in Richtung Strand«, sagte Walt. »Von den Hügeln aus kann es uns nicht entgehen, wenn sich die Neumondler auf dem Festland oder dort auf der Landzunge zu schaffen machen.«

»Bist du sicher, dass sie dort sein werden?«, fragte Will.

Walt zuckte mit den Schultern. »Sicher kann man nie sein. Aber diese Stelle ist am wahrscheinlichsten. Weiter nördlich wären sie zu weit von Hambley entfernt. Außerdem ist dort die Küste auch geografisch nicht so geeignet. Diese Stelle jedoch ist nahe genug am Ort, um jeden Kapitän zu täuschen, der nicht richtig hinschaut. Wir sehen uns auch noch in den Wäldern um. Vielleicht können wir ihr Lager entdecken. Wenn sie in der Gegend sind, dann sollten sie nicht zu schwer zu finden sein. Sie werden nicht versuchen, sich so gut zu verbergen wie wir, und es dürfte ein großes Lager sein.«

»Du hast gesagt, es könnten fünfzehn oder zwanzig Mann sein …«, begann Will.

»Das stimmt. Und sie werden Karren und Pferde benötigen, um die Fracht wegzuschaffen. Deshalb brauchen sie auch mehr Leute.«

»Können wir es denn mit so vielen auf einmal aufnehmen?«, fragte Will vorsichtig.

Walt sah ihn gelassen an. »Diese Männer sind kaltblütige Mörder«, antwortete er, »aber es sind keine

Krieger. Wir werden sie auffordern, sich zu ergeben, dann fangen wir an zu schießen. Crowley und ich haben das oft genug gemacht. Es dürfte kein Problem werden.«

»Das waren aber Crowley und du«, sagte Will.

»Du bist noch besser als Crowley«, antwortete Walt zu seiner Verblüffung.

Will wäre wahrscheinlich noch mehr überrascht gewesen, wenn Walt noch ausgesprochen hätte, was er dachte: »Du bist wahrscheinlich auch besser als ich.«

Sie ritten nach Norden und bauten hinter einem Dickicht ein kleines, gut verborgenes Lager auf. Abelard und Reißer wurden abgesattelt und durften in der Nähe grasen. Sollten sie zufällig entdeckt werden, würde wohl jeder aufgrund ihres zottigen Felles und der Tatsache, dass sie ohne Sattel grasten, annehmen, dass es sich um Wildpferde handelte.

Da sie kein Feuer machen durften, mussten die beiden Waldläufer sich seufzend auf eine Diät aus kaltem Wasser und Trockenrationen einstellen. Sie richteten einen Beobachtungsposten auf dem Hügel ein, indem sie eine flache Grube aushoben und mit Erde, Ästen und Zweigen tarnten. Von dort aus konnten sie den Strand und die Umgegend unauffällig beobachten. Dieser Posten ist nicht viel anders als der eines Jägers, ging es Will durch den Kopf. Dann lächelte er grimmig, weil ihm bewusst wurde, dass sie schließlich auch Jäger waren: auf der Jagd nach Strandräubern.

Als sie die Arbeit beendeten, waren es immer noch ein paar Stunden bis zum Einbruch der Dunkelheit. Walt deutete auf die Grube.

»Halte die Augen offen«, sagte er. »Ich werde mal durch die Gegend schleichen. Vielleicht entdecke ich das Lager der Neumondler.«

Will nickte. Ein Lager würde bestätigen, dass sie auf der richtigen Spur waren. Schließlich stützten sie sich bislang lediglich auf die Aussagen eines anonymen Informanten. Es war für ihr weiteres Vorgehen wichtig, dass sie sich selbst ein Bild von der Lage machten. Nicht umsonst war das Erste, was ein Waldläufer lernte, stunden- oder sogar tagelang zu beobachten und zu lauschen.

Will kauerte sich in den Beobachtungsposten, machte es sich dort bequem und holte Papier, Feder sowie ein kleines Reisetintenfass aus der Tasche. Den Entwurf seiner Rede hatte er ebenfalls bei sich, doch im Augenblick wollte er nur ein paar eindrucksvolle Sätze aufschreiben, die an passenden Stellen eingefügt werden sollten. Das konnte er auch, wenn er den Strand unter sich im Blick hatte. An der Rede selbst zu arbeiten, wäre eine zu große Ablenkung.

Schon kam ihm eine Beschreibung von Horace und Evanlyn in den Sinn – und schnell schraubte er das Tintenfass auf, tauchte die Feder ein und schrieb: *Die geliebten und liebenswerten Gefährten meiner zarten Jugendjahre …*

Dabei flüsterte er vor sich hin. »Oh, das ist gut. Das ist sehr gut.«

Er richtete seinen Blick wieder auf den Strand und die Umgebung, doch es rührte sich nichts. Also schrieb er noch einen Satz auf: *Voll stolzer Freude besitze ich die Kühnheit, dieses heroische und löwenherzige Paar nicht nur zu preisen, sondern der lauschenden Menge auch Impressionen unserer Jugendtage zukommen zu lassen.*

»Das gefällt mir. Sehr sogar«, murmelte er vor sich hin. Mit einem glücklichen Seufzer lehnte er sich gegen den Erdwall und wartete auf eine neuerliche göttliche Eingabe.

Walt brauchte weniger als zwei Stunden, um das Lager zu finden. Es war der Geruch von Holzfeuer, der ihn zuerst auf die Anwesenheit von Menschen im Wald aufmerksam machte. Anfangs war der Geruch nur schwach, doch als Walt weiterging, wurde er immer stärker. Dann registrierte der bärtige Waldläufer nach und nach auch andere Anzeichen: Ein Hund bellte. Axtschläge waren zu hören. Die Gerüche und Geräusche führten ihn zurück über die Hügellinie in die Wälder auf der Seeseite. Schließlich blickte er auf eine Lichtung hinab.

Dort standen etwa ein halbes Dutzend Zelte, vor denen bereits einige Kochfeuer flackerten. Auf einer Seite befanden sich vier stabil aussehende Karren. Dahinter konnte er auch angebundene Pferde entdecken. Leute liefen im Lager herum und unterhielten sich. Man unternahm nicht wirklich den Versuch, sich zu verstecken, schien es gar nicht für nötig zu erachten.

Er zählte die Leute, die er sehen konnte. Sechzehn waren es, und zwar alles Männer. Letzteres war eine weitere Bestätigung, dass es sich um das Lager von Neumondlern handelte.

Walt beobachtete die Strandräuber noch eine Weile und sah, wie einige sich daran machten, das Abendessen zu bereiten. Sein Magen knurrte, als der Wind den appetitanregenden Geruch von gebratenem Fleisch zu ihm trug. Vorsichtig zog er sich von seinem Aussichtspunkt zurück.

»Nichts weiter zu tun hier, als hungrig zu werden«, murmelte er vor sich hin und machte sich auf den Rückweg in das eigene rauchfreie und auch bratenfreie Lager. Er dachte daran, was ihn selbst zum Abendessen erwartete: kaltes Wasser, Trockenfleisch, etwas Obst und hartes Brot.

Dieser Gedanke stimmte ihn nicht gerade freundlicher gegenüber den Neumondlern.

Fünf

Wie Will hinlänglich bekannt war, verbrachte ein Waldläufer einen großen Teil seiner Zeit damit, still dazusitzen, zu beobachten und zu warten.

Er und Walt wechselten sich dabei ab, jeder übernahm eine Schicht von etwa drei Stunden.

Der andere kümmerte sich zwischenzeitlich um die Pferde oder ging auf die Jagd nach Kleinwild. Da sich das Lager der Neumondler in ausreichender Entfernung von ihrem befand und zudem noch die Hügelkette dazwischen lag, hatte Walt gemeint, sie könnten es wagen, ab und zu ein Feuer zu machen – zumindest so lange der Wind nicht aus Norden kam und den Geruch womöglich zum Feind trug. Die Wahrscheinlichkeit, dass der Feind Verdacht schöpfen würde, war zwar nicht sehr groß, aber Walt wollte kein Risiko eingehen. Über all die Jahre hatte er es nicht selten vor allem seiner Vorsicht zu verdanken gehabt, dass er am Leben geblieben war. Und er hatte nicht die Absicht, auf seine alten Tage leichtsinnig zu werden.

Immerhin konnte Will in den ungefährlichen Zeiten etwas Gutes für sie kochen, und das war etwas, worauf man sich in der langweiligen Routine des Beobachtens freuen konnte.

Nach dem Stundenplan, den sie sich aufgestellt hatten, übernahm Walt die letzte Wache, wenn die Sonne schon hinter den Hügeln versunken war. Sie hatten dann immer noch genug Zeit, um auf irgendwelche Aktivitäten der Neumondler zu reagieren, denn diese würden zwar – um nicht entdeckt zu werden – mit ihren Leuchtfeuern bis zum letzten Moment warten, die Vorbereitungen dazu aber jedenfalls tagsüber treffen. Es war also nicht nötig, die ganze Nacht Wache zu halten.

Während Walt noch auf seinem Posten war, brachte Will gewöhnlich ihrer beider Abendessen zu dem Versteck, wo sie zusammen aßen und ihre Taktik für den Angriffsfall besprachen.

»Ich habe überlegt«, sagte Walt in der dritten Nacht, »dass wir vielleicht doch eine gewisse Unterstützung brauchen könnten.«

Will grinste ihn an. »Hast du nicht gesagt, es dürfte kein Problem für uns werden?«

Walt nickte. »Das habe ich tatsächlich gesagt. Aber ich habe überlegt, dass ich dich auf der Landzunge brauchen werde, während ich am Strand bin. Das könnte die Dinge etwas schwieriger machen.«

»Was meinst du? Was soll ich denn auf der Landzunge tun?«

»Dich um das Leuchtfeuer kümmern. Wir müssen leider zulassen, dass sie es entzünden, bevor wir etwas unternehmen. Sonst haben wir keinen Beweis, dass sie wirklich versucht haben, ein Schiff auf den Strand zu locken. Wir müssen das Schiff sehen und warten, bis sämtliche Feuer im Zusammenhang damit entzündet sind.«

»Die Tatsache, dass sie ein Signalfeuer vorbereitet haben, wird nicht ausreichen?«, fragte Will.

Walt schüttelte bedauernd den Kopf. »Es wäre kein konkreter Beweis. Sie könnten immer behaupten, dass sie ein Feuer gemacht hätten, weil einer von ihnen Geburtstag habe und sie feiern wollten. Wir brauchen einen wirklichen Beweis, der in Verbindung mit dem Schiff steht. Unglücklicherweise ist Duncan in dieser Hinsicht sehr penibel. Gleichzeitig müssen wir sichergehen, dass dadurch nicht tatsächlich ein Schiff auf Grund läuft.«

»Also soll ich warten, bis das Feuer brennt, und es dann wieder löschen, während du alle festnimmst?«, fragte Will.

»Hast du eine Ahnung, wie groß das Feuer sein wird? Wir reden hier nicht über ein Lagerfeuer, über das du mal schnell etwas Sand kippen kannst. Es wird ein riesiger Holzstoß sein. Sobald es brennt, wirst du nicht in der Lage sein, es einfach nur zu löschen, wie du gesagt hast. Dafür bräuchten wir eine Wasserkette, abgesehen davon, dass das Feuer auch gar nicht so nahe am Wasser sein wird.«

Daran hatte Will nicht gedacht. »Was soll ich dann also tun?« fragte er.

Daraufhin zog Walt ein kleines, in Segeltuch gewickeltes Päckchen von einer Fingerlänge aus seiner Jackentasche.

»Du wirfst das hier ins Feuer«, sagte er.

Will nahm das Päckchen und musterte es. Es war stramm verpackt, aber er konnte die körnige Konsistenz seines Inhalts fühlen, als er das Segeltuch zusammendrückte. Es fühlte sich so an, als sei das Päckchen voller Sand.

»Was ist es?«, fragte er. Walt tippte mit dem Finger darauf.

»Es ist ein hoch entflammbares Färbemittel«, sagte er. Wenn du das ins Feuer wirfst, wird das Feuer aufflackern und die Flammen verwandeln sich in eine kräftige Farbe … ich weiß nicht genau, welche es sein wird. Normalerweise sind sie knallgelb oder rot. Was immer es ist, sobald der Kapitän des Schiffes sieht, dass die Flammen die Farbe wechseln, wird er merken, dass es nicht das echte Leuchtfeuer ist, und wieder hinaus in Richtung offene See steuern. Aber wir werden den Beweis haben, den wir brauchen.«

»Also gut, verstehe. Aber wie willst du denn mit sechzehn Neumondlern am Strand fertig werden, während ich am Feuer bin?«, fragte Will.

»Ich werde Hilfe benötigen«, sagte Walt. Ich warte, bis die Räuber das Feuer und die Laternen präpariert haben. Dann wissen wir genau, dass sie zuschlagen wollen, und ich reite nach Hambley, um den obersten Wachhabenden zu informieren.«

»Hast du nicht gesagt, dass sie wahrscheinlich mit den Neumondlern unter einer Decke stecken?«

»Nicht direkt. Sie verschließen die Augen davor und nehmen das, was die Neumondler zurücklassen. Wenn sie früh genug erfahren, dass wir in der Gegend sind, würden sie die Räuber außerdem wahrscheinlich warnen. Aber ich habe das Dorf beobachtet, während du Wache gehalten hast, und es gab keinerlei Kontakt zwischen dem Dorf und dem Lager der Neumondler.«

»Wenn du also in letzter Minute ins Dorf gehst und ihnen keine Zeit lässt, die Neumondler zu warnen, können sie es eigentlich nicht ablehnen, dir zu helfen«, sagte Will.

»Genau. Sie müssen, wenn auch widerstrebend, Männer der Dorfwache bereitstellen, um uns zu helfen. Sie können wohl kaum einem königlichen Waldläufer gegenüber eingestehen, dass sie es vielleicht gar nicht so schlecht finden, wenn ein Schiff vor ihrer Küste auf Grund läuft und ausgeraubt wird.«

Will kaute nachdenklich auf seiner Unterlippe. »Du verlässt dich ja stark auf den Respekt der Leute vor Waldläufern«, stellte er fest.

»Walt nickte. »Stimmt. Aber das habe ich schon öfter getan und damit eigentlich nie danebengelegen. Diese Leute sind keine echten Kriminellen. Sie sind nur furchtbar arm und führen ein schweres Leben. Aber wenn sie verstehen, dass sie bestraft werden können, wenn sie uns nicht helfen, dann werden sie sich hoffentlich eines Besseren besinnen.«

»Natürlich könnten sie dir auch einfach einen Schlag auf den Kopf verpassen und dich am Ende der Hafenmole versenken«, sagte Will.

Walt wiegte den Kopf. »Könnten sie. Aber es ist unwahrscheinlich. Schließlich werde ich auf alles vorbereitet sein, so unwahrscheinlich es auch sein mag. Außerdem erfahren sie von mir sofort, dass noch ein zweiter Waldläufer in der Gegend ist. Kaum vorstellbar, dass sie das Risiko eingehen werden.«

»Gut. Ich werfe also die Farbe ins Feuer und du nimmst die Neumondler am Strand fest. Scheint, wir haben alles bedacht«, sagte Will. Auch wenn er so kritisch nachgefragt hatte, wusste er doch, wie stark die Aura von Macht und Autorität war, die einen königlichen Waldläufer umgab – besonders in diesen abgelegenen Dörfern.

»Man hat nie alles bedacht«, erinnerte ihn Walt düster. »Es gibt immer irgendetwas, was schiefgehen kann.«

Er verzehrte den letzten Löffel von dem Haseneintopf, den Will zubereitet hatte, und kratzte noch die letzten Reste aus seiner Schüssel.

»Ist noch was übrig?«, fragte er hoffnungsvoll.

Doch Will schüttelte den Kopf. »Tut mir leid. Du hast gerade den letzten Rest aufgegessen.«

Walt gab ein missmutiges Brummen von sich. »Dachte ich mir fast.« Er schaute in die zunehmende Dunkelheit. Das Land unter ihnen war bereits in einen dunklen Schatten getaucht und das Meer hatte einen silbergrauen Schein angenommen. »Tja, ich bezweifle, dass sie jetzt irgendetwas unternehmen werden. Wir können genauso gut zurück zu unserem Lager und uns einen Kaffee genehmigen.«

»Das ist der Grund, weshalb ich mich immer an dich halte«, sagte Will. »Du steckst voller guter Ideen.«

Am folgenden Tag machten sich die Neumondler an die Arbeit.

Will bemerkte das erste Anzeichen davon im Laufe seiner Vormittagsschicht. Ein Reiter kam die Küstenstraße unterhalb des Hügels herangaloppiert, bog dann von der Straße ab und drängte sein Pferd einen schmalen, steilen Pfad entlang durch den Wald. Will verlor ihn bald aus dem Blick, aber es gab keinen Zweifel, wo der Reiter hinwollte.

Will verließ den Beobachtungsposten und rannte gebückt zurück zu Walt, um ihm zu berichten.

»Wahrscheinlich ist ein Schiff in der Umgebung gesichtet worden«, vermutete Walt. »Natürlich haben sie einen Ausguck weiter oben an der Küste, um ein sich näherndes Schiff zu entdecken. Wenn das der Fall ist, werden sie sich sofort an die Arbeit machen.«

»Was tun wir?«, fragte Will.

Walt deutete mit dem Daumen in Richtung Neumondler. »Sehen wir mal, was sie vorhaben.«

Sie verließen ihr Lager und bewegten sich unauffällig durch den Wald. Ein Beobachter hätte große Schwierigkeiten gehabt, sie wahrzunehmen. Während ihrer Ausbildung hatten sie diese Art der Fortbewegung so gründlich gelernt, dass sie inzwischen gar nicht mehr darüber nachdenken mussten, sondern sich ganz instinktiv unauffällig bewegten.

Kein einziger Zweig oder Ast knackte, als sie durch das Unterholz schlichen, so geschickt setzten sie ihre Füße in den weichen Stiefeln. Wenn sie einen Zweig spürten, wurde er vorsichtig mit den Fußspitzen zur Seite geschoben, erst dann traten sie tatsächlich auf.

Es sah einfach aus – so wie es immer ist, wenn man einem Könner bei etwas zusieht, was das Ergebnis jahrelanger Übung ist.

Sie brauchten etwa eine halbe Stunde, um den Punkt zu erreichen, von dem aus Walt beim ersten Mal das Lager beobachtet hatte.

Will deutete auf das Pferd, das vor einem der Zelte angebunden war. Offensichtlich gehörte es dem Späher, der vor Kurzem angekommen sein musste. Noch bevor Will eine Bemerkung machen konnte, verließen plötzlich drei Männer das Zelt. Einer von ihnen, ein großer, bärtiger Mann in Lederweste und Bundhosen, erteilte lautstark Befehle. Daraufhin kamen die restlichen Zeltinsassen aus ihren Unterkünften und das Lager erwachte zum Leben.

Die Karren, die Walt beim letzten Mal bemerkt hatte, wurden mit passend gehacktem Feuerholz, Laternen und langen Stangen beladen. Die Pferde wurden vor die Karren gespannt. Die Männer holten Werkzeuge und Säcke, außerdem schnallten sie Schwerter um oder nahmen sich Keulen.

»Wir haben genug gesehen«, sagte Walt. »Lass uns hier verschwinden, bevor man uns womöglich bemerkt.«

Sie eilten zurück zu ihrem Beobachtungsposten. Kurz darauf sahen sie die Neumondler am Fuß der Hügel aus dem Wald kommen und hinaus auf die Sandbank am Strand ziehen.

Drei der Karren wurden dort entladen, die Männer luden das Feuerholz ab und befolgten die Befehle ihres Anführers – des großen Manns in der Lederweste. Will verfolgte interessiert, wie der Mann exakte Anweisungen gab, wo genau welcher Holzstoß aufgestapelt werden sollte. Von Zeit zu Zeit schaute der Anführer, den Rücken dem Meer zugewandt, auf ein Stück Papier in seinen Händen und ordnete an, dass ein Stapel Brennholz in eine bestimmte Richtung verrutscht werden sollte – etwas mehr nach hinten oder nach vorn.

»Was hat er vor?«, fragte Will flüsternd.

»Ich würde sagen, er hat einen Plan, der zeigt, wie Hambley vom Meer her aussieht. Wahrscheinlich hat er den irgendwann während der vergangenen Tage angefertigt. Jetzt ordnet er die Feuer und Laternen so an, dass sie aus der Ferne das gleiche Bild abgeben wie das Dorf selbst.«

Will schüttelte in widerwilliger Bewunderung den Kopf. »Sie sind gründlich, das muss man sagen.«

Walt nickte. »Ja. Sie wissen genau was sie tun. Es sind leider keine Dilettanten«, sagte er. Dann deutete er mit dem Kinn in Richtung Strand. »Schau, der letzte Karren fährt los. Ich vermute, er fährt zur Landzunge.«

Vier der Männer, die jetzt damit fertig waren, die Lichter der Stadt nachzubilden, waren auf den letzten Karren geklettert, der immer noch mit Holz beladen war. Unwillig stemmte sich das Tier gegen sein Kummet, an dem das schwere Gespann hing, und begann, in Richtung Landzunge zu gehen. Es war eine schwere

Last für ein kleines Pferd, sodass sie nur langsam vorankamen. Als sie den Hang erreichten, hatte das Pferd es noch schwerer und musste stärker angetrieben werden.

»Sie kämen schneller voran, wenn ein paar von ihnen laufen würden«, bemerkte Will.

Walt schüttelte den Kopf. »Es sind Diebe und Ganoven. Die suchen sich immer den einfachsten Weg.«

Langsam holperte der Karren den grasigen Abhang hinauf zum Ende der Landzunge, wo der Mann die Zügel anzog, um das Gespann anzuhalten. Dazu musste man das Pferd nicht drängen. Es blieb praktisch mitten im nächsten Schritt stehen und stand mit hängendem Kopf da. Dann drehte es langsam den Kopf und schaute fast rachsüchtig zu den Männern, die ihm so harte Arbeit auferlegten.

»An deren Stelle«, sagte Walt, »würde ich lieber außer Trittweite dieses Pferdes bleiben.«

Die Männer kletterten vom Karren und fingen mit dem Entladen an. Den größten Teil der Ladung bildete das Holz – Feuerholz, wie Will annahm. Doch es gab auch einige kleine Krüge und ein paar Eisenstangen. Schließlich hoben drei Männer einen schweren Metallkorb von fast drei Ellen Durchmesser und neun Ellen Höhe aus dem Karren.

»Darin wird das Feuer für den falschen Leuchtturm gemacht«, sagte Walt. »Sie bauen ein Dreibein mit diesen Stangen und setzen dann den Eisenkorb obendrauf. Sobald er mit Brennholz beladen ist, sind sie bereit.«

»Was sind das für Fässchen?«, fragte Will, obwohl er sich die Antwort fast denken konnte.

»Öl«, sagte Walt. »Wenn es so weit ist, gießen sie das über das Holz, um sicherzugehen, dass es auch schnell genug anbrennt. Wenn sie das zu früh machen, könnte es austrocknen oder verdunsten. Also werden sie das Holz wahrscheinlich irgendwann gegen Sonnenuntergang damit tränken.«

Instinktiv blickte Will hoch, um nach dem Stand der Sonne zu sehen. Sie hatte den Zenit gerade überschritten. »Wann meinst du, dass sie die Feuer entzünden?«

»Sie haben den Neumond verpasst«, erwiderte Walt. »Aber heute Nacht wird trotzdem nur eine sehr schmale Mondsichel zu sehen sein. Ich vermute deshalb, dass sie warten, bis der Mond über den Hügeln ist. Das wäre dann so gegen zehn Uhr. Ich werde die Wachmannschaft gegen halb zehn in Hambley alarmieren. So können sie die Neumondler nicht mehr warnen, selbst wenn sie es wollten.«

»Also müssen wir erst einmal weiter beobachten und warten«, kommentierte Will.

»Genau«, stimmte Walt zu. »Aber warte nicht darauf, dass ich mit der Verstärkung komme. Wenn sie das Feuer anzünden und du siehst, dass das Schiff dort draußen sich nähert, dann komm sofort herunter und schütte die Farbe in das Feuer. Lieber vergebe ich die Chance, diese Bande einzubuchten, als dass ein Schiff auf Grund läuft und die Mannschaft ernsthaft in Gefahr gerät.«

Während der Nachmittag verging, beobachteten die beiden Waldläufer die Neumondler bei ihren weiteren Vorbereitungen.

Schließlich schien der bärtige Anführer der Bande zufrieden zu sein. Er verkündete eine Pause, woraufhin die Neumondler ein kleines Kochfeuer anzündeten und sich eine Mahlzeit zubereiteten. Dann lümmelten sie auf der Wiese vor dem Strand herum, aßen und unterhielten sich. Manche von ihnen streckten sich aus und machten ein Nickerchen.

»Das wird eine geschäftige Nacht«, bemerkte Walt. »Die Tatsache, dass sich die Neumondler nicht die Mühe gemacht haben, zu ihrem Lager zurückzukehren, zeigt, dass sie wirklich diese Nacht zuschlagen wollen.«

Will spürte das leichte Kneifen im Magen, das immer dann auftrat, wenn er kurz vor einem Zugriff war.

Walt grinste ihn an, denn er hatte gemerkt, dass Wills Antworten immer knapper wurden.

»Nervös?«, fragte er.

»Nein«, antwortete Will sofort. Dann wiegte er den Kopf. »Na ja, vielleicht ein wenig. Ich bin irgendwie unruhig und nur hier herumzusitzen hilft auch nicht gerade.«

»Es ist gut, unruhig zu sein«, sagte Walt. »Nur Narren hören nicht auf ihr Bauchgefühl. Wenn du unruhig bist, wirst du auf der Hut sein. Und das bedeutet, dass du nicht zu selbstsicher wirst.«

Will sah seinen alten Lehrer neugierig an. Er schien ruhig und völlig gelassen, doch eigentlich sah er immer so aus, selbst wenn ein wichtiger Einsatz bevorstand.

»Was ist mit dir, Walt? Bist du nervös?«

Der grauhaarige Waldläufer zeigte den Ansatz eines Lächelns. »Ich habe das Gefühl, dass mir ein ziemlicher Felsbrocken im Magen liegt, den ich mich zu verdauen bemühe.«

Will war verblüfft. Walt hatte gerade genau seine eigenen Gefühle beschrieben.

»Das hätte ich nie gedacht«, sagte er und schüttelte ungläubig den Kopf.

»Ich habe gelernt, es mir nicht anmerken zu lassen«, erklärte Walt.

Sechs

»Sie machen sich bereit«, sagte Walt.

Lichter zeigten sich nach und nach auf der Wiese unter ihnen – aufflackernde Lichtflecken, die nahelegten, dass die Neumondler ihre Feuer entzündeten. Will und Walt konnten ab und zu dunkle Schatten sehen, die sich zwischen den einzelnen Lichtern bewegten, während mehr und mehr Feuer entzündet wurden.

Will blickte hoch. Die dünne Mondsichel befand sich direkt über ihnen und wanderte langsam wieder nach unten. Bald würde sie ganz hinter dem großen Hügelkamm verschwunden sein.

Walt kroch ein Stück weiter zu einer Stelle, von wo er einen guten Blick nach Norden hatte. Er spähte hinaus aufs Meer und suchte den dunklen Horizont ab. Schließlich stieß er ein zufriedenes Brummen aus und deutete hinaus.

Will folgte seinem Fingerzeig und bemühte sich, das Licht zu erkennen, das ihm die Annäherung eines Schiffes verriet. Schließlich schüttelte er den Kopf.

»Ich sehe nichts«, murrte er. Walt hob seine rechte

Hand auf Schulterhöhe, die Handfläche nach außen gerichtet. Langsam bog er den kleinen Finger nach innen.

»Siehst du diese lange Landzunge – die vorletzte? Geh drei Finger hoch von da aus, dann wirst du es sehen.«

Will tat es ihm nach. Mit einem zusammengekniffenen Auge streckte er drei Finger aus, wobei er seinen Ringfinger an der Langzunge anlegte. Dann spähte er auf die Stelle links von seinem Zeigefinger und tatsächlich sah er dort ein schwaches Licht auf dem dunklen Meer.

»Hab es«, sagte er. Das Fingersystem war unter den Waldläufern ein beliebtes Hilfsmittel. Mit einem Referenzpunkt wie zum Beispiel dem Ende der Landzunge, konnte man eine relativ präzise Ortsbeschreibung geben. Als junger Lehrling war Will überrascht gewesen, wie effektiv dieses Hilfsmittel war, trotz aller Unterschiede in Handgröße und Fingerbreite.

Walt schätzte jetzt Windstärke und Richtung ab. »Der Kapitän muss gegen den Wind segeln«, sagte er. »Ich schätze, er braucht noch etwa zwei Stunden, um die Höhe des Leuchtfeuers zu erreichen.«

»Dann solltest du wohl los«, meinte Will. Sein alter Lehrer nickte.

»Stimmt. Wir können auch gleich zusammen hinabsteigen. Am besten positionierst du dich am landeinwärts gerichteten Ende der Landzunge. Dann sollte es möglich sein, dass du die Farbe rechtzeitig ins Feuer wirfst, sobald du das Schiff vor der Küste siehst.«

»Hoppla!«, sagte Will und deutete auf die Landzunge. »Sie zünden das Leuchtfeuer an.«

Tatsächlich flackerte ein Lichtschein auf und es dauerte nicht lang, da stiegen lange Flammenzungen in den Himmel. Der aus Süden kommende Wind blies die Flammen leicht seitlich.

»Das ist durchaus sinnvoll«, kommentierte Walt. »Wenn wir von hier aus das Positionslicht des Schiffes sehen können, müssen sie umgekehrt auch bereits das Leuchtfeuer sehen können. Da darf es nicht erst kurz vorher aus dem Nirgendwo auftauchen, das könnte die Mannschaft misstrauisch machen.«

Sie schlichen sich zurück zu ihren Pferden. Da sie bereits vermutet hatten, dass sie in dieser Nacht handeln mussten, hatten sie die Pferde schon kurz nach Einbruch der Dunkelheit gesattelt. Anfangs, oben am steilen Stück, führten sie beide am Halfter. Erst als der Hang weniger abschüssig wurde, stiegen sie auf und ritten den schmalen Serpentinenpfad hinab.

An der Abzweigung im Tal angekommen, blieb Walt stehen. Will hielt an seiner Seite an.

»Also, bis später«, verabschiedete Walt sich. »Ich sollte innerhalb einer Stunde zurück sein. Falls nicht, musst du alleine handeln.«

»Und die Farbe ins Feuer werfen«, ergänzte Will.

»Genau. Hast du sie bei dir?«

Will klopfte auf den Lederbeutel, den er an einer Schlinge über der Schulter trug.

»Hier drin. Keine Sorge.«

»Also gut. Dann sehen wir uns in etwa einer Stunde.«

Damit wendete Walt Abelard und ritt langsam den schmalen Pfad weiter nach Süden. Gleich darauf war er um die nächste Biegung verschwunden. Will nahm die Zügel wieder auf.

»Dann los, mein Junge«, sagte er. »Wir haben zu tun.«

Er folgte dem Pfad bis ganz nach unten. Zu seiner Linken sah er die Lichter, die den Fischerort vortäuschen sollten. Zu seiner Rechten loderte das falsche Leuchtfeuer. Ein merkwürdig verschwommener Schein umgab die Flammen, was, wie er wusste, an der salzigen Seeluft lag.

Will ritt unmittelbar am Waldrand entlang langsam vor zur Landzunge. Schließlich hatten sie die Stelle erreicht, wo das bewaldete Festland in die felsigen Klippen der sich weit ins Meer hinaus erstreckenden Landzunge überging. Will schwang sich aus dem Sattel und streichelte liebevoll über die Nase seines Pferdes.

»Du bleibst hier, mein Junge«, sagte er. Das tiefe, fast unhörbare Brummen von Reißer verriet ihm, dass sein Pferd damit nicht gerade glücklich war.

»Ich weiß, ich weiß«, sagte Will. »Du würdest lieber mitkommen und mich beschützen. Aber es wäre wohl doch ein wenig zu auffällig, wenn ich dort hinaus reite. Es sind an die zweihundert Schritt offenes Gelände und ich darf nicht das Risiko eingehen, von den Neumondlern am Strand entdeckt zu werden.

Ich kann ziemlich unauffällig sein, wenn ich will.

»Das weiß ich. Aber tu mir einfach den Gefallen, ja?«

Tu ich doch immer.

Reißer klingt gereizt, dachte Will. Aber das war eigentlich meistens so, wenn Will ohne ihn kniffelige Aufgaben erledigte. Reißer war der Meinung, dass nur er gut genug auf Will aufpassen konnte.

Während des Austauschs mit Reißer hatte er bereits die Strecke gemustert, die er zurücklegen musste. Es gab Felsbrocken, vereinzelte Büsche und zwei oder drei Bäume. Nicht gerade viel Deckung, dachte er. Aber für ihn war es ausreichend.

Er betrachtete noch einmal genau die Umgebung, suchte, ob er irgendeine Spur des Mannes entdeckte, der das Leuchtfeuer entzündet hatte. Aber anscheinend war der Mann zurück zu seinen Kumpanen gegangen. Will hatte die Menge an Brennholz gesehen, die in dem eisernen Feuerkorb lag. Das reichte für mindestens zwei Stunden. Und bis dahin würde mit Sicherheit alles vorbei sein.

So oder so.

»Ich gehe jetzt«, sagte er zu Reißer. »Ich muss näher ran, damit ich das Schiff rechtzeitig sehen kann.«

Ich bin hier. Ruf mich, wenn du mich brauchst.«

»Mach ich.« Will grinste und schlich sich davon.

Geschickt bewegte er sich von einem Schatten zum nächsten. Ein normaler Beobachter hätte ihn schon nach wenigen Schritten aus den Augen verloren. Reißer, mit seiner sensiblen Wahrnehmung, der zudem die Fähigkeiten seines Herrn kannte, wusste hingegen genau, wo er war. Doch er nickte zufrieden.

Ich kann dich sehen, aber gewiss niemand sonst.

Etwa fünfzig Schritt vom Leuchtfeuer entfernt stand ein verkrüppelter Baum. Will glitt in seinen Schatten und setzte sich an seinen Fuß, den Rücken gegen den verwitterten alten Stamm gelehnt. Reglos saß er da, die Kapuze hochgezogen, und verschmolz förmlich mit dem dunklen Holz.

Vertrau auf den Umhang, ging ihm das Mantra der Waldläufer durch den Kopf. Von seiner Position aus konnte er den Strand und die dort aufgestellten Laternen sehen, genau wie die hoch aufflackernden Flammen des Leuchtfeuers und das dunkle Meer dahinter. Früher am Abend, als die schmale Mondsichel aufgegangen war, hatte das Meer einen silbernen Schein angenommen. Nun stellte es sich als undurchdringliche schwarze Masse dar. Wenn Will aufmerksam lauschte, konnte er den sanften Klang von Wellen am Strand wahrnehmen.

Selbst das Wetter spielt den Neumondlern heute noch zu, ging es ihm durch den Kopf. Bei schwerer See hätten die Wellen, die hoch an die Küste schlugen, mit ihrem weißen Schaum die Küstenkonturen herausgehoben. Doch im Augenblick schwappten sie nur ganz sanft an den Strand.

Vorsichtig erhob sich Will. Er blickte nach Norden und suchte das Meer gründlich ab, um das Schiff wiederzuentdecken.

Schließlich sah er es. Es war bereits weiter herangekommen, als er erwartet hatte, allerdings noch immer weit draußen auf See. Offensichtlich versuchte der Kapitän, so viel Entfernung wie möglich draußen auf offener See zurückzulegen, bevor er beidrehte und auf die Küste zusteuerte – und auf das falsche Leuchtfeuer, das er inzwischen sicher gesehen hatte.

Will beobachtete das Schiff weiter. Plötzlich schien es anzuhalten. Was konnte der Grund dafür sein? Es dauerte nicht lange, dann war erneut Bewegung wahrzunehmen. Das Schiff hatte eine Wende gemacht und fuhr nun nicht mehr parallel zur Küste, sondern hielt auf diese zu. Aus Wills Blickwinkel heraus hatte das so ausgesehen, als habe das Schiff angehalten.

Will sah sich wieder am Strand um. Die Laternen, welche die falsche Ortschaft markierten, brannten immer noch. Doch von den Neumondlern war nichts zu sehen. Genauso wenig wie von Walt. Wieder hieß es warten.

Als Will nach einer Weile aufs Meer hinausblickte, war er verblüfft von der Entfernung, die das Schiff inzwischen bereits zurückgelegt hatte. Es schien ihm schon gefährlich nahe an der Küste zu sein – nahe genug, dass Will bereits den Dunstkreis aus Salzluft um die Positionsleuchte am Mast erkennen konnte. Nervös wechselte er von einem Fuß auf den anderen. Langsam musste er etwas unternehmen. Noch einmal blickte er sich um. Doch von Walt war nichts zu sehen und es waren auch keine Stimmen zu hören, die auf eine Auseinandersetzung hinwiesen.

Konnte es sein, dass sich die Verantwortlichen in Hambley geweigert hatten, Walt zu helfen? Womöglich hatten sie ihn überwältigt und hielten ihn gefangen. Dann wäre Walts Leben ernsthaft in Gefahr. Die

Dorfbewohner konnten ihn nach einer solchen Weigerung nicht weiterleben lassen. Dann würden sie nämlich Gefahr laufen, dass er dem König Bericht von ihrer Weigerung erstattete. Am liebsten wäre Will zurück zu Reißer gerannt und auf ihm ins Dorf geritten, um seinen alten Mentor zu retten.

Doch er hatte hier eine Pflicht zu erfüllen und die Zeit wurde langsam knapp.

Er schob seinen Langbogen, den er über der Schulter trug, in eine sichere Position und machte sich auf den Weg zum Feuer.

Gebückt huschte er hinüber. Je näher er kam, desto lauter wurde das Knacken und Knistern des brennenden Holzes. Hier draußen im offenen Gelände, der Meeresbrise ausgesetzt, leckten die Flammen seitwärts wie lange funkelnde Feuerbänder, und orangefarbene Funken flogen in die dunkle Nacht. Obwohl Will noch ein paar Schritte entfernt war, konnte er die Hitze auf seinen Wangen spüren.

So nahe am Feuer wurde er fast geblendet. Er schirmte seine Augen ab und spähte hinaus aufs Meer. Die Seeleute hatten sich täuschen lassen, das stand unzweifelhaft fest. Will griff nach seinem Beutel, um das Päckchen mit der Farbe herauszuholen. Noch während er den Riemen löste, bemerkte er rechts von sich eine Bewegung in der Dunkelheit.

»Was zum Teufel machst du da?«

Instinktiv warf er sich zur Seite. Die Streitaxt verfehlte ihn nur um einen Fingerbreit.

Sieben

Will fand sein Gleichgewicht sofort wieder und zog sein Sachsmesser. Noch in der gleichen Bewegung drehte er sich mit dem Rücken zum Feuer, um seinem Angreifer gegenüberzustehen.

Groß, kräftig und unerwartet leichtfüßig spiegelte der Mann Wills Bewegungen wieder, ohne aus dem Gleichgewicht zu geraten. Dabei hielt er eine langstielige Streitaxt.

Unvermittelt schwang er sie in einem tödlichen Bogen. Will machte einen Satz zurück und konnte der mächtigen Klinge gerade noch ausweichen. Als er dann wieder einen Schritt auf den Gegner zumachte, vollführte dieser mit seiner Waffe in unglaublicher Geschwindigkeit einen Schlag mit der Rückhand. Er wollte Will mit der stumpfen Seite der einschneidigen Axt wie mit einem Hammer treffen. Auch diesem Schlag entging Will durch einen Sprung zur Seite.

Durch den zweiten Sprung hatte er sich vom Feuer entfernt. Sollte er das Sachsmesser werfen? Will entschied sich dagegen, denn er hatte gesehen, wie schnell sich sein Gegner bewegte. Es war zu erwarten, dass er das Messer abwehren konnte, und dann hätte Will nur noch sein kleines Wurfmesser.

Er wich zurück, wobei er die Streitaxt, die im Feuerschein aufblitzte, nicht aus den Augen ließ. Er musste unbedingt zurück zum Feuer, um die Farbe hineinzuwerfen. Doch sie hatten sich so lange gegenseitig umkreist, dass der Gegner nun zwischen ihm und dem Feuer stand.

Will dachte daran, sein Wurfmesser zu ziehen und beide Messer zusammen zu benutzen. Doch da erinnerte er sich auf einmal an eine Übungsstunde vor vielen Jahren in Celtica, als Horace den jungen Waldläufer Gilan gefragt hatte, was wohl die richtige Kampftaktik gegenüber einem Mann mit einer Streitaxt war.

»Ich würde dir niemals raten, dich einer Streitaxt mit nur zwei Messern zu stellen«, hatte Gilan damals geantwortet. Leider wusste Will auch noch, dass genau diese Übungsstunde mit Gilans Vorschlag geendet hatte, im Zweifelsfall lieber von einer Klippe zu springen.

Und die hätten wir ja auch ganz in der Nähe, dachte Will.

Da schwang der Mann seine Waffe erneut. Instinktiv hob Will das Sachsmesser, um den Angriff abzuwehren. Doch der Schlag war nur angetäuscht und der Mann, der unglaublich starke Arme haben musste, zog die Axt wieder zurück und erwischte das Sachsmesser mitten in der Klinge. Der Klang aufeinander treffenden Metalls war zu hören und die Wucht des Schlages löste das große Messer aus Wills Griff, sodass es wirbelnd durch die Luft flog. Die Flammen spiegelten sich in der Klinge. Sofort schlug der Mann wieder zu. Im letzten Moment gelang es Will, dem Axthieb mit einem verzweifelten Sprung zu entgehen.

Er befand sich jetzt weiter weg vom Feuer als zu Anfang und hatte keine Zeit, sich umzudrehen und nachzusehen, wie nahe das Schiff bereits sein mochte. Sein Gegner war zu schnell und zu gefährlich. Irgendwie musste Will diese Axt mit ihrer gewaltigen Reichweite endlich ausschalten. Einen Moment lang zog er in Erwägung, Reißer zu rufen, verwarf es jedoch sofort wieder. Die langstielige Axt war als Waffe für Fußsoldaten geschaffen, um sie gegen berittene Krieger und besonders gegen deren Pferde einzusetzen. Reißer käme, um ihn zu retten und würde dabei wahrscheinlich von einem Schlag mit dieser Axt getötet.

Doch nun hatte er einen besseren Einfall. Er ließ den Langbogen von seiner Schulter gleiten und hielt ihn unterhalb des Griffes in der rechten Hand.

»Willst mich wohl erschießen, was?« Der Mann grinste. Sobald Will nach einen Pfeil griff, würde die Axt ihn von der Schulter bis zur Taille spalten, und das wussten sie beide.

Will schob sich nach links, in Richtung Feuer. Der Mann täuschte einige Angriffe an und Will wich stets im letzten Moment aus. Doch jedes Mal schaffte er es auch, näher ans Feuer zu kommen.

Er ließ die Ledertasche von seiner Schulter gleiten, hielt sie am Riemen und schwang sie wie eine Waffe vor und zurück. Der Gegner kniff die Augen zusammen, während er Will genau beobachtete.

Dann schleuderte Will den Lederbeutel einmal rundum, sodass der Riemen sich am Rand des eisernen Feuerkorbs verfing und der Beutel in die Flammen fiel. Das kam für den Gegner völlig unerwartet, denn der Mann hatte angenommen, Will würde den Lederbeutel als Waffe benutzen und ihm diesen ins Gesicht schleudern. Er konnte nicht anders, als der Ledertasche mit dem Blick zu folgen. Dadurch war er einen winzigen Moment lang abgelenkt, doch das reichte aus. Will machte einen Schritt nach vorn und schob das Bogenende über den Kopf der Axt, sodass die Klinge zwischen dem Bogen und der eng gespannten Sehne steckte und Will versuchen konnte, dem Mann damit die Waffe aus der Hand zu ziehen.

Der Neumondler hielt dagegen und Will tastete in seiner Tasche nach dem metallenen Handschläger. Dieser war die einzige Waffe, die er mit seiner freien Hand erreichen konnte.

Der Gegner versuchte immer noch, seine Axt freizubekommen. Will wusste, dass er nur noch wenige Sekunden hatte. Jeden Augenblick mussten Bogen oder Sehne kaputtgehen.

PUFFFFFF!

Mit einer enormen Explosion schoss eine riesige, leuchtend purpurfarbene Flamme hoch in die Luft.

»Was zum Teufel …?« Der Mann schirmte instinktiv mit seiner freien Hand die Augen vor der Explosion ab. Gleichzeitig drehte er sich automatisch vom Feuer weg und Will nutzte diesen Moment aus, indem er mit dem Handschläger ausholte und seinem Gegner einen Kinnhaken an die momentan ungeschützte rechte Seite verpasste.

Will spürte, wie der Griff um die Axt plötzlich locker wurde. Die Waffe fiel aus der Hand des Mannes ins Gras und das Gewicht drückte die Bogenspitze nach unten. Der Gegner selbst stürzte ebenfalls zu Boden, die Augen verdreht und die Glieder schlaff wie die einer Stoffpuppe.

Will wankte von den lodernden Flammen weg. Feine Körnchen purpurner Asche segelten durch den dunklen Nachthimmel und einige blieben an ihm hängen. Er schirmte die Augen gegen die Helligkeit ab und spähte hinaus aufs Meer. Das Schiff war zum Glück noch nicht auf Grund gelaufen, sondern drehte vielmehr ab, hinaus aufs sichere Meer.

Und jetzt bemerkte er auch zum ersten Mal Stimmen, die über den Strand schallten, und das Geräusch von Waffen, die aufeinanderprallten. Er drehte sich suchend um. Nun entdeckte er eine große Menge von Männern – viel mehr als die ursprüngliche Zahl der Neumondler. Es fand ein Kampf statt, doch noch während Will sich umschaute, war das Gefecht bereits entschieden. Die Neumondler mussten sich gut bewacht in den Sand setzen, die Hände hinter den Köpfen. Auf der Seite der Siegerpartei konnte Will eine vertraute Gestalt im grau-grünen Umhang sehen, die von einem zum anderen eilte und Befehle gab.

Er selbst ging rasch zu dem leblosen Axtkämpfer, der sich gerade wieder zu regen begann. Er rollte ihn auf den Bauch und fesselte ihm die Hände auf den Rücken.

Dann ließ er sich mit einem Seufzer ins Gras sinken und wartete auf Walt.

Als sie ein paar Tage später nach Hause ritten, gestattete Walt sich ein zufriedenes Lächeln. Der Großteil der Neumondler war mithilfe der Stadtwache von Hambley gefangen genommen worden. Zwei aus der Bande waren in dem Durcheinander am Strand entkommen, doch die anderen vierzehn waren verhaftet. Und, was am wichtigsten war, auch ihr Anführer, der große Bärtige, befand sich unter den Gefangenen.

Walt und Will hatten den Zug der mit Ketten gefesselten Gefangenen zur nächsten Garnison eskortiert. Der örtliche Lehnsherr hatte nur allzu gern angeboten, sie in seinem Kerker unterzubringen. Bei der nächsten Gerichtssitzung würde ihr Fall verhandelt werden. Da Will und Walt ihre beeidigten Aussagen beim Sekretär des Burgherrn hinterlegt hatten, gab es keinen Zweifel an einer Verurteilung. Alles in allem war es ein gutes Ergebnis. Doch Walt bemerkte, dass sein junger Freund seine Zufriedenheit nicht zu teilen schien.

»Warum machst du so ein langes Gesicht?«, fragte er.

Will drehte sich missmutig zu ihm. »Fang du nicht auch noch an. Das muss ich mir schon oft genug von Reißer anhören.«

Ich bin witziger als er.

»Jedenfalls«, sagte Walt, anscheinend ohne Reißers Einwurf zu bemerken, »haben wir diesen Auftrag bestens erledigt. Wir haben die Neumondler unschädlich gemacht, ihren Anführer gefangen genommen und ein Schiff samt Mannschaft gerettet. Du solltest dich freuen.«

»Ich habe meinen Bogen bei dem Kampf ruiniert«, sagte Will. »Er ist hoffnungslos verdreht. Damit kann ich nie wieder geradeaus schießen.«

Walt zuckte mit den Schultern. »Einen Bogen kann man immer ersetzen«, sagte er. »Von deinem Kopf kann man das nicht behaupten.«

»Es war mein Lieblingsbogen«, sagte Will.

Walt hob eine Augenbraue. »Tja, das macht ihn natürlich viel wertvoller als deinen Kopf.«

Will seufzte. »Du hast ja recht. Einen neuen Bogen kann ich immer wieder machen. Doch da war noch etwas …«

Er machte eine Pause und Walt drehte sich fragend zu ihm. »Was denn?«

»Ich hatte vergessen …«, setzte Will frustriert an und seufzte tief. »Als ich meine Tasche ins Feuer schleuderte, hatte ich vergessen, dass auch meine Rede darin war.«

Es dauerte ein paar Sekunden, bis die volle Bedeutung dieser Tragödie bei Walt ankam. Dann fragte er vorsichtig nach.

»Du hast deine Rede ins Feuer geworfen?«

Will nickte traurig. »Ja.«

»Und … gehe ich recht in der Annahme, dass dies das einzige Exemplar dieser Rede war?«

»Ja.«

Es folgte eine lange Pause. »Du hast dir keine Notizen dazu gemacht?«, fragte Walt.

»Na ja, schon, aber die waren auch in dem Beutel.« Will schüttelte den Kopf und sah dann zu seinem alten Mentor. »Walt, es war eine so einzigartige Rede! Ich habe wochenlang daran gearbeitet.«

»Ich weiß.« Walt bemühte sich sehr um einen möglichst ausdruckslosen Ton.

Schweigend ritten sie einige Minuten weiter. Dann sprach Walt die Angelegenheit noch einmal an.

»Kannst du dich vielleicht noch an einige Sätze erinnern?«, fragte er.

Will schüttelte den Kopf. »An kein einziges Wort! Ich versuche es ja schon die ganze Zeit. Aber mir fällt kein einziges Wort mehr ein.«

»Weißt du, Will, eine gute Rede ist normalerweise etwas, woran man sich immer erinnert«, sagte Walt vorsichtig. Er bewegte sich hier auf dünnem Eis. Immerhin hatte Pauline bei der letzten Diskussion über dieses Thema auf seine mangelnde Sensibilität hingewiesen.

»Wahrscheinlich«, stimmte Will zu.

»Was sagt dir dann also die Tatsache, dass du dich an kein einziges Wort mehr erinnerst?«

Will runzelte die Stirn. Dieser Gedanke war ihm noch nicht gekommen. Er wusste auch nicht, ob er ihm überhaupt gefiel. »Willst du damit sagen, dass es gar keine so gute Rede war?«

»Nein. Das sagst du gerade. Lass es mich anders formulieren. Für wen ist diese Rede?«

»Für wen? Na ja, für …«

Bevor er es aussprechen konnte, unterbrach ihn Walt noch einmal. »Ist sie für den König, den Baron oder die vielen hundert Gäste, die zweifellos anwesend sein werden?«

»Nein.«

»Ist sie für die Historiker, die diese Hochzeitsrede für künftige Leser in den Geschichtsbüchern aufzeichnen?«

»Nein.«

»Für wen dann?«

Will rutschte unbehaglich in seinem Sattel hin und her. Er merkte bereits, worauf Walt hinauswollte. »Sie ist wahrscheinlich für Horace und Evanlyn.«

»Wahrscheinlich?«

»Ich weiß. Also gut. Sie ist für Horace und Evanlyn.«

Walt nickte einige Male. »Und was willst du ihnen sagen?«

»Ich weiß nicht … wohl, dass ich sie beide liebe. Dass sie zu meinen besten und ältesten Freunden gehören. Dass ich mir kein besseres Paar als die beiden vorstellen kann.«

»Warum nicht?«

»Weil sie beide unglaublich tapfer, loyal und ehrlich sind. Sie passen einfach perfekt zueinander. Sie ist lustig und lebhaft. Er ist unerschütterlich und absolut zuverlässig. Und auf seine eigene, ruhige Art genauso lustig. Ich würde jedem von ihnen ohne Zögern mein Leben anvertrauen – und das habe ich in der Vergangenheit schon oft genug getan.«

Er machte eine Pause und dachte über seine unverhüllten Worte und Gedanken noch einmal nach.

»Noch etwas?«

»Ich weiß nicht… ja, doch. Noch eines. Sie sollen wissen, dass ich immer für sie da sein werde, sollten sie mich irgendwann brauchen, egal wann und wofür.«

»Das ist es, was du sagen willst?«, fragte Walt.

Will überlegte kurz, dann nickte er. »Ja«, bestätigte er und strahlte nun eine gewisse Entschlossenheit aus, die Walt erfreut zur Kenntnis nahm.

»Und glaubst du, dass sie sich darüber freuen und das gerne hören würden?«

»Ja. Das denke ich doch.«

Walt zog die Zügel an und Will ließ auch Reißer neben ihm anhalten. Sie sahen einander an und Walt hob nachdrücklich beide Hände.

»Tja, Will, dann ist das alles, was du sagen musst.«

Langsam breitete sich ein reumütiges Lächeln über Wills Gesicht aus.

»Die Rede, die ich geschrieben hatte«, sagte er. »Sie war ein klein wenig übertrieben, oder?«

»Sie war ziemlich kitschig«, stellte Walt fest und konnte dann nicht anders, als hinzuzufügen: »Und das sage ich aus dem ganzen Füllhorn meines Herzens.«

Will verzog das Gesicht, als er diesen Satz aus Walts Mund hören musste.

»Hab ich das wirklich geschrieben?«, fragte er.

Walt nickte. »O ja. Wirklich.«

»Na ja, dann ist es vielleicht ganz gut, dass ich alles ins Feuer geworfen habe«, meinte Will und ließ

Reißer weiterlaufen. Walt folgte ihm auf Abelard. Sie ritten vielleicht eine halbe Meile schweigend nebeneinander her.

Dann sagte Walt: »Ich wusste gar nicht, dass deine Rede in deiner Tasche war. Allerdings erklärt das etwas, worüber ich mich schon die ganze Zeit gewundert habe …«

Er ließ den Satz unbeendet in der Luft hängen, sodass Will fragen musste.

»Und was wäre das?«

»Warum die Flammen sich zu einem leuchtenden Purpur verfärbten. Das war gar nicht die Farbe. Es lag an der Rede!«

»Und ich nehme an, das wirst du jedem erzählen, oder?«, fragte Will seufzend.

Walt verzog keine Miene.

»Aber natürlich.«

Essen für fünf

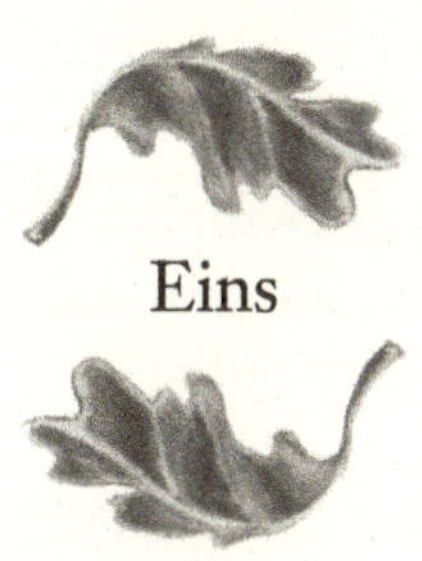

Eins

Mindestens zum zehnten Mal in der letzten viertel Stunde blickte Jenny sich in ihrem Gasthaus um. Alles schien in Ordnung zu sein. Die Tische standen richtig, die Stühle waren passend angeordnet. Jeder Tisch war mit einer rot-weiß karierten Tischdecke gedeckt und auch das Besteck lag bereits am Platz. Schnell lief sie zwischen den Tischen hindurch und überprüfte, ob Messer und Gabeln auch auf der richtigen Seite lagen. Rafe, ihr Kellner, folgte ihr nervös.

Rafe war ein fleißiger Kellner und ein treuer, ehrlicher Angestellter. Jenny hätte sich keinen besseren wünschen können, bis auf eines. Rafe neigte leider dazu, links und rechts zu verwechseln. Entsprechend ordnete er manchmal das Besteck verkehrt an, was für eine Perfektionistin wie Jenny ein Ärgernis darstellte.

Vor einiger Zeit hatte Will das Problem mehr oder weniger gelöst: Er hatte Rafe auf die Ähnlichkeit von Messer und Schwert aufmerksam gemacht und ihm erklärt, dass das Messer darum auch von der rechten Hand, also der Schwerthand, geführt wurde. Seitdem konnte man Rafe beim Tischdecken dabei beobachten, wie er mit dem Messer einen Schwertstoß antäuschte, um sich hinsichtlich der Seiten sicher zu sein.

Jenny hatte jedoch bemerkt, dass er gelegentlich, wenn seine Konzentration nachließ, immer noch das Besteck verkehrt herum auflegte.

Ihre Freundin Alyss, die es als Diplomatin gewöhnt war, Kompromisse zu finden, hatte vorgeschlagen, das Problem dadurch zu lösen, dass sie einfach Gabel und Messer in einer Serviette zusammenfasste und Rafe das gerollte Bündel dann in die Mitte des Platzgedecks legen ließ. Doch Jenny war stur.

»Rechts ist rechts und links ist links«, sagte sie. »Warum kann er das nicht einfach lernen?«

Sie merkte, dass Rafe hinter ihr war und sah aus dem Augenwinkel, die kleinen stoßartigen Bewegungen, die er mit der rechten Hand machte, um die richtige Messerposition zu überprüfen. Als sie selbst den letzten Tisch begutachtet hatte, drehte sie sich zu ihm und nickte.

»Alles in Ordnung, Rafe. Gute Arbeit.« Seine Schultern sackten vor Erleichterung nach vorne und er strahlte sie glücklich an.

»Vielen Dank, Mistress Jenny. Ich geb immer mein Bestes, wirklich.«

»Das weiß ich, Rafe«, antwortete sie und tätschelte seine Hand. Einen Augenblick tat es ihr leid, dass sie ihm schon so oft mit dem hölzernen Kopflöffel eins übergebraten hatte, wenn er ihren hohen Ansprüchen nicht genügt hatte.

Aber nur für einen Augenblick.

Er folgte ihr jetzt in die Küche, wo ihr Beikoch gerade die Zutaten für das Abendessen vorbereitete. Küchenmädchen eilten hin und her und holten weitere Nahrungsmittel zur Vorbereitung aus der Speisekammer. Dazwischen polierten sie Servierplatten, bis sie funkelten. Als Jenny auftauchte, nahm die Geschwindigkeit in der Küche sichtlich zu.

Die Kücheninspektion ging Rafe nichts weiter an. Wenn dort etwas auszusetzen war, konnte er nicht dafür verantwortlich gemacht werden. Jenny ließ ihren prüfenden Blick schweifen. Fast zu Rafes Enttäuschung schien alles in Ordnung zu sein. Er hätte nichts dagegen gehabt, wenn jemand anders mal Jennys Kochlöffel zu spüren bekommen hätte. Die Wirtin deutete nun auf einen langen Bratspieß mit Enten, die von dem gewürzten Öl, mit dem sie eingerieben waren, glänzten.

»Diese Enten müssen spätestens um vier Uhr über dem Feuer braten«, sagte sie zu ihrer Beiköchin. Die Frau blickte hoch, blies sich eine Haarsträhne aus den Augen und nickte.

»Ja, Mistress Jenny«, antwortete sie.

»Und pass auf, dass Norman sie regelmäßig dreht. Sie müssen wirklich gleichmäßig gebraten werden.«

»Wird gemacht, Mistress. Norman? Hast du die Herrin gehört?«, rief sie einem jungen Küchenhelfer zu, der gerade einen Korb Kartoffeln hereinbrachte.

»Ja, Miss Ailsa. Mach ich, Mistress Jenny. Ich dreh sie regelmäßig. Keine Sorge.«

Jenny nickte. Die Enten würden über der großen offenen Feuerstelle im Gastraum gebraten. Durch das regelmäßige Drehen bekamen sie eine gleichmäßige, goldbraune Kruste. Das auf die Holzkohle tropfende, zischende Fett würde den ganzen Raum mit einem appetitanregenden Duft erfüllen. Von Meister Chubb, ihrem Lehrmeister, hatte Jenny gelernt, dass zu einem guten Gasthaus auch immer ein gewisses Maß an Unterhaltung gehörte und man sein Licht nicht unter den Scheffel stellen sollte. Es steckten zwar nur sechs Enten auf dem Spieß, aber die Atmosphäre im Lokal wäre dennoch gleich eine ganz andere.

»Sehr gut.« Jenny sah sich noch einmal um, während ihre Angestellten sie gespannt beobachteten. Dies war das erste Mal seit vielen Monaten, dass Jenny ihr Lokal am Abend nicht selbst beaufsichtigte. Und jeder wusste, dass das für Jenny so war wie für eine Mutter, die ihr Kind zum ersten Mal in der Obhut von anderen lässt.

Selbstverständlich hatten nur ganz besondere Umstände dazu führen können, dass Jenny ihren Angestellten das ganze Gasthaus anvertraute. Sowohl Rafe als auch Ailsa wussten das. Heute Abend kochte Jenny zu Hause ein romantisches Abendessen für zwei … für einen besonderen Gast.

Einen wirklich ganz besonderen Gast.

Heute Abend kam der gut aussehende junge Waldläufer Gilan zum Essen.

Entschlossen drehte Jenny dem Gasthaus den Rücken zu und marschierte die Hauptstraße von Wensley entlang. Es kam ihr ganz eigenartig vor, um diese Tageszeit nicht in der Küche des Gasthauses zu stehen. Doch sie hatte ihre Angestellten gut ausgebildet. Nun musste sie auch auf deren Fähigkeiten vertrauen.

»Außerdem muss ich von Zeit zu Zeit auch mal frei haben«, sagte sie sich.

Sie machte beim Fleischer halt, dessen Laden sich ein Stück weiter die Straße hinunter befand. Edward, der Fleischermeister, blickte hoch und lächelte, als sie eintrat. Jenny war eine sehr gute Kundin, da sie immer wieder großen Bedarf an Fleischwaren für ihr Lokal hatte. Und darüber hinaus war sie auch noch recht hübsch, sodass er es genoss, mit ihr zu schäkern.

»Ah, Mistress Jenny. Jeden Tag hübscher!«, begrüßte er sie. »Ihr bringt das Licht seltener Schönheit in meinen düsteren kleinen Laden.«

Jenny verdrehte die Augen. »Und ich sehe, Ihr habt seit neuestem auch Süßholz im Angebot, Edward!«

Er lachte und ließ sich nicht einschüchtern. »Ach, habt Nachsicht mit mir, Jenny. Wann bekomme ich schon einmal so etwas Hübsches wie Euch zu sehen. Ihr seid eine besondere Freude für diese armen alten Augen.«

Edward war gerade mal fünfunddreißig. Aber wie die meisten Fleischer tat er so, als sei jede Kundin viel, viel jünger als er selbst. Bei den reiferen Hausfrauen ist das wahrscheinlich eine gute Taktik, dachte Jenny.

»Habt Ihr meine Bestellung fertig?«, fragte sie.

Sie genoss normalerweise den Plausch, doch heute hatte sie es eilig. Edward drehte sich zu seinem Lehrling, der die Unterhaltung mit angehört hatte.

»Dilbert, hol Miss Jennys Bestellung«, befahl er und fügte dann hinzu: »Uluwund zwalawar dalawaliliwi.«

Jenny lächelte. Es war eine weitere Eigenheit der Fleischer, dass sie untereinander in einer Fleischersprache kommunizierten, in der die Vokale unter Hinzufügung von zwei zusätzlichen Konsonanten zweimal wiederholt wurden. Dadurch konnten man sich austauschen, wenn der Laden voll war, ohne dass die Kunden verstanden, worum es ging. Edward wollte offensichtlich mit Dilbert üben und hatte gerade gesagt: »Und zwar dalli.«

Jenny hatte diese Geheimsprache schon vor einer Weile entschlüsselt und selbst geübt. Jetzt lächelte sie, als Dilbert zum Kühlraum ging.

»Iliwich holowoffelewe, elewes iliwist eileiwein guluwutelewes Stülüwück Lalawamm«, sagte sie freundlich. Sowohl dem Fleischer als auch seinem Lehrling fiel die Kinnlade herunter, als Jenny ihnen in ihrer eigenen Geheimsprache sagte, sie hoffe, es sei ein gutes Stück Lamm. Edward überlegte sofort, ob er jemals in Jennys Anwesenheit etwas Unziemliches in Fleischersprache gesagt hatte. Hoffentlich nicht! Jenny konnte sich sehr wohl denken, was ihm durch den Kopf ging.

»Man kann nie wissen«, sagte sie, woraufhin er schnell wegsah und sich eifrig einer anderen Bestellung widmete.

Dilbert kehrte mit einer Lammkeule zurück und legte sie auf die Theke, damit Jenny sie begutachten konnte. Es war ein vorzügliches, frisches Fleisch, das konnte Jenny auf den ersten Blick sehen. Doch sie wollte Edward nicht wissen lassen, wie zufrieden sie mit seinen Produkten war. Stattdessen befühlte sie das Fleisch und schlug mit dem Handrücken dagegen, sodass es laut klatschte. Zufrieden nickte sie. Hätte man sie gefragt, warum sie auf das Fleisch schlug, hätte sie es gar nicht genau sagen können. Es war einfach Teil einer Prüfung, die sie seit Jahren so praktizierte.

»Sehr schön, Edward. Wickelt es bitte für mich ein.«

Edward nickte Dilbert zu. Der Junge holte ein Stück sauberes Leinen und wickelte es um die Lammkeule. Dabei sah Edward wissend zu Jenny.

»Ist es nicht ein bisschen viel für nur zwei Personen?«, fragte er.

Jenny schüttelte den Kopf. Eigentlich sollte ihr Abendessen mit Gilan ihre Privatangelegenheit bleiben, aber sie hätte sich denken können, dass es so gut wie unmöglich war, in diesem Dorf etwas geheim zu halten. Doch Edward hatte recht. Die Keule war wirklich etwas groß nur für Gilan und sie selbst. Aber falls etwas übrig blieb, hatte sie eine gute Verwendung dafür.

»Was wir nicht essen, gebe ich ins Waisenhaus«, erklärte sie.

Edward nickte beifällig. »Die haben es ja gut«, sagte er, denn er kannte Jennys Ruf als Köchin.

Jenny legte das eingepackte Fleisch in ihren Korb.

»Danke, Edward«, sagte sie. »Es ist tatsächlich ein

schönes Stück Fleisch. Daraus kann man etwas Gutes kochen.«

Sie bedankte sich mit einem Lächeln und verließ den Laden.

Zwei

Die drei Männer hatten das Dorf und besonders die Werkstatt und das Haus des Silberschmieds schon seit einer Woche beobachtet. Jetzt, beschloss Tomas, war es Zeit zu handeln. Er zeigte mit dem Daumen auf die schwere, mit Eisen verstärkte Haustür und sagte aus dem Mundwinkel zu Nuttal:

»Also los!«

Nuttal war der Kleinste der drei. Er war dünn und sein Gesicht erinnerte an ein Frettchen. Tomas hatte ihn wegen seiner kleinen Statur für die Aufgabe ausgewählt. Von allen dreien wirkte er am wenigsten bedrohlich.

Nuttal ging über die Straße auf Ambroses Haus zu und blickte dabei nervös von einer Seite zur anderen. Tomas wartete, bis er den halben Weg zurückgelegt hatte, dann stieß er Mondo in die Rippen.

»Also gut, jetzt wir!«

Eilig überquerten sie die Straße und gingen weiter zur Seite des Hauses. Sie sahen, wie Nuttal bei der Haustür in die Innentasche seiner Weste griff, um einen kleinen Lederbeutel herauszuholen. Dann eilten sie die enge Seitenstraße entlang bis zu dem kleinen Fenster, das sie vor einigen Tagen entdeckt hatten.

Ambrose, der Silberschmied und Juwelier, machte sich für seine nachmittägliche Arbeit bereit. Er war ein Gewohnheitsmensch und folgte einem festen Tagesablauf: Morgens arbeitete er an seinem Schreibtisch und überprüfte die Rechnungen von Lieferanten. Danach arbeitete er an Entwürfen für seinen Schmuck und machte Skizzen.

Mittags verließ er gewöhnlich das Haus, nachdem er sich noch einmal vergewissert hatte, dass sowohl die Vorder- als auch die Hintertür gut verschlossen waren, und lief zur Taverne im Ort. Dort nahm er sein Mittagessen ein. Wie alles andere war auch das eine Gewohnheitssache: eingelegtes Gemüse, würziger Käse und frisches Brot, dazu einen halben Krug Bier. Nach einer kurzen Unterhaltung mit den anderen Gästen kehrte er dann gewöhnlich nach Hause zurück und begann mit seiner eigentlichen Arbeit – der Herstellung und Reparatur von Silberschmuck.

Wie jeden Tag achtete Ambrose auch heute darauf, die Vordertür sorgfältig zu verschließen, und ging dann in die Küche, wo er sich vor dem Herd auf ein Knie herabließ. Er wählte einen besonderen Pflasterstein aus. Dieser war mit zwei scheinbar zufälligen Kratzern versehen – viele der Pflastersteine hatten Kratzer und diese Markierungen sahen nach nichts anderem aus. Doch als Ambrose eine abgestumpfte Messerspitze in den Spalt zwischen diesem und dem Stein daneben steckte, konnte er ihn ganz einfach herausheben, wodurch darunter eine kleine Aussparung sichtbar wurde. Er griff hinein und holte einen großen eisernen Schlüssel heraus, dann stemmte er sich hoch und ging in sein Büro. Er würde den Stein wieder an seinen Platz schieben, wenn er den Schlüssel in sein Versteck zurücklegte.

Neben dem Arbeitstisch befand sich ein großer, beeindruckend aussehender Tresor. Er war beinahe mannsgroß und hatte einen Durchmesser von einer Armlänge. Darin hob Ambrose sein Rohmaterial auf – Silberbarren und wertvolle Schmucksteine. In Zeiten, in denen er viele Aufträge hatte, konnte sich ein kleines Vermögen in diesem Tresor befinden. Heute war dem nicht so, aber dennoch lagerte dort ein beträchtlicher Vorrat an wertvollem Metall.

Gerade wollte er den Schlüssel ins Schloss des Tresors stecken, als er ein Klopfen an der Vordertür hörte.

Wer immer es war, klopfte noch einmal – diesmal lauter und drängender.

»Schon gut! Ich komme! Ich komme!«

Ambrose hatte die Tür erreicht, öffnete sie jedoch nicht einfach, sondern löste den Riegel eines kleinen Fensterladens vor einem Guckloch. Der Fensterladen öffnete sich nach innen, sodass er durch eine rechteckige Öffnung, die noch einmal durch zwei schwere Eisenstäbe gesichert wurde, hinausspähen konnte.

Vor der Tür stand ein schmächtiger und eher schmuddelig wirkender Mann, der nervös von einem

Fuß auf den anderen trat. In einer Hand hielt er einen kleinen Lederbeutel.

»Ja?«, fragte Ambrose grob. Schöne Worte waren nicht sein Fall. Der Besucher schaute nach oben und sah Ambrose aus der kleinen Öffnung auf sich herunterblicken. Er hielt den Lederbeutel hoch zum Guckloch.

»Es geht um die Halskette meiner Mutter. Seht Ihr?«

Ambrose runzelte die Stirn. »Ich sehe nichts, was nach einer Halskette aussieht.«

»O ja, klar.« Der Mann löste hastig die Verschlusskordel und schüttete den Inhalt des Beutels in seine linke Handfläche. Dann hielt er die offene Hand ans Guckloch, damit Ambrose sich die Kette anschauen konnte. »Seht Ihr? Der Verschluss und eines der Verbindungsstücke sind kaputt. Ich möchte sie reparieren lassen.«

Ambrose spähte auf das Schmuckstück.

»Haltet es näher ran«, verlangte er, und Nuttal gehorchte. Es war durchaus ein gutes Stück, sah Ambrose. Ein wertvolles Stück, um genau zu sein. Es bestand aus schweren silbernen Verbindungsgliedern mit einem filigranen Silberanhänger und man konnte sehen, wo sich die Bruchstellen befanden. Ambrose hatte natürlich keine Ahnung, dass die Kette kaputtgegangen war, als Tomas sie in der letzten Woche im Süden des Lehens vom Hals einer vornehmen Dame gerissen hatte.

Die Tatsache, dass es ein teures Stück war, führte

dazu, dass er etwas weniger misstrauisch war. Normalerweise war er ein sehr vorsichtiger Mann. Das war bei seinem Beruf nicht anders zu erwarten. Diebe brachten normalerweise keine teuren Juwelen zu ihm. Dennoch: Der Mann an der Tür war ein Fremder.

»Wer seid Ihr? Ich kenne Euch nicht«, fragte er.

Der schmächtige Mann zuckte entschuldigend mit den Schultern, als sei das irgendwie seine Schuld.

»Ich arbeite auf der Burg«, sagte er. »In der Waffenkammer. Meister Gilbert sagte mir, ich solle die Kette zu Euch bringen. Ihr könntet sie reparieren.«

Das hörte sich einleuchtend an. Auf der Burg waren mindestens hundert Leute beschäftigt. Natürlich kannte Ambrose die nicht alle. Er kannte allerdings Meister Gilbert. Bei einigen Gelegenheiten hatten sie zusammengearbeitet – etwa, wenn Ambrose silberne Verzierungen an Stücken wie einem Schwertknauf oder einer Rüstung angebracht hatte. Er hob die Querstange an, mit der die Haustür von innen verriegelt war.

»Also kommt herein«, sagte er. »Ich sehe sie mir ...«

Er wirbelte herum, als er ein Knirschen vom hinteren Teil des Hauses hörte. In diesem Moment stemmte Nuttal auch schon seine Schulter gegen die unversperrte Tür und brachte den grauhaarigen Silberschmied damit zu Fall. Nuttal trat sofort ein und schloss die Tür hinter sich.

Mühsam stemmte Ambrose sich wieder hoch, den Blick auf eine schwere Holzkeule gerichtet, die in einem Gestell auf der Innenseite der Vordertür steckte. Nuttal stieß den Silberschmied zurück, sodass dieser gegen Mondo prallte, der gerade mit Tomas aus dem rückwärtigen Teil des Hauses kam.

Mondo war ein großer, muskulöser Mann und nahm den Silberschmied sofort in den Schwitzkasten. Ambrose öffnete den Mund, um nach Hilfe zu rufen.

»Hilfe!«, schrie er. »Ich werde …«

Weiter kam er nicht. Tomas machte einen Schritt auf ihn zu und schob einen schmutzigen, zusammengeknüllten Lappen in den Mund des Silberschmieds, wodurch jeder weitere Schrei erstickt und auf ein fast unhörbares Brummen reduziert wurde.

»Klappe!«, befahl Tomas, obwohl dieser Befehl gar nicht mehr nötig war. Er legte die Hand über den Lappen in Ambroses Mund, damit der Silberschmied ihn nicht ausspucken konnte. Ambroses Augen waren weit aufgerissen.

»Halt den Knebel fest«, befahl Tomas seinem muskulösen Kumpan, der daraufhin schnell den Griff um Ambrose wechselte und sein Opfer mit der linken Hand um den Hals packte, während seine rechte Hand den Knebel an Ort und Stelle hielt.

Tomas machte einen Schritt zurück. Unter der Anspannung des Augenblicks ging sein Atem schneller und er sah jetzt zu Nuttal. Die Augen des schmächtigen Mannes waren weit aufgerissen, als sei er derjenige, der gerade ausgeraubt wurde. Wie eine nervöse Ratte, dachte Tomas, aber er war klug genug, sich seine Abneigung nicht anmerken zu lassen.

»Gute Arbeit, Nuttal«, sagte er. Nuttal nickte mehrmals erfreut.

»Er ist drauf reingefallen!«, rief er begeistert aus. »Ist total drauf reingefallen, jawoll!«

Er hielt die Kette Ambrose vors Gesicht und ließ sie vor seinen weit aufgerissenen Augen baumeln.

»Reparier doch meine Kette, ja, bitte? Meine Mama wird sich ja so freuen«, höhnte er und kicherte dann wie hysterisch.

»Lass das«, wies Tomas ihn ärgerlich zurecht. Dann blickte er wieder auf Ambrose. »Also gut, dann schauen wir uns doch mal deinen Tresor genauer an.«

Er bemerkte den entsetzten Ausdruck in den Augen des Mannes. Auf Tomas' Wink hin schleppte Mondo den Silberschmied zur Werkstatt. Als sie sahen, dass der Tresor verschlossen war, blieben sie unvermittelt stehen.

»Verdammt!«, sagte Tomas. »Du hast zu früh geklopft! Du hättest warten müssen, bis er ihn geöffnet hat.« Verärgert drehte er sich zu Nuttal, doch der wich zurück.

»Woher sollte ich das denn wissen? Ich konnte ihn ja nicht sehen. Ich wusste es nicht. Ich sag dir …«

»Halt's Maul!«, fuhr Mondo ihn an und drehte sich dann zu Tomas. »Kann gut sein, dass er ihn wieder verschlossen hat, bevor er an die Tür gegangen ist.«

Tomas überlegte, dann nickte er widerstrebend.

»Dann muss es einen Schlüssel geben«, sagte er. »Wo ist der? Los, sag schon!«

Die Aufforderung war an Ambrose gerichtet, obwohl der Mann mit dem zusammengeknüllten Lappen im Mund wohl kaum antworten konnte. Doch wieder erkannte Tomas dieses entsetzte Weiten der Augen. Der Schlüssel musste irgendwo in der Nähe sein. Der Anführer der Räuberbande sah sich in der Werkstatt um, dann ging er zum Tisch und fegte die Papierstöße auf den Boden. Er warf Nuttal einen kommandierenden Blick zu.

»Schau in der Küche nach«, sagte er. »Such die anderen Schlüssel!«

Der dünne Mann ging in die Küche und suchte nach Schlüsseln. Normalerweise hängten die Leute ihre Schlüssel neben den Kamin, doch da war nichts. Dann entdeckte er den losen Pflasterstein vor dem Herd und die kleine dunkle Öffnung gleich daneben.

»Hier«, rief er, »hier versteckt er ihn!«

Er ging auf die Knie, während die anderen eintraten und den sich sträubenden Ambrose mit sich zogen. Nuttal tastete in der Öffnung umher, blickte dann jedoch enttäuscht auf.

»Da ist nix drin«, sagte er.

Tomas packte Ambrose an seinen ledernen Rockaufschlägen und zerrte ihn zu sich, sodass ihre Gesichter nur noch einen Fingerbreit auseinander waren.

»Wo ist er?«, fragte er und schüttelte den Juwelier so heftig, dass dessen Kopf hin und her schwankte. »Wo hast du ihn versteckt?«

Mondo zog Ambrose den Knebel aus dem Mund. Der Silberschmied holte tief Luft, dann fing er an loszubrüllen.

»Hilfe! Ich werde …«

Tomas versetzte dem Silberschmied mit der Faust

einen Schlag in den Magen, sodass dieser die restliche Luft mit einem Aufschrei ausstieß, während er sich nach vorne krümmte und stöhnend nach Luft schnappte.

»Hör auf hier rumzubrüllen!«, befahl Tomas rau, »sonst schneid ich dir deine verdammte Zunge raus. Also: Wo ist der Schlüssel?«

Aber Ambrose schloss den Mund und schüttelte benommen den Kopf. Tomas schlug ihn einige Male, sodass sein Kopf unter der Wucht der Schläge nach links und rechts flog. Doch Ambrose sagte kein Wort.

»Vielleicht hat er ihn bei sich«, meinte Mondo. Er wusste, dass Tomas leicht die Beherrschung verlor und dann in seiner Wut nicht ganz zurechnungsfähig war.

Tomas blickte zu ihm, überlegte kurz und nickte. Er schob den Silberschmied auf Mondo zu.

»Durchsuch ihn«, befahl er. Doch Ambrose, der in diesem Moment von niemandem mehr festgehalten wurde, versuchte, in die Werkstatt zu fliehen. Mondo erwischte ihn am Arm und zerrte ihn zurück. In dem plötzlichen Fluchtversuch sah er seine Vermutung bestätigt. Ambrose musste den Schlüssel bei sich tragen.

Er fand ihn praktisch sofort. Die großen Seitentaschen der Lederweste Ambroses boten sich als Aufbewahrungsort geradezu an, denn der Schlüssel war groß und schwer. Mondo zog den Schlüssel aus der Westentasche und hielt ihn triumphierend hoch.

»Tja, was haben wir denn hier?«, fragte er grinsend. Ambroses Versuche, sich aus seinem Griff zu befreien, unterstrichen seine Vermutung noch. Dies musste der Schlüssel sein.

Tomas schnappte ihn aus seiner Hand und steckte ihn in das Schlüsselloch des Tresors. Sekunden später schwang die schwere Tür in ihren gut geölten Angeln auf. Das Licht fiel auf die darin liegenden Silberbarren und die wertvollen Edelsteine und ließ sie funkeln. Die drei Räuber seufzten zufrieden. Der Tresor war nicht so voll, wie er hätte sein können – Ambrose hatte in den letzten Tagen viel Schmuck hergestellt und verkauft – aber es war immer noch genug, um ihnen während der nächsten Monate ein angenehmes Leben zu ermöglichen.

Ambrose stöhnte. Insgeheim verfluchte er sich für seine eigene Dummheit und Faulheit. Er hätte den Schlüssel sofort in sein Versteck vor dem Herd zurücklegen sollen. Jetzt würde er Silber und Edelsteine im Wert von Hunderten, wenn nicht Tausenden Kronen verlieren. Und er konnte niemand anderem als sich selbst die Schuld geben.

Nuttal zog einen großen Leinensack hervor, in den die Räuber die Silberbarren und Edelsteine steckten. Mondo zögerte, als er ein Holztablett mit fertiggestellten Stücken aus dem Tresor zog – Halsketten, Ringe und Broschen, die Ambrose auf Bestellung angefertigt hatte.

»Was ist damit?«, fragte er.

Doch Tomas schüttelte den Kopf.

»Zu leicht wiederzuerkennen. Er hat bestimmt irgendwo Zeichnungen von den Entwürfen. Wenn wir mit einem solchen Stück erwischt werden, sitzen wir im Kerker von Burg Redmont, ehe wir uns versehen. Wir nehmen nur die Barren und die losen Steine. Die können nicht zurückverfolgt werden.«

Ihre Aufmerksamkeit war voll und ganz auf den Schatz im Tresor gerichtet, den sie nun in den Sack beförderten. Ambrose machte einen verstohlenen Schritt in Richtung der Tür. Keiner der drei bemerkte es. Er machte noch einen Schritt und diesmal fuhr Tomas' Kopf herum.

»Bleib sofort stehen!«, befahl er wütend.

Mondo trat zu dem Silberschmied und packte seinen Arm. »Fesselt ihn!«, befahl Tomas. Nuttal zog ein Seil aus seiner Westentasche und beeilte sich, den Befehl auszuführen. Dann wurde Ambrose mit auf den Rücken gebundenen Händen auf eine Holzbank gedrückt.

»Weiß gar nicht, warum wir ihm nicht eins über die Rübe ziehen. Dann wären wir schnell fertig mit ihm«, murrte Mondo atemlos, während er zum Tresor zurückkehrte.

Tomas beugte sich zu ihm und gab ihm die Antwort darauf so leise, dass der Silberschmied nicht mithören konnte: »Wir brauchen ihn noch, damit er den Wachtmeister samt seiner Verstärkung in die falsche Richtung lotst, weißt du nicht mehr?«

Jetzt fiel auch Mondo dieser Teil des Planes wieder ein. Die beiden Kumpane nickten einander wissend zu. Dann richtete sich Tomas aus seiner gebückten Stellung vor dem Tresor auf und fuhr mit lauter Stimme fort: »Also gut! Wir sind hier fertig, Kumpels. Sehen wir zu, dass wir auf die Straße nach Stillers Furt kommen! Mit ein wenig Glück müssten wir das noch vor Einbruch der Dunkelheit schaffen.«

Sie hielten noch einmal an, um Ambrose wieder den Knebel in den Mund zu schieben und dann auch seine Füße zu fesseln. Bei all dem Durcheinander und angesichts der Bedrohung bemerkte der Silberschmied gar nicht, dass seine Beine nur lose gefesselt waren, viel weniger stark als seine Arme. Grinsend verließ das Trio die Werkstatt durch die Hintertür und schlich sich von dort über einen Seitenweg nach vorn zur Straße. Zuerst vergewisserten sie sich, dass niemand in der Nähe war und mit ansehen konnte, wie sie in die Straße einbogen, dann wechselten sie auf die andere Straßenseite und eilten in Richtung Süden.

Unterwegs begegneten ihnen einige Dorfbewohner, die sie ohne große Neugierde musterten. Sie waren zwar Fremde, aber das Dorf lag unweit von Burg Redmont, wo oft genug Fremde hinkamen.

Nachdem sie das Dorf hinter sich gelassen hatten, folgten sie der Landstraße in den Wald. Doch sobald sie außer Sicht waren, verließen sie die Straße und schlugen sich ins Gebüsch. In einem großen Halbkreis kehrten sie zum nördlichen Ende des Dorfes zurück.

»Seid ihr sicher, dass das Haus leer ist?«, stieß Nuttal schwer atmend hervor, während sie durch den Wald rannten. Tomas warf ihm einen bösen Blick zu.

Nuttal musste ständig Fragen stellen und immer das Schlimmste annehmen.

»Das war es nun jeden Tag der vergangenen Woche. Warum sollte es heute anders sein?«, fragte er.

Drei

Der Duft von frischem Gebäck durchdrang das Haus. Jenny bückte sich vor dem Herd und holte mit einem langen Holzschieber den Pflaumenkuchen aus dem Ofen.

Der reichhaltige Pflaumenbelag glänzte appetitlich und die Teigstreifen, die kreuz und quer über den Belag verliefen, hatten ein perfektes Goldbraun angenommen. Sie ließ den heißen Kuchen zum Abkühlen vom Schieber auf das Fensterbrett gleiten. Pflaumenkuchen war, wie sie wusste, das Lieblingsgebäck von Gilan. Sie würde ihn mit kühler, reichhaltiger Sahne darüber servieren. Ihr lief bei dem Gedanken das Wasser im Munde zusammen. Jenny war eine Meisterin im Kochen und Backen und verzehrte ihre Schöpfungen auch gern selbst. Zufrieden, dass der Nachtisch gut gelungen war, richtete sie ihre Aufmerksamkeit wieder auf die Lammkeule.

Sie hatte sie bereits mit Öl und Zitronensaft eingerieben. Dann hatte sie das Fleisch mehrfach eingeritzt. In die vielen kleinen Schnitte steckte sie jetzt Rosmarin und leicht zerdrückten Knoblauch. Später würde sie noch Kartoffeln und Kürbisstücke dazugeben. Mit blanchiertem Gemüse als Beilage wäre ein einfaches, aber wohlschmeckendes Essen perfekt.

Ihr Blick fiel auf die Anrichte, wo Gilans Nachricht lag. Sie nahm den Brief in die Hand, um ihn noch einmal zu lesen. Das Wappen mit dem Eichenlaub wies das Schreiben als offizielles Briefpapier des Bundes der Waldläufer aus, doch der Inhalt war alles andere als offiziell.

Liebe Jenny,
ganz herzlichen Dank für deine Einladung zum Abendessen am Donnerstag. Ich komme dann gegen sechs Uhr zu dir und freue mich schon jetzt darauf.
Lieber Gruß, Gilan

Jennys Lächeln verstärkte sich, als sie noch einmal »Liebe Jenny« und »Lieber Gruß« las.

»Ich freu mich auch«, flüsterte sie und hatte Schmetterlinge im Bauch bei dem Gedanken, Gilan nicht nur wiederzusehen, sondern auch ein paar Stunden allein in seiner Gesellschaft zu verbringen – bei einem perfekten Essen zu zweit.

Sie stellte die Nachricht hochkant auf die Anrichte zurück, sodass ihr Blick jedes Mal darauf fallen musste, wenn sie auch nur in diese Richtung sah. Dann machte sie sich wieder an die Arbeit. Vor dem romantischen Essen kamen erst die banalen Vorbereitungen wie das Schälen und Kleinschneiden der Kartoffeln.

Sie wollte gerade die Schüssel abstellen, als sie hörte,

wie die Hintertür aufging und wieder ins Schloss fiel. Bei Jenny ging die Küche – anders als in den meisten Häusern auf die Straße hinaus. Sie verbrachte viel Zeit mit Kochen und Backen und es gefiel ihr, wenn sie dabei sehen konnte, was auf der Straße vor sich ging. Von ihrem großen Küchenfenster aus hatte sie nicht nur einen Blick auf die Straße, sondern auch auf die Brücke, die über den Tarbus führte, und auf die Burg, die über dem Dorf thronte.

Stirnrunzelnd wischte sie ihre nassen Hände an einem Küchenhandtuch ab und ging zum Wohnzimmer.

Wahrscheinlich hat der Wind die Tür aufgedrückt und wieder zugeschlagen, überlegte sie. Aber sie wollte sichergehen und öffnete die Tür zum Wohnzimmer.

Drei fremde Männer blieben bei ihrem plötzlichen Auftauchen unvermittelt stehen.

»Was zum Teufel tust du hier?«, fragte der mittlere schließlich. Links von ihm stand ein schmächtiger Mann, rechts von ihm ein Hüne. Der Sprecher selbst hatte einen dichten Bart und lange, ungekämmte Haare. Die Augen unter schweren, buschigen Brauen funkelten sie wütend an.

»Die Frage könnte ich euch stellen!«, erwiderte Jenny empört. Wie konnten es diese abgerissenen Fremden wagen, in ihr Haus zu kommen und dann auch noch zu fragen, was sie hier wollte? Sie drehte sich zurück zur Tür und wollte um Hilfe rufen. Auf jeden Fall musste irgendjemand in der Nähe sein. Ihr Nachbar war ein Holzfäller, groß und stark. Er würde mit den dreien schnell fertig werden.

Doch sie hatte zu spät reagiert.

»Haltet sie auf!«, befahl Tomas. Mondo machte einen Satz auf Jenny zu, packte sie am Arm und schleuderte sie zurück in die Stube. Als er ihren Arm losließ, versuchte sie sich abzufangen und kam eher unfreiwillig auf einer Bank zu sitzen.

»Wie könnt ihr es wagen!«, schrie sie und stemmte sich wieder hoch. Doch der Bärtige war schon neben ihr und stieß sie grob auf die Bank zurück.

»Klappe!«, zischte er sie an und legte dabei die Hand an einen schweren Dolch, der in einer Scheide an seinem Gürtel steckte. Jenny erkannte, dass sie jetzt lieber den Mund halten sollte und sich in großer Gefahr befand. Sie verbiss sich die wütende Erwiderung, die ihr auf der Zunge gelegen hatte, und musterte ihr Gegenüber vorsichtig.

Er wirkte verwirrt. Verwirrt und wütend, und das konnte eine sehr gefährliche Kombination für sie sein. Sie hob langsam die Hand, um zu zeigen, dass sie aufgab, und rutschte auf der Bank nach hinten.

»Also gut«, sagte sie ruhig. »Beruhigen wir uns einfach alle, ja?«

»Du hast gesagt, sie wär' nich' da!«, sagte der Dünne zu dem Bärtigen, der offensichtlich der Anführer war. Der Bärtige schien im Augenblick damit zufrieden, dass Jenny keinen weiteren Fluchtversuch machen wollte und auch nicht noch einmal versuchte, um Hilfe zu rufen. Er drehte sich aufgebracht zu seinem Kumpan um.

»Woher sollte ich das denn wissen?«, erwiderte er.

»Wir haben sie fünf Tage lang beobachtet und jedes Mal war sie den ganzen Abend im Gasthaus!«

Interessant, dachte Jenny. Die drei haben mich beobachtet. Aber warum? Was können sie von mir wollen?

Der Bärtige sah jetzt wieder zu ihr. »Warum musst du unbedingt heute hier sein?«, herrschte er sie an. »Ausgerechnet heute?«

Sie spürte, dass er eigentlich gar keine Antwort von ihr erwartete, und sagte auch lieber nichts. Der Mann stieß einige deftige Flüche aus, worauf der Hüne auf ihn zuging und eine Hand auf seine Schulter legte, um ihn zu beruhigen.

»Jetzt können wir auch nix mehr dagegen tun«, sagte er. »Sie ist hier und wir müssen einfach das Beste daraus machen.«

»Am besten hauen wir ab!«, schlug der Schmächtige vor und spähte nervös herum, als erwarte er, gleich noch mehr Leute hier auftauchen zu sehen.

»Sei nicht doof«, lehnte der Hüne ab. »Wenn wir jetzt versuchen abzuhauen, sieht man uns – und dann haben wir sofort den Wachmann auf den Fersen. Der Silberschmied hat sich inzwischen bestimmt befreit und Alarm geschlagen. Tomas' ursprünglicher Plan ist immer noch gut. Sollen sie doch denken, dass wir auf dem Weg nach Stillers Furt sind. Wir bleiben bis zum Einbruch der Dunkelheit hier und dann hauen wir in aller Ruhe in die entgegengesetzte Richtung ab.«

»Mondo hat recht«, stimmte der Bärtige zu. Er schien sich jetzt wieder unter Kontrolle zu haben.

»Wir bleiben beim ursprünglichen Plan: Wir warten hier, bis es dunkel wird, dann hauen wir ab. Gibt keinen Grund, warum wir jetzt Panik kriegen sollten.«

Jennys Gedanken rasten und eine kleine Furche grub sich in ihre Stirn, während sie versuchte, sämtliche Informationen zu verarbeiten. Die Männer hatten anscheinend den Silberschmied ausgeraubt. Das erklärte den Sack auf dem Boden der Stube. Die Kerle hatten Ambrose nicht so stark gefesselt, dass er sich nicht bald hätte befreien können, und ihm den Eindruck vermittelt, dass sie nach Süden flohen. Gleichzeitig hatten sie sich in ein vermeintlich sicheres Versteck geflüchtet, wo sie die Zeit bis zum Einbruch der Dunkelheit überbrücken konnten. Da Jenny bislang jeden Tag bis spät in die Nacht in ihrem Gasthaus verbracht hatte, hatten die Kerle ihr Haus als Unterschlupf ausgewählt. Im Schutz der Dunkelheit wollten sie dann in die entgegengesetzte Richtung fliehen, statt in die, in der ihre Verfolger sie suchten.

Draußen auf der Straße konnte Jenny jetzt Geschrei und schnelle Schritte hören. Offensichtlich war der Alarm ausgelöst worden und der Wachmann trommelte die Dorfleute zusammen, um eine Suchmannschaft aufzustellen.

Jenny merkte, dass die drei Räuber sie plötzlich musterten, und versuchte, einen unschuldigen, gedankenlosen Ausdruck anzunehmen.

»Was ist mit ihr?«, fragte der Schmächtige und deutete mit dem Daumen auf sie.

»Tja«, sagte Tomas mit einem verschlagenen Lächeln, »zumindest kann sie uns was Gutes zu essen machen, während wir warten.« Er schnüffelte in der Luft und bemerkte nun auch den Bratengeruch, der aus der Küche drang. Doch der Schmächtige schüttelte aufgebracht den Kopf und der Hüne nahm die Frage nachdenklich auf.

»Aber was ist, wenn wir abhauen?«, fragte er. »Was machen wir dann mit ihr?«

»Wir knebeln und fesseln sie. Oder wir nehmen sie mit«, sagte Tomas. Aber er hatte vor seiner Antwort etwas zu lange überlegt. Instinktiv wusste Jenny, dass die Kerle nichts von alledem tun würden. Nachdem sie sich solche Mühe gemacht hatten, eine falsche Spur zu legen, konnten sie es sich nicht leisten, sie einfach zurückzulassen. Und bestimmt würden sie sich auch nicht unterwegs mit ihr belasten wollen. Sie mussten dafür sorgen, dass sie schwieg, und es gab nur eine Möglichkeit, wie sie dessen sicher sein konnten.

Vier

Gilan betrat den Bergfried von Burg Redmont, um zum Arbeitszimmer von Baron Arald in einem der höher gelegenen Stockwerke zu gelangen.

Er nahm gleich zwei Stufen auf einmal und hörte leise Schritte von oben kommen. Um nicht mit der herabsteigenden Person zusammenzustoßen, blieb er stehen und trat zur Seite. Nach den leichten Schritten zu urteilen, vermutete er eine Frau.

Er hatte recht und lächelte, als er Alyss erkannte, die im weißen Kleid der Kuriere so hübsch und anmutig wie eh und je aussah. Sie erwiderte sein Lächeln und verbarg einen Anflug von Enttäuschung. Einen hoffnungsvollen Moment lang hatte sie bei dem grün-grau gesprenkelten Umhang gehofft, Will wäre aus irgendeinem Grund schon wieder da.

»Hallo Fremder«, grüßte sie. »Wir hatten dich nicht vor nächster Woche erwartet. Will und Walt sind erst vor Kurzem abgereist«

Will und Walt waren von Crowley zu einer Spezialeinheit bestimmt worden. In den Zeiten, in denen sie Redmont für längere Zeit verlassen mussten, kam Gilan aus dem benachbarten Lehen, um ihre Aufgaben zu übernehmen.

»Ich weiß«, sagte er. »Ursprünglich wollte ich auch nicht vor Montag kommen, aber ich habe ein Angebot bekommen, das ich nicht ablehnen konnte.«

Bei diesem Angebot handelte es sich natürlich um Jennys Einladung zum Essen. Sein Blick wanderte nach oben. »Ich erstatte nur rasch dem Baron Bericht«, fügte er hinzu.

Alyss verstand den Hinweis. Sie konnten ein anderes Mal ausführlicher plaudern. Gilan war, wie sie wusste, eine Weile hier. Aber ihr Lächeln vertiefte sich.

»Und danach wirst du unserer Jenny Bericht erstatten, nehme ich an?«, meinte sie vielsagend.

Gilan grinste. »Tja, stimmt genau. Ich esse mit ihr zu Abend.«

Alyss hob ihre perfekt geschnittenen Augenbrauen. »Klingt romantisch.«

Doch Gilan ignorierte die angedeutete Aufforderung, ihr mehr zu erzählen, und wechselte stattdessen das Thema.

»Wenn wir schon bei romantisch sind – wie gehen die Vorbereitungen für die königliche Hochzeit voran?«

Horace und Evanlyn, die offiziell Prinzessin Cassandra genannt wurde, sollten in diesem Jahr noch heiraten. Alyss war die Brautjungfer der Prinzessin.

»Sehr gut«, antwortete sie. »Es geht sogar das Gerücht, dass auch Shigeru kommt.«

Gilan nickte beifällig. »Der Kaiser selbst? Das klingt beeindruckend.«

»Er mochte Horace sehr, als wir damals in Nihon-Ja waren«, sagte Alyss.

»Das liegt bei einem solchen Gerücht durchaus nahe«, sagte Gilan. Dann hob er entschuldigend eine Hand. »Ich muss los. Wir reden ein anderes Mal weiter.«

Alyss trat zur Seite und winkte ihn an sich vorbei. Er bedankte sich mit einem Nicken und stieg rasch weiter nach oben.

Alyss sah ihm lächelnd nach. »Immer sind sie in solcher Eile«, sagte sie leise vor sich hin.

In seinem Arbeitszimmer vergeudete Baron Arald keine Zeit und brachte Gilan auf den neuesten Stand, was die Angelegenheiten innerhalb des Lehens betraf. Es lag gerade nichts Wichtiges an, was man ausführlich hätte diskutieren müssen. Walt und Will hatten kürzlich eine Bande von Räubern gefangen genommen, die den Reisenden auf den Landstraßen durch den Wald aufgelauert hatten. Seitdem war es im Lehen friedlich.

Dennoch, dachte Gilan, wer weiß. In einem so großen Gebiet wie Redmont konnte es jederzeit Schwierigkeiten geben.

Er hatte kaum zu Ende gedacht, da klopfte es nachdrücklich an der Tür.

»Herein!«, rief der Baron mit einem Stirnrunzeln. Das Klopfen war sehr dringlich gewesen. Gilan verbarg ein Lächeln bei dem Gedanken, dass der unangemeldete Besucher schon einen guten Grund für ein solches Auftreten haben musste.

Wie sich zeigte, war das durchaus der Fall.

Die Tür ging auf und ein Mitglied der Stadtwache trat ein. Der Mann gehörte zu einem kleinen Trupp Freiwilliger, die unter einem berufsmäßigen Wachtmeister dienten. Gilan kannte diesen Wachmann nicht persönlich, doch er erkannte die Uniform – eine Lederweste mit Metallplättchen, dazu ein runder, gehärteter Lederhelm. Bewaffnet war der Mann mit einer schweren Keule und einem großen Dolch. Hinter ihm fuchtelte Aralds Sekretär herum.

»Tut mir leid, Mylord«, sagte er. »Dieser Mann ist einfach hereinmarschiert, bevor ich …«

Der Baron winkte ab. »Kein Problem«, sagte er. »Es ist offensichtlich dringend. Was ist passiert, Richard?«

Letzteres war an den Wachmann adressiert.

Wieder einmal war Gilan beeindruckt vom Namensgedächtnis des Barons. Dies gehörte zu den Qualitäten, die Arald nicht nur zu einem effektiven, sondern auch zu einem besonders beliebten Anführer machten.

»Bitte um Verzeihung, Mylord«, antwortete Richard schwer atmend, weil er den ganzen Weg vom Dorf gerannt war. »Aber es gab einen Raubüberfall.«

Jetzt erst bemerkte er Gilan im Raum und grüßte mit einem Nicken. Gilan erwiderte den Gruß ebenfalls mit einem Nicken.

»Wer wurde denn ausgeraubt?«, fragte der Baron.

»Ambrose Shining, Mylord«, antwortete Richard.

Der Baron richtete sich in seinem Stuhl auf. »Der

Silberschmied?«, fragte er nach. »Das klingt nach mehr als einem bloßen Taschendiebstahl. Wie viel hat der Dieb erbeutet?«

»*Die Diebe*, Mylord. Sie waren zu dritt. Und laut Ambrose haben sie Silber und Edelsteine im Wert von mehreren hundert Kronen geraubt.«

»Geht es ihm gut?«, warf Gilan ein. »Sie haben ihm nichts getan?«

Richard schüttelte den Kopf. »Sie haben ihn gefesselt und geknebelt zurückgelassen. Es dauerte eine halbe Stunde, bis er sich befreit hatte und Alarm schlagen konnte.«

»Also hat er nicht gesehen, in welche Richtung sie geflohen sind?«, fragte Gilan.

»Nein, Sir. Aber er hörte sie reden. Sie wollten Richtung Stillers Furt.«

Gilan strich sich nachdenklich übers Kinn. Das war einleuchtend. Hinter Stillers Furt begann undurchdringliches Gelände: dichte Wälder, hohe Klippen und tiefe Flüsse. Es war seit Langem ein Lieblingsversteck für Verbrecher. Vor Jahren, als Gilan noch Walts Lehrling hier in Redmont gewesen war, hatten sie beide einen großen Rundumschlag in der Gegend durchgeführt und viele der Gesetzlosen, die sich dort versteckt hatten, gefangen genommen. Der Rest war in alle Winde verstreut.

»Also was wurde bisher unternommen?«, fragte Arald. Der Wachmann blickte wieder zum Baron.

»Der Wachtmeister hat einen Boten zu Pferde auf einer anderen Route nach Stillers Furt geschickt, um die dortige Gendarmerie zu verständigen. Er selbst folgt den Räubern mit einer zehnköpfigen Mannschaft Freiwilliger.«

Arald entspannte sich ein wenig und tauschte einen Blick mit Gilan aus. »Hm«, sagte er. »Klingt, als ob der Wachtmeister alles im Griff hat. Die Diebe sollten auf diese Weise von den beiden Suchtrupps in die Zange genommen werden. Vermutlich ahnen sie nicht, dass der Wachtmeister weiß, wohin sie unterwegs sind. Braucht Walter irgendetwas von mir? Weitere Männer? Berittene Krieger? Irgendetwas in der Art?«

Walter war der Wachtmeister des Ortes und ein sehr fähiger Mann, aber Arald wollte dennoch Unterstützung anbieten. Richard schüttelte den Kopf.

»Er wollte lediglich, dass ich Euch informiere, Mylord. Er geht davon aus, dass er die drei bis morgen festgesetzt hat. Einer der Freiwilligen ist ein Wil...« Er brach ab. Er hatte »Wildschütz« sagen wollen, doch das wäre vielleicht in Gegenwart des Barons ungünstig, »... ein Jäger«, beendete er den Satz. »Er kennt einen abseits gelegenen Pfad durch den Wald, durch den sie viel schneller nach Stillers Furt kommen. Also dürften sie wohl noch vor den Räubern dort sein.«

Wieder wanderte Aralds Blick zu Gilan.

»Sieht so aus, als bräuchten wir dich in diesem Fall gar nicht zu bemühen, Gilan«, sagte er zufrieden.

Gilan nickte zustimmend. Er hatte aus dem Fenster gesehen und der Länge der Schatten nach zu urteilen, war die Dämmerung nicht mehr weit.

»Es wäre sowieso etwas spät für mich, sie aufzuspüren«, sagte er. »Bald wird es dunkel sein. Und wie Ihr schon sagtet, der Wachtmeister scheint alles unter Kontrolle zu haben.«

Arald lächelte den Wachmann an. »Danke, Richard. Ich nehme an, Ihr wollt Euch den Verfolgern anschließen?«

Richard gestattete sich ebenfalls ein kleines Lächeln. »Das hätte ich gern getan, Mylord. Ich kenne den alten Ambrose schon mein Leben lang. Aber ich weiß nicht, welche Abkürzung sie genommen haben. Also bleibe ich lieber hier, falls ich im Dorf noch gebraucht werde.«

Arald runzelte nachdenklich die Stirn. »Keine schlechte Idee«, sagte er. Es war auf jeden Fall gut, wenn noch jemand im Dorf nach dem Rechten sah, während die meisten kräftigen Männer fort waren. »Sehr gut, Richard. Dann halten wir Euch auch nicht länger auf.«

Der Wachmann salutierte, drehte sich um und verließ den Raum – in Begleitung des immer noch aufgebrachten Sekretärs. Als die Tür sich hinter ihnen schloss, blickte Arald noch einmal auf einen Stoß Papier auf dem Schreibtisch vor sich.

»Tja, ich denke, damit beenden wir auch den geschäftlichen Teil, Gilan«, sagte er. »Du wirst mit uns speisen? Meine Frau wäre entzückt, den neuesten Klatsch aus dem Lehen Whitby zu hören.«

Gilan zögerte. Eigentlich hätte er sich denken können, dass der Baron ihn bei seiner Ankunft zum Essen einladen würde. Doch Jennys Einladung hatte jeglichen Gedanken ans Protokoll vergessen lassen. Da merkte er, dass Arald ihn mit einem leichten Schmunzeln betrachtete.

»Habt Ihr vielleicht ein besseres Angebot?«, fragte der Baron mit einem wissenden Unterton.

Gilan merkte, wie er rot wurde. »Ähm … nun, Sir … um ehrlich zu sein, Jenny hat mich …«

Der Baron hob die Hand. Er kannte Jenny natürlich auch. Sie war nicht nur sein Mündel auf der Burg, sondern auch Lehrling bei Meister Chubb, seinem Küchenmeister, gewesen. Wie er wusste, war Jenny nicht nur eine gute Köchin, sondern auch noch ausgesprochen hübsch. Es war selbstverständlich, dass Gilan ein Essen mit ihr der Gesellschaft des Barons und seiner Frau vorzog. Einen Moment lang fühlte er sich alt.

»Sprecht nicht weiter«, sagte er großzügig. »Wir haben noch genug Gelegenheiten, zusammen zu essen, während Ihr hier seid.«

»Vielen Dank, Mylord«, sagte Gilan. »Wir holen das auf jeden Fall ein anderes Mal nach. Vielleicht dürfte ich Euch und Lady Sandra einladen, nächste Woche einmal meine Gäste in Jennys Lokal zu sein?«

Arald strahlte bei dem Gedanken. Chubb war zweifelsohne ein vorzüglicher Küchenmeister, doch Jenny hatte immer wieder neue Ideen und war viel experimentierfreudiger. Außerdem würde Lady Sandra es genießen, einen Abend auszugehen.

»Sehr gern«, sagte Arald. Dann konnte er nicht anders, als mit einem Lächeln hinzuzufügen: »Und genießt Euren Abend.«

»Danke, Mylord«, sagte Gilan und erhob sich, um zu gehen.

Als er sich zur Tür drehte, fügte Arald leise hinzu: »Und auch das Essen.«

Fünf

Tomas spähte um den Türpfosten in die Küche. Das große Fenster, das zur Hauptstraße hinaus blickte, würde jedem Vorbeigehenden erlauben, ihn und seine Männer zu sehen, sobald sie in die Küche traten. Er winkte Jenny zu sich.

»Zieh den Vorhang zu!«

Sie ging an ihm vorbei und zog den Vorhang zu. Zufrieden, dass er nicht mehr gesehen werden konnte, trat Tomas in die Küche und sah sich dort um. Nuttal und Mondo kamen ebenfalls herein, doch sie setzten sich lediglich auf die Stühle am Küchentisch.

Tomas' Blick fiel auf den Pflaumenkuchen, den Jenny zum Abkühlen aufs Fensterbrett des Fensters an der Seitenwand gestellt hatte.

»Was ist das?«

»Ein Pflaumenkuchen.« Der gereizte Ton in ihrer Stimme hätte ihm verraten können, dass er seine Hände davon lassen sollte, aber solche Warnungen ignorierte Tomas sowieso. Er nahm die Kuchenplatte und trug sie zum Küchentisch. Sobald er sie abgestellt hatte, zog er seinen Dolch heraus, schnitt ein großes Stück von dem

Kuchen ab und steckte es sich in den Mund. Er kaute ein paarmal, dann verzog er das Gesicht, spuckte das halb gekaute Gebäck auf den Küchentisch und warf das angebissene Stück daneben.

»Nicht süß genug«, rief er verärgert aus. »Der muss viel süßer sein.«

Jennys Augen wurden schmal. Es war eine Sache, in ihr Haus einzubrechen und sie gefangen zu nehmen. Doch eine solch dümmliche Kritik an ihrer Backkunst hob die Dinge auf eine neue Ebene der Feindseligkeit.

»Der Belag besteht aus Pflaumen«, sagte sie, »und die schmecken nun mal säuerlich.«

Tomas schüttelte nachdrücklich den Kopf. »Es ist ein Kuchen. Der muss süß sein«, widersprach er. »Das solltest du eigentlich wissen.«

»Es ist ein Pflaumenkuchen und der schmeckt nun mal nach ... Pflaumen!« Sie suchte nach Worten, aber ihr fiel nichts anderes ein. »Genau wie er eben schmecken soll!«, fügte sie hinzu und ihre Wangen röteten sich vor Empörung. Gilan liebte ihren Pflaumenkuchen. Und er mochte es besonders, dass sie ihn nicht so süß machte, sondern den natürlichen Geschmack der Pflaumen hervorhob. Was wusste dieser Dummkopf schon? Wie konnte er es wagen, ihre Backkunst zu beanstanden!

Tomas musterte die wütende junge Frau vor sich. Hübsche Frauen sollten nicht mit Respektspersonen streiten, dachte er. Und er war so etwas wie eine Respektsperson, schon allein, weil er ein Mann war. Ihr musste eine Lehre erteilt werden. Sie musste zurechtgestutzt werden. Mit dem Handrücken fegte er über den Tisch, sodass die Kuchenplatte mitsamt dem Kuchen auf den Boden fiel. Der Kuchen zerfiel und Tomas trat obendrein noch mit dem Fuß auf zwei größere Stücke und zerquetschte sie.

»He!«, rief Mondo und erhob sich von seinem Stuhl, wütend über das egoistische Verhalten seines Kumpans. »Ich wollte auch ein Stück probieren!«

Tomas warf auch ihm einen bösen Blick zu. »Er hat nicht geschmeckt«, sagte er. »Da hat Zucker gefehlt.«

Nuttal, der am liebsten jeder Auseinandersetzung aus dem Weg ging, stand auf und zog sich zurück.

»Du taube Nuss!«, fuhr Jenny den Bärtigen nach einem Blick auf ihren zerstörten Kuchen an. Dieser Unmensch hatte Gilans Kuchen ruiniert. Plötzlich hasste sie ihn aus ganzem Herzen. »Wenn Gil…«

Sie wollte sagen »Wenn Gilan kommt, wirst du dafür bezahlen!«, doch sie beherrschte sich noch rechtzeitig. Sie durfte diese Kerle nicht warnen, indem sie ihnen von der Ankunft des jungen Waldläufers erzählte.

Tomas beugte sich mit gerunzelter Stirn vor. Das Mädchen hatte etwas sagen wollen und dann schnell den Mund gehalten. Seiner Erfahrung nach taten das nur Leute, die etwas wussten, was sie geheim halten wollten.

»Nur weiter«, forderte er sie auf. »Wenn was?«

Jenny schüttelte den Kopf und senkte den Blick.

»Nichts«, sagte sie und versuchte beiläufig zu klingen. »Nichts weiter.«

»Dann kannst du mir ja sagen, was es war«, sagte er überfreundlich und ging näher auf sie zu.

»Es war nichts«, sagte sie erneut. Doch bevor sie zurückweichen konnte, packte er ihren Unterarm mit beiden Händen. Er fasste hart zu und dann bewegte er plötzlich beide Hände in die entgegengesetzte Richtung. Ein brennender Schmerz durchzuckte Jenny und sie schrie auf. Tomas lockerte seinen Griff und der Schmerz ließ nach.

»Lass sie«, sagte Mondo. Er hatte sich hingesetzt, doch jetzt stand er wieder auf. Er hatte nicht grundsätzlich etwas gegen Gewaltanwendung, wenn man dadurch nützliche Informationen bekam. Doch Tomas genoss es seiner Meinung nach allzu sehr, anderen wehzutun. Der Bärtige warf ihm einen wütenden Blick zu.

»Halt dich da raus, Mondo! Du bist zu verweichlicht! Sie verschweigt uns etwas und ich will wissen, was es ist.«

»Trotzdem …«, sagte Mondo und deutete vage auf Tomas' Hände. Doch er konnte kein wirkliches Argument vorbringen. Ein grausames Lächeln spielte um Tomas' Mund und er fasste Jennys Arm wieder fester.

»Und nun, junges Fräulein, wolltest du nicht …«

Jenny biss die Zähne zusammen und sah ihn böse an. Sie war fest entschlossen, nichts zu sagen, egal wie stark der Schmerz wäre. Sie spürte den zunehmenden Druck, da unterbrach Nuttal.

»Was ist das denn?«

Alle blickten zu ihm. Nuttal hatte sich in der Küche umgesehen. Dabei war sein Blick auf Gilans Nachricht gefallen, die Jenny hochkant auf die Anrichte gestellt hatte. Er nahm sie in die Hand und spähte darauf. Auch wenn er nicht lesen konnte, erkannte er doch den Briefkopf mit dem Eichenblatt.

Darauf tippte er jetzt mit seinem Zeigefinger.

»Das ist das Zeichen der Waldläufer«, sagte er. Er reichte das Blatt an Mondo weiter, der als Einziger der drei Diebe lesen konnte. »Was steht drauf?«

Tomas ließ Jennys Arm los und sah über Mondos Schulter, als der Hüne angestrengt die Worte entzifferte. Seine Lippen bewegten sich lautlos dabei. Dann las er den Text noch einmal laut vor und blickte dann auf. »Es ist mit ›Gilan‹ unterzeichnet«, sagte er.

Tomas fluchte heftig. »Gilan! Das ist der, der hierher kommt, wenn die zuständigen Waldläufer fort müssen.«

Nuttal runzelte verständnislos die Stirn. »Aber du hast gesagt, er kommt erst nächste Woche.«

Tomas schnaubte abfällig. »Und das hat man mir auch gesagt. Deshalb haben wir ja auch heute den Silberschmied ausgeraubt!« Er sah aufgebracht zu Jenny. »Dieser Gilan, der ist ein Freund von dir, ja?«

Sie versuchte, so auszusehen, als ob das Thema für sie völlig uninteressant wäre, und zuckte die Schultern.

»Ich kenne ihn eben, das ist alles. Manchmal schaut er vorbei.«

»Und das macht er auch heute Abend, ja? Um sechs Uhr?«, fuhr Tomas sie an. »Wolltest du uns das irgendwann auch mal erzählen?«

Jenny antwortete nicht. Die einzige Antwort, die sie darauf geben könnte, wäre *Wieso sollte ich?* Und wenn sie das aussprach, würde es Tomas nur noch wütender machen.

»Wir müssen hier weg!«, rief Nuttal aus. Er sah sich gehetzt in der Küche um, als erwarte er jeden Augenblick, Gilan hereinspazieren zu sehen. »Hauen wir lieber gleich ab!«

»Sei kein Idiot!« Tomas richtete seine Wut jetzt gegen seinen schmächtigen Kumpan – sehr zu Jennys Erleichterung. »Wir können jetzt nicht weg hier. Es ist immer noch heller Tag. Man würde uns sehen.« Er drehte sich zurück zu Jenny. »Das werde ich nicht vergessen«, sagte er unheilvoll. Er stieß noch einige Flüche aus, unter denen Jenny unwillkürlich zusammenzuckte. »Lasst mich mal überlegen …«, murrte er dann.

Doch es war Mondo, der einen Vorschlag machte. »Wir machen alles wie geplant«, sagte er. »Wir warten ein paar Stunden nach Einbruch der Dämmerung ab und verdrücken uns dann.«

»Und winken dem Waldläufer beim Abschied zu, oder was?«, fragte Tomas sarkastisch.

Mondo begegnete seinem Blick gleichmütig, damit sein Kumpan merkte, dass er sich von ihm nicht einschüchtern ließ. Dann antwortete er nachdrücklich. »Wir sind zu dritt. Er ist allein.«

»Aber er ist ein Waldläufer!« Nuttals Stimme hob sich zu einem Kreischen und Mondo warf ihm einen abschätzigen Blick zu.

»Stimmt. Und er rechnet nicht damit, dass wir hier

sind. Er denkt, er kommt zu einem netten kleinen Abendessen mit seiner Freundin hier.«

Tomas nickte langsam und fragte: »Und wenn er kommt?«

»Wenn er kommt, geben wir ihm einfach eins über die Rübe, bevor er noch weiß, was los ist. Dann läuft alles wie gehabt«, antwortete Mondo.

Geben ihm eins über die Rübe. Das klang relativ harmlos, doch Jenny wusste, dass es das ganz und gar nicht war. Mondo bestätigte das kurz darauf, als Nuttal seinen jammernden Protest fortsetzte.

»Aber er ist ein *Waldläufer*!«, wiederholte er panisch. Der Hüne legte ihm die Hände auf die Schulter und drehte ihn so, dass sie sich in die Augen sehen konnten.

»Ja«, bestätigte er. »Und zwei Sekunden nachdem er durch diese Tür gekommen ist, ist er ein toter Waldläufer.«

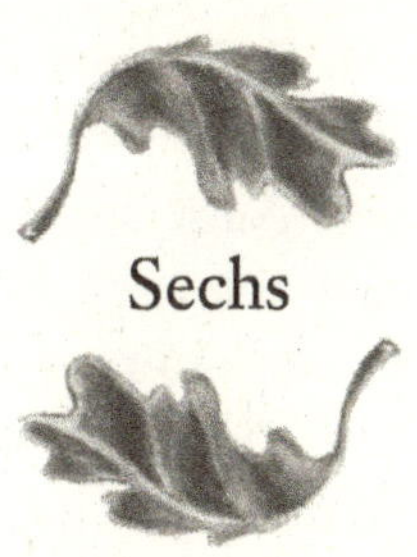

Sechs

Die Zeit schlich dahin. Jede Minute schien wie eine Stunde. Jenny hatte eine Wasseruhr in ihrer Küche und blickte unablässig darauf.

Es war gerade mal Viertel nach fünf und Gilan wollte erst gegen sechs kommen. Irgendwie, dachte sie, muss ich verhindern, dass er einfach so in sein Unglück läuft. So furchtlos und geschickt Gilan auch war, er hätte wohl kaum eine Chance, diesem Hinterhalt zu entgehen. Sie blickte zur Tür. Die Räuber hatten ihren Plan besprochen. Sie wollten Jenny zehn Minuten vor Gilans Ankunft gefesselt und geknebelt auf einen Stuhl direkt gegenüber der Eingangstür setzen. Mondo sollte sich dann neben der Tür postieren, während Tomas und Nuttal sich im angrenzenden Zimmer versteckten. Sobald Gilan die Tür öffnete und Jenny sah, würde es sein erster Impuls sein, zu ihr zu eilen, um sie zu befreien. In diesem Augenblick würde Mondo aus seinem Versteck hinter der Tür kommen. Er hatte einen schweren Totschläger – hartes Holz mit Eisenstiften gespickt. Ein einziger Schlag würde Gilans Schädel zertrümmern, das wusste Jenny. Den Rest würden Tomas und Nuttal mit ihren Messern erledigen.

Vor ihrem geistigen Auge konnte sie Gilan sehen, wie er da mit dem Gesicht nach unten leblos auf dem Boden lag und Blut von seinem Kopf strömte. Ihre Augen füllten sich mit Tränen und sie schüttelte den Kopf, um diese Vorstellung loszuwerden.

Sobald sie wieder zu den drei Männern sah, wurde sie von Wut erfasst. Mondo und Tomas saßen bei einem Würfelspiel am Küchentisch und waren sich oft genug wegen der Punkte uneinig. Tomas war ein besonders schlechter Verlierer und beschwerte sich unablässig.

Mondo sagte nicht viel.

Er ist eigentlich der gefährlichste von den dreien, dachte Jenny. Er ist groß und muskulös und scheint außerdem der Typ zu sein, der auch in einer Krisensituation völlig ruhig bleibt. Tomas ist dagegen ein selbstgefälliger Angeber, der Spaß daran hat, andere zu quälen. Und Nuttal ist sowieso nur ein jämmerlicher Feigling. Aber Mondo ist derjenige, auf den es ankommt. Wenn ich irgendwie einen Weg fände, ihn aufzuhalten, könnte ich Gilans Leben zu retten.

Und ihr eigenes. Das fiel Jenny unvermittelt auch wieder ein. Ihr eigenes Leben war genauso sehr in Gefahr wie das von Gilan. Und doch konnte sie eigenartigerweise den Gedanken an ihr eigenes Schicksal viel leichter ertragen als die Vorstellung von Gilans Tod.

Ihr Blick wanderte zurück zu Mondo. Wie konnte sie ihn aufhalten? Viel länger durfte sie nicht mehr warten. Bald würde man sie fesseln. Sie schaute auf die

Uhr, sah den Tropfen in den unteren Zylinder fallen und eine weitere Minute anzeigen, die verstrichen war. Sie blickte auf die Anzeige. Es war gleich halb sechs.

Wieder sah sie zu Mondo. Er saß nahe beim Herd, wo die Lammkeule briet. Zum ersten Mal innerhalb der letzten Stunde wurde ihr der appetitanregende Duft des Bratens bewusst. Sie blickte auf die Küchenbank neben dem Herd. Ihr schweres Nudelholz, mit dem sie den Kuchenteig ausgerollt hatte, lag in dem Regal über der Bank. Gleich daneben befand sich ihre Messersammlung, jedes davon rasiermesserscharf. Wenn sie eines von den Messern in die Hand bekäme, könnte sie diese Gauner Respekt lehren. Doch sie wusste, dass man sie niemals nahe genug an die Messer herankommen ließe. Das Nudelholz war eine andere Angelegenheit. Das und die schwere Eisenkasserolle, die von einem Haken an der Wand hing. Wenn sie nur einen Weg finden könnte, die Räuber für ein paar Sekunden abzulenken …

Sie dachte gar nicht weiter darüber nach, dass sie vorhatte, mit nichts anderem als ein paar Küchenutensilien drei bewaffnete Schwerverbrecher anzugreifen. Jennys Beschützerinstinkt war geweckt. Wenn sie nichts unternahm, würde Gilan sterben.

Damit könnte sie niemals leben. Mit einem weiteren Schock wurde ihr dann klar, dass sie *sowieso* nicht mehr leben würde.

Plopp! Noch ein Tropfen Wasser! Weitere sechzig Sekunden vergangen.

»Irgendwas von ihm zu sehen?«, fragte Tomas und

sah von den Würfeln auf. Nuttal ging zum Küchenfenster, zog den Vorhang ein kleines Stück zurück und spähte in die zunehmende Dämmerung hinaus.

»Nichts«, antwortete er und ließ den Vorhang wieder fallen. Jenny hielt den Atem an und hoffte, dass er vom Fenster zur Küchenbank hinüberging. Eine Idee war ihr gekommen, doch die Umsetzung war schwieriger, wenn sich alle eng beieinander nahe am Herd und bei der Bank befanden. Sie atmete langsam aus, als Nuttal an seinen Platz auf der anderen Seite der Küche zurückkehrte und ausdruckslos vor sich hinstarrte.

Zeit, etwas zu unternehmen, dachte sie.

»Das Lamm ist durch«, sagte sie. Alle drei sahen sie verblüfft an. Während der letzten Viertelstunde hatte sie geschwiegen und im ersten Moment wusste keiner der drei Räuber, wovon sie sprach. Sie deutete auf den Herd.

»Da drin brät eine Lammkeule. Ich muss sie rausholen, sonst verbrennt sie und wird steinhart.«

»Und was geht uns das an?«, sagte Nuttal mit seiner weinerlichen Stimme.

Mondo schaute ihn böse an. »Mich geht das was an. Ich habe Hunger und wir brauchen Proviant für unterwegs. Eine gebratene Lammkeule käme mir sehr zupass.«

»Oh«, sagte Nuttal und wirkte leicht geknickt. »Ja, das stimmt wohl.«

Jenny blickte zu Tomas. »Also was ist?«, fragte sie. »Wenn ich sie nicht raushole, wird das Fleisch ungenießbar.«

Eigentlich wusste sie, dass das Lamm noch gut eine halbe Stunde langsam weiterbraten konnte. Doch diese drei wussten das nicht. Tomas grinste sie höhnisch an.

»So ungenießbar wie dein Pflaumenkuchen?«, sagte er. Doch dann wedelte er mit einer Hand Richtung Herd. »Also meinetwegen. Hol das Ding schon raus.«

Sie erhob sich und nahm zwei Topflappen. Auf der Küchenbank lag eine Holzzange, die nahm sie beiläufig auf und klemmte sie unter ihren Arm, bevor sie die heiße Bratpfanne mit durch Topflappen geschützten Händen aus der Backöffnung zog.

Mondo hatte sich umgedreht, um sie zu beobachten, während sie das Lamm herausholte. Das brutzelnde Geräusch aus der Bratpfanne sorgte dafür, dass er sich unbewusst mit der Zunge über die Lippen fuhr. Ihm fiel ein, dass er den ganzen Tag noch nichts gegessen hatte.

Auf der anderen Seite des Tisches sah Tomas mit gleichem Interesse und Appetit zu.

Als Jenny sich mit der schweren Eisenpfanne in den Händen aufrichtete, ließ sie absichtlich die Holzzange fallen, die sie unter den Arm geklemmt hatte, und gab momentane Bestürzung vor.

»Oh! Verflixt!«, rief sie aus. Sie tat, als wolle sie sich bücken und merke dann erst, dass sie noch die Bratpfanne hielt. Sie zögerte unsicher, und wie sie gehofft hatte, erhob sich Mondo von seinem Stuhl. Er wollte die Holzzange aufheben, doch sie machte schnell einen Schritt auf ihn zu.

»Ich heb sie schon auf«, sagte sie. »Halte das mal einen Moment.« Sie hielt ihm die Eisenpfanne hin.

Unwillkürlich griff Mondo zu und nahm die Pfanne in beide Hände. Das war eine natürliche Reaktion. Es verging vielleicht nur eine Sekunde, bevor er merkte, dass die Pfanne heiß war und das glühende Eisen seine beiden Hände verbrannte. Er schrie vor Schmerzen auf und stolperte zurück, ließ die Pfanne fallen und steckte beide Hände unter seine Achseln, im Versuch den unglaublichen Schmerz der starken Verbrennung zu lindern. Dabei krachte er gegen den Tisch und stieß ihn zu Tomas, der gerade hatte aufstehen wollen.

Jenny ignorierte die Pfanne auf dem Boden und streckte stattdessen die Hand aus, um sich das schwere Nudelholz zu greifen. Mondo, mit beiden Händen unter den Achseln, war völlig hilflos, als sie einen Schritt auf ihn zumachte und ihm mit dem Nudelholz einen Schlag auf den Kopf verpasste.

Wumm!

Mondo blickte mit benommenem Blick zu ihr hoch.

»Du …«, begann er, aber Jenny schwang das Nudelholz erneut, diesmal gegen die andere Seite seines Kopfes.

Wumm!

Der Griff des Nudelholzes knackte und im nächsten Augenblick flog der Holzzylinder quer durch den Raum. Doch der Schlag hatte Mondo so hart getroffen, dass er die Augen verdrehte und bewusstlos zu Boden sank.

Jenny spürte einen Anflug von Panik, als sie auf das kaputte Nudelholz blickte und ihr klar wurde, dass sie nun wieder völlig unbewaffnet war. Tomas kam mit gezücktem Messer um den Tisch herum auf sie zu. Jenny sah die Wut in seinen Augen und ihr war klar, dass er sie auf der Stelle töten würde, wenn sie nichts unternahm. Die Küchenmesser und die schwere Kasserolle waren außer ihrer Reichweite. Aber zu ihren Füßen befand sich eine andere mögliche Waffe.

Sie bückte sich schnell, als Tomas einen Satz auf sie zumachte. Der Dolch fuhr über sie hinweg in die Luft. Dann tat Tomas einen Schritt über Mondos bewusstlosen Körper hinweg und trat dabei versehentlich in das Fett, das vom Lamm heruntergetropft war. Prompt zog es ihm die Füße weg. Während er um sein Gleichgewicht rang, hatte Jenny Zeit, sich mit dem danebenliegenden Topflappen die Lammkeule zu schnappen. Sie packte sie am Beinknochen und schwang sie mit aller Kraft nach oben.

Tomas versuchte immer noch, sein Gleichgewicht wiederzufinden, da donnerte die Lammkeule genau zwischen seine weit gespreizten Beine. Unter dem plötzlichen Schmerz verdrehte er die Augen und schrie laut auf.

Der Dolch fiel aus seiner Hand. Jenny, die immer noch mit beiden Händen den Knochen der Lammkeule hielt, richtete sich auf und wirbelte damit im Kreis, um mehr Schwung zu bekommen, dann knallte sie das fleischige Ende des Bratens in Tomas' Gesicht. Es gab einen dumpfen Schlag, das Gesicht des Bärtigen war fettverschmiert. Der Verbrecher rutschte quer über den Küchentisch, glitt über die andere Seite, stieß dabei einen Stuhl um und stürzte bewusstlos zu Boden.

All das war im Bruchteil weniger Sekunden geschehen. Nuttal, der stets etwas langsam von Begriff war, stand mit großen Augen auf der anderen Seite der Küche und starrte abwechselnd Jenny und seine zwei bewusstlosen Kumpane an. Schließlich griff er nach seinem eigenen Dolch und ging laut fluchend auf Jenny zu.

Doch Jenny warf die Lammkeule quer durch den Raum nach ihm. Nuttal bückte sich schnell und spürte, wie der Braten über seinen Kopf wegsegelte. Als er sich wieder aufrichtete, sah er, dass seine Gegnerin inzwischen Zeit genug gehabt hatte, ihren Messerblock zu erreichen. Er machte einen Schritt zurück, als das erste Messer, ein schweres Tranchiermesser der Lammkeule folgte. Das Licht spiegelte sich in der blitzenden Klinge, während es auf ihn zuwirbelte.

Mit einem schrillen Angstschrei duckte er sich wieder. Doch dem ersten Messer folgte bereits ein kleineres, aber ebenso scharfes Gemüsemesser. Dieses prallte von der Wand hinter ihm ab, und als es zurückgeschleudert wurde, streifte es sein Ohr. Blut rann seinen Nacken hinab.

Eine Tranchiergabel mit zwei Zinken folgte gleich darauf. Sie traf mit den Zinken voran in die Wand und blieb zitternd darin stecken. Nuttal warf einen Blick darauf und seine Angriffslust nahm immer mehr ab. Er sah, dass Jenny ein schweres Hackbeil in der Hand hatte und mit dem Arm zum Wurf ausholte. Und im Messerblock neben ihr steckten gut sichtbar noch weitere vier Messer.

Nuttal rannte zur Tür – gerade noch rechtzeitig. Das Hackbeil wirbelte durch die Luft und schlug mit einem dumpfen Schlag neben der Tranchiergabel in die Wand, genau dort, wo er eben noch gestanden hatte. Nuttal kreischte noch einmal vor Schreck auf, dann riss er die Haustür auf und stürmte hinaus.

Er rannte geradewegs auf Gilan zu, der den schmalen Weg vom Gartentor entlangkam. Nuttal wich im ersten Moment zurück, dann stürzte er sich wie von Sinnen auf den Waldläufer, den Dolch zu einem tödlichen Stich erhoben.

Wie alle Waldläufer hatte Gilan ausgezeichnete Reflexe. Er hatte keine Ahnung, wer dieser Angreifer war, doch er reagierte sofort. Mit dem rechten Arm blockte er die Hand mit dem Dolch ab, drehte noch in der Bewegung auf dem rechten Fuß und stieß den Handballen seiner offenen linken Hand mit voller Wucht gegen Nuttals Kinn. Der Kopf des schmächtigen Mannes schnalzte nach hinten, es zog ihm die Füße weg und er knallte rücklings auf die Vordertreppe des Hauses, wo er bewusstlos liegen blieb. Gilan kümmerte sich nicht weiter um ihn, sondern rannte die drei Treppenstufen hinauf in Jennys Haus. Es war offensichtlich, dass das hübsche blonde Mädchen, das er so gern hatte, in Gefahr war. Die Tür stand einen Spalt offen und er stürmte mit der Schulter seitlich dagegen und sprang in die Küche, das schwere Sachsmesser befand sich bereits in seiner Hand. Gebückt und kampfbereit sah er sich mit schnellen Blicken um.

Jenny saß weinend am Küchentisch, die Hände vors

Gesicht geschlagen. Zu ihren Füßen lagen die reglosen Körper von zwei Männern. Der eine war groß und muskulös, der andere etwas schmaler und mit Vollbart. Beide waren entweder tot oder bewusstlos. Auf jeden Fall stellten sie keine unmittelbare Bedrohung mehr für ihn oder Jenny dar. Er steckte das Sachsmesser wieder weg.

»Jenny?«

Sie blickte hoch, sah ihn und lief sofort auf ihn zu, um sich in seine Arme zu stürzen. Er drückte sie an sich und genoss die Umarmung, bemerkte den frischen Duft ihres Haares und ihrer Haut. Sie schluchzte unkontrolliert und ihr Körper zitterte.

»Schon gut, schon gut«, sagte er und strich sanft über ihr Haar, während er sie im Arm hielt. »Alles ist jetzt gut.«

Sie lehnte sich in seiner Umarmung zurück, um ihn anzusehen. Ihr Gesicht war tränenüberströmt, ihre blauen Augen gerötet – und dennoch fand er, dass sie nie schöner ausgesehen hatte.

»Du wolltest doch erst um sechs kommen«, stieß sie zwischen Schluchzern hervor.

»Ich habe in der Burg früher Schluss machen können und mich gleich auf den Weg zu dir gemacht. Und ich bin froh darüber.«

»Ich auch«, sagte sie und vergrub ihr Gesicht erneut an seinem Hals. Wieder strich er sanft über ihr Haar.

»Komm, meine Süße«, sagte er. »Du brauchst keine Angst mehr zu haben.«

Erneut lehnte sie sich in seiner Umarmung zurück.

»Ich habe auch keine Angst mehr«, sagte sie, »ich bin nur so unglaublich wütend.«

»Was ist denn hier los gewesen?«, fragte er jetzt, obwohl er sich die Antwort bereits denken konnte. »Sind das etwa die Männer, die den Silberschmied ausgeraubt haben? Du hast sie erwischt?«

Sie nickte, immer noch schniefend. »Ich hatte ein wunderbares Abendessen für uns zwei vorbereitet und dann platzten diese drei Idioten auf einmal herein«, erzählte sie. »Sie haben deinen Pflaumenkuchen ruiniert.« Sie deutete auf die jämmerlichen Überreste, die inzwischen völlig zertrampelt auf dem Fußboden klebten. »Und dann haben sie auch noch deine Lammkeule bekommen.«

Gilan blickte forschend auf die beiden bewusstlosen Männer. Der Bärtige lag zusammengefaltet, die Knie fast gegen die Brust geschoben und stöhnte leise. Bratenfett hing in seinem Bart und seine Nase war zur Seite gedrückt.

»Die haben also unser Abendessen bekommen?«, fragte Gilan.

Jenny schniefte noch einmal und wischte sich mit dem Handrücken über die Nase.

»Genau.«

»Tja«, sagte Gilan, »aber genossen haben sie es jedenfalls nicht, so wie es aussieht.«

Der Hochzeitstanz

Eins

Will saß über verschiedenen Dokumenten, die auf dem Tisch ausgebreitet waren, als Walt die kleine Hütte im Wald betrat.

»Morgen«, grüßte der junge Waldläufer, ohne aufzusehen. »Der Kaffee ist schon fertig.«

Er hatte den Klang von Abelards Hufen auf dem weichen Waldboden längst gehört – und auch Reißers Wiehern, mit dem dieser seinen nahenden Freund grüßte und so zugleich Walts Besuch ankündigte.

Walt warf einen Blick in Wills Kaffeetasse, sah, dass sie noch zu drei Vierteln voll war, und goss sich selbst eine Tasse ein, um sich anschließend Will gegenüber an den Tisch zu setzen.

Der bärtige Waldläufer schaute auf die Papiere vor seinem einstigen Lehrling und neigte leicht den Kopf, um zu entziffern, was da stand. Dann nickte er.

»Du arbeitest an der Reihe von Unfällen, die sich im Schloss zugetragen haben, wie ich sehe«, stellte er fest.

Will blickte auf und nickte. »Ja. Desmond bat mich darum. Er hat den Verdacht, dass es keine echten Unfälle sind, sondern gezielte Anschläge.«

»Er könnte recht haben«, sagte Walt. »Es waren zu viele, als dass es einfach nur Zufall sein kann. Gestern Abend im Speisesaal gab es noch einen.«

Will sah ihn fragend an. »Was ist denn diesmal passiert?«

In den vergangen sechs Tagen hatte es eine Reihe von Ereignissen in der Burg gegeben, die gefährlich hätten ausgehen können. Ein Teil eines Sockels war irgendwie vom oberen Wehrgang in den darunter liegenden Hof gefallen. Die Sockelverkleidung war zur Reparatur abgenommen und zur Seite gelegt worden, doch der Steinmetz schwor, das Teil hätte weit genug vom Rand entfernt gelegen. Dann war eine Kampfattrappe, eine Art Sandsack, an der Heeresschüler mit der Lanze übten, aus ihrer Halterung gefallen und hätte dabei um ein Haar zwei Schüler niedergeschlagen. Als Nächstes war ein schwerer Vorhang, mit dem ein Teil des Audienzsaals bei kaltem Wetter abgetrennt wurde, samt seiner Haltestange nach unten gekracht. Da er aus sehr dickem Stoff gewebt war, hatte er ein beträchtliches Gewicht. Glücklicherweise war die Bedienstete, die gerade darunter hindurchgelaufen war und davon zu Boden geworfen wurde, ohne ernsthafte Verletzung davongekommen, auch wenn sie sich das rechte Knie heftig gestoßen und verdreht hatte und zwei Tage auf der Krankenstation liegen musste.

Wie Desmond, der Oberhofmeister des Barons, sagte, war das alles zu viel, um als reiner Zufall durchzugehen. Und jetzt hatte es also einen weiteren Zwischenfall gegeben.

»Es passierte im Speisesaal, als die Dienstboten einen schweren Suppentopf brachten«, berichtete Walt. »Sobald sie den Topf aufsetzten, brach der Tisch unter dem Gewicht zusammen. Einer der Ritter wurde verbrüht und ein Diener verbrannte sich die Hand am Topf, als er ihn auffangen wollte.«

»Das hätte natürlich auch schlimmer ausgehen können«, sagte Will und Walt stimmte ihm zu.

»Ja. Das gilt für all diese ›Unfälle‹. Wir hatten bisher Glück. Aber ich denke, es steckt jemand hinter alldem – und dieser Jemand muss aufgehalten werden.«

Will stapelte die Berichte vor sich auf einen ordentlichen Stoß und legte einen Briefbeschwerer aus Granit darauf.

»Ich werde mich mal in der Burg umhören«, sagte er. »Mal sehen, was ich aufschnappen kann. Bist du auch dabei?«

Walt schüttelte den Kopf. »Ich begleite den Postwagen. Diese Raubüberfälle werden ebenfalls langsam zum Ärgernis.«

Die beiden Waldläufer hatten im Augenblick viel zu tun. Außer diesen angeblichen Unfällen auf der Burg, denen Will nachgehen wollte, hatte es eine Reihe von Raubüberfällen gegeben. Eine Räuberbande überfiel den Postwagen und raubte alles an Wertvollem, was er mit sich führte. Walt hatte vor, den heutigen Wagen – natürlich in ausreichendem Abstand – zu begleiten, um zu sehen, was passierte.

»Erwartest du Probleme?«, fragte Will.

»Eigentlich nicht. In der heutigen Fracht sind keine

Wertsachen. Ich bin ziemlich sicher, dass die Banditen Informationen über die Fracht aus erster Hand bekommen und nur zuschlagen, wenn es sich lohnt.«

»Wenn also heute nichts passiert, wird das deine Vermutung bestätigen?«, fragte Will.

Sein alter Mentor zuckte die Schultern. »Nun, es wird kein absoluter Beweis sein, aber doch ein guter Hinweis.«

Will erhob sich und ging zur Tür.

»Dann mache ich mich mal an die Arbeit. Zuerst rede ich mit Desmond, dann sehe ich mir den Tisch im Speiseraum genauer an.«

»Wie kommst du denn mit deiner Rede voran?«, fragte Walt, ohne eine Miene zu verziehen. Als Trauzeuge bei der bevorstehenden Hochzeit zwischen Horace und Prinzessin Cassandra würde Will eine Rede halten. Sein erster Entwurf war bei einem Einsatz gegen Strandräuber leider in Flammen aufgegangen.

»Ich hatte noch keine Zeit, mich damit zu befassen. Das mach ich in den nächsten Tagen«, antwortete Will.

Walt hob grüßend die Hand und blieb, mit dem Stuhl auf den zwei hinteren Beinen kippelnd, noch eine Weile sitzen, um seinen Kaffee auszutrinken.

Will sah ihn verblüfft an. »Als ich dein Lehrling war, hast du mir immer gesagt, ich soll das nicht machen. Du sagtest, es würde die Stuhlbeine lockern.«

»Und das stimmt auch«, sagte Walt schulterzuckend. »Aber jetzt ist es dein Stuhl, also was soll's?«

»Das wurde angesägt«, sagte Will, der sich neben den kaputten Tisch aus dem Speisezimmer gekauert hatte. Eine Hälfte des Beines war zersplittert und ausgebrochen, doch die andere Hälfte war eindeutig angesägt. Es gab einen deutlichen, sauberen Schnitt im Holz, der von einer Säge herrühren musste.

Desmond bückte sich vor, spähte darauf und nickte. »Stimmt. Und wer immer das war, ihm scheint es egal zu sein, dass wir das wissen. Es gab keinen Versuch, das Ganze zu verschleiern.«

Will erhob sich und nickte einem Dienstboten zu, das kaputte Tischbein zu entfernen, damit es durch ein neues ersetzt werden konnte. Dann zog er sich mit Desmond etwas zurück, um das Gespräch ungestört fortzusetzen.

»Also«, sagte er, »im Augenblick wirst du wohl als Vorsichtsmaßnahme die Tische vor jeder Mahlzeit noch einmal inspizieren müssen, nur um sicherzugehen, dass so etwas nicht noch einmal passiert.«

Desmond schüttelte entnervt den Kopf. »Was für ein Aufwand! Und wir sind im Moment sowieso schon unterbesetzt. Die Hälfte der Angestellten hilft bei der Ernte – und dann steht ja auch noch die Hochzeit bevor.«

Will sah nachdenklich zu dem Handwerker, der sich jetzt am Tisch zu schaffen machte.

»Es scheint fast, als wolle jemand dein Leben anstrengender machen«, sagte er. »Ich meine, diese Unfälle sind ziemlich banal. Natürlich hätten sie zu Verletzungen führen können. Aber das Hauptproblem ist, dass du dadurch gezwungen bist, überall mehr Vorsicht walten zu lassen und alles regelmäßig zu überprüfen.«

»Und wie ich schon sagte, habe ich nicht genügend Personal dafür«, stimmte Desmond zu.

»Gab es in letzter Zeit irgendwelche Probleme mit dem Gesinde?«, fragte Will. »Wurde irgendjemand betraft oder entlassen? Könnte es jemand sein, der einen Groll gegen dich oder gegen Redmont an sich haben könnte?«

Desmond kratzte sich nachdenklich am Kinn. »Da fällt mir niemand ein«, antwortete er, doch dann fügte er unvermittelt hinzu: »Da wäre natürlich noch Robard, aber ich kann mir nicht vorstellen, dass er …«

»Robard?«, unterbrach Will ihn. »Wer ist das?«

»Ein junger Mann, den ich zum Kammerdiener ausbilde … oder eher ausbilden wollte. Ich musste ihn herunterstufen. Er arbeitet momentan wieder für ein paar Monate als normaler Diener. Das soll ihm eine Lehre sein. Eigentlich wollte ich ihn entlassen, aber der Baron hat sich für ihn eingesetzt und gemeint, jeder könne mal einen Fehler machen. Er schlug vor, ihn ein paar Monate noch mal hart arbeiten zu lassen und es dann erneut mit ihm zu probieren.«

»Was hat er denn falsch gemacht?«, fragte Will.

Desmond zuckte mit den Schultern. »Nun ja, wir hatten ihn im Verdacht zu stehlen. Nichts Wertvolles, nur kleine Dinge, die genau dann fehlten, nachdem er zuletzt damit gesehen wurde. Es gab keinen echten Beweis, weshalb der Baron vorschlug, ich solle Robard im

Zweifel noch eine Chance geben. Außerdem war sein Verhalten auch nicht einwandfrei. Er hat die jüngeren Bediensteten sehr schlecht behandelt, ständig ihre Arbeit kritisiert, sie eingeschüchtert und nie ermutigt. Wir hatten das Gefühl, dass er wirklich einmal eine Lektion benötigte.«

»Und wusste er, dass er nach ein paar Monaten seine alte Stellung wiederbekommen sollte?«

»Ehrlich gesagt, nein.« Desmond sah nachdenklich drein. »Vielleicht hätte ich ihm sagen sollen, dass die Rückstufung vorübergehend ist, aber ich dachte, es wäre lehrreicher, wenn die Wiedereinsetzung eine Belohnung für verbessertes Verhalten wäre.«

»Also könnte er einen gewissen Groll hegen und das Gefühl haben, ungerecht behandelt worden zu sein?«

»Das ist wohl richtig.« Desmond fühlte sich bei dem Gedanken offensichtlich sehr unwohl. Er hatte Robard eigentlich gemocht, auch wenn der junge Mann etwas hochnäsig war. Der Oberhofmeister hatte gehofft, das würde sich bei zunehmender Reife legen. Der Gedanke, dass dieser junge Mann möglicherweise hinter all diesen nicht ungefährlichen Ereignissen in der Burg steckte, ließ ihn an seiner eigenen Urteilsfähigkeit zweifeln.

»Sieht so aus, als müsste ich mal mit ihm reden«, sagte er mit einem Seufzer.

Will sah ihn einen Moment lang nachdenklich an. Er konnte erraten, was dem älteren Mann durch den Kopf ging.

»Möchtest du, dass ich das erledige?«, fragte er. »In dem Fall ist ein Dritter vielleicht hilfreich.«

Desmond sah ihn dankbar an. »Könntest du das machen? Dafür wäre ich dir wirklich dankbar, Will.«

Will lächelte. Er kannte Desmond noch gut aus der Zeit, in der er selbst als Waise in der Burg aufgewachsen war. Desmond war ein liebenswürdiger Mensch, der Konflikte scheute.

»Das übernehme ich gern«, sagte Will. »Schick ihn mir heute Nachmittag um zwei Uhr. Ich werde dafür ein Studierzimmer des Barons benutzen.«

Robard sah sich unsicher um, als er das Studierzimmer betrat. Will saß an einem Tisch, den Rücken zum großen Fenster, sodass seine Silhouette sich gegen das von draußen hereindringende Sonnenlicht abhob. Deshalb hatte er auch den frühen Nachmittag für diese Besprechung gewählt. Er trug seinen Umhang mit der Kapuze über den Kopf gezogen, sodass sein Gesicht im Schatten lag, und hatte den Kopf über einen kleinen Stoß Papiere auf dem Schreibtisch vor sich gebeugt.

»Setz dich«, sagte er mit neutraler Stimme, weder freundlich noch vorwurfsvoll. Vor dem Schreibtisch stand ein Stuhl, auf den Robard sich jetzt setzte. Will beobachtete ihn unter seiner Kapuze hervor und erkannte, dass er äußerst angespannt dasaß. Das war natürlich noch kein Schuldeingeständnis. Zu einem Gespräch mit einem Waldläufer vorgeladen zu werden, würde jeden Bediensteten der Burg nervös werden lassen.

Will hatte Robard vorher schon einige Male bei offiziellen Essen in der Burg gesehen. Der Diener war ein stämmiger junger Mann, etwas kleiner als der Durchschnitt. In ein paar Jahren würde er wohl Übergewicht bekommen. Erste Anzeichen dafür waren bereits zu sehen – seine Wangen waren sehr voll und unter dem Kinn bildete sich eine zusätzliche Falte. Ein Diener im Speisesaal musste nicht allzu viel körperliche Arbeit leisten. Abgesehen davon bot die Arbeit ständig die Gelegenheit, an bestes Essen und edle Getränke zu kommen.

Will konnte sich auch erinnern, dass Robards Verhalten teilweise übertrieben selbstbewusst gewesen war, fast schon an Arroganz und Überheblichkeit grenzend. Davon war heute allerdings nichts zu sehen.

Er ließ den jungen Mann einige Minuten warten. Dann legte er die Feder nieder, mit der er sich ein paar Notizen in einer unwichtigen Angelegenheit gemacht hatte. Dass diese Notizen nichts mit ihm zu tun hatten, wusste Robard natürlich nicht. Jetzt steckte Will das Papier in eine Ledermappe, um seinen eigentlichen Inhalt zu verdecken. Er hob den Kopf und schob seine Kapuze zurück.

»Du bist Robard«, sagte er mit ruhiger, leiser Stimme. Er sprach absichtlich leiser als bei einer normalen Unterhaltung, denn diese Technik rief bei der Befragung von Schuldigen oft große Unsicherheit und Unruhe hervor. Sie mussten sich anstrengen, um zu hören, was gesagt wurde, und oft fürchteten sie, etwas Wichtiges zu überhören. Einen Angeklagten von Anfang an lautstark zu verhören, führte dagegen oft dazu, dass man ihn unnötig in die Defensive trieb.

Robard beugte sich leicht nach vorn. »Ähm … ja, mein Herr, ähm, Waldläufer. Das ist richtig.«

»Und du weißt, warum du hier bist.« Das war eine Feststellung, keine Frage. Doch nun war ein Stirnrunzeln auf Robards glattem, gut rasiertem Gesicht zu erkennen. Und eine gewisse Unsicherheit.

»Nein. Nein, das weiß ich nicht.«

»Verschwende nicht meine Zeit, Robard.« Die Stimme war immer noch ruhig und leise. Doch die mangelnde Lautstärke ließ das Ganze irgendwie bedrohlicher wirken. Robard schüttelte den Kopf und hob abwehrend die Hände.

»Nein. Wirklich. Ich …«

Unvermittelt schlug Will mit der flachen Hand auf den Schreibtisch. Einige Gegenstände hüpften in die Luft. Der unerwartete Knall ließ Robard zusammenzucken, und jetzt war auch Wills Stimme nicht länger leise und ruhig.

»VERSCHWENDE NICHT MEINE ZEIT!«, schrie er.

Robard schüttelte hilflos den Kopf. »Aber ich …«

Will stand auf, beugte sich über den Schreibtisch und deutete mit dem Finger auf den jungen Mann. Vor dem hereinströmenden Licht wirkte der Waldläufer wie ein dunkler, gesichtsloser Umriss. Und er stieß jetzt eine ganze Reihe von Anschuldigungen aus.

»Das Mauerwerk … der Sandsack … der Vorhang«, zählte er auf und tippte dabei jedes Mal nachdrücklich auf den Schreibtisch. »Damit wärst du vielleicht noch davongekommen. Aber bei dem Tisch hast du einen großen Fehler gemacht. Du wurdest gesehen!«

Robard wollte protestieren, doch Will gab ihm keine Gelegenheit zu antworten und – noch wichtiger – nachzudenken.

»Zwei Angestellte aus der Küche *sahen* dich! Sie haben dich identifiziert und sie werden schwören, dass du es warst, der diesen Tisch angesägt hat. Großer Fehler, Robard. Sie haben dich gesehen und sie werden gegen dich aussagen! Du kannst dich auf ein paar Jahre harte Feldarbeit freuen.«

»Nein! Ich schwöre, ich weiß nicht, wovon Ihr redet!«

»Wie dumm bist du eigentlich? Hörst du mir nicht zu? DU WURDEST GESEHEN! Wir haben Zeugen, die dich beim Ansägen sahen. Wir brauchen gar nicht lange zu fackeln. Sie sind zu zweit. Wir haben ihre beeidigten Aussagen!« Will klopfte mit den Fingerknöcheln auf die Ledermappe mit den Papieren, auf denen er eben noch Notizen gemacht hatte. »Du wirst Feldarbeit leisten. Womöglich in Ketten! Baron Arald ist unglaublich wütend. Er steht kurz davor, dich zu verurteilen! Deine einzige Hoffnung ist, zu gestehen und um Gnade zu bitten.«

Aufgrund von Robards leichtem Übergewicht und seinen weichen, gepflegten Händen, nahm Will an, dass die Aussicht, harte körperliche Arbeit leisten zu müssen, die größte Drohung war, die er ihm gegenüber machen konnte. Und er konnte sehen, dass er damit recht hatte. In den Augen seines Gegenübers stand reine Panik.

»Aber die können mich unmöglich gesehen ...«

»Haben sie aber! Ich sage es dir doch. Sie haben dich gesehen. Du hast nicht aufgepasst. Du hättest dich überzeugen sollen, dass auch wirklich niemand in der Küche war!«

»Aber das hab ich doch gemacht! Ich ...«

Vor lauter Panik und durch Wills unablässige Vorwürfe kamen die Worte aus Robards Mund, noch bevor er nachdenken konnte. Erst als Will sich auf seinen Stuhl setzte und den Kopf zur Seite legte, um den jungen Mann zu mustern, wurde diesem bewusst, was er damit eingestanden hatte.

»Das hast du?«, wiederholte er. »Was hast du gemacht?«

»Ich ... ich meine ... nein. Ich hab es nicht gemacht.« Robard versuchte, sich herauszulavieren, doch er wusste selbst, dass es zu spät war. Er sackte im Stuhl zusammen.

Will fuhr fort, nun in einem ruhigeren, aufmunternden Ton.

»Gib es doch einfach zu, Robard. Du kannst deine Situation nur verbessern, wenn du gestehst. Warum hast du es denn getan?«

»Ich sage doch, ich habe es nicht ...«, begann Robard und versuchte, seine vorherige Empörung wieder an den Tag zu legen. Doch es war ein jämmerlicher Versuch und Will winkte einfach nur ab.

»Das ist wirklich eine eigenartige Weise, sich bei

den Leuten zu bedanken, die sich um dich gekümmert und dir Arbeit gegeben haben«, sagte er leise.

Robard hob den Blick und begegnete trotzig dem forschenden Blick des Waldläufers.

»Sich um mich gekümmert? Gedemütigt hat man mich! Der Baron hat mich zurückstufen lassen, sodass ich von Leuten Befehle annehmen musste, die mir vorher untergeordnet waren. Und wie haben die das genossen!«, fügte er hinzu.

Zweifellos hatte Robard vorher seinen Status als angehender Kammerdiener ausgespielt und seine Untergebenen stets seine Überlegenheit spüren lassen. Und auf einmal musste er sich genau diesen Leuten gegenüber unterordnen. Dass ihm das nicht leichtgefallen war, konnte Will sich vorstellen.

»Warum haben sie mich nicht einfach gefeuert? Dann wäre es erledigt gewesen«, sagte Robard jetzt.

Will schüttelte traurig den Kopf. »Sie wollten dich ja nicht feuern. Sie wollten dir eine Lehre erteilen und dir dann deine Stellung wiedergeben, wenn sie das Gefühl gehabt hätten, dass du deine Lektion gelernt hast.«

Robard fiel die Kinnlade runter. »Mir meine Stellung wiedergeben?«, wiederholte er, seine Stimme nur noch ein Flüstern. »Soll das heißen, ich hätte …?« Er hielt inne, wusste nicht so recht, was er als Nächstes sagen sollte.

Will nickte. »Hättest du nur noch einen Monat oder zwei durchgehalten, hättest du deine alte Stellung wiederbekommen. Vorausgesetzt natürlich, du hättest in der Zwischenzeit gelernt, wie man Leute behandelt, die einem unterstellt sind.«

»Das wusste ich nicht. Das hätten sie mir doch sagen müssen!« Da kamen die alten Verhaltensweisen in ihm wieder durch – ein typisches Zeichen von Robards Arroganz. Alles, was ihm widerfuhr, war immer die Schuld von allen anderen, niemals seine eigene. Will erkannte, dass er leider immer noch nichts dazugelernt hatte.

»Also hast du beschlossen, Baron Arald und Desmond eine Lehre zu erteilen«, sagte Will. »Du hast eine Reihe von ›Unfällen‹ arrangiert, nur um dich zu rächen?«

Robard öffnete den Mund, um sofort alles abzustreiten. Doch dann schien er die Hoffnungslosigkeit seiner Situation zu erkennen. Er schloss den Mund, schwieg einen Moment und antwortete dann leise.

»Ja.«

Er schaute nach unten, wollte Wills vorwurfsvollem Blick nicht mehr begegnen. Es herrschte eine ganze Weile Stille im Raum.

Will ließ dieses Schweigen bewusst lange andauern, bis er schließlich fragte: »Gab es sonst noch etwas?«

»Sonst noch etwas? Was meint Ihr?« Robard blickte hoch.

»Außer dem Mauerwerk, dem Vorhang und all diesen Dingen. Hast du noch irgendetwas anderes getan, wovon wir wissen sollten?«

Nur einen Moment lang sah Will ein schnelles Aufflackern in den Augen des unglückseligen Dienstboten.

Es sah verdächtig nach Schuldbewusstsein aus, doch bevor Will mehr sehen konnte, senkte Robard den Kopf erneut.

»Nein«, stieß er hervor. »Nichts weiter.«

»Ganz sicher?«, bohrte Will nach.

Doch Robard blickte weiter auf seine Hände, die in seinem Schoß lagen, als er mit kaum hörbarer Stimme bestätigte: »Ganz sicher. Das war alles.«

»Hm«, sagte Will gedehnt. Ganz langsam und nachdrücklich öffnete er die Ledermappe und kritzelte etwas auf das darin liegende Blatt, um so zu verdeutlichen, dass er Robards letzte Antwort nicht glaubte. Anschließend klappte er die Mappe mit einem Knall zu.

»Wir werden morgen noch einmal darüber reden. Vergiss nicht, die Dinge werden sich für dich besser entwickeln, wenn du mir die ganze Wahrheit sagst. Und ich glaube nicht, dass wir diesen Punkt bereits erreicht haben.«

Soll er über Nacht darüber schwitzen, dachte Will. Morgen werde ich ihn noch einmal befragen.

Will hatte keine Zweifel, dass Robard etwas verschwieg, und war entschlossen, herauszufinden, was es war. Und die morgige Befragung, das nahm er sich vor, würde die von heute wie einen Kinderspaziergang aussehen lassen. Inzwischen war Robard durch den unnachgiebigen Blick des Waldläufers ziemlich aus der Fassung gebracht.

»Was geschieht jetzt mit mir?«, fragte er jämmerlich.

Will antwortete nicht sofort. »Das entscheide nicht ich«, erwiderte er schließlich. »Ich gebe Desmond und dem Baron meinen Bericht und sie werden entscheiden. Vielleicht einige Zeit im Kerker, vielleicht harte Arbeit auf den Feldern für ein paar Jahre. Wer weiß? Vielleicht hast du uns ja doch noch etwas zu erzählen!« Er übertrieb natürlich, doch er wollte, dass Robard der Ernst der Lage bewusst wurde und er über Nacht nachdachte.

»Aber bestenfalls«, schloss er, »wird wohl dein Wunsch in Erfüllung gehen.«

Robard blickte ihn daraufhin erstaunt an. »Mein Wunsch?«, wiederholte er. »Welcher Wunsch denn?«

»Dass sie dich gleich hätten feuern sollen. Ich nehme stark an, das wird passieren.«

Zwei

Sechs Uhr morgens. Füße kamen auf der weichen Erde unter den Bäumen auf. Aus dem Stall hinter der Hütte ertönte Reißers Wiehern.

Will war sofort wach. Jemand rannte durch den Wald auf seine Hütte zu.

Der junge Waldläufer rollte sich aus dem Bett und schlang sich seinen Gürtel mit der Doppelscheide um. Das Geräusch der aufschlagenden Füße kam immer näher. Eine Person, erkannte Will. Wahrscheinlich ein Mann, dem Gewicht nach zu urteilen. Er blickte zu seinem Umhang, der neben der Tür hing, verwarf jedoch sofort den Gedanken, ihn vielleicht umzulegen. In der weiten Hose und dem Hemd – seiner Schlafkleidung – tappte er barfüßig zur Haustür. Ebony war bereits dort. Sie hatte sich von ihrer Decke vor dem Feuer erhoben und schnüffelte am Spalt unter der Tür. Dann sah sie Will an. Ihre Ohren waren aufmerksam hochgestellt und ihr schwerer, buschiger Schwanz wedelte langsam hin und her. Will legte den Zeigefinger auf die Lippen und gab ihr so das Signal, still zu bleiben.

Reißers Wiehern hatte nicht unbedingt Gefahr signalisiert, sondern nur die Tatsache, dass jemand kam. Will legte das Auge an den Spion in der Tür, der so winzig war, dass man ihn auf der anderen Seite gar nicht sehen konnte. Er sah einen Mann in der Livree der Burgbediensteten die Stufen zur Veranda hochkommen. Der Besucher blieb stehen, hielt sich die Seiten und atmete eine paar Sekunden durch, bevor er zur Tür ging und die Hand hob, um zu klopfen.

Verblüfft machte er einen Schritt zurück, als Will in diesem Augenblick bereits die Tür öffnete.

»Oh, Waldläufer Will, Ihr seid wach!«, stellte er verlegen fest.

»Anscheinend«, antwortete Will. Es war die Art von trockener Bemerkung, die Walt ihm gegenüber oftmals gemacht hatte, wenn er das Offenkundige ausgesprochen hatte. Unbewusst hatte er angefangen, das Verhalten seines Lehrers anzunehmen.

»Was kann ich für Euch tun?«, fragte er.

Der Dienstbote – Will konnte an seiner Uniform erkennen, dass er einer der Diener aus dem Speisesaal war – deutete in die Richtung, aus der er gekommen war.

»Ihr müsst mit in die Burg kommen«, sagte er und vergaß vor lauter Aufregung die korrekte Form, seine Nachricht weiterzugeben.

Will hob eine Augenbraue. »Ach ja?«

Der Mann schüttelte den Kopf und machte eine entschuldigende Handbewegung.

»Bitte um Verzeihung, Waldläufer Will. Meister Desmond lässt fragen, ob Ihr bitte so schnell wie möglich in die Burg kommen könntet.«

»Und gibt es einen Grund für all diese Hast?«, fragte Will neugierig.

Der Diener nickte mehrere Male, bevor er antwortete.

»Es ist wegen Robard, Sir. Er ist tot!«

Robards Körper lag mit dem Gesicht nach oben vor dem Fenster seines kleinen Zimmers. Noch im Fallen hatte er anscheinend verzweifelt nach dem schweren Vorhang gegriffen. Der dicke Stoff bedeckte seine Taille und seine Oberschenkel. Zerbrochene Vorhangringe lagen verstreut auf dem Boden um ihn herum. Seine Augen waren weit geöffnet und verliehen seinem Gesicht einen erstaunten Ausdruck.

»Wurde der Körper bewegt?«, fragte Will und ging neben der reglosen Gestalt in die Knie.

»Nein, er wurde genau so gefunden«, antwortete Desmond und reckte den Kopf, um über Wills Schulter zu blicken. Dabei fiel ihm unwillkürlich auf, dass sie gestern praktisch die gleiche Stellung gehabt hatten, als sie den Tisch untersucht hatten.

Will beugte sich näher zu Robards leicht geöffnetem Mund und schnüffelte in der Luft. Er meinte, einen schwachen, süßlichen Geruch nach etwas, was er nicht zuordnen konnte, wahrzunehmen. Suchend sah er sich im Raum um. Da stand ein Wasserkrug auf dem winzigen Nachttisch, aber kein Becher daneben. Er sah sich weiter um. Kein Anzeichen eines Bechers oder Trinkhorns irgendwo.

Vorsichtig hob er eine Ecke des verworrenen Vorhangs an und hörte etwas auf dem Boden klappern. Sobald er den Vorhang weiter angehoben hatte, sah er das Trinkhorn, das dort lag, wo es Robard aus der Hand gefallen sein musste. Der Vorhang hatte es verborgen. Auf dem Boden war ein kleiner, nasser Fleck. Behutsam nahm Will das Trinkhorn und schnüffelte daran. Der gleiche süßliche Geruch stieg ihm in die Nase.

»Gift«, stellte er fest und durch die Reihen der Dienstboten, die sich vor der Zimmertür angesammelt hatten, ging ein Raunen. Will blickte zu Desmond.

»Könntest du die Leute hier wegschicken?«, bat er. Desmond wedelte mit den Händen und scheuchte das Gesinde weg.

»Nun ist es gut. Hier gibt es nichts mehr zu sehen. Ihr habt alle genug Arbeit, also kümmert euch darum!«

Zögernd löste sich die kleine Versammlung auf. Desmond schloss die Tür hinter den Bediensteten und drehte sich zurück zu Will, der das Trinkhorn in der Hand hielt.

»Es ist Selbstmord, oder nicht?«, fragte er.

Will wiegte den Kopf. »Könnte sein. Gab es einen Abschiedsbrief? Selbstmörder hinterlassen normalerweise einen Abschiedsbrief. Wer hat ihn denn überhaupt gefunden?«

»Einer der Tellerwäscher. Robard stand auf dem Plan für die erste Schicht und war nicht aufgetaucht. Also schickte der Küchenmeister jemanden, ihn zu wecken. Der fand ihn so und schickte sofort nach mir. Er hat nichts angerührt, ich habe ihn gefragt. Und er sagte nichts von einem Brief.«

Will schaute sich im Zimmer um. In einer Ecke stand ein einfacher Holztisch mit einem Stuhl davor. Darauf lagen verschiedene Papiere verstreut. Eines war ein Suppenrezept. Ein anderes zeigte Robards Stundenplan für die nächsten vier Tage. Es gab noch einige andere Blätter, alle zerknittert. Offenbar hatte Robard mehrfach versucht, einen Entschuldigungsbrief an Baron Arald und Desmond zu verfassen, dann aber, sobald er einige Zeilen geschrieben hatte, den Entwurf unzufrieden zerknüllt und neu begonnen. Will wollte sich schon wieder wegdrehen, als er noch einen Papierfetzen entdeckte – nur eine Ecke, die offensichtlich von einem größeren Papier abgerissen worden war. Er zog den Schnipsel unter den anderen Papieren hervor. Zwei Worte standen darauf, anscheinend Namen: Serafino und Mordini. Toscanische Namen, dachte er. Sehr ausgefallen. Er reichte Desmond den Papierfetzen.

»Sagen dir diese beiden Namen etwas?«

Der Oberhofmeister schüttelte den Kopf. »Nie gehört. Wir haben manchmal Lieferanten von dort, aber diese Namen kenne ich nicht.«

Will nahm das Papier wieder und steckte es in seine innere Jackentasche. Noch einmal sah er sich im Zimmer um und seufzte dann.

»Es ist traurig, nicht wahr? Ich habe Selbstmord nie verstanden. Ich denke, wir können ihn wegbringen lassen. Mehr werden wir hier nicht herausfinden.«

»Also glaubst du, dass es Selbstmord war?«, fragte Desmond.

Will runzelte nachdenklich die Stirn.

»Es sieht zumindest danach aus. Aber mir gefällt es nicht, dass kein Abschiedsbrief gefunden wurde. Ich werde mich mal im Dorf umhören, ob jemand etwas von diesen beiden Männern aus Toscano gehört hat.« Er klopfte gegen seine Brust, wo der Papierfetzen in der Tasche steckte.

»Ich kann mich an sie erinnern«, sagte Jenny. »Sie haben zweimal hier gegessen. Sie hatten ein Zimmer im Gasthof, aber sie sagten, mein Essen schmecke ihnen besser.«

»Das geht den meisten Leuten so«, sagte Will und Jenny lächelte bei dem Kompliment.

»Man tut, was man kann.«

»Irgendeine Ahnung, was sie hier gewollt haben?«, fragte Will.

Jenny schüttelte den Kopf. »Ich frage die Leute nicht nach ihren Geschäften. Nur, was sie zu essen wollen. Aber vielleicht weiß man es im Gasthof«, fügte sie hinzu.

Will nickte. »Da werde ich als Nächstes Erkundigungen einholen.«

Will verabschiedete sich von seiner alten Freundin und machte sich auf den Weg die Hauptstraße von Wensley entlang zum Gasthof – eines der wenigen zweistöckigen Gebäude in der Hauptstraße. Es war später Morgen und der Inhaber, Joel, ruhte sich in einem Hinterzimmer aus, bevor die hektische Mittagszeit begann. Sein Gehilfe eilte auf Wills Bitte los, ihn zu holen. Will unterdrückte ein Lächeln. Selbst nach all diesen Jahren war er immer noch überrascht über die Art und Weise, wie gewöhnliche Leute – Leute, die er sein ganzes Leben lang kannte – sich beeilten, seine Wünsche zu erfüllen. Er nahm an, das lag an der Aura von Geheimnis und Macht, die den Bund der Waldläufer umgab. Er war sich gar nicht bewusst, dass in seinem Fall sein eigener Ruf diese Aura noch verstärkt hatte.

Joel kam aus dem Hinterzimmer. Sein Haar war zerzaust und er schloss gerade noch den weiten Gürtel um seinen beträchtlichen Bauch. Will vermutete, dass er ein Schläfchen gehalten hatte. Weshalb auch nicht, dachte Will. Gastwirte mussten bis in die späten Abendstunden arbeiten und bei Übernachtungsgästen oftmals sogar bis in die frühen Morgenstunden. Es war nur vernünftig, sich den Schlaf zu holen, wann immer es möglich war.

Joel schnippte mit den Fingern und bestellte frischen Kaffee. Er wusste, wie gern der junge Waldläufer ihn trank. Sie setzten sich an einen der Tische im Schankraum. Die Kiefernholzplanken waren ursprünglich grob gezimmert gewesen, doch jahrelanger Gebrauch und Abnutzung durch Ellbogen, Krüge, Teller und manchmal sogar harte Köpfe hatten das Holz glatt und blank gemacht.

»Was kann ich für Euch tun, Waldläufer Will?«,

fragte er, nachdem sie die üblichen Höflichkeiten ausgetauscht hatten. Will blickte hoch, als der Dienstbote einen Kaffeebecher vor ihn stellte. Er löffelte Honig hinein und nahm einen Schluck. Dann lehnte er sich mit einem zufriedenen Seufzer zurück.

»Euer Kaffee ist immer noch der beste im ganzen Ort, Joel«, sagte er. »Ich weiß, Jenny würde liebend gern wissen, woher Eure Bohnen stammen.«

Joel grinste. »Da bin ich mir sicher, dass sie das gern wüsste. Aber ich halte meinen Lieferanten geheim. Es gibt nicht zu viele Gebiete, auf denen ich Jenny und ihr Gasthaus schlagen kann, aber mein Kaffee gehört dazu.«

Will wusste, dass Joel jeden Monat einige Meilen reiste, um den Lieferanten der Kaffeebohnen zu treffen. Wer dieser Lieferant war und was genau er lieferte, war ein streng gehütetes Geheimnis. Früher hatte Will mal mit dem Gedanken gespielt, Joel zu folgen und Jenny die Identität des Lieferanten zu verraten. Doch dann hatte er entschieden, dass das nicht anständig wäre, seine Fähigkeiten zum Vorteil von Jenny und gegen Joel einzusetzen. Wenn Jenny selbst das Geheimnis lüften wollte, gut und schön. Aber das war dann ihre Angelegenheit. Nun merkte er, dass Joel immer noch auf eine Antwort auf seine Frage wartete.

»Ihr hattet vor ein paar Tagen zwei Gäste hier, die wohl aus Toscano kamen, oder?«

Joel nickte sofort. »Stimmt. Einkäufer für Wolle waren das. Signore Mordon und Sera-irgendwasnoch.«

»Mordini und Serafino«, verbesserte Will und Joel nickte.

»Ja. Das müssen sie gewesen sein. Ich kann mir ausländische Namen immer nicht so gut merken.«

»Und sie waren aus Toscano?«

»So hörte es sich jedenfalls an. Der Dialekt ist ja unschwer zu erkennen.«

Wills Augen wurden schmal. Der toscanische Akzent war breit und leicht zu erkennen. Was es natürlich auch umso leichter machte, ihn nachzuahmen.

»Und Ihr sagt, sie wollten Wolle kaufen?«, fragte er weiter.

Joel gestattete sich ein Lächeln. »Um genau zu sein, war es das, was sie sagten. Ich gebe es nur wieder. Warum fragt Ihr? Haben sie etwas angestellt?«

Will reagierte nicht auf die Frage, sondern stand gedankenverloren auf. »Haben sie irgendeinen Handel getätigt?«, fragte er schließlich.

Joel zuckte mit den Schultern. »Keine Ahnung. Wahrscheinlich könnte Barret darauf am besten antworten.«

Barret war der größte Wollhändler im Ort. Die meisten Bauern aus der Umgebung schickten ihre Wolle zum Verkauf zu ihm. Er übernahm für sie den Handel und berechnete dafür eine Gebühr für jeden Verkauf.

»Das ist wohl wahr. Ich werde ihn fragen«, sagte Will.

Doch als er den Händler befragte, verneinte dieser einen Handel.

»Bei mir haben sie sich nicht gemeldet, Waldläufer«, sagte Barret. »Ich habe sie einmal zufällig im Gasthof getroffen und Joel sagte mir, sie seien im Wollgeschäft. Aber ich habe nie wieder von ihnen gehört. Weiß auch nicht, warum. Vielleicht war ich ihnen nicht gut genug.« Er klang darüber leicht eingeschnappt. Tatsächlich hatte er vermutet, dass die Käufer aus Toscano bei einem kleineren Händler in der Gegend einen besseren Preis bekommen hatten. Wenn das der Fall war, hätte er gern die Gelegenheit zum Feilschen gehabt. Barret ließ sich nicht gern ein Geschäft durch die Lappen gehen.

Stirnrunzelnd kehrte Will zurück zum Gasthof. Das Mittagsgeschäft war jetzt in vollem Gange und der Schankraum zu zwei Dritteln besetzt. Er fing Joels Blick auf und winkte ihn zu sich.

»Wegen dieser Toscaner«, sagte er. »Habt Ihr deren Zimmer schon wieder neu vermietet?«

Joel schüttelte den Kopf. »Nein. Letzte Woche war nicht viel los. Wir haben natürlich die Betten frisch überzogen. Und Anna hat sicher ausgefegt. Wollt Ihr einen Blick in das Zimmer werfen?«

»Wenn es Euch nichts ausmacht«, antwortete Will.

Joel ging zur Theke und holte einen Schlüssel von einem Schlüsselbrett.

»Die Treppe hoch, das zweite Zimmer rechts«, sagte er. »Aber ich bin ziemlich sicher, dass sie nichts zurückgelassen haben.«

Er behielt recht. Das Zimmer war aufgeräumt und leer. Es gab kein Anzeichen, dass es bis vor ein paar

Tagen von zwei Männern bewohnt gewesen war. Oder doch? Will schnüffelte prüfend in der Luft. Das Fenster war geschlossen gewesen und es lag eine schwache Spur von … von irgendetwas in der Luft. Etwas Vertrautem. Ein leicht süßlicher Geruch. Nicht unangenehm. Es war nur der Hauch eines Duftes und schwierig einzuordnen.

»Also«, murmelte Will ein wenig gereizt, »was haben wir? Wir haben zwei toscanische Wollkäufer, die keine Wolle kaufen und einen schwachen Parfümgeruch hinterlassen. Wie eigenartig.«

Er ging langsam und nachdenklich die Treppe hinunter, gab den Schlüssel zurück und verabschiedete sich von Joel.

Als er hinaus in den nachmittäglichen Sonnenschein trat, überlegte er weiter. Was war das nur für ein Geruch? Irgendwie kam er ihm bekannt vor. Doch je mehr er versuchte, ihn einzuordnen, desto mehr schien ihm die Antwort zu entschlüpfen.

Erst am Abend wurde ihm plötzlich klar, was es war.

Er flocht gerade eine neue Bogensehne. Vor Kurzem hatte er ein leichtes Ausfransen seiner jetzigen bemerkt und wollte sie ersetzen, bevor es schlimmer wurde.

Er sicherte die Schlaufen an beiden Enden und griff in seine Werkzeugkiste, um einen Klumpen Bienenwachs herauszuholen. Als er begann, das Wachs entlang der Schnüre zu reiben und kleine Stückchen davon auf den Boden flogen, stieg ihm der angenehm süße Duft in die Nase.

Bienenwachs! Das war es, was er in dem Zimmer

noch bemerkt hatte. Es wurde von Bogenschützen benutzt, um ihre Bogensehnen zu härten und wasserfest zu machen. Und genau das benutzte man auch bei einer Armbrust.

Insgeheim hegte er den Verdacht, dass die beiden angeblichen Wollhändler gar nicht aus Toscano kamen, sondern aus einem benachbarten Stadtstaat, dessen Einwohner mit einem ähnlichen Akzent sprachen. Es war ein Akzent, der nicht leicht zu verbergen war. Somit war der beste Weg für die beiden Fremden, wenn sie denn ihre Identität verheimlichen wollten, einen ähnlichen Akzent anzunehmen und sich als Toscaner auszugeben, statt als Genovesen.

Er hätte nicht sagen können, warum er an Genovesen gedacht hatte, seit er von den beiden Fremden im Ort gehört hatte – und ihre Namen auf dem Papierfetzen von Robard gefunden hatte. Serafino und Mordini konnten genauso gut genovesische Namen sein, denn der durchschnittliche Araluener würde keinen Unterschied erkennen.

Robard war auf ungeklärte Weise umgekommen. Vielleicht war es Selbstmord gewesen, doch Will war nicht überzeugt. Und es schien, dass sein Tod auf Gift zurückzuführen war – etwas, wofür die Söldner aus Genova berühmt-berüchtigt waren. Jahrelange Ausbildung durch Walt hatte Will dazu gebracht, nicht einfach zu akzeptieren, was offensichtlich und naheliegend schien. Wie Walt ihm bei vielen Gelegenheiten eingetrichtert hatte: *Besser du vermutest etwas und findest nichts, als du vermutest nichts und findest etwas.*

»Also«, sagte Will laut, »wenn es Genovesen sind, was wollen sie hier?«

Ebony hob beim Klang seiner Stimme den Kopf. Dann, als sie merkte, dass er gar nicht zu ihr sprach, ließ sie ihren Kopf wieder mit einem zufriedenen Seufzer nach unten fallen.

Die wahrscheinlichste Antwort war, dass diese Fremden in Wensley waren, um einen Mord zu begehen. Es war allgemein bekannt, dass genovesische Söldner für einen Mord angeheuert werden konnten. Zu ihren Waffen gehörte die Armbrust, eine große Auswahl an rasiermesserscharfen Dolchen und vor allem Gifte in allen möglichen Varianten.

»Vielleicht sind sie hinter mir und Walt her«, überlegte er laut weiter.

Die Hündin sah ihn an, ohne den Kopf zu bewegen. Dann klopfte sie noch einmal mit dem Schwanz auf den Boden.

»Wer ist jetzt hinter mir her?«, fragte eine Stimme hinter ihm und als er sich umdrehte, entdeckte er Walt. Die Waldläufer liebten es, sich gegenseitig zu überraschen, indem sie urplötzlich auftauchten und so ihre Fähigkeiten, sich lautlos anzunähern unter Beweis stellten. Normalerweise war es schwierig, Will zu überraschen, doch heute Abend war er zu sehr mit den Gedanken über die geheimnisvollen Fremden beschäftigt.

Walt war durchnässt und müde nach einem langen Tag im Sattel. Er hatte den Postwagen verfolgt, ohne dass sich etwas ereignet hatte. Auf dem Rückweg hatte er den Weg zur Hütte eingeschlagen, um dort einen Bericht über die Ereignisse des Tages abzufassen, solange er noch alles im Kopf hatte. Dann wollte er zur Burg, um dort ein heißes Bad zu nehmen und anschließend mit Pauline zu Abend zu essen.

Schnell erzählte Will ihm von seinem Verdacht. Walt hörte aufmerksam zu und runzelte die Stirn.

»Es ist ein ziemlich weit hergeholter Verdacht, zwei Wollhändler aus Toscano in zwei gedungene Mörder aus Genova zu verwandeln – und all das aufgrund von etwas Bienenwachs«, sagte er, als sein einstiger Lehrling seinen Bericht beendet hatte.

»Außer, dass sie keinerlei Wolle kauften und ihre Namen in Robards Zimmer gefunden wurden. Und der starb durch Gift«, erinnerte ihn Will.

»Das stimmt«, sagte Walt. »Irgendeine Ahnung, wo sie sich jetzt befinden?«

Will schüttelte den Kopf. »Niemand weiß, wo sie hinwollten. Sie könnten genauso gut irgendwo in der Nähe im Wald ein Lager aufgeschlagen haben.«

»Wie kommst du darauf, dass du und ich ihr Ziel sein könnten?«, fragte Walt.

»Es ist lediglich eine Vermutung«, antwortete Will. Wen sonst hier sollten sie Grund haben zu hassen?«

Die beiden Waldläufer hatten vor einiger Zeit in Hibernia und auch in Araluen einen unangenehmen Zusammenstoß mit drei genovesischen Söldnern gehabt. Das Ergebnis waren drei tote Mörder. Allerdings hatte auch Walt dabei fast sein Leben verloren.

Doch Walt wischte den Gedanken an Rache weg.

»Es geht weniger darum, wen *sie* hassen«, sagte er. »Sie töten für Geld, nicht der Rache wegen. Du musst eine Person finden, die Ziel für einen Anschlag sein könnte, weil jemand anders sie hasst – jemand, der Mörder gedungen und bezahlt haben könnte.«

Eine Weile herrschte Stille. Die beiden Waldläufer dachten nach, kamen aber zu keinem Ergebnis. Schließlich fragte Will seinen alten Mentor, wie sein Tag verlaufen war.

»Fast so, wie ich es erwartet hatte«, antwortete der graubärtige Waldläufer. »Ich habe die Postkutsche meilenweit verfolgt, durch Flüsse und Täler. Es regnete zwei Stunden ununterbrochen und ich wurde patschnass. Und kein Zeichen von irgendwelchen Räubern.«

»Vielleicht haben sie dich gesehen«, sagte Will und wurde mit einem eisigen Blick belohnt. Wenn ein Waldläufer nicht gesehen werden wollte, dann wurde er auch nicht gesehen. »Entschuldige«, sagte Will kleinlaut. »Wann geht die nächste Postkutsche?«

»In zehn Tagen«, sagte Walt. »Und sie fährt die lange Route. Womöglich bin ich nicht mal rechtzeitig zur Hochzeit zurück.«

»Das würde Pauline sicher gefallen.« Will grinste und Walt warf ihm einen bösen Blick zu.

»Das hat sie bereits hinreichend deutlich gemacht«, sagte er. »Und hast du Fortschritte hinsichtlich deiner Rede gemacht?«

Nun war es Will, der gereizt aussah. »Ich hatte ziemlich viel um die Ohren. Ich mach das schon noch.«

Walt hob eine Augenbraue. »Der Tag rückt näher«, merkte er an.

Die Hochzeit sollte in wenigen Wochen stattfinden. Die ersten Würdenträger waren schon auf Redmont eingetroffen.

»Warum wird die Hochzeit denn eigentlich nicht auf Schloss Araluen abgehalten?«, fragte Will. Das hatte er schon länger wissen wollen.

»Offiziell wird der Speisesaal renoviert und nicht rechtzeitig fertig sein. Außerdem hat Evanlyn das Gefühl, dass die ganze Sache hier etwas weniger formell und dadurch freundlicher sein wird. *Etwas weniger Prunk* war der Ausdruck, den sie benutzte. Und weiter – ebenfalls inoffiziell – gefiel Duncan der Gedanke, dass Jenny und Meister Chubb sich um das leibliche Wohlergehen kümmern.«

»Aber die hätte er ja auch zu sich nach Schloss Araluen holen können«, sagte Will.

Doch Walt schüttelte ernst den Kopf. »Das hätte seinen eigenen Küchenmeister vor den Kopf gestoßen. Es ist niemals weise von einem König, seinen Küchenmeister zu verärgern. Es ist zu leicht für ihn, etwas Unangenehmes in sein Essen zu mischen und …«

Im gleichen Moment wurde ihnen beiden die Bedeutung dessen klar, was sie sagten. Der König wäre Ende des Monats in Redmont – zusammen mit vielen anderen Adligen und Würdenträgern aus verschiedensten Ländern.

»Was meinst du?«, fragte Will. Es bestand keine

Notwendigkeit, die Frage zu präzisieren, denn sie dachten definitiv das Gleiche.

»Ich denke, es ist momentan lediglich ein vager Verdacht«, antwortete Walt. »Aber ich denke auch, du solltest ihn genau überprüfen.«

Drei

Während der nächsten Tage ging Will in der ganzen Umgebung auf Spurensuche nach den beiden fremden Wollhändlern. Er fragte in nahe gelegenen Weilern und Dörfern, doch keiner hatte die Männer gesehen. Er durchkämmte auch die Wälder, für den Fall, dass die beiden irgendwo abseits ihr Lager aufgeschlagen hatten. Doch er fand nichts.

Nach einigen Tagen verließ ihn das Gefühl von Dringlichkeit. Es war ja durchaus möglich, dass er überreagiert hatte. Wenn er genauer darüber nachdachte, konnte er ein halbes Dutzend plausibler Erklärungen für die Umstände finden, die er aufgedeckt hatte, und keine davon schloss einen Auftragsmord ein.

Außerdem ging es in Redmont inzwischen immer hektischer zu, da immer mehr einheimische und ausländische Gäste eintrafen.

Der erste war Erak, Oberjarl der Nordländer. Typischerweise mied Erak den Ritt über Land, sondern segelte mit seinem alten Schiff *Wolfswind* den Fluss Tarbus hoch. Als er sich dem schmalen Kai vor Wensley näherte, hissten seine Männer eine lange Flagge am

Mast. Will konnte ein Grinsen nicht unterdrücken, als er sie erkannte. Es war Evanlyns – oder besser gesagt, Prinzessin Cassandras – persönliches Wappen, das aus einem roten Falken im Steilflug bestand. Erak hatte die Standarte vor vielen Jahren gehisst, als er Cassandra zusammen mit Will, Walt und Horace nach Schloss Araluen zurückgebracht hatte. Damals hatte er sie aufgezogen, um jegliche Ängste bei den Araluanern zu ersticken, wenn sie ein Wolfsschiff so weit im Inland entdeckten. Nun, mit einem seit vielen Jahren gültigen Friedensabkommen, waren diese Ängste unwahrscheinlich.

»Wir werden diese Flagge eines Tages von ihm zurückfordern müssen«, sagte Walt zu Will, während sie zusahen, wie das Schiff sich näherte.

Will grinste. »Hast du schon jemals einen Nordländer dazu überreden können, etwas zurückzugeben?«

Walt schüttelte mit einem Seufzer den Kopf. Dann traten sie an den Kai, um ihren alten Freund und Verbündeten zu begrüßen. Ergeben stellten sie sich darauf ein, blaue Flecken zu bekommen. Wenn Erak sie wie üblich umarmte, war das nämlich eher, als nehme er sie in den Schwitzkasten.

Als Will wieder Luft bekam, fragte er Erak, warum er diesmal gar nicht das neue dreieckige Segel, das der *Seevogel* eingeführt hatte, gesetzt hatte. Erak grinste.

»Vielleicht bin ich schon zu alt, um mich noch groß zu ändern. Außerdem sollte meine Mannschaft diesmal etwas mehr rudern. Sie werden zu fett und selbstgefällig.«

Ein paar Tage später wurde die Begrüßungszeremonie wiederholt, als Seley el'then, Wakir der Arridi von Al Shabah ankam. Will musterte das Gefolge des Wakirs auf der Suche nach einem vertrauten Gesicht.

»Umar ist gar nicht dabei«, stellte er mit leichter Enttäuschung fest.

Selethen schüttelte den Kopf. »Unglücklicherweise liebt er seinen Wüstensand zu sehr. Die Aussicht, den Fuß auf ein Schiff setzen zu müssen, hat ihn abgeschreckt.«

»Das tut mir leid«, sagte Will. Umar und sein Stamm der Bedullin hatten ihn einstmals aus der brennend heißen Wüste gerettet, als er sich auf die Suche nach Reißer begeben hatte, der in einem Sandsturm verloren gegangen war.

Selethen lächelte vielsagend. »So ging es auch seiner Frau. Sie hatte sich auf den Besuch einer Hochzeit gefreut. Ich fürchte, Umar wird sein Daheimbleiben noch bereuen.«

Zwischen all den Begrüßungen und der entstehenden Unruhe bei der Unterbringung der Nordländer und Arridi geriet die Frage nach den Wollhändlern bei Will ganz in Vergessenheit, bis er zufällig eines Nachmittags Desmond über den Weg lief.

Der Oberhofmeister winkte ihn zu sich.

»Will!«, sagte Desmond. »Ich wollte dir die ganze Zeit schon etwas zeigen.«

Er reichte ihm ein Stück Papier, das offensichtlich zusammengeknüllt gewesen und danach wieder auseinandergefaltet und geglättet worden war. Will studierte es interessiert. Es schien der Tischplan für ein Bankett zu sein.

Auf einer Seite standen einige Notizen. Will las sie stirnrunzelnd.

Einzug. Mahlzeiten und Reden. Tanz. Der Anblick des Wortes Reden löste sofort ein schlechtes Gewissen bei ihm aus. Er musste wirklich endlich an seiner eigenen Rede arbeiten. Er sah noch einmal genau hin. Neben dem Wort *Tanz* war eine Markierung. Er studierte das Ganze ein paar Sekunden lang. Er bemerkte, dass die linke Seite des Plans ausgestrichen war, und deutete darauf.

»Was ist das denn?«

Desmond nickte. »Ja. Das habe ich auch schon überlegt. Dann habe ich nachgesehen und gemerkt, dass wir den Plan für diesen Teil der Halle geändert hatten, als wir hörten, dass zwei Schiffe mit Nordländern kommen. Wir mussten die Delegation aus Gallica umsetzen, denn sie sind von unseren nordländischen Freunden nicht gerade angetan.«

Nun begriff Will.

»Dann ist das der Sitzplan für die Hochzeitsfeier?«, fragte er, und als Desmond nickte, fragte er weiter: »Wo hast du ihn gefunden?« Dabei hatte er das Gefühl, die Antwort schon zu kennen.

»In Robards Zimmer. Er hatte einen kleinen Abfalleimer. Der stand unter dem herabgezogenen Vorhang, weswegen wir ihn auch nicht bemerkten. Eine der Dienstmägde fand ihn einen Tag später, beim Aufräumen. Da ich ihr gesagt hatte, sie solle mir alles zeigen, was sie noch im Zimmer fände, stellte sie ihn beiseite, vergaß aber bis gestern, mir den Inhalt zu zeigen.«

»Warum hat er diesen Plan gehabt?«, fragte Will.

Desmond wiegte den Kopf. »Es ist nicht unüblich. Obwohl wir ihn zurückgestuft haben, ließ ich ihn immer noch bei der Tischplanung helfen.«

Will strich sich nachdenklich übers Kinn. Auch wenn es laut Desmond eine plausible Erklärung geben konnte, war sein Misstrauen geweckt. Er studierte die Zeichnung und bemerkte eine weitere kleine Markierung darauf, diesmal zwischen den beiden Bogenpfeilern der Ostwand.

»Was ist das?«, fragte er.

Desmond beugte sich vor, um besser sehen zu können. Dann zuckte er mit den Schultern.

»Keine Ahnung«, antwortete er. »Könnte einfach nur ein Tintenfleck sein. Nichts weiter zu erkennen.«

»Der Fleck befindet sich genau dem Tisch des Brautpaares gegenüber«, machte Will ihn aufmerksam. Ein großes Rechteck markierte die Position, wo das Brautpaar mit den engsten Angehörigen und Freunden auf einem erhöhten Podium saß. Desmond zuckte erneut mit den Schultern. Er schien nicht zu verstehen, worauf Will hinauswollte. Will tippte auf das Papier.

»Gehen wir und sehen uns diese Stelle einmal genauer an«, schlug er vor und machte sich auf den Weg zum Bergfried. Desmond eilte hinter ihm her.

Im Audienzsaal waren die Handwerker bereits dabei,

das Podium aufzubauen, wo Cassandra, Horace, Duncan, Will und Alyss sitzen würden. Der Geruch von frisch gesägtem Holz erfüllte die Luft.

Will stellte sich zwischen die beiden Pfeiler. Diese standen etwa vier Schritte auseinander, und wie er bereits wusste, befanden sie sich dem Podium genau gegenüber.

Desmond stellte sich neugierig neben ihn.

»Worüber machst du dir Sorgen?«, fragte er.

Will deutete auf die halbfertige Plattform. »Ich denke, das hier wäre eine ideale Ausgangsstellung, wenn jemand ein Attentat auf den König verüben wollte. Diese Pfeiler gäben einem Angreifer jede Menge Deckung«, antwortete Will.

Desmond schüttelte zweifelnd den Kopf. »Nicht an diesem Tag«, sagte er und deutete auf die Zeichnung. »An diesem Tag wird der ganze Saal dicht gedrängt mit Menschen und Tischen sein. Mindestens dreißig Leute haben einen klaren Blick auf diese Stelle. Ich denke, du bist vielleicht überbesorgt.«

Doch Will ließ sich nicht so leicht von seinem Verdacht abbringen. »Vielleicht«, sagte er. Dann fügte er hinzu: »Ich behalte diesen Plan, ja?«

Desmond vollführte eine einladende Geste mit den Händen.

»Aber natürlich. Und wenn du mich jetzt nicht weiter brauchst… ich muss mich noch um ein oder zwei andere Dinge kümmern.«

»Nur um ein oder zwei?« Will grinste. Er wusste, dass der Oberhofmeister bis über den Hals in den Vorbereitungen für die Hochzeit steckte. Desmond verdrehte vielsagend die Augen.

»Mach ein- oder zweihundert daraus!«

Später an diesem Abend saß Will mit einer Tasse Kaffee über der Skizze und versuchte, aus den kryptischen Zeichen schlau zu werden. Ein kleines Kreuz neben dem Wort »Tanz«. Und noch eine Markierung, vielleicht aber auch nur ein Tintenfleck, an der Wand zwischen den Säulen. Desmond hatte recht. Ein Schütze hätte keine Gelegenheit, ungesehen dort zu verweilen, wenn alles voller Gäste war. Außerdem: Selbst wenn es einen Weg gäbe, ungesehen zu bleiben, wäre die Sicht zum Podium doch ständig von Menschen gestört, die hin und herliefen, um einander zu begrüßen, sowie von einer Flut von Dienstboten, die Essen und Getränke auftrugen.

Er überprüfte noch einmal den Plan mit der aktuellen Tischordnung, den Desmond ihm gegeben hatte. Was er dort sah, beruhigte ihn: Die Tische zwischen den Pfeilern waren für die Seewölfe reserviert. Mit einer Horde starker, rauflustiger Nordländer in der Nähe würde niemand es wagen, plötzlich eine Waffe herauszuziehen.

Endlich fühlte er sich wieder besser und legte den Sitzplan zur Seite, um stattdessen nach Feder und Papier zu greifen und sich noch einmal an seine Rede zu machen.

»Eure Majestät, Exzellenzen, …« Er machte eine

Pause und wusste nicht, welche respektvolle Anrede er für Erak, den Oberjarl von Skandia, verwenden sollte. In all den Jahren, in denen er Erak kannte, hatte er ihn nie in einer formellen Rede begrüßen müssen. Er hielt die Feder unsicher in der Luft und ein Tintentropfen fiel aufs Papier. Will musterte ihn. Er glich dem bei dem Wort »Tanz«. So ein Tintenfleck kam allzu leicht aufs Papier. Er warf wieder einen Blick auf die Sitzordnung, dann sah er zurück auf den Anfang seiner Rede. Was sollte er nur sagen?

Er legte die Feder ab und schloss das Tintenfass.

»Ich werde mich morgen damit befassen«, sagte er laut. Ebony hob den Kopf und sah ihn – wie er meinte – zweifelnd an. »Das tu ich!«, versicherte er.

Damit stand er vom Tisch auf und ging zu Bett. Doch im Hinterkopf spukten immer noch leise Zweifel herum und es dauerte eine Weile, bis er einschlief.

Vier

Zwei Tage später wurde die Angelegenheit durch die Ankunft der *Wolfswill* aus seinem Kopf verdrängt.

Das elegante Schiff mit seinem dreieckigen Segel flog den letzten Teil der Strecke, die es auf dem Tarbus zurücklegen musste, geradezu. Seit es gesichtet worden war, hatte sich die Nachricht seiner Ankunft verbreitet und es war bereits eine große Menge versammelt, um es zu begrüßen. Erak, der neben Will stand, seufzte, als er das anmutige Schiff näher kommen sah – die weiße Bugwelle kündete von seiner Geschwindigkeit.

»Die Zeiten ändern sich, junger Will«, sagte er mit leiser Stimme.

Will blickte seinen breitschultrigen Freund, den Oberjarl an, und sah einen Ausdruck des Bedauerns in seinen Augen. Erak vermisste die alten Tage der Freiheit, als er mit seiner Mannschaft über die Weltmeere segelte, Beute machte und kämpfte. Will spürte, dass Erak nur allzu gern wieder an die alten Zeiten anknüpfen würde, und zwar in einem Schiff wie der *Wolfswill*. So sehr er an seinem alten Wolfsschiff mit dem Rahsegel hing, die neue Takelage mit dem gebogenen Baum und dem dreieckigen Segel ermöglichte eine ganz andere Geschwindigkeit. Das war etwas, worauf kein echter Seemann ohne Neid blicken konnte.

Als das Schiff sich dem Kai näherte, hörten die Zuschauer einen scharfen Befehl von der stämmigen Gestalt am Steuerruder – Gundar. Die Matrosen beeilten sich, ihm zu gehorchen, und der lange, gebogene Baum wurde schnell eingeholt, der letzte Wind wich aus den Segeln, als die Männer es packten und falteten.

Zur gleichen Zeit wurde eine Fahne am Mast aufgezogen: drei stilisierte Kirschen auf einem hellblauen Hintergrund. Die schnell segelnde *Wolfswill* war für die längste Reise von allen ausgesucht worden. Sie brachte den Gast, der den weitesten Weg hatte.

Shigeru, Kaiser von Nihon-Ja, war zur Hochzeit seines Freundes gekommen.

Auch wenn seine Ankunft seit einigen Tagen erwartet wurde, war der Anblick der Fahne ein konkreter Beweis und die große Menge brach in Begeisterungsrufe aus. Dann kam die schmale Gestalt des Kaisers mit schnellen Schritten zum Bug, um zuzusehen, wie die *Wolfswill* geschmeidig am Kai anlegte.

Sobald das Schiff sanft den Kai berührte, sprang Shigeru geschickt über die Verschanzung und ging über die rauen Planken, flankiert vom Kommandanten seiner persönlichen Leibwache. Das Dutzend Senshi-Krieger, aus denen die Leibwache bestand, war von der spontanen Handlung ihres Kaisers überrascht worden. Sie beeilten sich, ihm zu folgen, und formten rasch zwei Reihen, um mit dem eigentümlichen steifbeinigen Schritt der Senshi hinter ihm herzumarschieren.

König Duncan reagierte schneller als sie. Sobald er sah, dass Shigeru an Land sprang, ging er schnell auf ihn zu, um ihn zu begrüßen. Einige Schritte vor dem Kaiser blieb er stehen und verbeugte sich von der Taille an tief nach unten. Ein verblüfftes Gemurmel ging durch die versammelten Araluaner. Die meisten von ihnen hatten noch niemals gesehen, dass der König sich vor irgendjemandem verbeugte. Shigerus Augen funkelten und er verbeugte sich ebenfalls. Da er diesen Brauch eher gewöhnt war, gelang es ihm, sich noch tiefer zu verbeugen als Duncan. Die beiden Herrscher standen einige Sekunden so nach unten gebeugt da. Da sagte Shigeru:

»Ich weiß ja nicht, wie es Euch geht, Eure Majestät, aber mein Rücken bringt mich um.«

Duncan unterdrückte ein Auflachen und antwortete leise.

»Vielleicht sollten wir uns sofort aufrichten, Eure Exzellenz, sonst schaffen wir es womöglich nicht mehr.«

Die beiden Staatsoberhäupter richteten sich auf und betrachteten einander: Duncan, groß und breitschultrig, sein rötliches Haar an den Schläfen und am Bart langsam ergrauend. Shigeru, glatt rasiert und viel kleiner, aber mit einer drahtigen Stärke und einer unbändigen Energie und Neugierde.

»Willkommen in Araluen«, sagte Duncan.

Shigeru erwiderte den Gruß mit einem Nicken. »Es ist ein Vergnügen, auf das ich mich schon geraume Zeit gefreut habe.« Dann blickte er an Duncan vorbei und unverhüllte Freude war auf seinem Gesicht zu erkennen, als er sah, wie eine hochgewachsene Gestalt durch die Menge auf ihn zukam.

»Kurokuma!«, sagte er und Horace rannte die letzten Schritte beinahe und hätte dabei um ein Haar das Sakrileg begangen, den König zur Seite zu stoßen, um seinen Freund zu begrüßen. Die beiden umarmten sich und die schmale Gestalt des Kaisers schien von dem jungen Krieger beinahe erdrückt zu werden.

»Ich hatte schon befürchtet, Ihr schafft es nicht«, sagte Horace. In seinen Augen standen Tränen, als er einen Schritt zurücktrat und sich etwas verspätet noch vor dem Kaiser verbeugte. Shigeru lächelte und erwiderte die formelle Begrüßung.

»Nichts hätte mich davon abhalten können«, sagte er, als er sich aufrichtete. »Mein Reich ist gut aufgehoben in den Händen von Nimatsu-san und seinen Hasanu-Kriegern.«

Horace grinste. »Es wäre schon besondere Waghalsigkeit nötig, um sich mit ihnen anzulegen«, sagte er. Dann besann er sich auf seine Manieren und trat zur Seite, um Selethen vorwärts zu winken. Der schlanke Arridi vollführte seine übliche anmutig Grußgeste gegenüber dem Kaiser, mit dem er seit Langem befreundet war. Dann war es Zeit, andere Ehrengäste vorzustellen. Ein wenig zögernd, da er sich nicht sicher war, wie die Sache ausgehen würde, übernahm Horace die Vorstellung.

»Eure Exzellenz, Shigeru, Kaiser von Nihon-Ja, darf

ich Euch mit Erak bekanntmachen, Oberjarl von Skandia.«

Ein Oberjarl wurde gewählt und die Nordländer glaubten nicht an ein vererbbares Recht als Herrscher. Aus diesem Grund und um seine unabhängige Natur deutlich zu machen, wurde Duncan von Erak nie mit »Eure Majestät« angesprochen, sondern nur mit seiner Stellung: König. Er war entschlossen, diesem Herrscher aus dem Osten von der Größe eines Eichhörnchens, auch keine größere Ehrerbietung zu erweisen. Anstatt sich zu verbeugen, nickte er nur kurz mit dem Kopf und sagte rau: »Wie geht's, Kaiser?«

Shigerus Lippen zuckten, als er versuchte, ein Lächeln zu unterdrücken. Er hatte auf seiner Reise an Bord der *Wolfswill* viel über die Nordländer gelernt. Also ahmte er Eraks Nicken und seinen rauen Ton perfekt nach.

»Mir geht's gut, Erak-san. Wie geht's selbst?«

Erak, der sich auf eine empörte Reaktion gefasst gemacht hatte, war von der schnellen Anpassung des Kaisers an nordländische Manieren etwas verblüfft. Dann lachte er begeistert und drehte sich zu Horace.

»Bei Gorlogs geflochtenem Bart! Der ist gut, junger Horace, der ist wirklich gut!«

Gerade noch rechtzeitig merkte Horace, dass Erak dabei war, den Kaiser herzlich auf den Rücken zu schlagen, und er fasste Eraks massive Hand.

»Keine gute Idee, Erak«, sagte er.

Erak war im ersten Moment verdutzt, dann merkte er, dass sechs der Senshi in kampfbereite Hocke gegangen waren und ihre Säbel halb aus der Scheide gezogen hatten.

»Oh … ja. Verstehe. Ich will diese Zwerghähne ja nicht reizen.« Er verwandelte die Geste in ein undeutliches Winken in Richtung des Kaisers.

Jetzt trat Will vor und begrüßte den Kaiser.

»Es ist gut, Euch wiederzusehen, *Chocho-san*«, sagte der Kaiser herzlich. »Ist Arris-san auch hier?«

»Sie hilft der Prinzessin bei ihren Vorbereitungen, Eure Exzellenz. Wir werden sie heute Abend sehen. Baron Arald hat ein kleines Abendessen arrangiert, um Euch willkommen zu heißen.«

Shigeru lächelte. »Ich freue mich darauf, die beiden wiederzusehen, *Chocho*.«

Hinter sich hörte Will, wie Erak in die Runde fragte: »*Chocho*? Was soll das mit dem *Chocho*?«

Sein Ton ließ keinen Zweifel, dass er genau wusste, was *Chocho* bedeutete. Will vermutete, dass Gundar es ihm erzählt hatte. Wills Spitzname unter den Menschen von Nihon-Ja war *Chocho*, was Schmetterling bedeutete, und das hatte ihn im Anschluss an die Reise zur Zielscheibe verschiedenster Witze gemacht. Wenn Will jetzt so das verschmitzte Aufblitzen in Eraks Augen sah, war ihm klar, dass das alles wieder von vorne losging.

Das Essen an diesem Abend war eine fröhliche Angelegenheit, denn alte Freunde, die sich viele Monate nicht gesehen hatten, waren endlich wieder vereint.

Meister Chubb hatte entschieden, seine Vorherrschaft zu unterstreichen und das Essen selbst, ohne

Jennys Hilfe zu bereiten. So sehr er die besonderen Künste seines früheren Lehrlings schätzte, wollte er doch auch ab und zu ganz gern der Welt zeigen, wer ihr das Handwerk denn eigentlich beigebracht hatte.

Daher verkündete Baron Arald nach dem Essen, als er seinen Gürtel ein Loch weiter schnallte: »Dieser Wettbewerbsgeist zwischen Jenny und Chubb gehört zum Besten, was mir je widerfahren ist.«

Die Gesellschaft löste sich jedoch bald auf, da die meisten Gäste nach der langen Reise gern das Bett aufsuchten. Duncan als offizieller Gastgeber war der Letzte, der ging. Als er und Cassandra sich schließlich anschickten, das private Speisezimmer des Barons zu verlassen, trat Will rasch neben sie.

»Eure Majestät! Auf ein Wort?« Als er dann sah, dass die Prinzessin sie allein lassen wollte, fügte er schnell hinzu: »Bitte bleib, Evanlyn. Das betrifft dich auch.«

Vor vielen Jahren hatte er es aufgegeben, an seine alte Freundin als Cassandra zu denken. Sie hatte sich Evanlyn genannt, als sie sich kennengelernt hatten, und sie würde wohl auch immer Evanlyn für ihn bleiben.

Sie setzten sich in bequeme Sessel an einen kleinen Kaffeetisch. Einer der Dienstboten fragte, ob sie noch Wein wünschten. Duncan nickte, doch Will bat um Kaffee.

»Wenn ich jetzt einen Kaffee tränke«, meinte Duncan, »könnte ich die halbe Nacht nicht schlafen.«

»Ich habe das Problem nicht, Eure Majestät«, sagte Will. Dann fügte er mit einem Grinsen hinzu: »Anscheinend lässt mich mein reines Gewissen friedlich schlafen.«

Evanlyn schnaubte spöttisch. »Wenn es jemals einen Waldläufer mit einem reinen Gewissen gab, dann warst das ganz sicher nicht du, mit all deinen geheimen Plänen. Wie kommst du denn mit deiner Rede voran?« Es schien, dass inzwischen jeder von seiner im Feuer verbrannten Rede gehört hatte.

Will zuckte mit den Schultern. »Ich setze mich morgen daran«, sagte er. »Ich war ein wenig abgelenkt.«

»Also, Will«, sagte der König, »was möchtest du mit uns besprechen?«

Schnell erzählte Will ihnen von seinen Nachforschungen beim Tod von Robard, den angeblichen Wollhändlern aus Toscano und seinem Verdacht, dass sie in Wirklichkeit Genovesen waren. Doch weder Duncan noch Evanlyn teilten seine Bedenken.

»Die Wahrscheinlichkeit ist groß, Will, dass es sich hier um ein zufälliges Zusammentreffen handelt. Robard könnte genauso gut Selbstmord begangen haben, um jahrelanger Schwerarbeit aus dem Weg zu gehen. Und diese Männer aus Toscano könnten genauso gut das sein, was sie vorgeben.«

Duncan wollte Will schon fragen, ob er Walt seinen Verdacht mitgeteilt hatte und dieser ihn teilte. Doch dann fiel ihm auf, dass diese Frage den jungen Waldläufer herabsetzen würde. Wills Meinung zählte genauso viel wie die von Walt.

Will schüttelte hartnäckig den Kopf. »Ich glaube nicht an Zufälle, Eure Majestät.«

Duncan nickte ernst. »Dennoch gibt es sie ab und zu – und öfter, als man denkt.«

»Hast du denn irgendeinen Vorschlag, was wir tun könnten, Will?«, fragte Evanlyn.

Will zögerte mit seiner Antwort. »Na ja, ich dachte tatsächlich daran …«

Evanlyn legte den Kopf zur Seite und musterte ihn stirnrunzelnd.

»Du sagst jetzt nicht ›die Hochzeit zu verschieben‹, oder?«, fragte sie nach, und er zuckte verlegen mit den Schultern.

»Na ja …«, begann er, doch sie unterbrach ihn sofort.

»Denn das ist definitiv keine Option. Wir verschieben nichts. Wir verlegen auch nicht an einen anderen Ort. Das machen wir einfach nicht.«

»Will«, sagte Duncan in einem ruhigeren Ton, »Wir schätzen selbstverständlich deine Besorgnis um unsere Sicherheit. Aber hast du eine Vorstellung, wie viele Falschmeldungen, wie viele so genannte Bedrohungen unseres Lebens wir jedes Jahr erhalten?«

»Nein. Ich …«

»Es sind Dutzende!«, erklärte Evanlyn und blickte zu ihrem Vater. »Wann war die letzte, Papa?«

Duncan dachte einige Sekunden nach. »Wenn ich mich recht erinnere, vor weniger als drei Wochen. Es wurde uns berichtet, dass ein paar von Morgaraths früheren Anhängern vorhätten, mich während der Jagd zu entführen. Es war jedoch falscher Alarm.«

»Das gehört zu den Lasten, die die königlichen Familie trägt«, sagte Evanlyn zu Will. »Es gibt immer solche Gerüchte und Verdachtsmomente. Die meisten sind viel konkreter als die Umstände, die du aufgedeckt hast. Und der überwiegende Teil davon – neunundneunzig von hundert – stellt sich als Falschmeldung heraus.«

»Wie Cassandra sagt, ist das alles Teil davon, König zu sein«, fügte Duncan hinzu. »Damit müssen wir leben. Wir treffen selbstverständlich unsere Vorkehrungen, aber wir dürfen unsere Leben nicht von solch vagen Gerüchten oder Zufällen bestimmen lassen. Wenn wir uns dem unterwerfen, können wir niemals ein lebenswertes Leben führen.«

»Wir müssten Tag und Nacht in unserem Schloss eingeschlossen bleiben, wie Orchideen in einem Gewächshaus.« Evanlyn lächelte ihn an. »Und du weißt doch genau, dass das nicht mein Stil ist.«

An dieser Stelle musste Will das Lächeln erwidern. Es war ein mattes Lächeln, aber immerhin ein Lächeln. Der Gedanke, dass Evanlyn oder Cassandra derartig in Schloss Araluen eingeschlossen wäre, war so völlig gegen ihre Natur, dass er das unmöglich in Betracht ziehen konnte.

Duncan legte eine Hand auf seine Schulter. »Wir möchten deine Bedenken nicht einfach abtun, Will. Wir ignorieren diese Dinge niemals vollständig. Aber in Bezug auf Drohungen oder Gerüchte gehört das auf die untere Skala der Wahrscheinlichkeit. Halte auf jeden Fall die Augen offen, und wenn es irgendeine Änderung oder weitere Information gibt, dann lass es uns wissen.«

»Und wir werden die Hochzeit trotzdem nicht verschieben«, fügte Evanlyn entschieden hinzu. Ihr Vater lächelte sie an und schloss dann auch Will in das Lächeln mit ein.

»Das steht fest«, bestätigte er.

Fünf

In der nächsten Zeit wurde das Leben auf Burg Redmont immer hektischer. Bevor Will sich versah, war der Tag der Hochzeit gekommen. Er kleidete sich in die Paradeuniform der Waldläufer, die Crowley damals für Walt und Paulines Hochzeit entworfen hatte. Bevor er die Hütte verließ, klopfte er noch einmal auf seine Taschen, um sicherzugehen, dass er alles hatte. Da fiel ihm mit Schrecken ein, dass er nie dazu gekommen war, seine Rede neu zu schreiben.

»Ach, egal«, sagte er. »Alle haben mir dauernd erzählt, ich soll einfach spontan aus dem Herzen sprechen.«

Es war ein herrlicher, sonniger Tag und die Hochzeit fand im Freien statt – im Hof von Burg Redmont, wo Hunderte von Menschen zuschauen konnten. Auf den Wehrgängen drängten sich Burgbedienstete und Leute aus dem Dorf. Ein Teil des Hofes war für die Dorfbewohner und das Personal abgetrennt worden, damit sie dort später feiern konnten. Bereits jetzt brieten einige Ochsen und Wildschweine auf Spießen über Feuerstellen. Bratengeruch wehte durch den Hof.

Baron Arald vollzog die Trauung. Der König agierte natürlich als Brautvater. Shigeru hatte die Ehrenposition eines offiziellen Hochzeitspaten. Als er höflich nach der Art seiner Pflichten gefragt hatte, hatte Duncan gegrinst und ihn an Lady Pauline verwiesen.

»Fragt Pauline«, hatte er dem Kaiser von Nihon-Ja gesagt. »Sie hat diese Funktion anlässlich ihrer Hochzeit für mich erfunden.«

Jetzt tat Evanlyn auch schon aus dem Bergfried, begleitet von König Duncan und Alyss, ihrer Brautjungfer.

»Oooohhhhhh!« und »Ahhhh!« ertönte es aus der versammelten Menschenmenge.

Duncan lächelte stolz. Seine Tochter sah wirklich wunderschön aus. Auf für sie typische Weise hatte sie die aktuelle Mode ignoriert, nach der eine Braut ein voluminöses Kleid mit langer Schleppe und mehrfachen Spitzenlagen tragen sollte.

Stattdessen trug sie ein schlichtes, aber elegantes Kleid aus weißem Satin, ein enges Kleid, das ihre schlanke Figur unterstrich. In ihrem hellen Haar steckte ein kurzer Schleier und sie wirkte schmal und zierlich neben ihrem großen, breitschultrigen Vater.

Will, der neben Horace auf dem Podium stand, wo die Zeremonie stattfinden würde, blickte zu Evanlyn, nickte beifällig und hatte dann aber nur noch Augen für das blonde Mädchen, das anmutig hinter ihr lief.

Alyss trug eine elegantere Version ihrer üblichen Kurieruniform. Das Kleid ließ eine Schulter unbekleidet und war – aus Rücksicht auf die Braut – nicht weiß, wie es die Kleidung der Kuriere normalerweise war, sondern hellblau.

Sie ist einfach wunderschön, dachte Will und ihm wurde ganz warm ums Herz.

Neben ihm hatte sein bester Freund den Blick auf seine zukünftige Braut gerichtet. Horace trug, wie es sich in seiner Stellung als Ritter geziemte, die Zeremonienrüstung des Feldkommandanten: ein schimmerndes silbernes Kettenhemd und einen weißen Wappenrock mit seinem persönlichen Eichenlaub-Wappen. Am Gürtel trug er das Schwert aus Nihon-Jan-Stahl, das ihm der Kaiser vor Monaten geschenkt hatte. Seine linke Hand schloss sich fester um den Griff, als er sah, wie sich die Hochzeitsprozession näherte.

»Mein Gott, sie ist so wunderschön«, flüsterte er Will zu.

»Das ist sie wirklich«, antwortete der junge Waldläufer.

Keiner von beiden war sich bewusst, dass sie von zwei verschiedenen Frauen sprachen.

Arald vollzog die Zeremonie mit der richtigen Mischung aus Feierlichkeit und Fröhlichkeit. Glücklicherweise hatte Lady Sandra ihm davon abgeraten, Witze zu machen. Bedauernd hatte er zugestimmt.

»Ich fürchte, mein Humor ist für die meisten Leute zu geistreich«, hatte er gesagt. »Es scheint, er ist ihnen einfach zu hoch.«

»Ja, leider ist das wohl so, mein Lieber«, hatte seine Frau geantwortet und seine Hand getätschelt.

Die Zeremonie war kurz. Den Zuschauern war es,

als seien erst wenige Minuten vergangen, als der Baron die abschließenden Worte sprach: »Damit erkläre ich Euch zu Mann und Frau. Ihr dürft …«

Horace brauchte keine weitere Einladung oder Erlaubnis, sondern nahm Cassandra in seine Arme und küsste sie ausgiebig. Sie erwiderte den Kuss genauso hingebungsvoll. Die Menge jubelte begeistert und scheuchte dadurch die Schwalben auf, die in Winkeln und Spalten im Mauerwerk entlang der Zinnen nisteten und nun in die Luft flatterten, als handele es sich um eine einstudierte Vorführung der Vögel für die Brautleute.

Duncan strahlte voller Stolz und wischte sich gleichzeitig eine Träne der Rührung aus dem Auge. Alyss und Will tauschten wissende Blicke aus.

»… die Braut küssen«, schloss Arald, obwohl er das Gefühl hatte, dass diese Worte angesichts der Tatsachen völlig überflüssig waren.

Dann begannen die lautstarken Gratulationen. Sir Rodney ließ das Brautpaar durch die Mitglieder und Kadetten der Heeresschule drei Mal hochleben. Dann ließ er den König drei Mal hochleben. Von seiner Aufgabe erwärmt, ließ er auch Shigeru, Selethen und Erak hochleben, bis seine Verlobte sanft eine Hand auf seinen Arm legte.

»Ich denke, nun haben alle das Hochleben ausreichend genossen, mein Lieber.«

Er sah sie verblüfft an und ihm wurde bewusst, dass er sich vielleicht von seiner eigenen Begeisterung etwas hatte hinreißen lassen. »Oh ja, natürlich. Ganz recht, meine Liebe.«

Alles in allem war es nur gut, dass die Damen von Redmont an diesem Tag anwesend waren.

Schließlich begab sich die Hochzeitsgesellschaft zum großen Audienzsaal, wo die Tische für das Bankett gedeckt waren. Arald begutachtete die funkelnden Gedecke und Dekorationen.

»Das ist der beste Teil jeder Hochzeit für mich!«, sagte er begeistert zu Lady Sandra. Sie verdrehte die Augen.

»Das ist der beste Teil eines jeden Tages für dich«, scherzte sie. Er bedachte ihre Aussage, dann nickte er nachdrücklich.

»Das kann ich nicht abstreiten«, sagte er, woraufhin sie lächelte. Lady Sandra wusste genau, warum sie ihren Mann liebte.

Horace und Evanlyn führten die Prozession auf dem Weg zum Podium an. Als Will ihnen folgte, sah er bewundernd hoch. Das Podium war mit einem herrlichen Baldachin aus weißer, mit Quasten verzierter Seide versehen. Das verlieh dem Ganzen noch eine besonders edle Note.

Stühle wurden gerückt, und nachdem alle saßen und sich die Geräusche wieder gelegt hatten, trat Shigeru, der stehen geblieben war, nach vorne ans Podium und setzte zu seiner Rede an. Nicht zum ersten Mal war Will verblüfft über die wohlklingende, tiefe Stimme dieses zierlichen Mannes.

»Meine Freunde«, sagte er, als Schweigen sich im Raum ausbreitete und die Leute die Köpfe reckten, um diesen exotischen Herrscher aus einem weit entfernten

Reich zu sehen. »Man sagte mir, als Hochzeitspate sei es meine angenehme Pflicht, diese Festlichkeiten zu eröffnen. Man sagte mir auch …«, er drehte sich um und lächelte König Duncan an, »dass es meine gleichermaßen angenehme Pflicht sei, diesen jungen Brautleuten ein auserlesenes Geschenk zu übergeben.«

Duncan nickte ernst, konnte dann aber ein Grinsen nicht länger unterdrücken. Die Rolle des Hochzeitspaten war von Lady Pauline und seinem eigenen Sekretär bei Walts Hochzeit geschaffen worden, um eine peinliche Situation zu umgehen, da der König sonst keine Rolle bei der Hochzeit gespielt hätte.

»Dementsprechend habe ich beschlossen, ihnen die Burg von Hashan-Ji in der Provinz Koto meines Landes zu überlassen – mit dem Einkommen aus den umliegenden Ländereien, Wäldern und Jagdrechten.« Er drehte sich um und lächelte Horace und Evanlyn an. »Zufälligerweise liegt die Burg sehr nahe bei meinem Sommerpalast.«

Ein hörbares Einatmen der Überraschung ging durch das Publikum, dann folgte unterdrücktes Gemurmel. Dies war wirklich ein großzügiges Geschenk.

Shigeru bat mit erhobener Hand um Schweigen und nach und nach verstummte das Gemurmel.

»Ich habe einen Verwalter ernannt, der die Burg in Eurer Abwesenheit betreut. Aber ich hoffe, es wird Zeiten geben, in denen Ihr zu Besuch kommen könnt. Dann wird man Euch natürlich als Lord und Lady Kurokuma begrüßen.«

Er drehte sich zum Hochzeitstisch und verbeugte

sich tief. Nach einem Moment, als allen erst richtig klar wurde, was für ein Geschenk er eben gemacht hatte, begannen die Gäste im Saal zu klatschen. Dann standen manche auf und andere folgten, bis die ganze Hochzeitsgesellschaft auf den Beinen war und klatschte und jubelte, während der Kaiser sich abermals verbeugte und seinen Platz wieder einnahm.

Horace beugte sich zu Cassandra und sagte etwas in ihr Ohr. Sie nickte begeistert und der junge Ritter erhob sich und bat um Ruhe. Als der Lärm langsam nachließ, drehte Horace sich zu Shigeru, verbeugte sich und sprach.

»Dieses Geschenk ist eine große Ehre, Eure Exzellenz. Meine Frau und ich …«

Einen Moment lang konnte er nicht weiterreden. Es war eine alte Tradition, dass, wenn ein Bräutigam den Ausdruck »meine Frau und ich« zum ersten Mal benutzte, die ganze Gästeschar jubelte. Verlegen grinsend wartete Horace, bis Ruhe einkehrte, und fuhr dann fort.

»… wir möchten darum bitten, dass all die zukünftigen Einkünfte aus der Burg und ihren Ländereien unter den Familien jener Kikori aufgeteilt werden, die im Kampf gegen den Verräter Arisaka ihr Leben gaben.«

Ein Augenblick der Stille folgte auf diese Verkündigung. Dann donnerte Sir Rodneys Stimme durch die Halle.

»Oh, gut gemacht, Horace! Wirklich gut gemacht!«

Und das Klatschen und Jubeln begann erneut.

Während eine lange Reihe an Dienstboten aus der Küche kamen und sich zwischen den Tischen hindurchschlängelten, um den ersten Gang des Banketts zu servieren, erhob sich Duncan für seine Rede. Sobald Ruhe eingekehrt war, hieß er Horace in seiner Familie willkommen und wünschte ihm alles Gute für sein zukünftiges Leben mit Cassandra. Zum Schluss blickte er bedeutungsvoll zu dem jungen Mann neben sich und gab ihm noch einen Ratschlag mit.

»Versuch niemals ihre Meinung zu ändern, wenn sie sich etwas in den Kopf gesetzt hat«, sagte er und schüttelte den Kopf in gespielter Verzweiflung. Wieder folgte allgemeines Gelächter. Die meisten Gäste wussten, dass die Prinzessin eine sehr eigenwillige und entschlossene junge Dame war.

Die Menge applaudierte der Rede des Königs und er setzte sich wieder. Nachdem der erste Gang abgeräumt war und die Dienstboten den zweiten Gang gebracht hatten, erhob sich Selethen und hielt eine äußerst liebenswürdige und wohlgesetzte Rede, in der er die Glückwünsche des Herrschers seines Landes und seine persönlichen Glückwünsche übermittelte. Wieder applaudierte die Menge, wenn auch nicht so enthusiastisch wie für Duncan. Selethen war in Araluen schließlich kein bekannter Mann.

Der Enthusiasmus kehrte mit dem nächsten Gang und Erak, dem nächsten Redner, zurück. Der massige Oberjarl nahm seinen Platz ganz vorne am Podium ein und übermittelte seine besten Wünsche und Gratulationen für das Paar. Es hatte eine Zeit gegeben, als der Herrscher von Skandia kein willkommener Gast bei einer Feier in Araluen gewesen wäre. Doch das war längst Vergangenheit. Die versammelten Menschen wussten, was sie den Nordländern verdankten. Gundar und seine Mannschaft, die heute in der Halle anwesend waren, hatten dabei geholfen, das Königreich vor einer Invasion der kampfeswütigen Skotten zu retten.

Erak sprach von einer früheren Schlacht, bei der eine kleine Gruppe von Araluanern seinen Männern geholfen hatte, eine Invasion der Temujai – der Reiter aus dem Osten – zurückzuschlagen. Er hob insbesondere Cassandra hervor und erzählte von ihrem ruhigen Mut in der Schlacht. Die Prinzessin hatte damals die Aufgabe gehabt, einer kleinen Gruppe von Bogenschützen die Zielrichtung anzusagen – und das auch dann, wenn die Schützen und sie selbst direkt angegriffen wurden. Viele der Anwesenden kannten die Geschichte im Großen und Ganzen, hatten aber noch nie die genauen Einzelheiten von Cassandras mutigem Einsatz in diesem Krieg gehört.

Diplomatischerweise erwähnte Erak nicht die Tatsache, dass damals während der Schlacht der Todesfluch seines Vorgängers, Ragnak, über Cassandra schwebte.

Erneut wurde gejubelt und geklatscht, als er sich wieder setzte, dann trugen die Dienstboten weiteres Essen auf.

Will, der sich bestens unterhielt, merkte nun, dass Erak der letzte der Ehrengäste aus Übersee war, der gesprochen hatte, und nun er selbst an der Reihe war. Eilig erhob er sich.

Alyss, die neben ihm saß, legte ihre Hand auf seine und drückte sie leicht.

»Lass dir Zeit«, sagte sie. »Und sprich aus dem Herzen.«

Will holte tief Luft und trat nach vorne, an den Rand des Podiums. Seine Hand griff instinktiv an seine Brusttasche, suchte unbewusst die Rede, die da gar nicht war. Er blickte auf die versammelte Menge und sein Verstand setzte völlig aus. Doch im nächsten Moment wurde Will ganz ruhig. Jetzt wusste er, was er sagen wollte.

»Ich hatte für diesen Augenblick eine Rede verfasst, doch zufälligerweise verbrannte sie vor ein paar Wochen in einem Feuer bei einem unserer Einsätze. Aber vielleicht ist das ja gar nicht so schlecht.«

»Hört! Hört!«, ertönte eine Stimme aus der Menge. Eine Stimme, die er nur all zu gut kannte.

»Vielen Dank auch, Walt«, sagte er und nickte zu dem Tisch, wo Walt, Pauline und Crowley saßen. Er war froh, dass sein alter Mentor es noch rechtzeitig zur Hochzeit geschafft hatte, wusste er doch, dass Walts Abwesenheit den Tag für Horace und Cassandra weniger perfekt gemacht hätte. Verschiedentlich wurde erneut gelacht und Will entspannte sich. Er war hier schließlich unter Freunden. Es gab keinen Grund, nervös zu sein.

»Seitdem haben mir einige Leute den Rat gegeben, einfach mein Herz sprechen zu lassen.« Er drehte sich kurz um und lächelte Alyss an.

»Nun denn, ich will euch also erzählen, was mein

Herz spricht: Ich kam als Waise nach Redmont. Ich hatte keine Familie, hatte keine Brüder oder Schwestern. Das hat sich geändert. Über die Jahre ist Horace mein Bruder geworden und Evan… Cassandra«, korrigierte er sich rasch, »wurde meine allerliebste Schwester. Beiden würde ich mein Leben anvertrauen. Und Horace hat mein Leben auch oft genug schon gerettet – öfter, als ich zählen kann. Auch Cassandra hat mich vor vielen Jahren aus einer entsetzlichen Lage befreit. Ich schulde beiden so viel. Es ist eine Schuld, die ich niemals begleichen kann. Alles, was ich sagen kann, ist, dass ich mir keinen besseren Mann für Cassandra vorstellen kann als Horace. Und umgekehrt kann ich mir für Horace keine bessere Frau vorstellen als Cassandra. Ich liebe sie beide. Bitte erhebt euch nun alle und stoßt mit mir an auf deren zukünftiges Glück. Auf Cassandra und Horace!«

Ein hallendes Geräusch von unzähligen Stühlen, die zurückgeschoben wurden, erfüllte den Saal, als die ganze Festgesellschaft sich erhob. Dann schallte es aus Hunderten von Kehlen: »Auf Cassandra und Horace!«

Dieser geballte Ruf hallte durch den Saal und schreckte eine Schwalbe auf, die hoch im Gebälk ihr Nest hatte. Der kleine Vogel flatterte plötzlich heraus und die Bewegung zog Wills Blick auf sich. Als der Lärm verstummte, setzte sich der Vogel auf einen massiven Balken. Doch Will hatte noch etwas anderes bemerkt. Es war ein Detail, das er völlig übersehen hatte – etwas so Normales, dass er es völlig vergessen hatte.

Hoch oben über dem Saal verlief eine schmale Empore mit steinernen Balustraden.

Mit klopfendem Herzen kehrte Will zu seinem Tisch zurück.

Alyss lächelte ihn an. »Wohl gesprochen«, begann sie, doch dann sah sie sein Gesicht. »Was stimmt denn nicht?«

»Vielleicht ist es gar nichts«, antwortete er. »Aber ich muss etwas überprüfen. Er sah sich am Tisch um. Horace und Evanlyn unterhielten sich mit Shigeru. Erak und Duncan waren ebenfalls im Gespräch.

Will beschloss, die Angelegenheit allein zu regeln. Alyss drückte seine Hand.

»Sei zum Hochzeitstanz wieder zurück«, bat sie.

Horace würde noch eine Rede halten, wenn der letzte Gang gebracht wurde. Dann sollte der Tanz eröffnet werden.

Mit den Gedanken bereits woanders, nickte Will. »Natürlich.«

So unauffällig, wie er konnte – und Waldläufer konnten in der Tat sehr unauffällig sein, wenn sie wollten – verließ er das Podium und ging zur gegenüberliegenden Wand. Walt und Crowley saßen ein Stück weiter oben an der rechten Seite. Wie immer hatte Walt einen Platz gewählt, der so abseits und verdeckt wie unter diesen Umständen nur möglich war. Es würde dauern, bis Will ihn bei all den umherlaufenden Dienstboten erreichte, um ihn zu alarmieren. Er sah eine schnellere Alternative.

Gundars Mannschaft saß an einem Tisch zwischen den beiden Pfeilern, die Will auf der Karte bereits bemerkt hatte. Sie befanden sich jetzt nur wenige Schritte entfernt und er eilte auf sie zu.

Nils Ropehander sah ihn kommen.

»Gute Rede, mein Junge!«, begann er. Will überlegte blitzschnell. Nils war besonders groß und kräftig, selbst für einen Nordländer. Und er stellte keine Fragen.

»Komm mit! Ich brauch dich«, sagte Will drängend.

Nils zuckte mit den Schultern. »Dann bin ich dein Mann.« Er schob den Stuhl zurück und stand auf.

Während sie sich auf den Weg machten, fragte Will: »Hast du eine Waffe?«

Nils schüttelte grinsend den Kopf. »Die durften wir nicht mit hereinbringen.«

Klar, ging es Will durch den Kopf. Nordländer, Waffen und starke Getränke waren keine gute Kombination für eine Hochzeitsfeier. Will hatte natürlich seine zwei Messer. Er musterte die Wand zwischen den Pfeilern und erinnerte sich, dass es da hinter einer Tür eine Treppe zur Empore gab.

Einer der Marschälle stand in der Nähe. Es gab insgesamt sechs Marschälle, die an den Ein- bzw. Ausgängen des Speisesaals standen. Dieser Tage war ihre Rolle rein zeremoniell, doch es erinnerte an die Zeiten, als in öffentlichen Versammlungen wie dieser hier die Ordnung aufrechterhalten werden musste. Deshalb trug der Mann auch einen offiziellen Stab mit sich – einen schweren Holzstab, der mehr als mannshoch war und mit einem soliden Messingknauf besetzt war. Will schnappte ihn dem verblüfften Mann aus der Hand und reichte ihn Nils.

»Hier, nimm den.«

Nils wog ihn probeweise in der Hand. »Nicht schlecht«, sagte er.

Der Marschall hatte sich inzwischen von seiner Überraschung erholt.

»Was zur Hölle glaubt Ihr denn, hier machen zu können, Waldläufer Will?«, begann er beleidigt, doch Will schnitt ihm jedes weitere Wort ab.

»Ihr bekommt ihn zurück. Keine Zeit für Erklärungen!«

Schon eilte er durch die kleine Tür, die zu der schmalen Wendeltreppe führte. Nils folgte ihm unmittelbar. Sie stiegen die dunkle Treppe hinauf. Wills Stiefel hatten weiche Sohlen und machten kaum ein Geräusch auf den nackten Steinstufen. Nils trug, wie die meisten Nordländer, Stiefel aus Seehundfell, die nahezu ebenso geräuscharm waren. Für seinen Atem galt dies jedoch nicht, und je weiter sie die steile Treppe hochstiegen, desto heftiger ging er.

Aus dem Saal hörte Will einen Applaus aufbranden. Anscheinend hatte Horace seine Rede soeben beendet. Der Bräutigam hatte sich löblich kurz gefasst. Der nächste Programmpunkt war der Hochzeitstanz. Will konnte bereits einzelne Töne hören, mit denen das Orchester die Instrumente stimmte.

Da traf ihn die Erkenntnis wie ein Donnerschlag. Dies war der Grund, weshalb sich die Markierung bei dem Wort »Tanz« befand.

Während des Tanzes würde Duncan einem feindlichen Pfeil im Großen und Ganzen ungeschützt ausgesetzt sein. Vorher, als er am Hochzeitstisch saß, hatte der seidene Baldachin einem eventuell hoch oben auf der Empore lauernden Schützen die Sicht auf den König genommen. Doch jetzt würden König Duncan und Prinzessin Cassandra sich zur Tanzfläche hinunter begeben und die erste Runde allein tanzen, bevor Duncan Cassandra an ihren Bräutigam übergab und die anderen Gäste schließlich mittanzen durften. Für diesen Zeitraum wäre er ein perfektes Ziel.

»Verdammt, Horace«, sagte Will durch zusammengebissene Zähne. »Hättest du nicht wenigstens diesmal noch ein wenig mehr sagen können?«

»Was meinst du?«, keuchte Nils. Doch Will feuerte ihn daraufhin lediglich an, schneller zu laufen.

»Beeilung!«

Er hörte Desmonds Stimme schwach durch die Steinmauern, als der Oberhofmeister verkündete, dass der König mit der Braut nun den Tanz eröffnen würde. Es gab einen lang anhaltenden Applaus. Will raste die Treppe hinauf und nahm zwei Stufen auf einmal. Hinter sich hörte er Nils stolpern. Im Geiste konnte er Duncan vor sich sehen, wie er seiner Tochter die Hand entgegenstreckte, um ihr von ihrem Platz hochzuhelfen. Sie würden sich zur Menge drehen und sich verbeugen, dann langsam zur Treppe gehen, die vom Podium auf die Tanzfläche hinunter führte.

Er hatte also nur noch Sekunden.

Jetzt hatte er das obere Ende der Treppe erreicht. Mit unglaublicher Beherrschung riss er die Tür zur

Empore nicht so schnell wie möglich auf, sondern öffnete sie leise und sehr langsam, bis er schließlich um die Ecke spähen konnte.

Er merkte, wie sein Herz bei dem Anblick, der sich ihm bot, vor Panik einen Satz machte. Zwei Männer, gekleidet in diese ihm nur allzu bekannten dunkelroten Umhänge, kauerten etwa acht Schritte entfernt. Einer von ihnen hob jetzt seine Armbrust. Der zweite Mann kauerte etwa einen Schritt hinter ihm. Auch er hatte eine Armbrust. Doch seine war nicht auf den König gerichtet. Möglicherweise war er der Reserveschütze, falls etwas schiefging.

Alles schien nun wie in Zeitlupe zu geschehen: Will zog das schwere Sachsmesser aus der Scheide. Hinter sich konnte er Nils' schweren Atem auf den letzten Stufen hören. Die Steinwände um die Wendeltreppe schienen das Geräusch vor den beiden Schützen abzuschirmen.

Will hatte noch die Zeit festzustellen, dass keiner der beiden Genovesen die übliche Armbrust benutzte. Ihre Waffen waren kleiner und erinnerten Will an die Bögen der Arridi. Doch da das Ziel nicht allzu weit entfernt war, würden diese kleinen Bögen absolut ausreichen. Und außerdem konnte es gut möglich sein, dass die Spitzen der Bolzen vergiftet waren – selbst eine kleine Wunde konnte dann tödlich sein.

Will bemerkte, wie sich die Knöchel des Schützen weiß färbten, als sein Griff fester wurde. Er sah, wie der Mann tief einatmete.

Da holte Will aus und schickte das Sachsmesser los.

Das Licht spiegelte sich in der durch den Raum wirbelnden Klinge.

Erst im letzten Moment, aber immer noch rechtzeitig, hatte Will bedacht, dass der Schütze, wenn er vom Messer getroffen würde, vielleicht unbeabsichtigt den Bolzen abschießen würde. Also hatte er sich ein anderes Ziel ausgesucht.

Die schwere Klinge des Messers durchschnitt die dicke Bogensehne.

Als die Spannung plötzlich weggenommen wurde, sprang der Bogen dem Schützen aus der Hand und knallte auf den Steinboden der Empore. Der Schütze wich verblüfft zurück, während er versuchte zu verstehen, was gerade geschehen war.

Sein Kumpan war schneller von Begriff. Wichtiger als das Attentat war für ihn nun die Flucht. Er richtete seinen Bogen auf die Gestalt, die gerade in der Türöffnung erschienen war. Doch Wills Wurfmesser war bereits unterwegs. Der junge Waldläufer hatte bereits auf den zweiten Genovesen gezielt, bevor er das Ergebnis seines ersten Wurfes gesehen hatte.

Er hätte ihn auch getroffen, wenn nicht der erste Mann sich genau diesen Moment ausgesucht hätte, um sich aus seiner kauernden Position zu erheben, geradewegs in die Flugbahn des heranwirbelnden Messers. Die Klinge bohrte sich in seine Brust und tötete ihn auf der Stelle. Er sackte zurück gegen seinen Kumpan, sodass dessen Bogen zur Seite gedrückt wurde und der Schuss danebenging. Der Pfeil schlug neben Wills Kopf in die Holztür ein.

Der Schütze ließ den Bogen fallen und holte einen Dolch mit einer langen Klinge unter seinem Umhang hervor. Er schob seinen toten Komplizen zur Seite und kam schnell auf Will zu, der jetzt unbewaffnet war. Der Gegner war bis auf etwa zwei Schritte herangekommen, als Will hinter sich eine Bewegung wahrnahm und Nils sagen hörte:

»Runter!«

Sofort ließ Will sich auf Hände und Knie fallen und sah nur noch den verblüfften Ausdruck im Gesicht des Genovesen beim Anblick des riesigen nordländischen Seewolfs, der plötzlich in der Tür aufgetaucht war. Dann stieß Nils den Stab mit aller Kraft wie einen Speer nach vorne und rammte den schweren Messingknauf dem Genovesen in die Stirn, genau zwischen seine Augen.

Die Wucht des Stoßes, der von Nils mit ganzem Körpereinsatz geführt wurde, war unglaublich. Der Genovese wurde einige Schritte zurückgeschleudert und brach dann bewusstlos auf dem Boden zusammen. Nils sah noch einmal auf den Stab in seiner Hand und nickte beifällig.

»Gar nicht mal so übel«, stellte er fest.

Will stand auf und blickte schnell über die Balustrade in den Audienzsaal. Niemand schien den Kampf über den Köpfen der Festgesellschaft bemerkt zu haben. Wahrscheinlich hatte die Musik den Lärm übertönt, den sie gemacht hatten. Er sah, dass Duncan und Evanlyn bereits ihre halbe Runde um die Tanzfläche gedreht hatten. Ein Blick zurück zu Nils zeigte ihm einen zufrieden grinsenden Seewolf. Will deutete mit dem Daumen auf den bewusstlosen Genovesen.

»Pass gut auf ihn auf«, sagte er. »Ich muss sofort wieder runter.«

»Ich sorge schon dafür, dass er nicht abhaut.« Nils nickte fröhlich. Bevor Will verschwinden konnte, legte er ihm seine riesige Pranke auf die Schulter.

»Weißt du, Waldläufer, das könnte keine bessere Hochzeit sein. Eine hübsche Braut. Ein gutaussehender Krieger als Bräutigam. Leckeres Essen, süffiges Bier. Und als Sahnehäubchen noch ein kleines Kämpfchen obendrauf. Es ist fast wie zu Hause.«

Dann raste Will auch schon die Treppe hinunter. Er schätzte, dass er weniger als dreißig Sekunden hatte, um zurück aufs Podium zu kommen und Alyss auf die Tanzfläche zu führen.

Er mochte zwar Duncans Leben gerettet haben, aber wenn er den Hochzeitstanz mit Alyss versäumte, war sein eigenes Leben wahrscheinlich nicht mehr viel wert.

Sechs

Die in Baron Aralds Arbeitszimmer Versammelten blickten zur Tür, als Walt eintrat.

»Also, hat unser genovesischer Freund dir irgendetwas erzählt?«, fragte Duncan.

Man hatte Walt die Aufgabe übertragen, den überlebenden Mann zu verhören. Auch wenn Will im Kampfe über unglaubliche Erfahrung und Raffinesse verfügte, war er in solchen Angelegenheiten leider immer noch durch sein junges Gesicht und seinen relativ arglosen Ausdruck etwas im Nachteil. Walts Gesicht wiederum war alles andere als jung und definitiv nicht arglos. Walt nahm man sofort ab, dass er die Drohungen, die er machte, auch in die Tat umsetzte.

Er beantwortete jetzt die Frage des Königs mit einem Nicken. »Zuerst nicht. Diese Söldner sind normalerweise recht verschlossen und fürchten sich nicht vor Todesdrohungen. Er erwartet durchaus, hingerichtet zu werden. Dieses Risiko hat er in Kauf genommen, als er den Auftrag übernahm.«

»Und wie hast du ihn dann davon überzeugt zu reden?«, fragte Erak.

»Diese Männer haben keine Angst vor dem Tod. Aber sie haben Angst vor der Art von Leiden, die ihre eigenen Waffen verursachen können«, erklärte Walt. Er nickte in Richtung Horace, der sich am Schreibtisch des Barons anlehnte, neben dem Cassandra saß. »Ich habe ihm einen Becher deiner Medizin gegeben, Horace, und – wie du damals diesem Genoveser – gedroht, ihn mit einem seiner eigenen vergifteten Pfeile zu verletzten. Er wurde ziemlich grün im Gesicht, zumal ich ihm dann auch noch erzählte, dass der einzige Mann in Araluen, der vielleicht ein Gegenmittel herstellen könnte, einen achttägigen Ritt entfernt im Norden lebt. Da schien er plötzlich doch gesprächsbereit.«

»Er glaubte dir, dass du das tun würdest?«, fragte Cassandra und Walt drehte sich zu ihr.

»Ich habe ein sehr ehrliches Gesicht«, sagte er mit großer Würde.

»Aber natürlich hast du das«, antwortete Cassandra.

Bevor Walt noch fortfahren konnte, stellte Will eine Frage, die ihn schon länger beschäftigte.

»Ich habe mich gefragt, warum sie eigentlich bis zum Hochzeitstanz warteten. Schließlich bemerkte ich die Empore, als ich vorne auf dem Podium stand, um meine Rede zu halten. Das bedeutet, dass man den Vorderteil des Podiums auch von der Empore aus sehen konnte. Also hätten sie genauso gut schießen können, als der König seine Rede hielt.«

»Zwei Gründe«, antwortete Walt mit ernster Miene darauf. »Das Ziel war während des Tanzes für eine längere Periode freigestellt. Und das Ziel war nicht der König. Es war Cassandra.«

Das verursachte ein aufgeregtes Gemurmel unter seinen Zuhörern. Duncan war der Erste, der sich von dem Schock wieder erholt hatte.

»Cassandra? Cassandra war das Ziel? Wer wollte sie denn tot sehen?«

»Anscheinend ein Mann namens Iqbal«, erklärte Walt. Er blickte zu Selethen, der bei diesem Namen die Stirn runzelte.

»Iqbal?«, wiederholte er. »Das ist Yusals Bruder.« Er drehte sich zum Rest der Gruppe. Einige von ihnen waren mit dem Namen nicht vertraut. »Yusal war der Anführer der Tualaghi, der damals Eraks Entführung geplant und durchgeführt hatte«, erklärte er. »Aber Iqbal wird doch im Bergdorf Maashava gefangen gehalten. Er war einer der Männer, die zu harter Arbeit dort verurteilt wurden.«

Walt schüttelte den Kopf. »Anscheinend hat Iqbal es bereits vor einigen Monaten geschafft, aus Maashava zu fliehen. Die dortigen Verantwortlichen sind nur noch nicht dazu gekommen, Euch das mitzuteilen.«

Selethen verzog wütend das Gesicht und murrte leise einen Fluch. »Das ist wieder mal so typisch!«, sagte er bitter. »Sie sind derart auf sich bezogen, dort oben in den Bergen! Sie haben der Regierung nie richtig getraut. Ich vermute, sie haben nach einer Möglichkeit gesucht, es so aussehen zu lassen, als trügen sie keine Schuld an seiner Flucht.«

»Natürlich kann es sein«, antwortete Walt, »dass sie inzwischen die Nachricht übermittelt haben. Ihr seid bereits seit einigen Wochen außer Landes.« Er blickte zu Cassandra.

»Dieser Iqbal scheint ziemlich wütend auf dich zu sein, Cassandra«, sagte er. »Schließlich hast du all ihre Pläne durchkreuzt und seinen Bruder in ein sabberndes Wrack verwandelt. Er wollte Rache. Er heuerte die Genovesen an, dich umzubringen. Und er schlug vor, dass sie dabei die Armbrust der Arridi verwendeten. Der Plan war, eine davon zurückzulassen.«

»Was selbstverständlich großes Misstrauen zwischen unseren beiden Ländern hervorgerufen hätte«, sagte Selethen nachdenklich.

»Ganz genau«, stimmte Walt zu. »Ich vermute, dass unser Freund Iqbal sehr gerne Zwietracht zwischen Araluen und Arrida säen würde. Es würde Euch von der Aufgabe ablenken, ihn zu verfolgen. Und obendrein würde Araluen mit dem Tod von Cassandra ohne Thronfolger zurückbleiben. Das könnte das ganze Land in Unruhe stürzen.

»Und der Plan hätte funktioniert, wenn Will nicht so gut aufgepasst hätte«, sagte Horace. Er blickte seinen Freund dankbar an. »Wie oft habe ich mich bei dir schon bedankt, seit wir einander kennen?«

Will zuckte mit den Schultern, verlegen über die plötzlich auf ihn gerichtete Aufmerksamkeit. »Freunde brauchen einander nicht zu danken«, sagte er. Doch Cassandra stand auf und ging auf ihn zu.

»Das brauchen wir vielleicht nicht«, sagte sie, »aber auf jeden Fall wollen wir es.« Sie legte beide Hände auf seine Schultern und beugte sich zu ihm, dann hielt sie inne und blickte lächelnd zu Alyss.

»Mit deiner Erlaubnis, natürlich?«

»Natürlich«, antwortete Alyss lächelnd, als die Prinzessin Will auf beide Wangen küsste. Es mochte früher einmal eine Zeit gegeben haben, da hätte sie Cassandra die Haare ausgerissen für einen solchen Kuss. Aber darüber sind wir zum Glück hinweg, dachte sie.

Duncan stand auf und ging mit ausgestreckter Hand auf Will zu.

»Auch ich danke dir aus ganzem Herzen, Will. Ich habe nur eine Tochter und ich habe sie auch zu gern um mich. Ganz besonders jetzt, wo Horace auch noch da ist, um sie im Zaum zu halten.«

Cassandra reagierte mit einem höchst unköniglichen Herausstrecken der Zunge, was Duncan völlig ignorierte.

»Ich frage mich«, fuhr er fort, »ob jemals eine Zeit kommen wird, in der ich nicht meinen Waldläufern für ihre Dienste mir und meiner Familie gegenüber zu danken habe.«

»Das bezweifle ich, Eure Majestät«, sagte Walt und alle lachten. Jetzt können alle lachen, ging es Walt durch den Kopf, aber wenn Will nicht so aufmerksam gewesen wäre, dann wäre die Atmosphäre in diesem Raum und in der ganzen Burg eine völlig andere. Er fing Wills Blick auf und formte lautlos die Worte: »Gut gemacht.« Daraufhin sah er, wie Wills Gesicht vor Freude rot anlief. Zwei unausgesprochene Lobesworte von Walt bedeuteten Will mehr als jede Dankeshymne des Königs.

»Ich darf Euch versichern, Eure Majestät, dass Iqbal seine Freiheit nicht mehr lange genießen wird«, sagte Selethen. »Sobald ich zurück in Arrida bin, mache ich es zu meiner persönlichen Aufgabe, ihn wieder festzunehmen.«

»Das weiß ich zu schätzen, Selethen«, antwortete Duncan. »Vielleicht schicke ich Euch sogar ein oder zwei Waldläufer mit, um ihn aufzuspüren. Ich muss gestehen, der Gedanke, dass irgendwo jemand danach strebt, meine Tochter umzubringen, gefällt mir gar nicht.«

Die beiden Männer tauschten einen langen Blick aus. Dann nickte Selethen langsam. Cassandra, die zugesehen hatte, dachte, dass sie gewiss nicht in Iqbals Schuhen stecken wollte.

Die Besprechung wurde bald darauf aufgelöst und sie kehrten alle in ihre Zimmer zurück. Als sie zur Treppe kamen, nahm Alyss Will bei der Hand und führte ihn in ein leeres Arbeitszimmer. Er lächelte sie an, unsicher, was sie wohl im Sinn hatte.

»Alyss …«, begann er, doch sie schüttelte den Kopf und legte einen Zeigefinger auf seine Lippen.

»Das sind nun schon zwei Hochzeiten, bei denen unser Tanz unterbrochen wurde oder erst verspätet begonnen werden konnte«, sagte sie. »Bei Walts Hochzeit musstest du losrennen und bei dieser hättest du es fast nicht mehr rechtzeitig zurückgeschafft.«

Sie machte eine Pause, damit ihre Aussage auch richtig ankommen konnte, dann schloss sie: »Bei unserer eigenen Hochzeit solltest du lieber pünktlich sein.«

Der Hibernianer

Anmerkung des Autors: Ich werde oft gefragt, wie und wo Walt seine Lehrjahre verbrachte und wer sein Mentor war. Diese Geschichte liefert die Antwort auf diese Fragen. Sie spielt kurz nach Walts Abreise von seiner elterlichen Burg in Dun Kilty, in Hibernia.

Eins

Crowley war trüber Stimmung und achtete nicht auf den hellen Sonnenschein und den Gesang von Vögeln in den Bäumen. Es war ein herrlicher Sommertag im Lehen Gorlan, aber der junge Waldläufer hatte keinen Blick für das reiche Grün der Felder und die Wildblumen, die ihn umgaben.

Sein Pferd schien seine Schwermut zu spüren. Es lief schwerfällig, den Kopf gesenkt, und bewegte sich mit zunehmender Lethargie, da es von seinem Reiter nicht mehr gedrängt wurde, die anfängliche Geschwindigkeit beizubehalten.

Solange Crowley sich erinnern konnte, hatte er nur ein Ziel im Leben verfolgt: ein Waldläufer des Königs zu werden. Soweit es ihn betraf, war das der Gipfel dessen, was man erreichen konnte. Als Jugendlicher hatte er sich keine bessere Möglichkeit vorstellen können, seinem König und seinem Land zu dienen. Eine ehrenwertere Karriere für einen abenteuerlustigen und loyalen Bürger gab es seiner Meinung nach nicht.

Für andere mochte das nicht nachvollziehbar sein.

Die meisten strebten danach, Ritter und Krieger zu werden. Doch Crowley hatte immer geglaubt, dass der Bund der Waldläufer die echte Quelle von Macht und Einfluss im Königreich war – der Ort, wo ein ehrgeiziger, intelligenter und vor allem talentierter junger Mann wirklich etwas ausrichten konnte – etwas von historischer Bedeutung.

Sein Lehrmeister, Pritchard, hatte Crowleys Sinn für Gerechtigkeit während der Ausbildung noch verstärkt. Während der Junge seine Fähigkeiten im Spurenlesen, der unauffälligen Bewegung und der Bogenkunst entwickelte, hatte Pritchard ihn immer wieder daran erinnert, was der wahre Grund dafür war, solche Fähigkeiten zu entfalten.

»Wir tun das nicht für uns selbst. Wir tun es auch nicht um des Ruhmes willen. Wir lernen und üben für den Tag, an dem der König und das Volk von Araluen diese Fähigkeiten benötigen. Als Waldläufer ist es unsere Pflicht, ihnen dann damit zu Hilfe zu kommen.«

Pritchard war nun nicht mehr da. Man hatte ihn vor drei Jahren aufgrund eines erfundenen Falls von Hochverrat aus dem Königreich gejagt, kurz nachdem er Crowley sein silbernes Eichenblatt – das Symbol eines fertig ausgebildeten Waldläufers – überreicht hatte. Crowley war für ein kleines, weit entferntes Lehen an der Nordwestküste zuständig gewesen. Dort hatte ihn die Nachricht von Pritchards Schicksal erst Monate nach der erzwungenen Flucht seines Mentors erreicht. Gerüchteweise hielt sich Pritchard nun in Hibernia auf.

Crowley fand sich auf mehr als eine Weise isoliert. Das Lehen Hogarth war abgelegen und schwer zu erreichen und Neuigkeiten über das, was sich im übrigen Land abspielte, kamen, wenn überhaupt, nur sehr unregelmäßig. Vor allem aber fühlte sich Crowley auch emotional isoliert. Der Bund der Waldläufer, wie er ihn kannte und wie auch Pritchard ihn gekannt hatte, war untergraben, zerrüttet und geschwächt worden, bis er kaum mehr als ein liederlicher Verein für Söhne aus Adelsfamilien war. Vor allem für solche, die zu faul oder zu untalentiert waren, um Ritter zu werden.

Früher hatten die Waldläufer selbst ihre Lehrlinge nach strengen Kriterien ausgewählt, um sie dann einer fünfjährigen Ausbildung zu unterziehen. Erst wenn sie diese Ausbildung erfolgreich absolviert hatten, wurden die Lehrlinge in den Bund der Waldläufer aufgenommen. Heutzutage musste ein neuer Waldläufer einfach nur eine Gebühr bezahlen, um das silberne Eichenblatt zu bekommen.

Viele der älteren Waldläufer hatten voller Abscheu den Dienst quittiert. Manche, die ihre Bedenken lautstark äußerten, waren gezwungen worden, das Königreich zu verlassen. Auch wenn der Bund theoretisch die Stärke von fünfzig Mitgliedern hatte, war die Ausbildung und Ernennung neuer Waldläufer aufgrund des alten Systems in den letzten Jahren stark zurückgegangen. Es hatte kaum dreißig richtig ausgebildete Waldläufer gegeben, als Crowley seine Ernennung bekommen hatte. Er schätzte, dass es inzwischen vielleicht noch zehn oder zwölf echte Mitglieder im Dienst gab, doch sie waren auf die entlegensten Teile des Königreichs verteilt.

Der Grund für all diese Probleme war König Oswald. Er war in seinen jungen Jahren ein guter König gewesen, voller Elan und mit einem großen Gerechtigkeitssinn. Doch jetzt war er alt und schwach und sein Geist war unstet und verwirrt. Er hatte eine Gruppe ehrgeiziger Barone als Regierungsrat akzeptiert. Ursprünglich waren sie ernannt worden, um sich um die alltäglichen Regierungsgeschäfte zu kümmern und den König von kleinen Routineaufgaben zu entlasten. Doch mit der Zeit griffen sie mehr und mehr auch in die wichtigen Entscheidungen ein, bis Oswald nur noch seine Unterschrift unter ihre Erlasse setzte.

Prinz Duncan hätte dies vielleicht verhindern können, indem er den Platz des Königs einnahm. Doch der Rat, angeführt von einem charismatischen und intriganten Baron namens Morgarath, hatte Duncan bei seinem Vater schlechtgemacht und seine Position dadurch geschwächt. Man hatte Oswald eingeredet, dass sein Sohn noch nicht bereit sei, den Thron zu übernehmen. Die Mitglieder des Regierungsrats behaupteten, der Prinz sei viel zu impulsiv und zu unerfahren für diese Aufgabe. Oswald glaubte dem Rat und schickte seinen Sohn in ein Lehen weit im Nordosten des Königreichs. Dort, isoliert und abseits vom Machtzentrum auf Schloss Araluen und ohne organisierte Unterstützung, schlug Duncan nun frustriert die Zeit tot, ohne irgendeinen Einfluss auf all die Veränderungen in seinem zukünftigen Königreich zu haben.

Alles in allem, dachte Crowley, war es nicht das Leben, das er selbst hatte führen wollen. Er beugte sich vor und tätschelte Croppers Hals.

»Aber letztlich könnte es natürlich auch noch schlimmer sein«, sagte er und versuchte sich selbst in bessere Stimmung zu versetzen. Croppers Ohren stellten sich auf und er hob den Kopf, als er den positiven Ton in der Stimme seines Meisters vernahm – ein Ton, den er jetzt schon seit einigen Tagen vermisst hatte.

Schön, dass du dich wieder besser fühlst.

»Tja, hat ja keinen Sinn zu jammern«, sagte Crowley und zwang sich, die düsteren Gedanken zu verdrängen.

Hast drei ganze Tage gebraucht, um dir das zu überlegen, ja?

»Du wirst schon sehen. Ich habe vielleicht drei Tage Trübsal geblasen, aber jetzt bin ich darüber weg.«

Wenn du es sagst.

Trotz seiner trübsinnigen Gedanken musste Crowley lachen. Es gelang ihm wohl nie, bei seinem Pferd das letzte Wort zu behalten.

Nein, wahrscheinlich nicht.

»Aber ich hatte das gar nicht laut ausgesprochen!«, sagte er, ziemlich überrascht. Cropper schüttelte seine Mähne.

Ist auch gar nicht nötig.

Sie erklommen einen Hügel und Crowley konnte in einer Entfernung von ein paar Hundert Pferdelängen ein Gebäude neben der Straße ausmachen. Es war nicht besonders groß, aber doch größer als die üblichen Bauernhäuser in der Gegend. Und beim Näherkommen entdeckte er ein Schild, das vor der Tür baumelte.

»Das ist genau das, was wir brauchen«, sagte er erfreut. »Ein Gasthof. Und wir kommen genau richtig zum Mittagessen.«

Ich hoffe, es gibt dort Äpfel.

»Du hoffst immer auf Äpfel.«

Als sie näher heranritten, kehrte ein leichtes Stirnrunzeln bei Crowley zurück. Aus dem Gasthof drangen laute Stimmen und lautes Gelächter. Normalerweise bedeutete solches Gelächter, dass jemand zu viel Alkohol getrunken hatte. Und gerade nun, da keine feste Hand das Königreich regierte, wurde Trunkenheit leider nur allzu oft begleitet von sinnloser Gewalt. Unbewusst lockerte er das große Sachsmesser in seiner Scheide.

Weiteres heiseres Gelächter begrüßte ihn, als er sich aus dem Sattel schwang und Cropper in den mit einem Zaun abgetrennten Teil des Hofes neben dem Gasthof führte. Dort standen in regelmäßigen Abständen große Futterkörbe und Wassertröge entlang des Zauns. Er fand einen vollen Futterkorb, zu dem er Cropper führte. Dann füllte er einen Eimer mit frischem Wasser aus einer Pumpe und goss es in den Wassertrog. Als er damit fertig war, blickte er sich um. Vier andere Pferde standen im Hof. Drei davon waren langbeinige Kavalleriepferde, deren Satteldecken und Geschirr militärische Verzierungen hatte. Das vierte Pferd war grau und stand etwas abseits von den anderen. Alle vier drehten neugierig ihre Köpfe, um den Neuankömmling zu betrachten, wandten sich dann jedoch gleich wieder ihren Futterkörben zu. Ihre Kiefer bewegten sich in dieser eigenartigen, für Pferde so typischen Mahlbewegung. Crowley gab Cropper ein Handzeichen.

»Warte hier.«

Was ist mit meinem Apfel?

Seufzend griff Crowley in seine Jackentasche und holte einen Apfel heraus, den er auf die flache Hand legte und so seinem Pferd anbot. Cropper nahm ihn vorsichtig, kaute glücklich und schloss die Augen, als die Säfte sich in seinem Maul verteilten.

Crowley lockerte den Sattelgurt um ein paar Löcher und begab sich dann in den Gasthof.

Nach dem hellen Sonnenschein brauchten seine Augen einen Moment, um sich an das schwache Licht im Inneren zu gewöhnen. Als er die Wirtsstube betreten hatte, war eine laute männliche Stimme auf einmal mitten im Satz verstummt. Einen Moment lang hatte Stille geherrscht.

Dann fragte die Stimme: »Und wen haben wir denn hier?«

Inzwischen hatten sich Crowleys Augen an das Licht angepasst und er konnte sehen, dass die Stimme zu einem fleischigen Soldaten gehörte, der an der Theke lehnte. Er trug einen Wappenrock und ein Kettenhemd und war mit einem Schwert und einem schweren Dolch ausgestattet.

Seine beiden Kameraden waren genauso gekleidet

und ausgestattet. Einer saß auf einer langen Bank an einem Tisch in der Nähe der Theke, drehte sich aber vom Tisch weg zur Theke hin. Der andere saß auf dem Tisch, die Füße auf die Bank gestellt. Hinter der Theke sah Crowley den Wirt, einen kleinen Mann in den Fünfzigern und ein junges Schankmädchen, das um die zwanzig zu sein schien. Beide warfen den drei Soldaten nervöse Blicke zu.

Als der Sprecher sich zu Crowley drehte, erkannte der Waldläufer sein Wappen – ein Schwert mit einem Blitz als Klinge. Die Soldaten waren also Mitglieder der Garnison von Gorlan, die Morgarath unterstand.

Mit einem schnellen Blick überflog er den restlichen Raum. Es gab nur einen einzigen weiteren Gast. Ein Mann saß ganz hinten im Raum. Er hatte schwarzes Haar und einen schwarzen Bart. Gekleidet war er in einen dunkelgrünen Umhang. Er schien die anderen Gäste völlig auszublenden, während er aus einer Schüssel vor sich seine Mahlzeit löffelte.

»Ich sagte: *Wen haben wir denn hier*?«, wiederholte der Mann an der Theke. In seiner Stimme schwang ein unangenehmer Ton. Als Crowley näher kam, sah er, dass das Gesicht des Mannes gerötet und verschwitzt war. Zu viel getrunken, vermutete er.

Die beiden Kameraden des Mannes lachten, als dieser sich an der Theke abstützte, um sich aufzurichten und Crowley anzustarren. Es lag eine gewisse Anspannung in der Luft.

Crowley hielt etwa zwei Schritte vor dem anderen an. Der Mann war größer als er und auch um einiges breiter. Er trägt viel Fett mit sich herum, ging es Crowley durch den Kopf.

Er antwortete gleichmütig und achtete darauf, dass die Wachsamkeit, die sich in ihm regte, nicht aus seiner Stimme herauszuhören war.

»Crowley ist mein Name«, sagte er. »Waldläufer des Königs aus dem Lehen Hogarth.«

Aus dem Augenwinkel nahm er eine Bewegung am Ende des Raumes wahr. Der einsame Gast hatte bei den Worten »Waldläufer des Königs« den Kopf gehoben.

Der Soldat reagierte ebenfalls darauf. Seine Augen weiteten sich in gespielter Bewunderung.

»Ein *Waldläufer des Königs*!«, rief er aus. »Ooohh nein! Wie beeindruckend!«

Sein Spott provozierte noch mehr Gelächter von seinen Freunden. Er drehte den Kopf und grinste sie an, dann drehte er sich zurück zu Crowley und nahm den Ausdruck gespielter Bewunderung an.

»Dann erzähl doch mal, *Waldläufer des Königs*, was machst du denn hier im Lehen Gorlan? Hast du wichtige Dinge vor, wie dich zu betrinken und zu spielen?«

Crowley ignorierte die Stichelei, denn er wusste, dass die neuen Mitglieder in den Reihen der Waldläufer leider genau so ihre Zeit verbrachten. Die anderen Soldaten lachten wieder, diesmal lauter.

»Ich war auf Schloss Araluen zu einer Versammlung«, erzählte er und behielt einen lockeren Tonfall bei. »Jetzt kehre ich zurück in mein Lehen. Bin nur auf der Durchreise.«

»Und es ist uns eine Ehre, Euch bei uns zu haben«, sagte der Soldat voller Sarkasmus. »Vielleicht dürfen wir Euch zu einem Gläschen einladen?«

Crowley lächelte. »Ich nehme nur einen Kaffee«, sagte er, doch der Soldat schüttelte heftig den Kopf.

»Kaffee ist kein Getränk für einen so ehrenwerten Gast. Schließlich seid Ihr ein … *Waldläufer des Königs*.« Er ließ es wie eine Beleidigung klingen. »Ich bestehe darauf, dass wir Euch ein Glas Wein ausgeben dürfen. Oder einen Branntwein. Oder ein Getränk, das einer solch wichtigen Person wie Euch gerecht wird.«

Einer der Soldaten schnaubte und kicherte fast hysterisch in seiner Trunkenheit. Crowley behielt sein Lächeln bei. Es hat keinen Sinn, sich mit ihnen herumzustreiten, sagte er sich. Lass einfach ihre dummen Sprüche über dich ergehen, trinke etwas und gehe.

»Also gut, vielleicht einen Humpen Bier«, sagte er. Der Soldat nickte beifällig.

»Viel bessere Wahl!« Er deutete auf ein kleines Bierfass auf der Theke. Es wurde gewöhnlich mit Bier aus einem großen Fass im Keller gefüllt. »Wir trinken auch ein Bier. Aber leider ist dieses Fass hier LEER!«

Sein Gesicht verzog sich voller Wut, als er die letzten Worte aussprach, und er fegte das kleine Fass von der Theke auf den Boden, wo es unter einen Tisch rollte. Die heftige Bewegung kam unerwartet und das Mädchen hinter der Bar zuckte zusammen und stieß unwillkürlich einen kleinen Angstschrei aus. Instinktiv bewegte sie sich näher zum Wirt. Der Soldat achtete nicht auf sie. Seine Augen waren auf Crowley gerichtet, obwohl er den Wirt ansprach.

»Wir haben kein Bier mehr, Wirt. Und mein Freund, der Waldläufer des Königs, hätte gern einen Humpen.«

»Vergesst es«, sagte Crowley. »Ich nehme einen Kaffee.«

»Nein. Ihr trinkt ein Bier. Wirt?«

Der kleine Mann hinter der Theke griff nervös nach einem großen Schlüsselbund, der an einem Nagel hinter ihm hing.

»Ich hole sofort ein neues Fass aus dem Keller«, sagte er. Doch der Soldat, der den Blick nicht von Crowley wendete, hob eine Hand, um ihn aufzuhalten.

»Du bleibst, wo du bist. Das Mädchen kann es holen.«

Der Wirt nickte nervös. »Sehr wohl.« Er reichte dem Mädchen den Schlüsselring. »Hol noch ein Fass, Glyniss«, sagte er. Sie blickte ihn groß an, wollte die dürftige Sicherheit hinter der Theke nicht aufgeben. Er nickte ihr zu.

»Na los. Tu was ich sage«, befahl er knapp. »Du brauchst wahrscheinlich auch den Schlegel.«

Sie griff nach dem Schlegel, einem schweren Holzhammer, um in große Fässer den Zapfhahn einzuschlagen. Widerstrebend machte sie sich auf den Weg und ging an den beiden Soldaten am Tisch vorbei. Derjenige, der auf der Bank saß, lachte und täuschte einen Sprung auf sie an. Sie wich mit einem erschrockenen Laut vor ihm zurück. Dann schickte sie sich an, schnell an dem Soldaten vorbeizugehen, der bislang das Wort geführt hatte. Doch als sie in seiner Reichweite war, schoss seine Hand heraus und er nahm ihr den Schlüsselbund ab. Sie zögerte und streckte die Hand nach den Schlüsseln aus.

»Bitte«, sagte sie. Doch er lachte und hielt den Schlüsselbund am ausgestreckten Arm zur Seite, aus ihrer Reichweite.

»Was? Du willst die hier?«, fragte er. Sie nickte und biss sich nervös auf die Lippe. Der Soldat grinste sie an, hielt ihr die Schlüssel hin und ließ sie vor ihrem Gesicht baumeln. »Hol sie dir.«

Als sie nach dem Bund griff, warf er diesen schnell über ihren Kopf zu dem Soldaten auf der Bank. Dieser fing die Schlüssel lachend auf und stand leicht schwankend auf, als das Mädchen zu ihm trat.

»Bitte. Ich brauche die Schlüssel.«

»Klar doch.« Er grinste und warf sie zurück zu dem Soldaten vor Crowley. Als sie sich verängstigt umdrehte, stieß der Soldat sie mit dem Stiefel, sodass sie nach vorn gegen den fleischigen Kameraden stolperte.

»Oho! Du denkst wohl, du kannst dich mir an den Hals werfen und sie mir so entlocken, was?« Er versuchte, einen Kuss auf ihre Wange zu pflanzen, doch sie drehte den Kopf weg. Er lachte wieder.

In seinen fünf Lehrjahren war Crowleys größter Kampf der gegen sein eigenes Temperament gewesen. »Es sind deine roten Haare«, hatte Pritchard immer gesagt. »Ich kenne keinen Rotschopf, der nicht temperamentvoll wäre.«

Jetzt, nachdem er sich den Spott der flegelhaften Soldaten lange genug angehört hatte, spürte er das vertraute Brennen in seiner Brust. Er fasste den Arm des Mannes und verdrehte ihn so, dass er das Mädchen vor Schmerzen loslassen musste. Sofort versteckte sich die verängstigte Kellnerin hinter Crowley.

Das Gesicht des Soldaten war jetzt wutverzerrt. »Was soll das, du Grasaffe! Ich reiß dich in Stücke!«

Er ließ einen wilden Kinnhaken auf Crowley los. Doch der duckte sich problemlos darunter weg und versetzte dem Mann einen gekonnten, heftigen Schlag in den Magen.

Der Soldat krümmte sich mit einem Stöhnen, dann blieb ihm der Atem weg. Er griff nach Crowley, wollte sich an ihm festhalten, doch der Waldläufer trat zurück, aus seiner Reichweite. Unglücklicherweise hatte er vergessen, dass einer der schweren Holzpfeiler zum Abstützen der Deckenbalken sich unmittelbar hinter ihm befand. Er stieß dagegen und seine Aufmerksamkeit war für einen Moment abgelenkt.

Bevor er sich wieder gefangen hatte, waren die beiden anderen Soldaten bereits bei ihm. Einer setzte ihm einen Dolch an die Kehle und drückte ihn gegen den Pfeiler. Der andere zog den Langbogen von seiner Schulter und warf ihn durch den Raum. Er prallte von einem der Tische ab und fiel auf den Boden.

Der Sprecher der Soldaten hatte sich wieder aufgerichtet, auch wenn er noch immer seinen Bauch hielt und nach Luft schnappte.

»Du kleine Drecksratte!«, fuhr er den Waldläufer

an. Dann befahl er dem Mann, der den Langbogen weggeworfen hatte: »Fessle ihn!«

Da Crowley immer noch der Dolch an die Kehle gehalten wurde, konnte er keinen Widerstand leisten, als seine Arme zurückgezogen und seine Hände hinter dem rauen Holzpfeiler gefesselt wurden. Er stand reglos da, als der Sprecher einen Schritt nach vorn machte und seinem Kumpan den Dolch aus der Hand nahm. Statt an die Kehle drückte er ihn nun gegen Crowleys Nase.

»Was sollen wir jetzt mit dir anfangen, Waldläufer des Königs?«, sagte er. »Ich denke, wir sollten dir einfach die Nase abschneiden. Das wird dich lehren, sie nicht in unsere Angelegenheiten zu stecken.«

Das Mädchen stieß unwillkürlich einen entsetzten Schrei aus, woraufhin das grausame Grinsen des Mannes noch breiter wurde.

»Ja. Ich denke, genau das werden wir tun. Was meint ihr, Jungs?«

Bevor einer von beiden etwas sagen konnte, antwortete eine andere Stimme.

»Ich denke, ihr solltet ihn loslassen.«

Zwei

Die Stimme war tief und selbstbewusst, mit einem leichten hibernianischen Akzent. Crowley blickte in die Richtung, aus der die Stimme kam. Der Fremde von der Rückseite des Raumes hatte sich von seinem Platz erhoben und kam nun auf sie zu. In seiner Hand befand sich ein riesiger Langbogen, ähnlich dem, den man Crowley abgenommen hatte. An der Sehne lag ein Pfeil. Bis jetzt hatte der Fremde die Sehne noch nicht zurückgezogen, doch er hielt die Waffe mit solch gekonnter Leichtigkeit, dass Crowley vermutete, er konnte mit der Schnelligkeit eines Herzschlags ziehen, zielen und schießen.

Das Messer wurde von Crowleys Gesicht weggenommen und der Soldat drehte sich gebückt zu dem Mann aus Hibernia. Sofort hob dieser den Bogen und schon zielte der Pfeil an der gespannten Bogensehne auf den Soldaten, der wie gebannt auf den drohenden, rasiermesserscharfen und todbringenden Pfeil starrte.

»Ihr wollt mich nicht erschießen«, sagte der Soldat. Sein ganzer vorheriger Sarkasmus und seine Überheblichkeit waren jetzt verschwunden und in seiner

Stimme lag stattdessen ein verräterisches Zittern. Der Bogenschütze hob fragend eine Augenbraue. Die anderen beiden Soldaten standen mit gezogenen Schwertern zu beiden Seiten ihres Anführers. Crowley konnte erkennen, dass sie überlegten, ob es ihnen gelänge, den Schützen zu erreichen und niederzustrecken, bevor er schießen konnte.

»Und wieso nicht, wenn ich fragen darf?« In den Worten lag ein gewisser amüsierter Spott.

»Ich bin einer von Baron Morgaraths Soldaten, in offiziellem Auftrag …«

»Ihr meint, es ist Euer offizieller Auftrag, Euch zu betrinken und andere Leute in Gasthöfen zu stören und zu bedrohen?«, fragte der Fremde scharf.

Der Soldat wusste zunächst nicht, was er darauf antworten sollte. Nach einem kurzen Zögern entschied er sich für eine neue Drohung.

»Wenn Ihr mich tötet, werdet Ihr ausgepeitscht und aufgehängt!«

Der Fremde schob nachdenklich die Unterlippe vor. Crowley schätzte den Bogen ab, während die beiden Männer sprachen. Sein Zuggewicht musste mindestens achtzig Pfund haben. Und doch hielt der Mann ihn jetzt schon eine ganze Weile mit gespannter Sehne, ohne ein Anzeichen der Ermüdung zu zeigen. Crowley fragte sich, wie lange er das noch durchhalten konnte.

»Und was ist die Strafe, wenn ich Euch nur eine nette Schusswunde beibringe?«, fragte der Fremde.

Der Soldat verzog verblüfft die Stirn.

»Was …?«, begann er. Doch in diesem Moment

senkte der Fremde seinen Bogen ein kleines Stück nach unten ab und schoss ihm durch die linke Wade.

Der Getroffene stieß einen hohen, entsetzten Schrei aus. Er blickte panisch auf sein Bein und sah, dass der Pfeil sauber den Muskel durchdrungen hatte und die Breitkopfspitze auf der anderen Seite herausstand. Sein Bein gab unter ihm nach und er fiel auf den Boden.

Seine Kumpane blieben einen Moment verblüfft stehen. Dann stürzten sie sich auf den Gegner. Der Fremde warf den Bogen hinter sich und holte etwas unter seinem Umhang hervor, was wie ein kurzes Schwert mit breiter Klinge aussah. Voller Erstaunen erkannte Crowley es als Sachsmesser – identisch mit dem, das er am Gürtel trug. Der erste Soldat holte mit dem Schwert aus, doch die niedrige Decke erlaubte ihm nur einen verkrampften Schlag mit wenig Kraft dahinter. Der Fremde lenkte diesen Schlag mit Leichtigkeit ab und wich ihm aus. Als der Soldat auf keinen Widerstand traf, stolperte er unwillkürlich noch einen Schritt nach vorn. Da bekam er von seinem Gegner einen linken Haken verpasst, der ihn zurücktaumeln ließ. Das Schwert fiel ihm aus der Hand und er stolperte gegen seinen Kumpan.

Der zweite Mann fluchte, schob seinen Kameraden zur Seite, machte einen Schritt auf seinen Gegner zu und holte zu einem horizontalen Schlag aus.

Der helle Klang von Stahl auf Stahl durchdrang den Raum, als der Hibernianer den Schlag abwehrte. Zur gleichen Zeit spürte Crowley, wie sein eigenes Sachsmesser aus seiner Scheide gezogen wurde. Er schaute sich um und sah, dass das Mädchen damit das Seil durchschnitt, mit dem seine Hände gefesselt waren.

Wieder ertönte ein Geräusch von zwei aufeinandertreffenden Klingen. Crowley nickte dem Mädchen dankbar zu und nahm ihr den Schlegel aus der Hand.

»Danke«, sagte er und trat hinter den Soldaten, der einen weiteren Schlag gegen den Hibernianer führen wollte. Dieser musterte jedoch sein Gegenüber nur mit einem Ausdruck amüsierten Abscheus. Beim Anblick der jämmerlichen Schwertkunst des Soldaten wurde Crowley klar, dass der Fremde beim Abwehren der Klinge dem Gegner sein Sachsmesser vermutlich einfach hätte in den Bauch rammen können.

Doch darüber dachte er jetzt nicht weiter nach, sondern holte mit dem Schlegel aus und schlug ihn mit voller Wucht gegen den Hinterkopf des Soldaten. Der Mann stieß noch einen kurzen Schrei aus, dann gaben seine Knie nach. Er krachte mit dem Gesicht vornüber bewusstlos auf das Sägemehl, das auf dem Boden verstreut war.

Crowley blickte hoch und begegnete dem Blick des Fremden.

»Danke«, sagte dieser und steckte das Sachsmesser wieder in die Scheide. Er nickte mit dem Kopf in Richtung des Bewusstlosen auf dem Boden. »Ich wusste noch nicht genau, was ich mit ihm machen sollte.«

Crowley lächelte. »Ich bin sicher, Euch wäre etwas eingefallen«, sagte er. »Aber der Schlegel war gerade praktischerweise zur Hand.«

Der Hibernianer betrachtete den schweren Holzhammer.

»Ein Schlegel, ja? Er hat jedenfalls unseren Freund hier aufgehalten.« Er blickte zu dem ersten Angreifer, der sich inzwischen erholt hatte und versuchte, sich zu seinem Schwert zu ziehen, das zwischen zwei Tische gefallen war. Der Hibernianer streckte die Hand aus. »Darf ich?«

Crowley reichte ihm den Schlegel und der Fremde machte einen Schritt über den Bewusstlosen hinweg zu dem Soldaten, der gerade sein Schwert in die Hand bekommen hatte. Der Fremde stellte seinen Fuß auf die Klinge und quetschte so die Finger des Soldaten zwischen Griff und Boden ein. Als der Mann vor Schmerz aufschrie, gab der Hibernianer ihm mit dem Schlegel einen Schlag auf den Kopf. Crowley zuckte unwillkürlich zusammen, als der Mann wieder bewusstlos auf den Boden sank.

»War das denn nötig?«, fragte er. Der Fremde sah ihn an. In seinen dunklen Augen war nicht das Anzeichen eines Lächelns.

»Er hatte das Schwert schon in der Hand.« Der Hibernianer gab den Schlegel zurück an das verblüffte Schankmädchen, das die Geschehnisse mit großen Augen verfolgt hatte.

»Ich denke, wir könnten jetzt einen Schluck Bier brauchen, Glyniss«, sagte er. Sie nickte wortlos, drehte sich um und ging zum Keller. Dort sah sie sich noch einmal über die Schulter und er nickte ihr aufmunternd zu.

Crowley streckte die rechte Hand aus. »Danke für die Hilfe«, sagte er. »Ich bin von dieser Nase ziemlich angetan.«

»Da ist eine Menge, wovon man angetan sein kann«, erwiderte der Fremde ohne eine Miene zu verziehen. Crowley spähte auf das fragliche Teil seines Gesichtes. Er hatte seine Nase immer als edel und falkenartig eingestuft. Adlernase hatte jemand einmal gesagt. In aufrichtigeren Momenten musste er zugeben, dass sie schon sehr groß geraten war.

Plötzlich wurde er sich dessen bewusst, dass er gerade dabei war, auf seine Nase zu schielen, während der Fremde ihn mit ausdruckslosem Gesicht beobachtete. Schnell riss er sich zusammen und streckte die Hand noch einmal aus.

»Also danke, jedenfalls«, sagte er. »Ich bin Crowley Meratyn, Waldläufer vom Lehen Hogarth.«

Der Fremde ergriff seine Hand und schüttelte sie.

»Walt O'Ca...«, begann er, unterbrach sich dann aber und sagte: »Walt. Mein Name ist Walt. Ich bin auf der Durchreise.«

Crowley ließ sich nicht anmerken, dass er das Zögern und das Innehalten beim Nennen des Nachnamens bemerkt hatte. Er lächelte.

»Ich vermute, Ihr kommt aus Hibernia?«, sagte er.

Der Fremde nickte.

»Clonmel«, sagte er. »Ich habe beschlossen, dass es an der Zeit ist, meinen Horizont zu erweitern.«

Eine schwache Stimme vom Boden unterbrach sie. »Bitte, Waldläufer, mein Bein tut furchtbar weh.«

Es war der übergewichtige Soldat, der all den Ärger angefangen hatte. Er hatte sich in eine sitzende Position gegen eines der Tischbeine gezogen und versuchte nun, den Blutfluss aus der Pfeilwunde in seinem Bein zu stillen.

»Das kann ich mir lebhaft vorstellen«, meinte Crowley. Er kniete sich neben den Mann, begutachtete die Wunde und blickte hoch zu Walt. »Wollt Ihr diesen Pfeil noch einmal verwenden?«

»Nicht den Schaft. Brecht ihn ab. Den Kopf und die Befiederung kann ich wiederverwenden.«

Die einfachste Art und Weise, einen Durchschuss wie diesen zu behandeln, war, den Pfeil kurz nach der Eintrittswunde abzubrechen und den gekürzten Schaft durchzuziehen. Der Widerhaken an der Breitkopfspitze bedeutete natürlich, dass er nicht nach hinten herausgezogen werden konnte.

Schnell brach Crowley den Schaft ab und zog ihn heraus. Er ignorierte die Schmerzensschreie des Mannes dabei. Sobald der Pfeil heraus war, floss das Blut ungehindert von beiden Seiten und Crowley ließ sich vom Wirt heißes Wasser und Verbandszeug bringen. Er säuberte und verband die Wunde, dann wusch er sich die Hände noch mit heißem Wasser und stand auf.

»Das sollte für eine Weile reichen«, sagte er. Er blickte zu den beiden bewusstlosen Kumpanen des Mannes und fesselte ihre Hände mit Daumenfesseln hinter ihrem Rücken. Walt betrachtete die Fesseln interessiert.

»Die sind wirklich eine gute Idee«, sagte er.

Er half Crowley, die beiden Männer in eine sitzende Stellung zu ziehen, sodass sie an eine der langen Bänke lehnten.

»Ich habe nachgedacht …«, sagte der Waldläufer, während sie nebeneinander mit schnellen Griffen arbeiteten. »Ich habe gesehen, wie Ihr Euch verteidigt habt. Ihr hättet die beiden leicht töten können. Und die jammernde Schönheit dort drüben genauso.« Er deutete auf den verletzten Soldaten, der zusammengekauert dasaß, sein verletztes Bein hielt und vor sich hin jammerte.

Walt zuckte mit den Schultern. »Ich bin neu im Land«, sagte er. »Dachte, es sei vielleicht etwas umständlich, dem Baron zwei oder drei tote Soldaten erklären zu müssen. Barone können außerordentlich schlecht gelaunt sein, wenn man ihnen so etwas erklären muss, habe ich festgestellt.«

»Wohl wahr. Ich bin gespannt, wie er sich verhält, wenn ich die drei hier mit meinem Bericht zu ihm zurückbringe.«

Walt hob eine Augenbraue. »Ihr wollt sie zu diesem Baron Mor …« Er zögerte bei dem Namen.

»Morgarath«, sprang Crowley ein. »Ja. Er ist arrogant und anmaßend, aber ich denke, er wird einen offiziellen Bericht und eine Beschwerde von einem Waldläufer des Königs wohl zur Kenntnis nehmen müssen.«

»Tja, wenn es Euch nichts ausmacht, komme ich mit und behalte die drei im Auge. Es würde mich interessieren, welche Art von Mann dieser Morgarath ist.«

»Das könnte ich Euch auch erzählen«, sagte Crowley mit einem Seufzer, »aber es ist sicher besser, wenn Ihr es selbst erlebt. Ihr könnt mich sehr gern begleiten. Burg Gorlan ist zu Pferd etwa eineinhalb Tage von hier entfernt. Außerdem gibt es noch einige Dinge, die ich gern mit Euch bereden würde.«

Walt nickte. »Mit Vergnügen«, sagte er.

Dann war das Quietschen der Kellertür in den Angeln zu hören und er drehte sich um. »Und da ist auch Glyniss schon mit unserem Bier, genau zur rechten Zeit.«

Drei

Am Nachmittag, nachdem Crowley etwas gegessen hatte, ritten sie weiter. Crowley nahm den beiden Männern die Daumenfesseln ab und fesselte stattdessen die Hände aller drei Männer sorgfältig vorne, damit sie besser reiten konnten. Er band auch ihre Pferde zusammen und brachte am ersten ein Führseil an, um den Soldaten jegliche Lust auf eine Flucht zu nehmen.

Seine düstere Stimmung vom Morgen hatte sich inzwischen verflüchtigt und guter Laune Platz gemacht. Walt blickte zu ihm, als er nun ein fröhliches Volkslied pfiff.

»Was ist denn nun los?«, fragte er.

Crowley zuckte mit den Schultern und grinste ihn an. »Ich bin gut gelaunt.«

Walt zog die Augenbrauen hoch. Crowley hatte bereits bemerkt, dass der Hibernianer dies recht häufig tat.

»Aha. Ihr seid gut gelaunt. Aber warum gebt Ihr dann dieses kreischende Geräusch von Euch?«

»Ich pfeife. Ich pfeife eine fröhliche kleine Weise.«

»Das ist kein Pfeifen. Es ist ein Kreischen. Bestenfalls könnte man es noch als Trillern bezeichnen«, erwiderte Walt.

Crowley drehte sich im Sattel und musterte ihn mit gewisser Würde. »Ich darf Euch mitteilen, dass mein Pfeifen im Lehen Hogarth bereits hoch gelobt wurde.«

»Ein Ort mit Schwerhörigen also, wenn die Leute dort dieses Kreischen als musikalisch betrachten.«

Der übergewichtige Soldat mit dem verwundeten Bein begann vor Schmerzen zu jammern und unterbrach so ihre Diskussion über Musikalität. Der Hibernianer ritt nach vorn zu dem verletzten Soldaten.

»Zuerst sein Gekreische, jetzt Euer Gejammer«, stellte er fest. »Wird dieser Lärm denn nie aufhören? Was ist los?«

»Mein Bein tut weh«, jammerte der Soldat.

»Aber natürlich tut es das«, erwiderte Walt. »Ich habe schließlich einen Pfeil hineingeschossen. Habt Ihr etwa erwartet, dass es nicht wehtut?«

Der Soldat war von dieser pragmatischen Antwort völlig verblüfft. Crowley, der den Wortwechsel mit angehört hatte, grinste vor sich hin. Nach allem, was er bisher von Walt gesehen und gehört hatte, konnte der Soldat wohl kaum Mitleid erwarten.

»Ich muss ausruhen«, beschwerte sich der Mann. »Beim Reiten wird mein Bein dauernd geschüttelt.«

»Nein«, antwortete Walt. »Ihr müsst den Mund halten. Aber wenn Ihr es selbst nicht schafft, kann ich Euch gern dabei behilflich sein, nicht mehr an dieses Bein denken zu müssen.«

Der Soldat sah ihn misstrauisch an. Er war sich

ziemlich sicher, dass Walt nicht vorhatte, ihm den Ritt zu erleichtern.

»Was wollt Ihr denn tun?«, fragte er.

»Ich werde Euch ins andere Bein schießen«, erklärte Walt. »Das verteilt den Schmerz dann besser.«

»Ihr wollt einem hilflosen Mann einen Pfeil ins Bein schießen?« Der Soldat fuhr ängstlich zurück und hätte dabei beinahe das Gleichgewicht im Sattel verloren.

Walt musterte ihn kühl, bevor er antwortete. »Vergesst nicht, dass Ihr gedroht habt, meinem Freund die Nase abzuschneiden, während seine Hände um einen Pfeiler gefesselt waren. Dadurch habt Ihr Euch nicht gerade Mitgefühl meinerseits gesichert.«

Der Soldat öffnete den Mund für eine Antwort, blickte zu Walt und schloss ihn dann wieder mit einem leicht hörbaren *Klapp*. Zufrieden, dass er seinen Standpunkt klargemacht hatte, nickte Walt und ließ sein Pferd langsamer gehen, um gleich darauf wieder neben Crowley zu reiten.

Der rothaarige Waldläufer grinste ihn fröhlich an.

»Dann bin ich also Euer Freund?«, fragte er.

Walt sah einen Moment lang noch geradeaus, bevor er antwortete.

»Solange Ihr nicht wieder zu pfeifen anfangt.«

An diesem Abend schlugen sie ihr Lager auf einer kleinen Lichtung neben einem Bach auf. Während Walt mit seinem Bogen im Wald verschwand, löste Crowley den Gefangenen einem nach dem anderen die Handfesseln, um ihnen die Hände mit den Daumenfesseln auf den Rücken zu binden. Er setzte sie nebeneinander an einen umgestürzten Baumstamm gelehnt. In jeder ihrer Satteltaschen fand er eine Decke, die er abschließend über die Männer warf.

»Bekommen wir denn nichts zu essen?«, beschwerte sich einer.

Crowley schüttelte den Kopf. »Denke nicht. Ein Abend ohne Essen wird Euch nicht schaden.«

Er goss jedoch Wasser in eine Blechtasse und ließ sie so viel trinken, wie sie wollten. Als er mit der Versorgung der Männer fertig war, zündete er ein Feuer an. Er hatte ein paar Kartoffeln in seinem Vorrat, die setzte er in einem vom Ruß geschwärzten Topf zum Kochen auf. Das Kartoffelwasser hatte gerade angefangen zu kochen, da tauchte Walt wieder auf. Er hatte ein bereits gehäutetes und ausgeweidetes Kaninchen dabei.

»Genau richtig!«, sagte Crowley begeistert. »Es geht doch nichts über ein frisches Kaninchen, um die Sorgen zu vertreiben.«

Der Soldat, der vorhin nach Essen gefragt hatte, blickte hoffnungsvoll auf. »Können wir …«

»Nein«, erwiderten Walt und Crowley wie aus einem Munde. Schnell hatten sie das Kaninchen zerlegt und die Stücke mit ein paar Kräutern in Mehl gerollt. Dann brieten sie das Ganze mit Fett in einer eisernen Bratpfanne über dem Feuer. Als das Fleisch zu brutzeln begann, seufzte Crowley glücklich auf. Er aß für sein Leben gern.

»Viel besser, als es an einem Spieß über dem Feuer zu drehen«, bemerkte er. »Bis das Fleisch da durch ist, dauert es viel zu lange.«

Als die Hasenstücke fertig gebraten waren, gab Crowley noch eine Handvoll Kräuter hinzu und setzte den Deckel drauf, damit es schneller durch war. Es dauerte nicht mehr lange und er und Walt genossen ein vorzügliches Mahl zusammen. Sie saßen einander in freundschaftlichem Schweigen am Feuer gegenüber. Von Zeit zu Zeit stöhnte einer der Gefangenen auf, wenn der appetitliche Geruch von gebratenem Kaninchen zu ihm wehte. Crowley und Walt ignorierten diese Seufzer jedoch völlig.

Als sie ihr Abendessen beendet hatten, leckten sie sich die Finger ab und erledigten die restliche Säuberung mit Gras. Crowley machte Kaffee und sah zu, wie Walt einen großen Löffel Honig in seine Tasse gab.

»Verdirbt das nicht den Geschmack?«, fragte er.

Walt blickte zu ihm, schien kurz zu überlegen und antwortete dann kurz und bündig: »Nein.«

Crowley lächelte bei der einsilbigen Antwort. »Ihr redet nicht sehr viel, was?«

Der Hibernianer sah ihn gelassen aus seinen dunklen Augen an. »Ich sage, was gesagt werden muss.«

Crowley zuckte gutmütig mit den Schultern. »Wahrscheinlich ist das gut so. Ich neige manchmal dazu, zu viel zu reden.«

»Habe ich bemerkt.«

»Stört es Euch?«, fragte Crowley. Dieser einsilbige Fremde war ihm auf Anhieb sympathisch und er spürte, dass Walt umgekehrt auch ihn schätzte. Jetzt zuckte der Hibernianer mit den Schultern.

»Es hält Euch zumindest vom Pfeifen ab.«

Crowley lachte bei dieser Antwort laut auf. Walt schaffte es, sein ausdrucksloses Gesicht beizubehalten. Doch Crowley fand den trockenen Humor des Mannes sehr sympathisch.

»Ihr sagtet im Gasthof, dass Ihr über etwas mit mir reden wolltet?«, sagte Walt jetzt.

Crowley nickte und sammelte seine Gedanken, bevor er begann.

»Wir scheinen ähnliche Fähigkeiten zu haben«, stellte er fest. Mit Blick auf die Gefangenen sprach er so leise, dass sie nicht mithören konnten. »Und wir haben auch ähnliche Waffen. Ich habe bemerkt, dass Ihr ein Sachsmesser und ein Wurfmesser besitzt, genau wie ich. Es würde mich interessieren, wie Ihr dazu kamt.«

Crowley trug seine Messer in der besonderen Doppelscheide der Waldläufer. Die von Walt steckten in zwei getrennten Scheiden, jedoch nahe zusammen auf der linken Seite seines Gürtels. Er blickte jetzt auf den Gürtel, der über einem Stein neben dem Feuer lag.

»Mein Lehrmeister gab sie mir«, sagte er. »Er war ein Waldläufer wie Ihr.«

Bei dieser Information setzte Crowley sich überrascht auf. »Ein Waldläufer? In Hibernia? Wie hieß er?«

»Er nannte sich Pritchard und er war ein beeindruckender Mann.«

»Das war er in der Tat«, bestätigte Crowley und jetzt sah Walt ihn neugierig an.

»Ihr kanntet ihn?«

Crowley nickte nachdrücklich. »Ich war fünf Jahre lang sein Lehrling. Er brachte mir alles bei, was ich heute weiß. Wie habt Ihr ihn denn kennengelernt?«

»Er tauchte vor etwa drei Jahren in Du… in Droghela auf, nahm mich unter seine Fittiche und brachte mir die Fertigkeiten eines Waldläufers bei: unbemerktes Annähern, den Umgang mit Messern, Spurenlesen und so weiter. Schießen konnte ich bereits, aber er verbesserte meine Technik noch etwas.«

Crowley hatte das Zögern und die Verbesserung bemerkt, als Walt den Ort erwähnte, wo er Pritchard kennengelernt hatte. Doch er fragte nicht weiter nach.

»Ja. Er hielt viel von der richtigen Technik.«

»Und vom Üben«, ergänzte Walt.

Crowley lächelte bei der Erinnerung an seinen alten Lehrmeister. »Er sagte immer: ›Ein normaler Bogenschütze übt, bis er es kann. Ein Waldläufer…‹«

»›… übt so lange, bis er nie mehr danebenschießt‹«, schloss Walt den Satz für ihn und sie lächelten beide. Eine Weile saßen sie schweigend da.

»Was ist denn aus ihm geworden?«, fragte Crowley. »Ist er immer noch in … Droghela, sagtet Ihr?«

Walt schüttelte den Kopf. »Er reiste weiter. Ich hatte ein paar unangenehme Erlebnisse dort und musste fort. Ich beschloss, nach Araluen zu reisen, um mich mit den Waldläufern in Verbindung setzen – vielleicht dem Bund beizutreten und meine Ausbildung abzuschließen. Pritchard reiste weiter in eines der westlichen Königreiche innerhalb Hibernias. Er sagte, er könne leider nicht hierher zurückkommen.«

Crowley nickte traurig. »Das ist richtig. Er wurde des Landes verwiesen – natürlich aufgrund einer völlig erfundenen Anschuldigung. Aber leider muss ich sagen, dass sich der Bund der Waldläufer inzwischen zum Schlechten entwickelt hat.«

»Was meint Ihr?«, wollte Walt wissen. »Ihr scheint mir ganz so zu sein, wie Pritchard mir die Waldläufer geschildert hat.«

»Das freut mich zu hören«, antwortete Crowley. »Aber die Dinge haben sich leider geändert.«

Er griff nach seinem Köcher, denn er hatte bemerkt, dass die Befiederung an zweien seiner Pfeile locker war und wollte sie nun reparieren. Walt sah ihm zu, dann wühlte er in seinem eigenen Rucksack und reichte ihm ein Werkzeug.

»Hier. Benutzt das. Damit geht es leichter.«

»Danke«, sagte Crowley und löste die alte Befiederung vom Schaft, um sie noch einmal neu anzubringen. Nach ein oder zwei Minuten beantwortete er Walts vorherige Frage.

»Die Dinge haben sich geändert«, wiederholte er. »Heutzutage ist der Bund der Waldläufer nicht viel mehr als ein Verein für faule junge Adlige. Es gibt kaum mehr eine Ausbildung, keine Lehrlinge. Jetzt erkauft man sich den Eintritt. Ich bin einer der wenigen verbliebenen Waldläufer, die richtig ausgebildet wurden. Und man versucht, auch mich hinauszudrängen.«

»Aber warum das denn?«, fragte Walt.

Crowley zuckte mit den Schultern. »Ich war gerade erst auf Schloss Araluen, um mich wegen einer lächerlichen Beschwerde zu verteidigen. Das ist anderen vor mir auch schon passiert. Pritchard war einer der Ersten, denen es so ergangen ist. Aber seither wurden einige hinausgedrängt. Ich vermute, inzwischen gibt es nur noch wenige richtig ausgebildete Waldläufer im Königreich, vielleicht ein Dutzend, und wir sind im ganzen Reich verstreut.«

»Aber warum? Wer würde denn eine so effektive Einheit zerstören wollen? Kann der König denn nicht etwas unternehmen? Ihr seid doch schließlich die Waldläufer des Königs, oder nicht?«, fragte Walt und Crowley lächelte traurig.

»Der König weiß nicht, was gespielt wird. Und was die Frage betrifft, wem es gefiele, den Bund der Waldläufer zu zerstören, ist die Antwort leicht. Es gibt eine Reihe von Baronen, den Regierungsrat, welche den alten König vollständig unter ihrem Einfluss haben. Er ist krank und nicht ganz bei Sinnen und hat keine Ahnung, was vor sich geht. Ich glaube, dass diese Barone vorhaben, den Thron zu übernehmen. Sie haben den König dazu gebracht, Prinz Duncan weit weg an die Nordostküste zu schicken. Der König hat keine Macht mehr und sie sorgen dafür, dass es keine zusammenstehende Gruppe gibt, die Prinz Duncan unterstützen könnte, wenn es Zeit für ihn wäre, das Zepter zu übernehmen.«

»Und wer steckt hinter dem Ganzen?«, fragte Walt.

Crowley deutete auf die drei Männer, die ein Stück weiter weg gefesselt dasaßen.

»Ihr werdet ihn morgen kennenlernen«, sagte er. »Ich kann es nicht beweisen, aber ich bin ziemlich sicher, dass es Morgarath ist.«

Vier

Walt zügelte sein Pferd, als sie die letzte Anhöhe genommen hatten und Burg Gorlan in Sicht kam.

Der Anblick war spektakulär. Es gab kein anderes Wort dafür. Hoch aufragende Türme, die von anmutigen Zwiebeldächern gekrönt wurden. Die Mauern hatten Zinnen aus weißem Marmor, die im vormittäglichen Sonnenschein schimmerten. Einige Türme waren durch zierlich gebogene Wandelgänge verbunden, deren Balustraden mit herrlichen Schmuckornamenten verziert waren. Die gleichen Verzierungen fanden sich an den zahlreichen Balkonen.

Von mindestens einem Dutzend Turmspitzen wehten lange, bunte Fahnen. Einige waren mindestens sechs bis sieben Ellen lang.

Am Fuße des Hügels erstreckte sich ein sorgfältig gepflegter Park hinauf bis zur Burg. Auf der grünen Wiese und zwischen den sorgfältig beschnittenen dekorativen Bäumen und Büschen verstreut standen weiß glänzende, elegante Statuen. Gepflasterte Wege führten durch den Park und in kleinen Lauben zwischen den Bäumen luden Bänke und Tische zum Verweilen ein. Eine bunt gestrichene Tribüne für Lanzenturniere war unmittelbar außerhalb der Burgmauern aufgebaut. Der riesige Burgkomplex war umgeben von einem derzeit trockenen Graben, über den eine Zugbrücke führte. Im Augenblick war die Brücke heruntergelassen und das Fallgatter offen.

»Ein beeindruckender Anblick, nicht wahr?«, stellte Crowley fest. Er legte beide Hände über seinen Sattelknauf und beugte sich nach vorn, um seinen Rücken zu entlasten.

»So etwas habe ich noch nie gesehen«, sagte Walt. Und das stimmte. Er hatte schon viele Burgen gesehen – um genau zu sein, war er in einer aufgewachsen. Doch die Burgen, die er kannte, waren düstere, kantige Bauwerke, die mächtig und uneinnehmbar sein sollten, nicht schön wie diese. Doch jetzt, da er Burg Gorlan intensiver betrachtete, erkannte er, dass diese ebenfalls uneinnehmbar war, auch wenn das auf den ersten Blick nicht so scheinen mochte. Burg Gorlan wäre eine harte Nuss für jeden Angreifer, trotz ihrer fast überirdischen Schönheit.

»Sie stellt sogar Schloss Araluen in den Schatten«, fuhr Crowley fort. »Und das will etwas heißen, glaubt mir. Ein Jammer, dass sie Morgarath gehört«, fügte er düster hinzu. Walt sah zu ihm, erwiderte jedoch nichts. Er wollte sich erst selbst ein Bild vom Baron von Gorlan machen.

Lange musste er nicht darauf warten. Sie ritten zur Burg hinauf. Crowleys Stellung verschaffte ihnen sofort Zutritt. Der Waldläufer lieferte die Gefangenen in der Wachstube ab und verlangte eine Audienz beim Baron. Man führte sie in einen kleinen Vorraum im Bergfried, gleich neben dem großen Audienzsaal, wo Morgarath seine Amtsgeschäfte erledigte.

Crowley runzelte darüber die Stirn. Er war zum ersten Mal innerhalb der Burg, und die Praxis, für eine gewöhnliche Audienz den großen Saal zu benutzen, wirkte allzu bemüht. Die meisten Barone hatten kleinere Arbeitszimmer, wo sie sich mit ihrem Personal und den Abgesandten des Königs, zu denen die Waldläufer gehörten, trafen. Morgaraths riesiger Audienzsaal erinnerte an den Thronsaal des Königs auf Schloss Araluen, der im Augenblick wohl eher vom Regierungsrat benutzt wurde, dachte Crowley.

Man ließ sie etwa vierzig Minuten warten – nicht einmal so lange, da sie unangemeldet gekommen waren – dann führte man sie hinein.

Die hohe Gewölbedecke schwang sich über gleichermaßen hohen Fenstern mit bunten Glasmosaiken an der Ostwand. Die Sonne schien herein und warf exotische Muster ins Innere. Insgesamt war der Audienzsaal genauso beeindruckend wie das Äußere der Burg.

Sie betraten den Saal durch hohe Flügeltüren, die von uniformierten Männern geöffnet wurden. Morgarath saß am anderen Ende des Saals, auf einem massiven, thronartigen Sessel aus Ebenholz, der auf einem kleinen Podium stand. Crowley und Walt durchschritten zusammen den Saal, ihre weichen Stiefel verursachten kaum ein Geräusch auf den Steinfliesen. Kurz vor dem Podium waren die Fliesen durch ein geometrisches Mosaik aus Marmor ersetzt.

Walt richtete sich nach Crowley, blieb entspannt am Fuße des Podiums stehen und musterte den Baron des Lehens Gorlan.

Morgarath saß lässig da, ein Bein über eine Armlehne des Sessels gelegt. Er spielte mit einem eindrucksvollen Dolch, bewunderte den reichhaltig verzierten Silbergriff und die Scheibe am Ende des Griffes.

Als die Waldläufer vor ihm stehen blieben, blickte er auf. Sein Gesicht zeigte völliges Desinteresse.

Obwohl er saß, konnte man erkennen, dass Morgarath ein außergewöhnlich großer Mann war. Der Baron war gut aussehend, mit einem länglichen Gesicht und ausgeprägtem Kinn. Er trug weder Bart noch Schnurrbart. Sein Haar war lang und glatt und war von einem sehr hellen Blond – einer Farbe, die im Alter wahrscheinlich eher weiß als grau würde. Er war völlig in Schwarz gekleidet, was einen starken Kontrast zu seinem hellen Haar und seiner blassen Haut bildete. Eine schwere silberne Kette hing um seinen Hals.

Aber das hervorstechendste Merkmal waren seine Augen. Bei einer solchen Haarfarbe hätte Walt helle Augen – blau oder fast farblos – erwartet. Doch diese Augen waren dunkel – so schwarz, dass man unmöglich sehen konnte, wo die Iris endete und die Pupille begann.

Tote Augen, dachte Walt bei sich. Er hatte keine Ahnung, woher dieser Gedanke kam. Er schoss ihm einfach durch den Kopf, während er den Baron betrachtete.

Morgarath legte den Dolch auf einen kleinen Beistelltisch neben seinem Stuhl. Er wippte mit einem Fuß, während er die beiden Männer vor sich musterte. Ihre raue, praktische Reisekleidung und Ausstattung stand in krassem Gegensatz zur Eleganz seines Audienzsaales, und er sah sie missmutig an, als hätten sie irgendwie die Schönheit von Burg Gorlan beschmutzt.

»Euer Name?«, sagte er zu Crowley. Seine Stimme war tief und klangvoll. Er schien nicht laut zu sprechen, doch die Stimme füllte den Raum.

Crowley atmete tief durch. Das Missfallen des Barons war offensichtlich.

»Crowley, Sir. Waldläufer des Königs mit Nummer siebzehn, zugeteilt dem Lehen Hogarth.«

»Die korrekte Anrede, Waldläufer, ist Mylord. Nicht Sir.«

Crowley lief rot an. Morgarath war im Unrecht. Als ein Waldläufer mit direkter Vollmacht des Königs war Crowley sehr wohl berechtigt, einen Baron mit *Sir* anzusprechen. Für ihn galt, dass der Titel *Mylord* gegenüber Baronen nur bei formellen Anlässen verwendet wurde und ansonsten Mitgliedern der königlichen Familie vorbehalten war. Morgarath schien eine eigenwillig übertriebene Auffassung von seiner eigenen Wichtigkeit und seinem Rang zu haben. Es hatte jedoch keinen Sinn, jetzt mit dem Mann in seiner eigenen Burg zu streiten.

»Bitte um Entschuldigung, Mylord«, sagte er kurz.

Morgarath hielt seinen Blick einige Sekunden lang. Schließlich nickte er, ließ den rothaarigen Waldläufer vorläufig einfach stehen und wandte sich Walt zu.

»Und Ihr seid…?«, fragte er. Er wusste nicht, wie er den Begleiter des Waldläufers einschätzen sollte. Er schien wie ein Waldläufer ausgestattet zu sein, mit einem Langbogen und zwei Messern an seinem Gürtel. Und doch gab es kleine Unterschiede. Sein Umhang war dunkelgrün und einfarbig, nicht wie der Umhang der Waldläufer, der grau-grün gesprenkelt war.

»Mein Name ist Walt.« Der hibernianische Akzent war unverkennbar.

Morgarath hob die Augenbrauen. »Nur Walt? Kein zweiter Name? Waren Eure Eltern zu arm, um sich einen zu leisten? Oder wisst Ihr nicht, wer sie waren?«

Walt erwiderte den Blick des Burgherrn, ohne auf die versteckte Beleidigung in seinen Worten zu reagieren.

»Bitte um Entschuldigung. Mein voller Name lautet Walt… Arratay.« In diesem Moment erfand er den Decknamen, den er für den Rest seines Lebens immer wieder benutzen würde. Er amüsierte sich innerlich über den darin versteckten Spott – ein Spott, den Morgarath selbstverständlich nicht begriff. »Arratay« war Walts Aussprache des gälischen Wortes »Arretez«, was so viel bedeutete wie der Befehl: »Haltet an!« oder »Stehenbleiben!« Insgeheim hatte er dem höhnischen Adligen also gerade befohlen, einmal innezuhalten.

»Ich bin Verwalter und Forstbeauftragter am Hofe von Lord Dennis O'Mara, Herzog von Droghela im Königreich Clon…«

Er kam nicht weiter, da Morgarath abwehrend die Hand hob.

»Ich habe nach Eurem Namen gefragt, Hibernianer, nicht nach Eurer Lebensgeschichte.«

Walt verbeugte sich leicht, nur ein angedeutetes Neigen des Kopfes. Morgarath richtete seine Aufmerksamkeit wieder auf Crowley.

»Also, worum geht es denn nun, Waldläufer? Wie ich höre, habt Ihr drei meiner Männer in Gewahrsam genommen?«

»Das ist richtig, Sir. Sie waren betrunken und verursachten Aufruhr in einer Gastwirtschaft, bedrohten den Wirt und sein Schankmädchen.«

»Aufruhr?«, wiederholte Morgarath mit erhobenen Augenbrauen. »Bedrohten sie deren Leben? Haben sie ihnen denn etwas getan? Sie verletzt oder gefoltert?«

Crowley musste erneut tief durchatmen. »Vielleicht ist bedrohen ein zu starker Ausdruck, Sir … Mylord. Man könnte es auch als Einschüchtern bezeichnen. Sie provozierten und machten ihnen Angst.«

»Das klingt lediglich danach, als hätten sie ein wenig über den Durst getrunken, Waldläufer.«

»Das kann man vielleicht so sehen, Mylord. Aber als ich sie bat, damit aufzuhören, bedrohte einer von ihnen mich mit einem Messer. Sie fesselten meine Hände und drohten damit, mir die Nase abzuschneiden.«

»Nachdem Ihr einen von ihnen geschlagen habt?«

»Das habe ich, ja. Aber nur um mich zur Wehr zu setzen. Er hat das Mädchen bedrängt und ich habe ihn von ihr weggezogen. Er holte zum Schlag nach mir aus. Ich wich aus und versetzte umgekehrt ihm einen Schlag. Dann packten mich seine Begleiter und er setzte einen Dolch an meine Nase an.«

»Und wie seid Ihr dann diesem furchtbaren Schicksal entgangen? Was überzeugte ihn davon, es nicht zu tun?«

»Ich habe auf ihn geschossen!«, warf Walt ein. Morgaraths Ironie ging ihm langsam auf die Nerven. Der Baron richtete nun seinen spöttischen Blick wieder auf Walt.

»Ihr habt auf ihn geschossen? Wie und wo?«

»In der Gastwirtschaft«, sagte Walt, ohne eine Miene zu verziehen. Die bewusst missverstandene Erwiderung nahm Morgaraths hochnäsiger Art von gelangweiltem Missfallen den Wind aus den Segeln und Walt sah plötzlich Wut in diesen schwarzen Augen aufblitzen. Der Baron wollte offensichtlich mit ihnen spielen. Walt war sicher, dass er sich in der Zwischenzeit, als er sie hatte warten lassen, bereits von seinen Soldaten einen vollständigen Bericht hatte geben lassen.

»Ich meinte«, sagte Morgarath eisig, »auf welchen Teil seines Körpers genau habt Ihr geschossen?«

»Bitte um Entschuldigung. Ich schoss ihm ins Bein. Er sagte, Ihr wärt wütend auf mich, wenn ich ihn töten würde.«

Morgarath sah dem Hibernianer einige Sekunden lang in die Augen. Walt begegnete seinem stechenden Blick vollkommen ruhig und ohne zu zwinkern. Schließlich war es Morgarath, der wegsah und einen Mangel an Interesse vorgab.

»Dann war es nur gut, dass Ihr ihn nicht getötet habt«, sagte er.

»Das dachte ich auch, Mylord.«

»Dennoch, selbst eine Beinwunde scheint eine starke Strafe allein dafür, einen Gastwirt und ein Schankmädchen verärgert zu haben.«

Crowley räusperte sich und unterbrach nun. »Verzeihung, Mylord. Das Verhalten der Männer gegenüber dem Gastwirt und seinem Schankmädchen war unerträglich. Aber es bleibt vor allem die Tatsache, dass sie einen Waldläufer des Königs gefesselt und bedroht haben. Und das ist eine weitaus ernstere Angelegenheit.«

»Ach, sie haben Euren Stolz verletzt, ja, Waldläufer?«, höhnte Morgarath.

Crowley schüttelte nachdrücklich den Kopf. »Das ist keine persönliche Angelegenheit meinerseits, Mylord. Doch sie zeigten keinen Respekt gegenüber der Uniform und dem Bund und bedrohten damit einen ranghöheren Abgesandten des Königs.«

»Und Ihr erwartet von mir, dass ich sie bestrafe, ist es das?«

Crowley zuckte mit den Schultern. »Ich hielt es jedenfalls für das Beste, Euch die Angelegenheit zu berichten, damit Ihr entscheiden könnt, was unternommen werden sollte. Schließlich sind es Eure Männer, also hielt ich es für möglich, die Sache inoffiziell zu regeln. Andernfalls wäre ich gezwungen, das dem Hauptquartier des Bundes der Waldläufer zu melden.«

Jetzt zog Morgarath die Brauen zusammen. Das

war natürlich das Hauptproblem. Er wusste nicht, wie Crowley bei seinen Vorgesetzten angesehen war. Die Idioten, die den Bund der Waldläufer zurzeit führten, waren eine arrogante Truppe. Auch wenn sie technisch gesehen mit Morgarath und den anderen Mitgliedern des Königlichen Rates im Bunde waren, neigten sie dazu, auf ihrer Würde zu bestehen, falls sie sich in ihrem Stolz getroffen fühlten. Wenn sie den Eindruck hatten, ihre Organisation sei respektlos behandelt worden, konnten sie alle möglichen Formen der Wiedergutmachung fordern. Und so ineffektiv sie als Krieger sein mochten, hatten sie doch viel Einfluss. Sie gehörten zu einigen der einflussreichsten Familien im Königreich und Morgaraths Stellung war noch nicht gefestigt genug, um sie herauszufordern. Er zwang sich zu einem Lächeln.

»Ich schätze Eure Diskretion, Waldläufer Crowley. Wie Ihr sagtet, ist es besser, diese Angelegenheiten gleich unter uns zu regeln. Ich werde die Soldaten auspeitschen lassen.«

Crowley war von seinen Worten erschreckt. »Nicht nötig, Mylord! Ich denke, eine Degradierung und ein paar Monate unangenehme Pflichten wären genug.«

»Ihr seid zu weichherzig, Waldläufer. Ich denke, Auspeitschen ist hier durchaus angebracht. Mindestens fünfzig Hiebe für jeden. Schließlich haben sie den Bund der Waldläufer beleidigt und das können wir nicht zulassen. Was meint Ihr, Walt Arratay?«

Walt spürte, dass der Baron, indem er eine so grausame und übertriebene Bestrafung vorschlug, letztlich vorhatte, Crowley aus der Fassung zu bringen und seinen Standpunkt zu untergraben. Er spielte ein sadistisches Spiel. Crowley war ein anständiger Mann, und der Gedanke, schuld daran zu sein, wenn drei Männer so stark ausgepeitscht wurden, dass sich ihre Haut vom Rücken löste, würde ihn krank machen. Walt jedoch war überzeugt, dass es Morgarath nicht ernst meinte, und somit verspürte er keinerlei Gewissensbisse.

»Selbstverständlich sollten sie ausgepeitscht werden, Mylord. Gründliches Auspeitschen hat noch niemandem geschadet – und schon gar nicht dem Auspeitscher.«

Crowley warf ihm einen schnellen Blick zu. Walt nickte ihm fast unmerklich zu. Crowley war sich nicht sicher, was Walt vorhatte, aber er beschloss, es ihm nachzutun.

»Wie Ihr es für angemessen erachtet, Mylord«, sagte er.

Morgarath musterte die beiden Männer vor sich eine Zeitlang schweigend. Dann strich er sich langsam übers Kinn.

»Ganz recht. Wie ich es für angemessen erachte. Sehr gut. Ihr dürft überzeugt sein, dass ich für eine Bestrafung sorgen werde, die dem Verbrechen angemessen ist. Das ist alles. Jetzt hinaus mit Euch.«

Er machte eine Handbewegung, als wolle er sie fortscheuchen, und richtete sein Augenmerk wieder auf den Dolch. Er nahm ihn vom Beistelltisch und betrachtete erneut die Silberarbeit am Griff. Walt und Crowley machten auf dem Absatz kehrt und gingen rasch davon. Im ersten Augenblick war Crowley nahe daran gewesen, sich rückwärts vom Podium zu entfernen, doch dann war er dem Beispiel Walts gefolgt und drehte dem gelangweilt wirkenden Baron auf dem Podium den Rücken zu. Als sie Seite an Seite davongingen, legte Morgarath sein gespieltes Interesse am Dolch ab und starrte ihnen hinterher, ohne ein einziges Mal zu blinzeln.

Der Waldläufer war einer der letzten seiner aussterbenden Art. Er interessierte Morgarath wenig. Der Hibernianer war eine andere Sache. Er war kühn, findig und nicht einzuschüchtern. Morgarath war von lauter Jasagern und Speichelleckern umgeben, doch er benötigte zumindest einige Stellvertreter mit einem starken Willen. Es konnte sich als nützlich erweisen, den Hibernianer auf seiner Seite zu haben.

Crowley und Walt verbrachten die Nacht auf Burg Gorlan. Sie aßen im Speisesaal gemeinsam mit den Rittern von der Heeresschule und den höhergestellten Bediensteten, von denen sie aber nicht weiter beachtet wurden. Morgarath aß in seinem eigenen Quartier und tauchte überhaupt nicht auf.

Man hatte ihnen bequeme Gästezimmer in einem der Türme zugewiesen. Die Räume waren groß, luftig und ausgezeichnet möbliert. Nachdem Walt seine Kerze ausgeblasen hatte, lag er mit offenen Augen da und überdachte noch einmal die Ereignisse des Tages. Weit nach Mitternacht hörte er ein leichtes Klopfen an der Tür. Er schlüpfte aus dem Bett. Sein Gürtel mit den beiden Scheiden hing über dem Kopfteil des Bettes neben seinem Kopfkissen. Er zog sein Sachsmesser heraus und ging, ohne ein Geräusch zu verursachen, zur Tür. Beim Öffnen fand er einen Diener vor, der vor Schreck zurückwich, als das Licht seiner Kerze sich in der schweren Klinge in der Hand des Hibernianers spiegelte.

»Lord Morgarath wünscht Euch zu sprechen«, sagte der Diener nervös.

»Warte hier«, befahl Walt ihm. Eilig kleidete er sich an, überlegte, ob er die Messer zurücklassen sollte, dann zuckte er mit den Schultern, legte den schweren Ledergürtel um und steckte das Sachsmesser in seine Scheide. Nun folgte er dem Diener die Treppe nach unten. Sie wechselten zu einer anderen Treppe, die zum Bergfried führte, und der Mann geleitete ihn wieder nach oben. Nach vier Stockwerken kamen sie zu Morgaraths Privatgemächern. Der Diener klopfte zaghaft an die schwere Tür. Gedämpft hörten sie Morgaraths Stimme.

»Herein.«

Sie traten ein. Der Baron saß hinter einem massiven Schreibtisch und sah verschiedene Pergamentrollen durch. Eine einzige Kerze erleuchtete den Raum. Schatten umgaben die schwarz gekleidete Gestalt.

Walt blieb vor dem Schreibtisch stehen.

Morgarath blickte zu dem Diener. »Raus!«, befahl er und der Mann eilte davon.

Walt fühlte sich an eine Kakerlake erinnert, die nach

Deckung sucht, wenn sie plötzlich von Licht beschienen wird. Er hörte die Tür hinter dem Mann zufallen. Morgarath hatte währenddessen seine Augen fest auf Walt gerichtet. Walt erwiderte den forschenden Blick.

Der Baron deutete auf einen Stuhl. »Setzt Euch«, sagte er.

Als Walt Platz nahm, beugte sich Morgarath vor, stützte sich auf den Ellbogen ab und schob die Kerze näher zu dem Hibernianer, damit er dessen Gesicht genauer sehen konnte.

»Ihr interessiert mich, Walt«, sagte er schließlich.

Walt zuckte mit den Schultern. »Ich bin keine besonders interessante Person, Mylord«, sagte er gleichmütig, doch Morgarath schüttelte den Kopf.

»Oh, das seid Ihr doch. Ihr seid ein Mann, der seine eigenen Ansichten hat und der keine Angst hat, sie auszusprechen. Das schätze ich. Ihr seid findig und nach dem, was ich gehört habe, ein erfahrener Kämpfer.«

Walt erwiderte nichts. Das Schweigen zwischen ihnen dauerte an. Schließlich wurde es von Morgarath gebrochen.

»Ich könnte einen Mann wie Euch gebrauchen.«

Ein schwaches Lächeln umspielte Walts Mundwinkel. »Ich bin mir nicht sicher, ob ich den Gedanken mag, ›Gebrauch zu finden‹, Mylord.«

Morgarath wedelte diese Aussage mit einer ungeduldigen Handbewegung beiseite. »Das war nur eine Redewendung. Lasst es mich anders formulieren: Ich möchte, dass Ihr für mich arbeitet. Ich bezahle gut und die Bedingungen hier auf Gorlan sind außerordentlich angenehm, wie Ihr sehen könnt. Viele Männer würden sich geehrt fühlen, für mich arbeiten zu dürfen.«

»Bedauerlicherweise glaube ich nicht, dass ich dieser Ehre wert bin.« In Walts Stimme lag kein Hauch von Bedauern.

»Wer nicht für mich ist, ist gegen mich. Das ist zumindest üblicherweise meine Ansicht, Walt«, sagte Morgarath.

Walt erkannte die Warnung, die in den Worten lag, doch er blieb davon unberührt. Er schwieg weiter und begegnete Morgaraths echsenartigem Blick ohne Anzeichen von Unentschlossenheit oder Unsicherheit.

Morgarath versuchte es noch einmal. »Ich hätte Euch lieber als Verbündeten, denn als Feind«, sagte er.

Walt stand abrupt auf und schob den Stuhl zurück, was ein lautes Kratzgeräusch auf dem Holz verursachte.

»Diese Wahl dürfte nicht bei Euch liegen«, sagte er. Und noch bevor der verblüffte und aufgebrachte Baron antworten konnte, machte Walt auf dem Absatz kehrt und verließ den Raum.

Fünf

Crowley und Walt verließen am folgenden Morgen die Burg. Walt erwähnte den nächtlichen Besuch bei Morgarath nicht und sie ritten ohne zu reden eine Weile dahin.

Schließlich brach Crowley das Schweigen: »Ich frage mich, was er mit ihnen machen wird.«

Walt warf ihm einen Blick zu. »Was wer mit wem machen wird?« »Na, Morgarath. Ich frage mich, wie er diese drei Männer, die wir ihm überstellt haben, bestrafen wird.«

Walt verzog verächtlich den Mund. »Ich bezweifle, dass er sie überhaupt bestrafen wird. Ich vermute, dass sie sich mit seinem völligen Einverständnis so verhalten.«

Crowley runzelte die Stirn. »Wieso sollte er sie dazu ermutigen?«

»Er ist ein Tyrann. Tyrannen möchten, dass ihre Untertanen in Angst leben. Dadurch lassen sie sich besser unterdrücken.«

Crowley nickte traurig. »Da könntet Ihr recht haben.« Er seufzte tief und Walt sah zu ihm.

»Was ist los? Ihr seid doch sonst so ein fröhlicher Zeitgenosse.«

Crowley gestattete sich ein schwaches Lächeln angesichts dessen, dass diese Beschreibung von einem Mann kam, der praktisch nie eine Miene verzog.

»Ich dachte nur darüber nach, in welch furchtbarem Zustand das Königreich ist«, sagte er. »Männer wie Morgarath behandeln ihre eigenen Untertanen grauenhaft schlecht, der Regierungsrat versucht alles, um den König abzusägen, und der Bund der Waldläufer ist nicht viel mehr als eine Truppe eitler, träger Faulenzer. Ich frage mich, wo das alles enden wird.«

»Ihr seid ein Waldläufer und Ihr seid nicht eitel«, versuchte Walt, Crowley aus seiner düsteren Stimmung zu reißen. »Ihr könntet natürlich träge sein. Das kann ich nicht wissen.« Doch der Waldläufer schüttelte den Kopf und winkte ab.

»Nur ein paar«, sagte er. »Höchstens ein Dutzend. Und wir sind im ganzen Land verstreut. Der Oberste Waldläufer sorgt dafür. Sie werden einen nach dem anderen loswerden, mit erfundenen Vorwürfen und Anklagen – genau wie sie es mit Pritchard und den anderen gemacht haben.«

»Warum kommt Ihr ihnen nicht zuvor?«, fragte Walt. »Trommelt die anderen zusammen und schlagt zurück. Nach dem, was Ihr über Euren gegenwärtigen Kommandanten sagtet, gäbe es sicherlich keine große Gegenwehr.«

»Ich denke, das ist es, worauf Morgarath sogar hofft«, sagte Crowley. »Er möchte gern die letzten Bande des alten Bundes der Waldläufer zerstört haben. Wenn wir gegen unsere eigene Führung rebellieren, rebellieren wir genau genommen gegen den König selbst.«

»Das ist ein Problem«, stellte Walt nachdenklich fest. »Wenn Ihr Euch gegen Eure unfähige Führung zusammenschließt, beschuldigen sie Euch des Verrats. Wenn Ihr getrennt bleibt, jeder dort, wo er hingeschickt wurde, können sie Euch einen nach dem anderen abschießen.«

»Tja, es ist ja nicht Euer Problem. Habt Ihr denn eine Idee, was Ihr jetzt macht?«

Walt zuckte mit den Schultern. »Wie ich Euch schon sagte, hatte ich die vage Idee, mich den Waldläufern anzuschließen. Aber das scheint im Moment keine Option mehr zu sein. Ich denke mal, ich werde nach Südosten reiten und nach Gallica übersetzen.«

»Tja, dann können wir noch ein kleines Stück zusammen reiten. Die Landstraße nach Süden zweigt weiter vorne ab. Ich freue mich über aufmunternde Gesellschaft.«

»Das ist das erste Mal, dass das jemand von mir gesagt hat«, erwiderte Walt.

Etwa vierzig Minuten später erreichten sie die Weggabelung. Die Landstraße nach Süden zweigte links ab und führte über Wiesen und Felder. Die Straße nach Norden, der Crowley folgen würde, führte in Kürze durch einen großen Wald. Die beiden Männer schüttelten sich die Hände.

»Danke für Eure Hilfe«, sagte Crowley.

»Und meine aufmunternde Gesellschaft«, fügte Walt hinzu, ohne eine Miene zu verziehen.

Crowley grinste. »Ja. Das auch. Ich hoffe, die Dinge entwickeln sich für Euch nach Wunsch.«

»Das wünsche ich Euch auch«, sagte Walt.

Der Waldläufer zuckte mit gespielter Fröhlichkeit die Schultern. »Oh, ich komme schon zurecht, ganz gewiss.«

Es entstand eine verlegene Pause. Die beiden Männer hatten die gegenseitige Gesellschaft genossen und gespürt, dass sie verwandte Seelen waren. Aber sie hatten noch keine richtige Freundschaft schließen können, dazu war die Zeit zu kurz gewesen.

Schließlich brach Walt das Schweigen und lenkte sein Pferd nach Süden.

»Tja … dann … wir sehen uns«, verabschiedete er sich.

Crowley nickte und hob grüßend die Hand. »Wir sehen uns.«

Jeder ritt in eine andere Richtung. Walt überlegte unterwegs, wie albern ihre Abschiedsworte gewesen waren. Wir werden uns ja gar nicht mehr sehen, dachte er. Warum sagen wir das dann?

Sein Weg führte einen langen Hang hinab und auf der anderen Seite wieder hoch. Er erreichte den nächsten Hügel und blieb stehen, um sich nach Crowley umzusehen. Doch der Waldläufer war bereits im dichten Wald verschwunden, der die Straße einschloss. Walt schob nachdenklich die Unterlippe vor. Er hatte das unbestimmte Gefühl, dass er dem Waldläufer seine Hilfe hätte anbieten sollen. Irgendwie hatte er Crowley im Stich gelassen. Er war nicht sicher, was genau er hätte tun sollen, aber das unangenehme Gefühl blieb.

Er wollte sein Pferd schon wieder antreiben, da erinnerte er sich an sein Werkzeug zum Anfertigen von Pfeilen. Er hatte es Crowley an dem Abend am Lagerfeuer geliehen und jetzt fiel ihm ein, dass der Waldläufer es ihm noch nicht zurückgegeben hatte. Natürlich kam er auch ohne zurecht, doch die Herstellung eines Pfeiles dauerte so viel länger. Walt schnalzte mit der Zunge, drehte sein Pferd und ritt im Galopp zurück und hinter Crowley her.

Der Graue hatte einen weit ausholenden Gang und sie legten die Entfernung zum Wald in kürzester Zeit zurück. Sie ritten in die dämmrige Kühle unter den Bäumen. Über die Jahre waren die Äste von allen Seiten in über den Weg gewachsen, sodass er nun einem grün beschatteten Tunnel ähnelte. Etwa eine viertel Meile vor ihm machte der Weg eine scharfe Kurve nach rechts. Von Crowley war nichts zu sehen. Er musste schneller geritten sein, als Walt erwartet hatte.

Walt gab seinem Pferd Schenkeldruck und wurde noch einmal schneller. Die Hufschläge klangen auf dem weichen Waldboden, auf dem sich über Jahre ein dichter Teppich aus Blättern gebildet hatte, gedämpft.

Als Walt sich der Biegung näherte, vernahm er schwache Geräusche – das Klirren von Stahl auf Stahl. Er verspürte ein ungutes Gefühl im Magen. Sofort ließ er seinen Bogen von der Schulter gleiten und schlug seinen Umhang zurück, um an seinen Köcher zu gelangen.

Die Hinterhufe des Pferdes schlidderten leicht auf dem feuchten Boden, als sie die Kurve nahmen.

Etwa sechzig Pferdelängen entfernt, stand Crowley mit dem Rücken gegen ein große Eiche, umgeben von einer ganzen Gruppe von Soldaten. Während Walt die Situation einzuschätzen versuchte, zählte er vier Angreifer. Ein fünfter kniete verletzt einige Schritte entfernt. Crowleys Pferd lief frei auf der anderen Seite des Weges.

Ohne weiter nachzudenken, griff Walt nach dem Köcher und schickte innerhalb eines Herzschlags zwei Pfeile auf den Weg. Erst, als zwei von ihnen vor Schmerz aufschrien, merkten Crowleys Angreifer, dass sie es mit einem weiteren Gegner zu tun bekommen hatten. Pfeile mit einem schwarzen Schaft trafen sie und durchdrangen ihr Kettenhemd, als wäre es nichts weiter als Leinen. Einer von ihnen lag bereits reglos am Boden. Der andere Getroffene stöhnte voller Schmerzen und zog sich auf Händen und Knien kriechend aus dem Kampf zurück.

Die anderen drehten sich um, um herauszufinden, was mit ihren Kameraden geschehen war. Das war ein tödlicher Fehler. Crowley holte mit dem Sachsmesser aus und stieß es tief in den Körper des nächsten Mannes. Der andere wurde umgestoßen, als Walts Pferd ihn streifte. Der Mann fiel zu Boden, rutschte auf dem feuchten Boden noch ein Stück weiter und blieb dann still liegen.

Walt hielt sein Pferd an. Schnell schwang er sich aus dem Sattel, ließ den Bogen fallen und zog sein Sachs. Crowleys Stirn war blutverschmiert.

»Alles in Ordnung mit Euch?«, fragte Walt.

Der Waldläufer nickte atemlos. »Dank Euch, ja.« Er blickte auf den Mann hinunter, den er gerade getötet hatte. Dieser lag auf dem Rücken, die Augen weit aufgerissen starrte er in den Himmel, ohne etwas zu sehen.

»Erkennt Ihr ihn?«, fragte Crowley.

Walt blickte nach unten. Er sah den ihm inzwischen bekannten Waffenrock mit dem Blitz-Symbol, dann sah er genauer in das Gesicht des Toten. Es war der Mann, den er ins Bein geschossen hatte. Anscheinend hatte er sich recht schnell wieder erholt. Rasch blickte Walt zu den anderen. Auch der Mann, der vornüber gebeugt vor Schmerzen schrie, war in der Gastwirtschaft gewesen, genau wie der, den Walt erschossen hatte.

»Morgarath hat wirklich eine eigenartige Vorstellung von Bestrafung«, meinte er.

Crowley schenkte ihm ein müdes Lächeln. »Oh, ich weiß nicht. Letztlich hat es ihnen so doch mehr geschadet. Was sollen wir denn nun mit ihnen machen? Was meint Ihr?« Er deutete auf die drei überlebenden, aber verwundeten Männer.

»Lasst sie laufen«, sagte Walt. »Es hat keinen Sinn, sie zurück zu Morgarath bringen. Er hat sie Euch offensichtlich auf den Hals gehetzt. Zu fünft!««, fügte er hinzu. »Er dachte offenbar, dass diesmal mehr als drei Mann vonnöten wären.«

»Wahrscheinlich nahm er an, Ihr wärt immer noch bei mir«, meinte Crowley.

Walt nickte nachdenklich. »Euch ist hoffentlich klar, dass Morgarath es sich nicht leisten kann, Euch jetzt noch am Leben zu lassen, oder?«, sagte er. »Er wird wahrscheinlich irgendeinen Vorwurf gegen Euch erfinden – sagen, dass Ihr für den Tod von zwei seiner treusten Soldaten verantwortlich seid.«

»Dieser Gedanke kam mir auch schon.«

»Dann kommt mit mir. Wir gehen nach Gallica. Dort gibt es immer Arbeit für gute Krieger. Und ich sehe, dass Ihr ein guter Krieger seid.« Walt deutete um sich. Aber Crowley schüttelte bereits den Kopf, noch bevor Walt zu Ende gesprochen hatte.

»Ich denke eher an das, was Ihr vorher gesagt habt – dass ich die verbliebenen Waldläufer zusammenrufen und zurückschlagen sollte. Und ich habe beschlossen, genau das zu tun.«

»Ihr macht Euch keine Sorgen, als Verräter bezeichnet zu werden?«, fragte Walt.

»Ich reite nach Nordosten, um Prinz Duncan aufzusuchen. Als Thronerbe kann er mir eine königliche Berechtigung ausstellen, die anderen verbliebenen Waldläufer zu versammeln und den Bund zu reformieren. Dann kann ich nicht wegen Hochverrats angeklagt werden. Und Duncan könnte es nützlich finden, ein Dutzend gut ausgebildete, loyale Männer zu seinen Diensten zu haben.«

Walt dachte einen Moment lang über Crowleys Worte nach, dann nickte er.

»Das dürfte der beste Weg für Euch sein«, sagte er. »Und mir gefällt die Idee, den Bund der Waldläufer zu reformieren. Wobei ein Dutzend Männer nicht gerade viel ist.«

»Ein Dutzend Waldläufer«, korrigierte Crowley ihn. »Das mag nicht viel sein, aber es ist ein Anfang.« Er schwieg, dann fügte er hinzu: »Es wären dreizehn, wenn Ihr Euch entscheiden könntet, Euch uns anzuschließen. Ich bin sicher, Prinz Duncan könnte überzeugt werden, Euch eine Mitgliedschaft im Bund anzubieten.«

Walt schüttelte den Kopf. »Ich habe nicht gerade großes Vertrauen in Prinzen«, sagte er.

»Diesem könnt Ihr vertrauen. Er ist ein guter Mann«, versicherte Crowley.

Doch der Hibernianer zögerte immer noch. »Sie sind alle gute Männer, bis sie an der Macht Geschmack finden.«

»Dieser nicht. Ihr könnt Duncan trauen, glaubt mir.« Sie wechselten einen langen, nachdenklichen Blick.

»Das sagt Ihr«, meinte Walt.

Crowley nickte nachdrücklich. »Ja. Das sage ich. Vertraut Ihr mir?«

Jetzt blickte Walt tief in Crowleys braune Augen und sah dort nichts als Ehrlichkeit und Pflichterfüllung – kein Anzeichen von Falschheit oder Hinterhältigkeit. Er erinnerte sich an den Moment, als er sich so unwohl gefühlt hatte, weil er gedacht hatte, dass er Crowley irgendwie im Stich ließ, indem er sich einfach von ihm trennte. Der rothaarige Waldläufer spürte, dass Walt schwankte.

»All unsere wichtigen Einrichtungen gibt es immer noch, auch unsere Pferdezüchter und -ausbilder und unsere Waffenschmiede«, sagte er. »Sie warten nur darauf, wieder gebraucht zu werden. In ein paar Jahren können wir eine Streitkraft aufbauen, mit der man rechnen muss. Ich würde mich freuen, Euch beim Abschluss Eurer Ausbildung helfen zu können – nicht, dass es da noch viel gäbe, was Ihr lernen müsstet. Ihr seid jetzt bereits ein viel besserer Schütze als ich.

Noch immer sagte Walt nichts und ein schelmisches Lächeln erschien auf Crowleys Gesicht, als er seine letzte Karte ausspielte.

»Und fändet Ihr es nicht reizvoll, zur Abwechslung Morgarath zu zeigen, wo der Hammer hängt?«, fragte er.

Walt konnte nicht anders, als zu lächeln. Es war zwar ein schwaches Lächeln, aber immerhin. Bei ihm zählte das so viel wie schallendes Gelächter.

»Na, wenn das nicht ein unschlagbares Angebot ist«, sagte er und diesmal lachte Crowley laut auf.

»Dann werdet Ihr Euch uns anschließen?«

»Und Ihr sagt, dieser Duncan ist ein Mann, dem man trauen kann?«

»Das sage ich.«

»Und Ihr haltet ihn für einen Anführer, dem zu folgen man stolz wäre?«

»Das tu ich. Ihr habt mein Wort darauf.«

Es gab eine lange Pause. Crowley spürte, dass er genug gesagt hatte, und wartete schweigend auf Walts Entscheidung. Schließlich nickte der Hibernianer langsam.

»Dann … warum nicht? Gallica hat mich eigentlich nie besonders gereizt.«

Er streckte die Hand aus und Crowley schlug ein. Sie schüttelten sich die Hände, jeder bemerkte zufrieden den festen Händedruck des anderen. Jeder spürte, dass dies der Beginn einer langen und außergewöhnlichen Freundschaft war.

»Willkommen im Bund«, sagte Crowley.

Der Wolf

Eins

Es war ein großer Wolf, ein voll ausgewachsenes Männchen in den besten Jahren, das normalerweise ein Rudelführer sein sollte. Doch vor einigen Monaten war dieser Wolf mit der rechten Vorderpfote in eine von Jägern aufgestellte Falle geraten. Die stählernen Klauen hielten ihn fest, egal, wie sehr er sich dagegen sträubte, sich drehte und wendete, er konnte nicht freikommen. Und da Freiheit für einen Wolf so wichtig wie das Leben selbst ist, hatte er die einzige Möglichkeit gewählt, die ihm blieb. Er hatte so lange an seinem gebrochenen Bein genagt, bis er das restliche Fleisch, die Muskeln und Sehnen durchgebissen hatte und seinen Fuß und das halbe Bein in der Falle zurückließ. Er hinterließ eine Blutspur und so humpelte er schwerfällig in den tiefsten Teil des Waldes, um ein sicheres Versteck zu finden – unter einem großen, vorstehenden Fels, der von dichtem Unterholz umgeben war. Hier verkroch er sich, um sich zu erholen.

Oder um zu sterben.

Von Schmerzen gequält und zitternd vor Schock,

hatte er keinen Laut von sich gegeben. Sein Instinkt sagte ihm, dass ein Wimmern oder Jaulen Feinde anlocken konnte. Ein Tier, das verletzt und hilflos war, war leichte Beute.

Genauso wenig machte er einen Versuch, zu seinem Rudel zurückzukehren – dem Rudel, in dem er innerhalb der nächsten Monate der Anführer geworden wäre. Er wusste, dass die anderen ihn aufgrund seiner Verletzung vertreiben würden.

Wölfe sind normalerweise sehr gesellige und treue Rudeltiere, doch sie halten sich an die Regel, dass nur die Stärksten überleben. Ein verletztes Rudelmitglied wäre eine Last – unfähig, an der Jagd teilzunehmen, und letztlich eine Gefahr für das ganze Rudel. Die anderen würden ihn vertreiben oder sogar töten, wenn er sich ihnen näherte.

Also lag er ohne einen Laut in seinem Versteck, leckte unentwegt die furchtbare Wunde, bis sie aufhörte zu bluten und er sich erholte, auch wenn der Schmerz des abgetrennten Beines ihn nie ganz verließ. Doch seine frühere Geschwindigkeit und Beweglichkeit hatte ihn verlassen und nun sah er sich einer anderen möglichen Gefahr ausgesetzt: Verhungern.

Er konnte nicht mehr so jagen wie früher. Als sein Bein nicht mehr blutete, hatte er versucht, ein kleines Reh zu jagen. Zu diesem Zeitpunkt waren seine Flanken bereits eingefallen und die Rippen unter seinem dichten Fell sichtbar. Doch das Reh entkam mit offensichtlicher Befriedigung, sprang geschickt zur Seite, um seinem schwerfälligen Sprung auszuweichen, sodass er lediglich stürzte. Dann war es weggelaufen, die weißen Flecken waren noch einen Moment sichtbar, bevor es völlig im Wald verschwand.

Kaninchen, die er früher mit Leichtigkeit fangen konnte, waren jetzt ebenfalls zu schnell für ihn. Seine früheren Jagdmuster waren nicht länger einsetzbar. Er musste im Hinterhalt an irgendwelchen Tränken warten. Bewegungslos lag er stundenlang da und wartete darauf, dass sie in Reichweite seines unbeholfenen Sprunges kamen. Manchmal war er erfolgreich, die meiste Zeit nicht. Und sobald er einmal auf diese Weise zugeschlagen hatte, war er gezwungen, das Versteck aufzugeben und weiterzuziehen. Er wurde zu einem Wanderer, wechselte von einem Gebiet zum nächsten und musste sich größtenteils damit begnügen, seinen Hunger mit kleinen, sich langsam bewegenden Tieren zu stillen.

Es war nie genug, um ihn satt zu machen. Als der Hunger zunahm, brach er die wichtigste Regel, nach der er immer gelebt hatte: Er begab sich in das Gebiet, das von Menschen bewohnt wurde.

Jetzt entdeckte er eine neue Art von Beute: Die Nutztiere, die von den Bauern aufgezogen und gehalten wurden. Diese hatten die Überlebensfähigkeiten ihrer in Freiheit lebenden Artgenossen verloren. Enten, Hennen und Lämmer holte sich der Wolf mit Leichtigkeit.

Während er seine Stärke zurückgewann, gewöhnte er sich auch immer mehr an das Laufen ohne Vorderfuß. Er war zwar noch unbeholfen und langsam im

Vergleich zu früher, doch mehr als fähig, diese neu entdeckte leichte Beute zu fangen. Allerdings wusste er nicht, dass es einen Preis für diese neue Jagdform gab.

Schließlich stieß er zufällig auf etwas, was ihm die leichteste Beute von allen schien.

Klein und noch unbeholfen hatte das Kleinkind entdeckt, dass die Tür des Bauernhofes offen stand, und sich in die lockende, aber gefährliche Welt da draußen aufgemacht. Es saß da und sah sich unsicher um, als der Wolf es entdeckte. Langsam humpelte das Tier mit gefletschten Zähnen über den Hof. Das Kind sah den Wolf und erkannte instinktiv die Gefahr. Wo ein Tier, selbst ein so dummes wie ein Huhn, versucht hätte zu fliehen, begann das Menschenkind einfach zu schreien.

Ein solches Geräusch war für den Wolf ein Ausdruck von Hilflosigkeit und Verletzbarkeit. Er schlich näher, den Bauch nah am Boden, ließ er ein tiefes Knurren hören.

Doch nicht nur die Aufmerksamkeit des Wolfes war vom Schreien des Kindes geweckt. Die Mutter hörte ihren Sohn und ging nachschauen. Und sie sah den Wolf, groß, dunkel und bedrohlich auf sein Opfer zuschleichen.

Sie schrie los. Dieser Schrei erschreckte den Wolf. Einen solchen Laut hatte er noch nie vorher gehört. Darin lag Wut, Furcht und auch Abwehr, alles zusammen. Er blickte von seiner auserwählten Beute hoch und sah eine Gestalt auf sich zurennen – eine Gestalt auf zwei Beinen, die viel größer schien als er selbst. In der Welt des Wolfes rannten nur überlegene Wesen auf einen zu. Opfer rannten weg. Jetzt rannte dieses neue und ihm unbekannte Wesen auf ihn zu, bereit ihn anzugreifen, und er zögerte.

Die Frau hatte keine Waffe. Doch als sie die offene Tür bemerkt und das Kind schreien gehört hatte, war sie gerade dabei gewesen, eine große Eisenkasserolle auf ihren Herd zu stellen. Diese Kasserolle hatte sie immer noch in der Hand, als sie auf den Hof hinaustrat. Ohne nachzudenken, warf die verzweifelte Mutter sie mit aller Macht nach dem wilden Tier, das es auf ihren Sohn abgesehen hatte.

Der schwere Topf wirbelte durch die Luft, traf den Wolf an seiner linken Flanke und fiel dann mit einem dumpfen Schlag auf den harten Boden. Der Wolf heulte vor Schmerz auf, dann machte er auf der Stelle kehrt und rannte humpelnd zurück in den Wald hinter dem Bauernhof.

Die Frau hob ihren weinenden Sohn hoch, da kam auch schon ihr Mann vom Feld, auf dem er gepflügt hatte. Er hatte ihren Schrei gehört und das Schlimmste befürchtet. Erleichterung machte sich in ihm breit, als er sah, dass seine Frau und sein Kind wohlauf waren. Sie blickte hoch, als er über den Zaun der Koppel sprang und zu ihr rannte, um sie und das Kind in die Arme zu schließen.

»Ein Wolf«, stieß sie hervor, »ein ausgewachsener Wolf. Beinahe hätte er Tom geholt.« Bei dem Gedanken daran, was hätte geschehen können, wurde sie von Schluchzern geschüttelt und vergrub ihr Gesicht an seiner Brust. Er nickte nachdenklich, hielt sie fest und streichelte sie, um sie zu trösten und zu beruhigen. In den letzten Tagen waren Kleintiere verschwunden. Jetzt wusste er, wieso. Einen Fuchs oder Marder konnte er selbst jagen. Selbst einen Luchs. Doch ein Wolf war eine andere Sache. Und wenn dieser Wolf Menschen angriff, musste es ein Einzelgänger sein.

»Ich schicke nach dem Waldläufer«, versprach er.

Will mochte Wölfe im Grunde. Sie waren mutig und ihrem Rudel treu. Normalerweise richteten sie keinen Schaden für Menschen an. Doch wenn dieser, wie der Bauer berichtet hatte, sich entschieden hatte, bei den Menschen zu wildern, dann musste man etwas unternehmen.

Aus reinem Zufall befand sich Will auf einer seiner regelmäßigen Patrouillen und war weniger als eine Stunde vom Bauernhof der Complepes entfernt. Der Bauer konnte ihn in einem nahe gelegenen Dorf ausfindig machen und brachte ihn mit zurück. Will betrachtete die Spuren im Hof. Sie waren relativ frisch, sodass man ihnen leicht folgen konnte. Er runzelte die Stirn, als er eine Unregelmäßigkeit darin bemerkte.

»Ihr sagt, er rannte merkwürdig?«, fragte er die Frau.

Sie zuckte mit den Schultern. »Ich kümmerte mich natürlich sofort um Tom, als er weglief, aber ja, er schien ein wenig zu humpeln.«

Will kratzte sich am Kinn, während er die Spuren erneut betrachtete und nachdenklich mit einem Stecken nachzog, den er aufgehoben hatte.

»Wir haben seit zwanzig Jahren oder länger keinen Wolf mehr hier gesehen«, erklärte ihm der Bauer. »Normalerweise halten sie Abstand zu uns.«

»Tja, dies könnte der Grund dafür sein, warum dieser es nicht tat«, sagte er und tippte mit dem Stecken auf einen der schwachen Abdrücke. »Er scheint verkrüppelt zu sein. Ihm fehlt ein Bein.« Er blickte noch einmal zu der Frau. »Wie verhielt er sich, als Ihr ihn zum ersten Mal gesehen habt?«

»Er hat geknurrt und die Zähne gefletscht«, sagte sie, die Augen weit aufgerissen, während sie sich an diesen entsetzlichen Moment erinnerte. »Er warf den Kopf zurück und heulte. Seine Zähne waren gefletscht und er hatte Schaum vor dem Maul. Er kam wie ein Blitz auf Tom zu …«

Will unterbrach mit einer erhobenen Hand. »Aber sagtet Ihr nicht, er sei gehumpelt?«

Sie zögerte und sah verwirrt drein.

»Na ja, das schon, aber er ist ziemlich schnell gehumpelt. Wirklich schnell. Und er hat geheult und ganz fürchterlich die Zähne gefletscht.«

»Hm.« Will betrachtete die Frau nachdenklich. Er glaubte nicht, dass sie bewusst schwindelte, aber er war auch nicht davon überzeugt, dass ihre Schilderungen genau zutrafen. Er wusste, dass der Schutzinstinkt einer Mutter geweckt war, wenn sie eine Gefahr für ihr Kind sah. Und ihr Instinkt könnte die mögliche Gefahr verzehnfacht haben. Selbst wenn der Wolf sich auf den Rücken gedreht hätte, um sich streicheln zu lassen, hätte sie ihn vermutlich trotzdem knurrend und zähnefletschend wahrgenommen.

Die Frau spürte seine Zweifel. »Ich sage die Wahrheit, Waldläufer.«

Ihr Mann trat an ihre Seite. »Meine Agnes schwindelt nicht. Sie ist eine ehrliche Frau«, sagte er nachdrücklich.

Will nickte entschuldigend.

»Davon bin ich überzeugt. Es tut mir leid, wenn ich Euch versehentlich verletzt habe, Mistress Complepe«, entschuldigte er sich. »Ich wollte Euch ganz sicher nicht beleidigen.« Sie nickte und sah nach seiner Entschuldigung besänftigt aus. Das einfache Landvolk erwartete eigentlich keine Entschuldigung von so hochgestellten Personen wie Waldläufern.

»Ihr habt mich nicht beleidigt, keineswegs«, sagte sie mit der Andeutung eines Knickses in seine Richtung.

Er blickte zum Himmel. Die Sonne stand tief über den Bäumen.

»Tja, heute Abend kann ich nicht mehr viel tun. Ich werde mir einen Lagerplatz suchen und morgen die Verfolgung aufnehmen.«

Mit einem Gruß ging er zu seinem Pferd.

Agnes Complepe schlug die Hände zusammen. »Ihr werdet doch wohl nicht draußen im Freien lagern wollen, wo dieser Wolf in der Gegend ist?«

Will lächelte sie an. »Mir passiert schon nichts.

Mein kräftiges Pferd hier wird auf mich aufpassen«, sagte er.

Auch wenn die Erzählung der Frau halbwegs stimmte, gab es doch immer noch einen großen Unterschied zwischen einem Wolf, der ein hilfloses Kleinkind angriff, und einem, der auf einen bewaffneten Waldläufer losging.

»Ihr könnt gern bei uns bleiben, Waldläufer«, bot der Mann an. Er deutete auf das kleine Bauernhaus und Will zögerte. Bei drei Erwachsenen und einem Kleinkind wäre es darin sehr eng. Und er vermutete, dass die Complepes wahrscheinlich auch die wertvollsten ihrer Tiere nach drinnen brachten. Es wäre überfüllt und stickig, darum zog er es vor, die Nacht im Freien zu verbringen, mit Reißer als Gesellschaft.

Agnes bemerkte sein Zögern.

»Zumindest können wir Euch mit Essen versorgen. Ich habe einen Lammeintopf auf dem Herd. Und frisch gebackenes Brot gibt es auch.«

»Meine Agnes ist die beste Köchin der ganzen Gegend«, sagte der Bauer.

Will lächelte sie an. »Das ist ein Angebot, das ich sehr gern annehme. Wer könnte schon den Lammeintopf der besten Köchin in der Gegend ablehnen.«

Reißer warf den Kopf und schüttelte die Mähne.

Du würdest von niemandem einen Lammeintopf ablehnen.

Zwei

Will erwachte bei der ersten Dämmerung. Schnell machte er Frühstück – Kaffee und geröstetes Fladenbrot, beides mit Wildhonig. Es war eine klare Nacht gewesen. Darum hatte er sich nicht die Mühe gemacht, ein Zelt aufzustellen, sondern sich mit der neuen Bettrolle begnügt. Diese Bettrolle mit einem Außenbezug aus geöltem Segeltuch war neu in der Ausstattung der Waldläufer. Außen wasserfest, enthielt sie eine dünne, aber bequeme, biegsame Wollmatratze und eine Decke. Das war um Einiges komfortabler als das alte System, lediglich eine dicke Decke auf den Boden zu legen. Diese neue Bettrolle hatte sogar eine wasserfeste Kapuze, die man hochziehen konnte, wenn es regnete.

Reißer beäugte ihn neugierig, als er das Lager auflöste.

Also, dann jagen wir heute Morgen den Wolf?

»Nicht sofort«, sagte Will, während er die Bettrolle hinter dem Sattel festzurrte. »Ich möchte zuerst noch in einigen der anderen Bauernhöfe nachfragen.«

Es bestand immer noch die Möglichkeit, dass der

Angriff auf den Bauernhof der Complepes eine Ausnahme gewesen war. Doch nachdem Will drei andere Bauernhöfe in der unmittelbaren Umgebung besucht hatte, wusste er, dass dies nicht der Fall war.

Zwei Bauern berichteten, dass ihnen in den vergangenen Wochen Kleinvieh gestohlen worden war. Einer meinte, er hätte einen großen Hund in der Gegend gesehen. Der dritte Bauer hatte nichts von fehlendem Vieh zu berichten. Doch sein Hof lag am weitesten im Osten.

»Vielleicht ist der Wolf noch nicht so weit gekommen«, sagte Will zu Reißer. Der schüttelte die Mähne. Das konnte als Schulterzucken verstanden werden.

Am frühen Nachmittag war er zum Hof der Complepes zurückgekehrt und verfolgte die Spuren des Wolfs.

Die ersten paar hundert Schritte waren sie gut zu sehen. Doch dann, mit abnehmender Panik, hatte der Wolf seine List und Schläue wiedergefunden. Fehlendes Bein hin oder her, er hatte sich einige Male auf der gleichen alten Spur zurückgeschlichen und sich dann harten Boden ausgesucht, auf dem er kaum Spuren hinterließ. Doch wie alle Waldläufer war Will ein erfahrener Spurenleser und entdeckte bald eine grundsätzliche Richtung in den Bewegungen des Wolfs, sodass er, wenn er die Spur einmal verloren hatte, wusste, in welcher Richtung er weitersuchen musste, und die Fährte immer wieder aufnehmen konnte.

»Ich wünschte, wir müssten das nicht machen«, sagte er, als er sich zum vielleicht zehnten Male aus dem Sattel schwang, um den Boden vor sich abzusuchen. Vor einer Weile war der Wolf nach rechts abgebogen, durch ein felsiges Gelände. Will war jedoch in die ursprüngliche Richtung weitergegangen. Walt hätte bei einer solchen Abkürzung den Kopf geschüttelt. Normalerweise bewegte man sich langsam vorwärts in einem immer größer werdenden Bogen, bis man die Fährte wieder fand. Doch inzwischen war Will sich hinsichtlich der Richtung des Wolfes ziemlich sicher.

»Er hat wahrscheinlich irgendwo da oben sein Lager«, sagte er zu Reißer.

Der antwortete darauf gar nicht. Reißer wusste, dass Will eine Abkürzung nahm – und Will sollte merken, dass er das wusste.

»Du bist fast so schlimm wie Walt«, sagte Will und stieß gleich darauf einen leisen Ausruf des Triumphs aus, als er den Abdruck einer Pfote im weichen Sand gleich vor ihnen entdeckte. Dann noch einen.

»Hab ich es dir nicht gesagt. Reißer schwieg weiter. Ein paar Schritte weiter hing ein dunkles Fellbüschel an einem Dornenzweig, und Will hatte seine Bestätigung, dass er wieder auf der richtigen Spur war.

Der Wolf hatte tatsächlich sein Lager in der Gegend. Es befand sich auf einem kleinen Felsenhügel, von dem aus man die umliegenden Felder beobachten konnte. Ein großer Felsblock ragte ein Stück über einen anderen und lieferte so eine geschützte Höhle, die der

Wolf in Beschlag genommen hatte. Dorthin war er am Vortag zurückgekehrt und hier hatte er die Nacht verbracht. Am frühen Morgen dann hatte sein Magen geknurrt und ihn auf der Suche nach Nahrung hinausgetrieben. Es dauerte nicht lange, bis er merkte, dass jemand in der Nähe war – und nicht nur einer. Er spürte, dass die Eindringlinge eine Gefahr für ihn darstellten. Sein Instinkt sagte ihm, dass er nicht zulassen durfte, dass sie sein Lager entdeckten. Trotz des fehlenden Beins bewegte er sich vorsichtig, machte einen großen Bogen, der ihn hinter die beiden Wesen brachte. Er bemerkte, welche Richtung sie einschlugen, was seine Vermutung, dass sie zu seinem Lager wollten, bestätigte. Vorsichtig zog er sich zurück hinter ein dichtes Dickicht, das ihm Deckung bot. Dort versteckt konnte er auf die Verfolger warten.

Bäuchlings kroch er in das Dickicht, immer weiter, bis er den Pfad sehen konnte, den die beiden Wesen entlangkommen mussten. Der Wind stand so, dass er schon bald ihre Witterung aufnehmen konnte. Den einen Geruch – den menschlichen – hatte er erst kürzlich wahrgenommen. Zufrieden, dass sie ihn nicht wittern würden, lag er still. Seine bernsteinfarbenen Augen blinzelten nicht, als sie in Sicht kamen.

Einen Moment lang wurden seine Augen schmal. Er konnte zwei fremde Gerüche wahrnehmen, jedoch nur einen Eindringling sehen. Er war groß und vierbeinig. Doch zuvor war noch ein kleineres Wesen bei ihm gewesen. Er konnte die zweite Gegenwart wittern, aber nicht sehen. Das vierbeinige Wesen hielt an und der

Wolf stieß ein fast unhörbares Brummen der Überraschung aus, als er merkte, dass das kleinere Wesen auf dem größeren ritt. Während er die beiden noch beobachtete, löste sich das kleine Wesen von dem großen und ging mit gesenktem Kopf alleine weiter. Das große Tier folgte ihm langsam.

Das große Tier stellte auch die größere Gefahr dar, entschied der Wolf. Er schmiegte sich noch stärker an den Boden, verdeckt durch die Büsche und Schatten unter ihnen, als die beiden Wesen seinem Versteck näher kamen.

Das Kleine machte jetzt Geräusche. Merkwürdig, so etwas zu tun, wenn man einem gefährlichen Feind folgt, dachte der Wolf. Denn er war auf jeden Fall ihr Feind und er war sehr gefährlich.

»Da haben wir es wieder, Reißer«, sagte Will und deutete mit einem Stecken auf den Pfotenabdruck vor sich. »Immer noch in Richtung Nordwesten.«

Reißer stieß ein tiefes Brummen aus. Er hob den Kopf und schnüffelte in der Luft, versuchte, einen fremden Geruch wahrzunehmen, der dieses unglaubliche Gefühl von Gefahr erklärte, das er verspürte. Er mochte diese Situation nicht. Es gefiel ihm nicht, dass Will zu Fuß vor ihm ging, wenn eine Gefahr drohen konnte. Das gefiel ihm nie. Reißer wollte Will sicher im Sattel sehen, wo er ihn mit seiner Schnelligkeit bei einem plötzlichen Angriff retten konnte.

»Du machst dir zu viele Sorgen«, sagte Will zu ihm. Er hatte Reißers Brummen gehört und wusste genau, was sein Pferd dachte. »Beruhig dich. Ich bin sicher genug. Diese Spur ist einen halben Tag alt. Der Wolf ist nicht in der Nähe.«

Die Spur war alt. Aber Will konnte nicht wissen, dass der Wolf sein Versteck wieder verlassen und sie entdeckt hatte. Er ahnte nicht, dass der Wolf jetzt sein Territorium verteidigen wollte.

Die Muskeln des Wolfes zitterten leicht vor Anspannung, dann zwang er sich, wieder bewegungslos dazuliegen. Ohne auch nur zu blinzeln, beobachtete er die beiden Gestalten. Der Kleine war jetzt fast auf gleicher Höhe mit ihm. Er wusste, wenn er ihn angriff, konnte der Große ihm zu Hilfe kommen. Besser war es, sich zuerst um das große Tier zu kümmern.

Der Kleine ging an seiner Höhle vorbei und sein großer Begleiter ging ebenfalls weiter, bis er fast auf gleicher Höhe mit der Stelle war, wo der Wolf jetzt auf der Lauer lag. Unwillkürlich erfasste den Wolf ein erwartungsvolles Zittern.

Reißer blickte auf. Er hatte etwas gehört. Zumindest etwas wahrgenommen. Er war sich nicht sicher. Aber da war etwas ganz in der Nähe. Etwas Schlimmes. Er stieß wieder ein tiefes, warnendes Knurren aus.

Will sah zu ihm und grinste. »Was ist jetzt?«, fragte er. »Es kann nicht unser Freund, der Wolf, sein. Der ist auf jeden Fall in diese Richtung unterwegs.« Er deutete in die Richtung, in die die Wolfsspuren zeigten, und ging weiter.

Die Ohren aufgestellt, alle Sinne in Alarmbereitschaft, folgte Reißer ihm langsam und nervös.

Ein blau gefiederter Eichelhäher flatterte plötzlich

aus einem niedrigen Busch heraus nach oben. Sowohl Will als auch Reißer blieben unvermittelt stehen. Dann lachte Will.

»Na, bist du jetzt zufrieden? Es war nichts weiter als ein großer, böser Eichelhäher«, sagte er.

Reißer schüttelte ärgerlich seine Mähne. Er war sicher, dass da etwas war.

Der Wolf griff an. Reißer bemerkte eine plötzliche heftige Bewegung in einem Dickicht unmittelbar neben sich. Er wirbelte herum, um sich der Gefahr zu stellen, drehte sich auf seinen Hinterbeinen. Doch der Wolf, der jetzt das Dickicht verlassen hatte, befand sich bereits mit gefletschten Zähnen im Sprung auf seine Kehle zu. Reißer erkannte die Gefahr und drehte sich rasch wieder zurück, weg von diesen gefährlichen Fangzähnen.

Der Wolf knallte in seine rechte Seite und brachte ihn zum Taumeln, da spürte Reißer auch schon, wie die Fänge tief in seine Schulter eindrangen und heißes Blut über sein Vorderbein rann. Der Wolf biss sich fest und schüttelte den Kopf, sodass seine Zähne immer tiefer eindrangen.

Reißer wieherte. Als seine Vorderhufe wieder auf die Erde aufkamen, versuchte er, mit den Hinterbeinen auszuschlagen, um seinen Angreifer zu treffen. Doch sein rechtes Vorderbein war schwer verletzt, und so gab es unter ihm nach. Er strauchelte. Schließlich löste der Wolf seinen entsetzlichen Biss. Er kam auf dem Boden auf und rollte sich weg. Jetzt kauerte er sich unter Reißer und fletschte die Zähne für einen neuerlichen Biss.

Wills Pfeil schlug mit all der Macht seines schweren Bogens aus einer Entfernung von weniger als vier Schritten in seine Seite. Der Pfeil durchdrang den Wolfskörper, traf mitten in sein Herz und tötete das Tier auf der Stelle. Es fiel mit erloschenen Augen zur Seite.

»Reißer!« Wills Ausruf war eher ein Schrei. Anfänglich hatte er gedacht, Reißer wäre dem Angriff des Wolfes entkommen. Jetzt konnte er die aufgerissene Schulter sehen, das Weiß des freiliegenden Knochens und den hellen Blutstrom, der über Reißers rechtes Bein floss. Will warf den Bogen zur Seite und eilte zu seinem Pferd. Tränen stiegen in seinen Augen auf und rannen ihm über die Wangen.

Er warf die Arme um Reißers Hals und bemühte sich, die furchtbare Wunde nicht zu berühren.

Reißer versuchte, auf seinen drei Beinen das Gleichgewicht zu halten und das verletzte Bein nicht zu belasten. Er wieherte überrascht, als der Schock wich und der erste entsetzlich pochende Schmerz der Wunde einsetzte.

»O Gott, Reißer! O nein!« Will war im ersten Moment hilflos beim Anblick seines verletzten Pferdes. In all den gemeinsamen Jahren hatte er Reißer nie so schwer verwundet gesehen. Jetzt, mit dieser entsetzlichen Wunde, aus der das Blut spritzte, war Wills Verstand wie eingefroren. Er weigerte sich zu akzeptieren, was gerade geschehen war, war unfähig, über irgendwelche Hilfsmaßnahmen nachzudenken.

Dann endlich machte sich doch Wills langjährige

Ausbildung bemerkbar. Ihm fiel ein, dass er ein Erste-Hilfe-Pack in der Satteltasche hatte. Er löste sich von Reißers Hals, streichelte ihn noch einige Male vorsichtig, dann griff er nach der Satteltasche.

»Ganz ruhig, meine Junge. Ruhig. Halt still. Du wirst schon wieder.«

Will öffnete den Erste-Hilfe-Pack und betrachtete ihn einen Moment. Er brauchte eine Bindenauflage, um den Blutfluss zu stoppen, und eine lange Druckbandage, um sie dort zu halten. Doch bevor er die Wunde verbinden konnte, musste er sie erst säubern. Er holte ein Mullstück heraus und eine kleine Dose desinfizierende Salbe, mit der er die Wunde säubern und den Schmerz stillen konnte. Er benutzte diese Salbe nicht gern, denn sie war aus Warmkraut gewonnen, dessen Geruch ihn stets an eine sehr schlimme Zeit seines Lebens erinnerte. Doch er wusste, dass es eine hochwirksame Behandlung für jede Wunde war. Er nahm auch noch seinen Wasserschlauch vom Sattelknauf und öffnete den Stöpsel, um das Wasser über die Wunde zu gießen. Der Blutfluss hielt an, die Farbe wurde anfangs heller, dann verwandelte sie sich wieder in tiefes Dunkelrot. Anschließend tupfte Will die Wunde mit einem Leinentuch ab. Er versuchte, so sanft wie möglich zu sein, wusste jedoch, dass er einen gewissen Druck ausüben musste. Reißer zuckte einmal zusammen, dann stand er still.

»Guter Junge. Gut gemacht. Alles wird gut«, beruhigte Will ihn. Seine Augen wurden schmal. Als die Blutung aufhörte, konnte er sehen, wie tief die Reißzähne ins Fleisch eingedrungen waren. Dies war keine oberflächliche Verletzung, wurde ihm klar. Er konnte zwar Erste Hilfe leisten, aber Reißer brauchte eine Versorgung, die außerhalb seiner eigenen begrenzten Fähigkeiten lag.

Er schob sämtliche negativen Gedanken beiseite und schmierte dann eine reichliche Dosis der desinfizierenden und schmerzstillenden Heilsalbe auf die Wunde. Wieder zitterte Reißer leicht, doch er beschwerte sich nicht. Will hoffte, dass die Wirkung der Salbe rasch einsetzen würde. Nun legte er seine größte Mullbinde über die Wunde und hielt das Ende eines Leinenverbands dagegen. Er warf das andere Ende über Reißers Widerrist, bückte sich, um es wieder aufzufangen, und wickelte es unter seinem Körper hindurch über die Mullbinde. Das wiederholte er so oft, bis der Verband die Mullbinde fest am Platze hielt. Als er den Verband musterte, sah er, wie er sich langsam vom ausdringenden Blut rot färbte, bis endlich die blutstillende Wirkung der Salbe einsetzte.

Er machte einen Schritt zurück und betrachtete sein Werk. Wieder füllten sich seine Augen mit Tränen. Er trat näher zu seinem Pferd, achtete darauf, die Wunde nicht zu berühren und legte seinen Kopf gegen das zottige Fell.

»O Gott, Reißer, bitte werde wieder gesund.«

Reißer bewegte sich linkisch. Der Schmerz in seiner rechten Schulter hatte durch die Salbe beträchtlich abgenommen. Doch wenn er versuchte, das rechte Vorderbein zu belasten, dann gab es nach.

»Ich muss dich zum nächsten Bauernhof bringen«, sagte Will und überlegte fieberhaft. Es wäre ein langer Weg, bei dem Reißer auf drei Beinen humpeln musste, doch Will war klar, dass er fachmännische Hilfe holen musste, Reißer aber auch nicht in diesem Zustand allein im Wald zurücklassen konnte. Er nahm Reißers Zügel und begann ihn den Weg zurück zum zweiten Bauernhof zu führen, den er am Vormittag besucht hatte. Der lag im Augenblick am nächsten, und Will erinnerte sich, dass es dort eine große Scheune gegeben hatte, wo Reißer sich ausruhen konnte, während Will Hilfe holte. Wenn er etwas Glück hatte, besaß der Bauer sogar ein Pferd, das er sich borgen konnte.

Der Gedanke machte ihn auf einmal noch trauriger. Viele Male während der letzten Jahre war er losgeritten, um Hilfe zu holen. Doch immer hatte er dabei auf Reißer gesessen. Jetzt musste er das kleine Pferd zurücklassen und auf einem fremden Pferd Hilfe holen. Diese einfache Erkenntnis verstärkte seine Ängste nur noch, während Reißer hinter ihm entlanghumpelte.

Drei

»Schlimme Sache, junger Will, echt schlimme Sache.«

Der alte Bob richtete sich neben Reißer auf, nachdem er sich die tiefe Wunde genauer angesehen hatte. Will hatte eineinhalb Tage gebraucht, um den alten Pferdezüchter zu holen.

Als er mit ihm zurückgekommen war und beim Öffnen der Scheunentür Reißer gesehen hatte, wie er mit aufgerichteten Ohren in einem Stall stand und einen Gruß wieherte, war er zutiefst erleichtert gewesen. Vielleicht wird doch alles gut, hatte er gedacht. Schließlich war der alte Bob beinahe so etwas wie ein Zauberer, wenn es um Pferde ging.

Jetzt jedoch schüttelte Bob zweifelnd den Kopf. Wills Zuversicht wich. Er spürte, wie sich ein enormer Kloß in seiner Kehle bildete.

»Er wird doch nicht… nicht…?«, er brachte es nicht über sich, die Frage zu beenden.

Bob sah ihn an und schüttelte den Kopf, als ihm klar wurde, was Will hatte wissen wollen.

»Sterben? Nein. Die Salbe hat gut gewirkt, jawohl.

So hat sich die Wunde nich' infiziert. Hast du gut gemacht. Die Frage ist, ob er sich ganz und gar erholen wird. Dieser Schultermuskel ist böse zugerichtet, und er ist ja auch nich' mehr der Jüngste.«

»Aber... was... was mach ich denn, wenn er nicht...?« Wieder konnte Will den Gedanken gar nicht aussprechen.

Bob tätschelte mitfühlend seinen Arm. Er wusste nur allzu gut um das Band, das sich zwischen einem Waldläufer und seinem Pferd bildete. Er erinnerte sich noch gut an den ersten Tag, als Will und Reißer sich kennengelernt und praktisch sofort verstanden hatten.

»Machen wir uns darüber keine Sorgen, solange wir nich' müssen«, antwortete er. »Ich kann wirklich noch nix sagen. Wir müssen ihn in meinen Stall bringen, wo ich ihn behandeln kann. Hilf mir, ihn in den Karren zu laden.«

Bob besaß einen Karren, der eigens für den Transport verletzter Pferde konstruiert war. Er hatte hohe Seitenwände und hinten eine Rampe. Will führte Reißer die Rampe hoch, ganz langsam. Als Reißer im Karren war, führten sie eine Leinenschlinge unter seinem Bauch hindurch. Die Schlinge wurde an den Wagenseiten befestigt und gestrafft, sodass sie den größten Teil von Reißers Gewicht trug, wodurch die unverletzten Beine entlastet wurden.

Als Will seinen Platz neben Bob auf dem Kutschbock einnahm, spürte Will ein vertrautes Stupsen an seiner Schulter: Reißer hatte ihn freundschaftlich angestoßen. Will drehte sich um und streichelte liebevoll die Pferdenase, während Bob mit der Zunge schnalzte, um das stämmige Zugpferd anzutreiben.

»Wie lange sind du und Reißer denn jetzt schon zusammen?«, fragte Bob.

Will dachte einen Moment lang nach. »Müssen schon über zehn Jahre sein«, antwortete er dann und lächelte wehmütig, als er zurückdachte. Sie hatten so viel zusammen gesehen, von den Bergen Pictas bis zur brennend heißen Wüste Arridas.

»Hm«, meinte Bob nachdenklich.

Will sah den alten Pferdezüchter besorgt an. »Was?«, fragte er. »Was ist?«

Doch Bob schüttelte den Kopf und wollte im Moment nichts weiter zu dem Thema sagen.

»Nix«, antwortete er. »Hab' nur so überlegt.«

Doch Will spürte, dass hinter Bobs Brummen noch etwas anderes steckte, etwas, von dem er fürchtete, dass es ihm nicht gefallen würde

Auf Bobs Pferdehof angekommen, halfen sie Reißer aus dem Wagen und führten ihn in einen warmen, trockenen Stall. Dort löste Bob vorsichtig den Verband und sprach dem kleinen Pferd dabei tröstend zu. Er bemühte sich, ihm so wenig Schmerzen wie möglich zu bereiten.

Will sah angespannt zu. Es gab nichts, womit er Bob helfen konnte, nichts, womit er die Schmerzen seines Pferdes lindern konnte. Jetzt, nachdem die Wunde nicht mehr blutete, konnte er in aller Deutlichkeit sehen, wie tief die Zähne des Wolfs eingedrungen waren. Ein großes Stück Fleisch hing lose an einem Ende. Bob verzog den Mund bei der Betrachtung.

»Das muss ich nähen«, kündigte er an. »Aber zuerst müssen wir die Wunde noch mal vollständig desinfizieren. Wollen ja nich' riskieren, dass sich was entzündet.«

Er brachte Salben und Wässerchen auf die Wunde auf und redete dabei immer leise mit dem Pferd. Sobald Reißer zusammenzuckte, hörte Bob sofort auf und streichelte das kleine Pferd stattdessen beruhigend. Der alte Bob sah sich um und bemerkte Wills entsetzten Gesichtsausdruck.

»Gibt nix, was du hier grad tun kannst, junger Will«, sagte er. »Warum gehst du nich' in meine Hütte und machst uns was zu essen. Ich bin in einer Viertelstunde hier fertig, dann kannst du wieder kommen.«

»Ich bleibe lieber hier«, sagte Will steif und Bob nickte und lächelte ihn an.

»Weiß ich. Aber weißt du, du lenkst mich ab. Jedes Mal, wenn ich was sage oder Reißer zusammenzuckt, machst du einen Schritt nach vorn und bleibst wieder stehen. Lass mich einfach meine Arbeit machen und mach dich in der Küche nützlich. Abgemacht?«

Will zögerte. Er wollte Reißer nicht verlassen, aber der Gedanke, Bob abzulenken, was womöglich noch zu einem Fehler führte, entschied die Frage. Er nickte und drehte sich um, dann drehte er sich wieder zurück und tätschelte noch einmal Reißers Nase.

»Ich bin nicht weit weg«, sagte er.

Reißer schnaubte. Normalerweise hätte er heftig den Kopf nach hinten gerissen – was ihm auch den Namen eingebracht hatte – und die Mähne geschüttelt. Aber eine solche Bewegung hätte sein verletztes Bein zu sehr geschmerzt.

Ich weiß. Jetzt lass Bob seine Arbeit machen … Sorgenmacher!

Das war der Ausdruck, den Will oft Reißer gegenüber benutzte. Der junge Waldläufer lächelte, als sein Pferd ihn nun selbst so nannte.

»Ich bin bald zurück«, sagte er und verließ den Stall.

Als er die große Flügeltür erreicht hatte, hörte er Bob leise sagen: »Ich dachte schon, er geht nie.«

Reißer antwortete mit einem weiteren Schnauben.

Vier

Früh am folgenden Morgen fand Bob den jungen Waldläufer im Stall, wo er im Heu neben seinem Pferd geschlafen hatte. Der alte Pferdezüchter nickte verständnisvoll. Er hatte in der Nacht gehört, wie Will aufstand und die Hütte verließ. Da hatte er sich schon denken können, was der Waldläufer vorhatte.

Da er wusste, dass Will sich unbedingt um sein Pferd kümmern wollte, gestattete Bob ihm, die Wunde nach irgendwelchen Entzündungen zu untersuchen. Zum Glück gab es keine. Dann beaufsichtigte er den jungen Waldläufer beim Umlegen eines neuen Verbands. Die genähte Wunde blutete nur noch leicht.

Als das erledigt war, legte Bob die Hand auf Wills Schulter.

»Komm jetzt«, sagte er. »Wir frühstücken und dann reden wir.«

Sie saßen vor Bobs Küche im morgendlichen Sonnenschein. Doch auch das gute Wetter trug nicht dazu bei, Wills Laune zu heben. Er trank seinen Kaffee ohne Genuss und brach düster etwas von dem Gebäck auf seinem Teller ab.

»Ich werde dich nich' anlügen, junger Mann«, sagte Bob. »Reißer ist sehr schwer verletzt. Es ist eine furchtbare Wunde, viel schlimmer als ein einfacher Biss. Der Wolf hatte sich beim Zubeißen richtig hingehängt, den Kopf geschüttelt und dadurch mit all seinem Körpergewicht gezerrt. Dabei hat er die Muskeln und Sehnen beschädigt.«

»Aber wird Reißer sich erholen?«, fragte Will.

Als der Pferdezüchter zögerte und ihn nicht ansah, verließ Will alle Zuversicht.

»Ich hoffe es. Aber das können wir frühestens in fünf oder sechs Tagen sagen«, antwortete Bob schließlich. Dabei sah er die Furcht in den Augen des jungen Mannes und beeilte sich, ihm das bisschen Trost zu geben, das er anbieten konnte.

»Er wird nich' sterben, Will, keine Angst! Aber es kann sein, dass das Bein nie wieder richtig funktioniert. Ich weiß es einfach nich'. Ich tu für ihn alles, was ich kann. Und Reißer ist ein starkes, gesundes Pferd.«

»Also können wir nur dasitzen und warten?«, fragte Will.

Bob schüttelte den Kopf.

»*Ich* muss dasitzen und warten. Auf dich wartet genügend Arbeit in Redmont.« Bob betrachtete den jungen Mann. Er hatte in Wahrheit keine Ahnung, ob Will dringend gebraucht wurde. Aber er wusste, dass das Schlimmste für Will war, hier tagelang warten zu müssen.

Will starrte auf seine Hände auf dem Tisch. Auf

ihn wartete tatsächlich dringende Arbeit in Redmont. Aber es ging hier um Reißer! Er schaute Bob ins Gesicht.

»Ich habe kein Pferd. Was kann ich denn ohne Pferd tun?«

Bob lächelte ihn beruhigend an. »Ich werde dir eins leihen. Ich hab genug pensionierte Pferde von Waldläufern hier. Vielleicht nich' so flott wie Reißer, aber für ein paar Tage wird es reichen.«

Bob sah Wills Zögern und untermauerte seinen Vorschlag. »Will, du kannst hier nix tun. Du sitzt herum und beobachtest Reißer und machst dir Sorgen um ihn. Das merkt er. Und das schadet ihm bloß.« Er machte eine Pause, dann fügte er hinzu: »Verzögert vielleicht sogar seine Heilung.«

Das gab den Ausschlag. Der Gedanke, dass er womöglich eine schlechte Auswirkung auf die Heilung seines Pferdes hatte, war für Will ausreichend.

»Ich packe meine Sachen. Würdest du mir ein Pferd fertig machen?«

Bob beugte sich über den Tisch und fasste seinen Unterarm.

»Guter Junge. Und wahrscheinlich willst du dich noch von Reißer verabschieden.«

Es kostete Will unendliche Anstrengung, Reißer im Stall zurückzulassen. Er stand eine ganze Weile bei seinem Pferd, streichelte und tätschelte es und sprach im Vertrauen mit ihm. Der alte Bob hielt sich fern, damit sie ganz für sich waren. Schließlich merkte er, dass Will nicht wusste, wie er sich losreißen sollte, also hüstelte er.

»Zeit aufzubrechen, Will Hallas. Cormac ist schon gesattelt und wartet auf dich.«

Will umarmte Reißer noch ein letztes Mal und tupfte ganz vorsichtig mit dem Zeigefinger auf die bandagierte Wunde.

»Ich bin in ein paar Tagen wieder zurück«, versprach er.

Reißer hob den Kopf und schüttelte die Mähne, doch es war eine sanftere Bewegung als sonst.

Ich geh nicht weg.

Wills Augen füllten sich mit Tränen und Reißer stieß ihn mit dem Kopf an.

Das sollte ein Scherz sein.

Will fuhr sich mit dem Handrücken über die Augen, drehte sich rasch um und ging aus dem Stall in den hellen Sonnenschein hinaus.

Cormac war ein Fuchs, dessen Mähne und Schwanz etwas heller waren. Er war ein wenig größer als Reißer, aber mit dem gleichen zottigen Fell und dem gleichen muskulösen, gedrungenen Körperbau, den alle Pferde der Waldläufer hatten. Bob hatte ihn bereits aufgezäumt und gesattelt. Sogar die Ausrüstung hatte er hinter dem Sattel festgezurrt.

Will schätzte, dass er ein paar Jahre älter war als Reißer, doch er sah aus, als sei er immer noch sehr gut in Form – und er kam Will irgendwie bekannt vor.

»Will, das ist Cormac. Cormac, das ist Will«, stellte

Bob die beiden einander vor, reichte Will die Zügel und tätschelte den Fuchs liebevoll am Hals.

»Er ist ein gutes Pferd, jawohl. Er wird dir die nächsten Tage gute Dienste leisten. Vielleicht nicht mehr so schnell wie vor fünf Jahren, aber er wird immer noch den ganzen Tag für dich laufen und den nächsten auch noch.«

»So hast du sie ausgebildet, Bob«, sagte Will und versuchte zu lächeln. Bob bemerkte es und schlug ihm auf die Schulter.

»Das ist die richtige Einstellung, Will Hallas! Dann los mit dir. Die Arbeit wartet auf dich. Und keine Angst, ich sorge gut für Reißer.«

Will bedankte sich und wollte schon aufsitzen. Dann zögerte er.

»Brauche ich eine Erlaubnis, eine geheime Losung?«, fragte er.

Bob lachte. »Nein. Sobald sie in Pension gehen, bringen wir ihnen bei, dass sie keine Losung mehr brauchen.«

Will schwang sich in den Sattel, war allerdings noch leicht angespannt und misstrauisch. Er blieb ein paar Sekunden nur sitzen und wartete, wie Cormac reagieren würde. Doch der Fuchs drehte lediglich den Kopf und sah ihn neugierig an. Bob ließ ein keuchendes Gelächter hören.

»Glaubst mir wohl nich'?«, sagte er. »Ich sag dir doch, er ist pensioniert. Und jetzt los!«

Will gab leichten Fersendruck und das Pferd reagierte sofort. Er hatte einen anderen Gang als Reißer, aber dennoch trabte er gleichmäßig dahin. Will schien es, als wäre er fast ein wenig übermütig und würde sich freuen, wieder einmal arbeiten zu können.

»Wir sehen uns dann in fünf Tagen«, rief Will über seine Schulter. Bob winkte zur Bestätigung.

Das Pferd bewegte vergnügt den Schwanz, als es in einen leichten Galopp wechselte.

Das macht Spaß.

»Freut mich, dass …«, begann Will, dann brach er ab, überrascht, dass er auch mit seinem Aushilfspferd reden konnte. War es möglich, dass alle Pferde von Waldläufern so reagierten?

Fünf

Die nächsten Tage vergingen wie im Fluge. Wenn man Will gefragt hätte, was er alles getan hatte und was geschehen war, hätte er es wahrscheinlich gar nicht erzählen können.

Walt und Lady Pauline waren beide nicht in Redmont anwesend, sondern kümmerten sich um ein diplomatisches Problem auf einer der kleineren Burgen. Ein Stadtältester aus Celtica hatte sich aus der heimischen Schatzkammer bedient und forderte diplomatische Immunität im Lehen Redmont. Der König von Celtica hatte Soldaten losgeschickt, um ihn zurückzuholen. Das war verständlich, allerdings hatten diese in Araluen keine Vollmacht und ein Einzug fremder Truppen konnte rasch zu einer kriegerischen Auseinandersetzung führen. Baron Arald hatte Walt geschickt, um den Übeltäter zurück nach Celtica zu bringen, und Lady Pauline, um den Anführer der celtischen Truppen zu überzeugen, auf die Übergabe des Mannes innerhalb ihrer eigenen Grenzen zu warten.

Will selbst musste sich um eine Bande von Straßenräubern im nördlichen Teil des Lehens kümmern. Entsprechend machte er sich in einem geliehenen Wagen auf den Weg, verkleidet als Händler von Haushaltswaren. Er reiste durch die Gegend, in der die Räuber ihr Unwesen trieben, und verkaufte seine Waren auf abseits gelegenen Bauernhöfen, sodass er bald eine beträchtliche Geldsumme eingenommen hatte.

Die Räuber beobachteten ihn, wie Will sehr wohl wusste. Sobald sie das Gefühl hatten, man könnte ihm genug abnehmen, überfielen sie ihn auf einem einsamen Stück Landstraße. Sie waren zu viert, was für Will überhaupt kein Problem darstellte.

Er warnte die Räuber einmal und identifizierte sich selbst als Waldläufer des Königs, doch sie entschieden sich für den Angriff. Innerhalb weniger Sekunden lagen drei von ihnen auf dem Boden und umklammerten ihre Arme oder Beine, in denen Pfeile steckten. Der vierte Mann warf mit vor Entsetzen aufgerissenen Augen sein Schwert weg, fiel auf die Knie und bat um Gnade.

Will gestattete ihnen, ihre Wunden zu versorgen, dann fesselte er ihre Hände. Er band sie alle an ein langes Seil, damit sie hinter dem Karren herlaufen mussten. So brachte er sie nach Burg Redmont für ihre Gerichtsverhandlung. Einer von ihnen bat um bessere Behandlung.

»Bitte, Waldläufer, wir sind schwer verletzt. Können wir nicht im Karren mitfahren?«

Will musterte ihn kühl. In seiner gegenwärtigen Stimmung hatte er kein Mitleid mit den Räubern, die einige ihrer früheren Opfer verwundet und blutend auf der Straße liegen gelassen hatten.

»Ich tu euch einen Gefallen«, sagte er und als der Mann verblüfft dreinsah, fügte er hinzu: »Ich lasse euch die frische Luft und das offene Land genießen. Von beidem werdet ihr die nächsten Jahre nicht mehr viel sehen.«

So verging die Zeit, und sobald es möglich war, ritt er bereits wieder auf Cormac zurück zu Bobs Pferdehof.

Das Pferd schüttelte den Kopf und genoss die Freiheit der Straße und die Gelegenheit, sich wieder richtig auszulaufen. Die Pferde von Waldläufern liebten den Galopp.

Ich habe es genossen, wieder einmal zu arbeiten. Ich helfe dir gern wieder, falls du mich brauchst.

Will lächelte. »Du warst eine gute Gesellschaft und ich bin dir sehr dankbar«, sagte er und tätschelte liebevoll den Hals des Pferdes. »Aber ich hoffe natürlich, dass Reißer sich wieder erholt.«

Cormac warf den Kopf. *Das verstehe ich. Aber solltest du mich einmal brauchen …*

»Dann komme ich zu dir«, versprach Will. Als sie den langgezogenen Weg ritten, der zu Bobs Hütte emporführte, suchte Will gespannt die Weiden auf beiden Seiten der Straße ab. Zuerst sah er nichts, doch dann entdeckte er zu seiner Freude ein vertrautes graues Pony in der Ferne, das aus reiner Lebensfreude im herbstlichen Sonnenschein herumrannte.

»Reißer!«, rief er glücklich und feuerte Cormac an. Der Fuchs reagierte sofort und galoppierte los. Das graue Pferd hörte das Trommeln der Hufe und kam zu ihnen gelaufen.

Will zog die Zügel an und wartete auf Reißer.

Der Gang, die Haltung, die Art, wie das kleine Pferd den Kopf nach hinten warf. All das war so vertraut. Will lachte vor Freude lauf auf, als das zottelige graue Pferd zu dem Zaun getrottet kam, der die Weide abtrennte.

Dann runzelte der junge Waldläufer die Stirn. Dieses Pferd sah genau wie Reißer aus, aber er war es nicht. Dieses Pferd schien beträchtlich jünger. Es war nichts von den weißen Haaren zu sehen, die sich mittlerweile um Reißers Schnauze herum zeigten. Und jetzt, da sie näher waren, konnte Will einen kleinen rautenförmigen Fleck dunkleres Haar am linken Vorderfuß des Pferdes sehen. Das war nicht Reißer. Und andererseits war er es *doch*.

Das Pony wieherte einen Gruß, dann schüttelte es seine Mähne und riss den Kopf nach hinten, genau wie Reißer es immer tat. Cormac erwiderte den Gruß. Der Graue sah erwartungsvoll zu Will, doch der war zu verblüfft, um etwas herauszubringen. Schließlich warf der Graue noch einmal den Kopf, drehte um und galoppierte davon.

Du hast seine Gefühle verletzt.

Will antwortete nicht. Er gab Cormac Schenkeldruck und sie galoppierten hoch bis zu Bobs Hütte.

Hier erwartete sie noch eine Überraschung. Ein weiterer Fuchs stand vor der Hütte, beinahe identisch mit Cormac. Doch er war jünger, merkte Will, viel jünger. Die beiden Pferde begrüßten einander wie alte Freunde, und Will wurde jetzt klar, wo er Cormac vorher schon gesehen hatte.

»Du warst Crowleys Pferd«, sagte er zu Cormac. »Aber damals war dein Name Cropper.«

Als er den Namen sagte, hob das Pferd vor der Hütte den Kopf.

»Das ist jetzt Cropper«, sagte Crowley, der gerade aus der Hütte trat. »So handhaben wir das hier. Wenn wir ein Pferd in den wohlverdienten Ruhestand schicken, dann darf es sich einen neuen Namen aussuchen und wir geben den alten Namen dem neuen Pferd.«

Cormac ging freudig auf den Obersten Waldläufer zu und dieser streichelte liebevoll über seine Nase.

»Hallo, alter Freund«, begrüßte er ihn leise. Dann blickte er hoch zu Will.

»Steig ab, Will. Wir müssen reden.«

Will schwang sich aus dem Sattel und ein flaues Gefühl breitete sich in seiner Magengegend aus.

»Crowley?«, sagte er. »Was tut Ihr hier? Wie geht es Reißer?«

Crowley legte beruhigend eine Hand auf die Schulter des jungen Waldläufers.

»Reißer geht es gut«, sagte er, »viel besser als das letzte Mal, als du ihn gesehen hast. Hier kommt er schon.«

Er deutete nach vorn und Will drehte sich um und sah, wie Bob sein Pferd aus dem Stall führte. Auf den ersten Blick schien er gut laufen zu können.

»Reißer!«, rief er und das Pferd wieherte zur Antwort. Bob ließ den Zügel los und ohne weiter aufgefordert werden zu müssen, trottete Reißer auf seinen Meister zu. Wills Zuversicht sank.

»Er humpelt«, stellte er fest. Das Humpeln war deutlich sichtbar geworden, als Reißer schneller lief.

Crowley nickte. »So ist es. Bob hat alles getan, was er konnte, aber der Muskel war zu stark beschädigt, um wieder vollständig zusammenwachsen zu können. Ich fürchte, er wird immer hinken, Will.«

Reißer stieß mit dem Kopf gegen Wills Brust, auf seine vertraute Weise, dann begann er an seinen Taschen zu schnüffeln und nach den Äpfeln zu suchen, von denen er wusste, dass Will sie bei sich hatte. Will gab ihm einen. Das kleine Pferd kaute voll Wonne. Aber Will drehte sich immer noch der Kopf, als er versuchte, Crowleys Worte zu begreifen.

»Er wird immer humpeln?«, fragte er. »Aber wie soll ich …?«

Er konnte den Satz gar nicht beenden. Plötzlich wusste er, was kommen würde. All das Gerede von Pferden im Ruhestand, die beiden braunen Pferde von Crowley und der junge Graue, den er auf der Weide gesehen hatte – all diese Tatsachen verbanden sich jetzt zu einer einzigen offensichtlichen, schrecklichen Schlussfolgerung.

»Wir müssen ihn in den Ruhestand schicken«, sagte er wie betäubt. Es war keine Frage, doch er sah, wie Crowley und Bob bestätigend nickten.

»Das ist die Art und Weise, wie wir das handhaben, Will«, sagte Crowley zu ihm. »Unsere Pferde können uns nur etwa fünfzehn oder sechzehn Jahre dienen. Dann verlieren sie an Geschwindigkeit und Ausdauer – Fähigkeiten, auf die wir uns so sehr verlassen müssen.

Also wäre das in der nächsten Zukunft sowieso einmal geschehen. Die Verletzung hat das Unvermeidbare nur etwas früher eintreten lassen.«

»Aber es geht um Reißer!«, sagte Will, die Augen blind vor Tränen. »Es geht nicht um ein normales Pferd! Das ist Reißer!« Er kam zu einer plötzlichen Entscheidung und hob trotzig den Kopf, wischte wütend die Tränen mit dem Handrücken fort. »Es ist mir egal, ob er humpelt. Es ist mir egal, ob er langsamer ist als früher. Er ist mein Pferd und ich behalte ihn!«

Er griff nach Reißers Trense, doch Crowley fing seine Hand sanft ab und hielt ihn auf.

»Das geht nicht«, sagte er. »So handhaben wir Waldläufer das nicht.«

»Dann gehe ich eben auch in den Ruhestand. Wenn ich Reißer nicht haben kann, will ich nicht länger ein Waldläufer sein!«

Sie wichen alle überrascht zurück, als Reißer plötzlich laut wieherte, die Ohren flach gegen den Kopf gelegt.

Wage es nicht, so etwas zu sagen! Nach allem, was ich für dich getan habe!

»Reißer?«, sagte Will, verblüfft über den Ärger seines Pferdes. Aber Reißer schüttelte jetzt nachdrücklich den Kopf.

Geh in den Ruhestand, wenn du es willst! Aber gib mir nicht daran die Schuld!

»Aber… ich brauche dich, Reißer. Ich kann mir nicht vorstellen, ohne dich weiterzumachen«, sagte Will.

Bob und Crowley wechselten einen Blick. Sie wussten natürlich genau um das besondere Band zwischen einem Waldläufer und seinem Pferd und um die eigenartige Kommunikation zwischen ihnen. Bei Crowley war es nicht anders. Sie zogen sich zurück, damit Will ungestört und in Ruhe mit seinem Pferd reden konnte.

Reißers Ärger schien jetzt verschwunden und er stieß ihn sanft mit der Nase an.

Verstehst du denn nicht? Ich kann dir so nicht mehr richtig zur Seite stehen. Ich kann dich nicht mehr in Sicherheit bringen. Das ist die Aufgabe für den neuen Reißer. Aber du musst das zulassen.

»Den neuen Reißer?«, fragte Will.

Crowley merkte, dass die Zeit jetzt reif war, und nickte Bob zu. Der alte Pferdezüchter drehte sich um und ging zur Koppel. Als er fort war, beantwortete Crowley Wills Frage.

»Bob ist nur einer unserer Pferdezüchter, Will. Wir haben einige und sie leisten hervorragende Arbeit. Sie führen Buch über sämtliche Stammbäume unserer Pferde und die Zuchterfolge unserer Herden. Reißer wird jetzt auch in dieses Zuchtprogramm aufgenommen, genau wie seine Vorfahren. Man wird sich gut um ihn kümmern und er ist in Sicherheit. Und so wird er dafür sorgen, dass es zukünftig weitere Pferde wie ihn geben wird, die für die Waldläufer zur Verfügung stehen. Hast du nicht den Grauen auf der vorderen Koppel gesehen, als du gekommen bist?«

Will nickte. »Ich dachte im ersten Moment, es sei Reißer.«

»Das ist nur verständlich. Denn er stammt von Reißers Großvater ab. Und das mütterliche Zuchttier war eine Stute, die Reißers Mutter sehr ähnelte. Als Bob ihn als Fohlen entdeckte, wählte er ihn bereits als Nachfolger von Reißer für dich aus. Natürlich hatten wir keine Ahnung, dass du ihn so bald brauchen könntest. Deshalb hat Bob auch nach mir geschickt, damit ich es dir erklären kann. Früher oder später müssen wir das alle durchmachen.«

Er betrachtete den jungen Waldläufer und sein Pferd voller Mitgefühl. Will war näher zu Reißer gerückt. Sein linker Arm lag um den Hals des Pferdes und mit der rechten streichelte er seine Nase.

»Könnte ich ihn nicht trotzdem mit nach Redmont nehmen?«, fragte Will.

Crowley lächelte. »Das fragen wir alle. Aber denk doch mal nach. Er ist kein Haustier. Und er wird hier im Zuchtprogramm gebraucht. Er gehört zu unseren besten Pferden. Darüber hinaus wäre es deinem neuen Pferd gegenüber nicht anständig. Du könntest dich nicht richtig auf dein neues Reittier einlassen. Und es wäre auch Reißer gegenüber nicht anständig. Er müsste zusehen, wie du ohne ihn zu deinen Aufträgen reitest.«

Und du weißt, dass ich mir nur Sorgen machen würde.

Trotz allem musste Will bei dieser Bemerkung von Reißer lächeln. »Also, wie soll dein neuer Name sein?«, fragte er.

Reißer zögerte, den Kopf zur Seite gelegt. *Ich hatte mich immer schon als Bellerophon gesehen.*

»Bellerophon?«, sagte Will überrascht. Das war eine völlig unerwartete Wahl.

Crowley grinste. »Nicht schlecht. Das müssen wir gleich Bob erzählen. Und da kommt er schon.«

Will drehte sich um und sah Bob mit dem Grauen kommen, den er vorher schon gesehen hatte. Jetzt war er jedoch gesattelt und aufgezäumt. Alles an diesem Pferd schien ihm so vertraut.

Na, wenn das nicht ein gut aussehendes Pferd ist.

»Dass du das meinst, ist ja wohl klar«, sagte Will. Als Bob ihm die Zügel reichte, tat er einen Schritt auf das junge Pferd zu und streichelte seine Nase. Der Graue riss erwartungsvoll den Kopf hoch, dann stieß er gegen Wills Taschen auf der Suche nach einem Apfel. Es war eine so vertraute Geste, die Reißer so ähnlich sah, dass es Will beinahe die Sprache verschlagen hätte.

»Tut mir leid«, sagte er. »Ich habe meinen letzten Apfel ...« Er zögerte und sagte dann grinsend, »Bellerophon gegeben.«

Bob griff in seine eigene Tasche und warf ihm dann einen Apfel zu. »Dachte ich mir schon fast, dass du einen brauchst«, sagte er.

Will hielt den Apfel auf seiner flachen Hand, sodass das Pony ihn sich vorsichtig holen konnte.

»Vielleicht wollt ihr zwei euch jetzt mal näher kennenlernen?«, sagte Bob und deutete auf den Sattel. Will nickte. Auf einmal wollte er brennend gern wissen, wie sehr dieses neue Pferd wirklich Reißer ähnelte.

»Gute Idee«, sagte er. Er schob seinen linken Fuß in den Steigbügel und schwang sich auf den Pferderücken. Crowley und Bob tauschten grinsend einen Blick aus.

»Also«, sagte Will. »Dann wollen wir mal…«

Er kam nicht weiter. Das Pferd unter ihm bockte plötzlich, krümmte und drehte sich. Will schoss aus dem Sattel, vollführte einen regelrechten Purzelbaum in der Luft und landete dann mit einem Schlag auf dem staubigen Boden. Stöhnend lag er da und schnappte nach Luft. Das Pferd musterte ihn neugierig.

Bob und Crowley kriegten sich gar nicht mehr ein vor Lachen, während Will sich langsam aufrichtete.

»Der hier ist noch nich' im Ruhestand, Will Hallas!«, teilte Bob ihm vergnügt mit. »Du musst ihm deine Losung ins Ohr sagen, genau wie beim alten Reißer.«

Will sah hoch und er erinnerte sich an einen ähnlichen Sturz vom Pferd vor vielen, vielen Jahren. Dann merkte er, dass der alte Reißer – der jetzige Bellerophon – ihn betrachtete und dann den Kopf schüttelte.

»Er bockt genau wie du«, sagte Will atemlos.

Du lernst es wohl nie, oder?

Als sie später nach Hause galoppierten, wunderte Will sich unablässig über die Ähnlichkeit zwischen den beiden Pferden. Es war, als wäre Reißer plötzlich einem Jungbrunnen entstiegen, und Will merkte jetzt, dass Crowley und Bob recht gehabt hatten. Im letzten Jahr war Reißer ein klein wenig langsamer geworden und nicht mehr ganz so trittfest gewesen. Dieser neue Reißer war wie eine Erinnerung daran, wie sein Pferd in ihrer ersten gemeinsamen Zeit gewesen war.

Will dachte jetzt wieder an diese Zeiten. Daran, wie Reißer losgestürmt war, um ihn vor dem wilden Keiler zu beschützen. An das verzweifelte Rennen mit dem Hengst in der Wüste, als Reißer eine Geschwindigkeit entwickelt hatte, von der Will gar nichts geahnt hatte. Als er an diesen Tag dachte, schüttelte der neue Reißer seinen Kopf.

Ich hätte diesen Wüstenhengst auch geschlagen.

Will sah ihn überrascht an. »Woher weißt du davon?«, fragte er. Wieder warf das Pony den Kopf.

Wenn es in deinem Kopf ist, weiß ich es. Und willst du jetzt weiter in diesem Schneckentempo reiten oder sollen wir einen Zahn zulegen?

»Du klingst genauso wie Reißer«, sagte Will zu ihm.

Ich bin Reißer.

»Ja«, antwortete Will nachdenklich. »Das bist du wohl.«

Anmerkung des Autors: Die vorausgehende Geschichte entstand, nachdem ich eine E-Mail von Laurie, einer Leserin aus Neuseeland erhalten hatte. Sie wies darauf hin, dass die Pferde der Waldläufer nicht viel länger als sechzehn oder siebzehn Jahre ihre Dienste verrichten konnten, und wollte wissen, was mit ihnen nach dieser Zeit geschieht. Ich konnte den Gedanken an Will ohne Reißer nicht ertragen, also dachte ich mir das geniale Zuchtprogramm aus, das hier beschrieben wird.

Das wurde aber auch Zeit …

Will blickte an sich hinab und überprüfte alles ein letztes Mal. Die Tunika seiner Paradeuniform war ebenso makellos sauber wie sein weißes Seidenhemd, an dessen offenem Kragen das silberne Eichenblatt, das seinen Rang zeigte, gerade noch sichtbar war. Die dunkelgrüne Hose war ebenfalls fleckenlos. Seine braunen, kniehohen Stiefel waren ausnahmsweise glänzend geputzt. Ein Waldläufer putzte seine Stiefel normalerweise niemals glänzend. Glänzende Stiefel konnten das Licht reflektieren und den Waldläufer, der sich verborgen hielt, verraten.

Will legte den breiten schwarzen Paradegürtel mit einer verzierten Version der doppelten Scheide um. Die Griffe seiner beiden Messer waren mit schlichtem Leder umhüllt. Nur in den Klingen würde sich das Licht spiegeln, wenn sie im Fall eines Kampfes gezogen waren.

Er wünschte, er hätte einen Spiegel. Dies war schließlich ein wichtiger Tag. Doch Spiegel waren sehr teuer. Nur jemand, der so wohlhabend wie Baron Arald war, konnte sich einen solchen Luxus gestatten.

Ebony lag vor der Tür, die Schnauze auf den ausgestreckten Pfoten, die Augen auf ihn gerichtet. Er blickte jetzt zu ihr und streckte fragend die Arme aus.

»Wie sehe ich aus, Eb?«, fragte er. Sie klopfte zweimal mit dem Schwanz auf den Boden, ohne den Blick von ihm zu wenden.

»So gut?«, sagte er lächelnd.

Er blickte aus dem Fenster. Die Sonne befand sich schon hinter den Wipfeln der Bäume, welche die kleine Hütte umgaben.

»Zeit zu gehen«, verkündete er, zog den Vorhang zurück, durch den sein schlichter Kleiderschrank vom Raum abgetrennt wurde, und holte seinen Umhang heraus.

Diesmal zeigte Ebony mehr Interesse. Sie legte den Kopf zur Seite und sah ihn neugierig an. Will hatte nicht seinen normalen Umhang herausgeholt, sondern das Cape, das zur Paradeuniform gehörte. Matt glänzende Seide mit Stickerei aus Silberfäden: vier stilisierte Pfeile. Das Cape hing von der rechten Schulter bis zur Taille. Er legte es jetzt um und grinste Ebony an.

»Besonderer Tag«, erklärte er. Die Hündin ließ den Kopf wieder auf die Pfoten sinken. Will ging zur Tür und machte eine Handbewegung, damit sie ihm aus dem Weg ging. Mit einem Seufzer stand sie auf und tappte ein paar Schritte zur Seite, während er die Tür öffnete und auf die Veranda hinaustrat. Er blieb stehen und sah zu ihr zurück.

»Kommst du?«, fragte er. »Du bist schließlich auch eingeladen.« Mit wedelndem Schwanz schlüpfte sie durch die Tür und trat zu ihm auf die Veranda. Sie sah ihn mit schief gelegtem Kopf an, genau so wie Hütehunde ihre Meister eben immer wieder nach der Richtung fragen.

Wohin gehen wir denn jetzt?, sagte dieser Blick. Will antwortete nicht, sondern stieß einen kurzen Pfiff aus. Ebony stellte die Ohren auf. Ein paar Sekunden später hörten sie weichen Hufschlag, als das Pony hinter der Hütte hervorkam.

Anders als Ebony schien Reißer genau zu wissen, wohin es ging. Er warf einen Blick auf Ebony, die neben Will stand.

Kommt sie auch mit?

»Natürlich«, antwortete Will. »Sie gehört schließlich zur Familie. Du hast doch nichts dagegen, oder?«

Reißer schüttelte seine Mähne. *Ganz und gar nicht. Aber sie scheint manchmal etwas Anstand vermissen zu lassen. Ich möchte nicht, dass sie mittendrin anfängt, sich zu kratzen.*

Will grinste die Hündin an. »Hast du das gehört, Eb? Kein respektloses Kratzen!« Der Schwanz der Hündin wedelte, als sie ihren Namen hörte. Reißer sah seinen Meister von der Seite an.

Das Gleiche gilt für dich.

»Bin ich froh, dass wir dich als Protokollchef dabei haben«, sagte Will. »Können wir?«

Ich warte nur auf dich.

Will schüttelte den Kopf. Ich müsste inzwischen wissen, dass ich bei diesem Pferd nie das letzte Wort haben kann, dachte er.

Natürlich nicht.

Er sah Reißer überrascht an. Das Pferd sah betont unschuldig drein – falls man das von einem Pferd überhaupt sagen konnte.

Will schnippte mit den Fingern und Ebony kam von der Veranda herunter und folgte ihm sofort an der rechten Seite. Reißer ging zu seiner Linken. Die drei marschierten über die kleine Lichtung zu einem Pfad, auf dem sie nicht alle nebeneinander Platz hatten. So fiel Reißer ein Stück zurück und ging hinter Will.

Es war ein ihm vertrauter Weg hinab zu dem kleinen Nebenarm des Flusses Tarbus. Dort befand sich ein tiefes Becken, wo er und Walt oft fischen gingen. Außerdem schloss sich gleich daneben eine schöne Wiese an, auf der er in letzter Zeit oft mit Alyss gewesen war, um an Sommerabenden wie diesem ein Picknick zu machen.

Die Luft war weich und warm und die Vögel in den Bäumen lärmten und zwitscherten vor ihrer Nachtruhe um die Wette.

Als sie sich der Lichtung am Fluss näherten, waren verhaltene Stimmen zu hören.

»Wir sind die Letzten«, meinte er. Doch Reißer schüttelte den Kopf.

Sie wird die Letzte sein. So will es der Brauch.

Endlich hatten sie den Wald hinter sich gelassen. Die Lichtung war von Fackeln erleuchtet, die in der Erde steckten, und in den Bäumen hingen bunte Laternen. Eine kleine Anzahl von Leuten wartete auf ihn.

Als Will, Reißer und Ebony auf die Lichtung hinaustraten, ertönte Applaus und vereinzelt wurden Grüße gerufen.

Der junge Waldläufer sah sich mit einem warmen Glücksgefühl um. Es waren nicht viele Leute hier, aber es waren alle da, die in seinem Leben wichtig waren.

Walt, natürlich. Seine schöne Frau, die ihn leicht überragte, stand neben ihm. Seit seinem fünfzehnten Lebensjahr war Walt eine Vaterfigur für ihn. Und in den letzten Jahren hatte er angefangen, in Lady Pauline eine Ersatzmutter zu sehen.

Er blickte zur Seite und lächelte erfreut. Horace war natürlich auch hier, und bei ihm war Evanlyn, seine Frau.

Ich muss wirklich einmal anfangen, sie Cassandra zu nennen, dachte Will. Er war gerührt, dass sie die lange Reise von Schloss Araluen hierher unternommen hatten, nur um heute bei ihm zu sein. Es kam ihm gar nicht in den Sinn, dass er natürlich umgekehrt für die beiden das Gleiche getan hätte. Neugierig musterte er die Prinzessin, denn er hatte einen aufgeregten Brief von Horace bekommen, in dem er ihm mitteilte, dass sie ein Kind erwarteten. Bis jetzt war von der Schwangerschaft noch nichts zu sehen. Evanlyn – Cassandra, korrigierte er sich selbst – war so schlank wie immer.

Vor einem Stehpult, das neben dem Fluss aufgestellt worden war, stand Baron Arald, der Will, eines seiner berühmtesten Waisenkinder, breit angrinste. Will grüßte ihn mit einem respektvollen Kopfnicken und ließ dann den Blick über die restliche versammelte Menge gleiten. Jenny und Gilan, bemerkte er, standen

Hand in Hand da. Jenny strahlte und von Zeit zu Zeit sah sie bewundernd und stolz hoch zu dem gut aussehenden Waldläufer an ihrer Seite.

Ihr werdet die Nächsten sein, dachte Will. Gilan schien seine Gedanken lesen zu können und grinste ihn an. Die Aussicht schien ihn nicht zu beunruhigen.

Mitten im nächsten Schritt hielt er an, als er zwei weitere Gäste bemerkte, die hinter Gilan und Jenny im Schatten standen. Zwei völlig unterschiedliche Gestalten – einer klein und zierlich, als könnte ihn ein starker Wind wegblasen, der andere groß und breitschultrig. Riesig, um genau zu sein. Und zwischen ihnen ein schwarz-weißer Hund, der jetzt aufstand und schwanzwedelnd auf Ebony zulief.

Während Ebony und ihre Mutter, Shadow, sich begrüßten, ging Will hinüber, um Malcolm zu umarmen und dann in Trobars bärenartiger Umarmung fast erdrückt zu werden.

»Ihr habt es geschafft!«, rief er höchst erfreut aus. »Ich war mir nicht sicher, ob ihr so weit reisen könntet!«

»Das hätten wir für nichts in der Welt versäumen wollen!«, antwortete der zierliche Heiler und lächelte den jungen Mann voller Zuneigung an. Trobars tiefe Stimme war zu vernehmen und er sprach so deutlich, wie er es mit seiner Hasenscharte zuwege brachte.

»Gra'uliere, Will Hallas.«

»Danke, Trobar. Durch Eure Anwesenheit ist der Tag noch schöner geworden.«

Der Baron hüstelte bedeutungsvoll und Will wurde

klar, dass es Zeit für die Hauptsache des heutigen Abends war. Er löste sich von seinen alten Freunden, dem Heiler und seinem hünenhaften Begleiter, und trat zu Baron Arald, der mit einem Stoß offizieller Papiere vor sich auf dem Stehpult wartete.

Reißer und Ebony folgten ihm.

»Nun«, sagte der Baron begeistert, »es ist ein herrlicher Abend für eine Hochzeit, Will Hallas.«

»Könnte mir keinen besseren vorstellen, Sir«, antwortete Will.

»Das erinnert mich an eine recht amüsante Geschichte …«, begann der Baron. Doch seine Frau, Lady Sandra, machte ein kleines warnendes Geräusch – dezent, aber unmissverständlich. Er blickte sie schuldbewusst an. »Wie? Oh … ja … natürlich, meine Liebe. Vielleicht später, Will.«

»Später ist wahrscheinlich besser, Sir«, stimmte Will zu und verkniff sich ein Grinsen.

»Genau … tja, du bist hier. Das ist nicht zu übersehen. Haben wir einen Trauzeugen?«

Horace trat vor, stellte sich neben Will und legte eine Hand auf die Schulter seines besten Freundes. Die beiden sahen einander an – mit einem Blick, der mehr als jedes Wort aussagte.

»Wunderbar«, fuhr der Baron fort. »Ausgezeichnete Wahl.« Er blickte zu dem Pferd und dem Hund, die hinter Will standen. »Und das wären …?«

Will holte Luft, um zu antworten, doch Horace kam ihm zuvor.

»Tierische Zeugen«, sagte er.

»Ausgezeichnet!«, sagte der Baron. »Ein wenig unkonventionell, aber ausgezeichnet… solange sie nichts unterzeichnen müssen!«

Er lachte über seinen eigenen Witz. Reißer schob seinen Kopf vor, um ihn genauer zu mustern. Der Baron sah daraufhin auf das Pult und ordnete rasch seine Papiere.

»Benimm dich«, sagte Will leise zu Reißer, der sich sofort wieder ein Stück zurückzog. Will fand, dass er dennoch ziemlich selbstzufrieden aussah.

Arald brauchte noch einen Moment, um seine übliche Überschwänglichkeit wiederzufinden, dann rieb er die Hände gegeneinander und blickte über die Menge vor sich. Ohne dazu aufgefordert worden zu sein, hatten die Gäste einen losen Halbkreis gebildet.

»Nun denn«, sagte der Baron forsch. »Es scheint, wir sind alle hier. Bräutigam. Trauzeuge. Gäste.« Er machte eine Pause und blickte nachdrücklich zu Reißer. »Tierische Zeugen. Jetzt fehlt uns nur noch die Braut.«

Und plötzlich, ohne jede weitere Ankündigung, war Alyss da. Sie trat zwischen den Bäumen hervor und stand in einem Lichtschein, der von einer über ihr hängenden Laterne auf sie herabstrahlte.

Will verschlug es den Atem bei ihrem Anblick. Sie war einfach wunderschön, es gab kein anderes Wort dafür. Gekleidet war sie in ein einfaches weißes Kleid, das eine Schulter frei ließ. Auf ihrem langen blonden Haar saß ein Kranz aus gelben Blumen, der im Laternenschein sein eigenes Licht auszustrahlen schien.

Als Will später darüber nachdachte, vermutete er, dass der Baron diesen Auftritt wohl gleich einem Theaterstück inszeniert haben musste.

Alyss fing nun Wills Blick auf und lächelte ihn an. Er hatte das Gefühl, sein Herz müsse zerspringen.

Schnell machte Cassandra einen Schritt zu Alyss hin. Obwohl sie selbst nun schon verheiratet war, fungierte sie als Brautjungfer.

Walt trat an Alyss' Seite und reichte ihr den Arm. Da Alyss eine Waise war, hatte sie Walt gebeten, sie anstelle eines Vaters zum »Altar« zu führen. Er lächelte sie an. Sie war einer der wenigen Menschen, denen es gelang, dem graubärtigen, ernsten Waldläufer stets ein Lächeln zu entlocken.

Als Baron Arald sah, dass alle bereit waren, gab er ein Zeichen. Ein Musikantentrio aus der Burg, das sich vorher noch zwischen den Bäumen verborgen hatte, trat in die Lichtung und begann zu spielen. Alyss hatte das Lied ausgewählt und Will lächelte, als er die Melodie von »Hütte im Wald« erkannte. Es war das inoffizielle Lied des Bundes der Waldläufer. Ein Lied, das sie bei jedem wichtigen Anlass sangen. Sie hätte kein besseres auswählen können.

Will lächelte Alyss weiter an, während sie anmutig auf ihn zuschritt. Es ist ein Tag zum Lächeln, dachte er glücklich. Walt nahm Alyss' Hand von seinem eigenen Arm und legte sie in Wills Hand, dann zog er sich zurück. Cassandra und Horace traten ebenfalls einen Schritt zurück, um Braut und Bräutigam allein vor Baron Arald stehen zu lassen.

»Nun denn«, sagte er mit einem fröhlichen Lächeln, als er auf die beiden jungen Leute herabsah. »Was für ein Tag! Ja, was für ein schöner Tag!«

Es ist unnötig, die in schlichter Sprache formulierten Gelübde, die sie leisteten, hier aufzuführen. Genug, zu wissen, dass sie von Liebe, Treue und Ehrlichkeit sprachen und das Versprechen beinhalteten, füreinander da zu sein und zu sorgen. Sie kamen von Herzen und ihre schlichte Direktheit rührte die Herzen aller Anwesenden. Lady Pauline lächelte, als sie bemerkte, wie Walt verstohlen mit einer Ecke seines Umhangs über seine Augen tupfte.

Sie stieß ihn leicht mit einem Ellbogen an.

»Du alter Heimlichtuer«, flüsterte sie. Er nickte verlegen. An diesem Tag wollte er seine übliche Unnahbarkeit nicht aufrechterhalten.

Sobald die Hochzeitsgelübde gesprochen waren, erklärte Baron Arald sie offiziell zu Mann und Frau. Es schien, dass nur Sekunden vergangen waren, bevor er auch schon wieder lächelnd einen Schritt zurück machte und aufmunternd die Arme hob. Einen Augenblick lang war Will verlegen. Er hatte die Zeremonie in einer Art Benommenheit über sich ergehen lassen, wie verzaubert von Alyss' Gegenwart neben sich, verblüfft bei dem Gedanken, dass dieser Tag endlich gekommen war.

Und jetzt war die Zeremonie bereits vorbei. Er und Alyss waren miteinander verbunden, und er verspürte tief in sich eine ganz besondere Wärme bei diesem Gedanken.

Der Baron hatte etwas gesagt, merkte er jetzt, als die Leute ihn erwartungsvoll ansahen.

Arald beugte sich vor.

»Ich sagte: ›Du darfst die Braut jetzt küssen‹«, raunte er Will in einem übertriebenen Flüstern zu, das jeder hören konnte.

Und das tat Will nun auch voller Begeisterung. Er freute sich, dass Alyss ihn genauso zurückküsste, während die Jubelrufe und der Applaus seiner engsten Freunde über die Lichtung schallten.

Langsam verstummte der Applaus und in der nun folgenden Stille war eine Stimme zu hören.

»Das wurde aber auch Zeit!«

Walt hatte es im Scherz sagen wollen, doch es saß ein Kloß in seinem Hals und seine Stimme klang heiser, was er mit einem künstlichen Husten verbarg und sich kurz wegdrehte.

So, hoffte er, würde niemand die Tränen bemerken, die auf einmal über seine Wangen rannen.

Das Fragment

Hal bewegte leicht das Steuerrad und schwenkte auf einen Kurs weg von der Küste ein, links von der Stadt. Der Seevogel *hob und senkte sich geschmeidig unter seinen Füßen, das Schiff ritt förmlich auf den Wellen. Die Ruderer hatten einen gleichmäßigen Rhythmus angenommen – einen, den sie notfalls stundenlang beibehalten konnten. Hal genoss das Gefühl, am Steuer seines eigenen Schiffs zu stehen.*

Stig blickte von seiner Ruderbank auf.

»Wie macht es sich?«, fragte er.

Hal grinste ihn an. »Es gleitet wie ein echter Seevogel.«

MacFarlane legte vorsichtig das Fragment einer Pergamentrolle auf seinen Schreibtisch. Die anderen neun Geschichten, die in der Kiste gefunden worden waren, waren vorsichtig sortiert, abgeschrieben und konserviert worden. Dies war nun alles, was noch übrig war – ein zerschlissenes Fragment mit einigen Sätzen. An manchen Stellen war die Tinte so blass, dass er das Geschriebene kaum mehr entziffern konnte.

Er hatte das hier bis zum Schluss aufgehoben – zum Teil, weil es unvollständig war und zum Teil, weil er nach einer ersten Überprüfung gemerkt hatte, dass es sich dabei um etwas anderes handelte.

Mithilfe einer langen Pinzette zog er das Pergament unter sein Vergrößerungsglas. Dann beugte er sich vor und spähte auf die Worte, seine Lippen bewegten sich lautlos beim Lesen. Er stockte, wenn er die verblassten Stellen erreichte, und war dankbar für das starke Licht und das Vergrößerungsglas.

Schließlich lehnte er sich zurück und trommelte mit den Fingern auf dem Tisch.

Audrey saß ihm gegenüber. Sie war erfüllt von fieberhafter Vorfreude. Da sie es gewesen war, die die Truhe entdeckt hatte, hatte MacFarlane es nur gerecht gefunden, wenn sie jetzt auch dabei war, wenn er endlich das letzte Stück entzifferte.

»Was ist es, Herr Professor?«, fragte sie. »Ist es wichtig?«

Eigentlich war die zweite Frage unnötig gewesen, dachte sie. Sein Ausdruck und seine Körpersprache verrieten ihr bereits, dass es so war. Er schaute sie an.

»Ja, Audrey. Um ehrlich zu sein, das ist es.«

Sie wartete, wohl wissend, dass er das noch weiter ausführen würde. Nachdem ein paar Sekunden vergangen waren, fuhr er fort.

»Schon seit einiger Zeit waren alldenjenigen, welche die Welt Araluens und ihrer Helden studiert haben, bewusst, dass es noch eine andere Legende aus dieser Zeit gab. Es ist die Legende von einem Jungen, der halb

Araluaner und halb Nordländer gewesen ist und der die Bauweise der Wolfsschiffe von Skandia revolutioniert hat. Aber wir wussten bisher nur wenig über ihn.«

Audrey runzelte nachdenklich die Stirn. »Ich meine, mich an eine kurze Erwähnung von ihm in der Chronik von Wills Reise nach Nihon-Ja zu erinnern«, sagte sie.

Der Professor lächelte sie an. »Ganz genau. Aber abgesehen von dieser einen kurzen Erwähnung wussten wir nichts über ihn. Jetzt, so scheint es, könnten wir einen weiteren Schlüssel zu seiner Geschichte gefunden haben.«

»Dieses Fragment?«, fragte sie und nickte zu dem zerfledderten Pergament auf dem Schreibtisch.

»Dieses Fragment«, bestätigte er mit einem Nicken. »Und wenn es eine Seite gibt, dann muss es auch andere gegeben haben. Vielleicht existieren sie immer noch irgendwo.«

Ihre Augen weiteten sich vor Aufregung. »Glauben Sie, wir könnten den Rest seiner Geschichte finden, Herr Professor?«, fragte sie.

Er lächelte sie nachsichtig an, freute sich an ihrer Jugend und ihrer Begeisterung.

»Nun, ich werde es jedenfalls ganz sicher versuchen«, sagte er.

978-3-570-22381-9

Abenteuer, Freundschaft und die Kunst des Kämpfens – neue Helden aus der Welt der »Chroniken von Araluen«.

Als der 16-jährige Hal seine Ausbildung als Kämpfer in einer der Bruderschaften von Skandia beginnt, wird er von allen Seiten kritisch beobachtet. Als Sohn eines der berühmtesten Krieger des Landes wird einerseits viel von ihm erwartet, andererseits ist er ein Außenseiter, denn seine Mutter stammt aus Araluen. Und so wünscht Hal nichts sehnlicher, als im Wettkampf der Bruderschaften zu beweisen, dass er ein wahrer Kämpfer aus Skandia und seines Erbes würdig ist.

Als sie die Bucht verließen, nahm der *Seevogel* die erste Welle ohne Schwierigkeiten. Hal hatte sich breitbeinig hingestellt, um das Gleichgewicht zu halten. Zu seiner Rechten konnte er Hallasholm sehen – eine große Ansammlung von Holzhäusern. Rauch stieg aus den Schornsteinen und Hal nahm den Geruch in der salzigen Meeresluft wahr.

Die Mole, ein Schutzwall aus Felsen, der um den Hafen verlief und die Schiffe vor schwerem Wetter und Winterstürmen schützte, blockierte die Sicht auf die zwei oder drei Dutzend Wolfsschiffe und kleineren Boote, die dort vor Anker lagen, sodass man lediglich einen Wald aus Mastspitzen sah.

Hal bewegte leicht das Steuerrad und schwenkte auf einen Kurs weg von der Küste ein, links von der Stadt. Der *Seevogel* hob und senkte sich geschmeidig unter seinen Füßen, das Schiff ritt förmlich auf den Wellen. Die Ruderer hatten einen gleichmäßigen Rhythmus angenommen – einen, den sie notfalls stundenlang beibehalten konnten –, und Hal genoss das Gefühl, am Steuer seines eigenen Schiffs zu stehen.

Stig blickte von seiner Ruderbank auf.

»Wie macht es sich?«, fragte er.

Hal grinste ihn an. »Es gleitet wie ein echter Seevogel.«

Sie ließen Hallasholm hinter sich zurück, bis die Stadt ein verschwommener Fleck am Horizont war und nur auftauchte, wenn das Schiff sich auf dem Kamm einer Welle befand. Das müsste weit genug sein, dachte Hal. Er konnte es kaum erwarten auszuprobieren, wie sich das Schiff mit gesetzten Segeln machte.

»Stig, Ingvar«, sagte er. »Macht euch bereit, das Backbordsegel zu setzen.«

Die Jungen hatten schon seit Minuten auf diesen Befehl gewartet. Sie zogen ihre Ruder ein, verstauten sie und gingen zu dem kurzen, schweren Mast. Hal warf noch einen Blick auf den Stander, die kleine Fahne am Masttop, die ihm die Windrichtung verriet. Der Wind kam von der Steuerbordseite mit einem Winkel von etwa sechzig Grad.

Hal zögerte. Dies war der Moment, in dem er herausfinden würde, ob sein Plan aufging. Kurz erfasste ihn Unsicherheit. Was, wenn das Segel lediglich im Wind flatterte und das Boot keine Schubkraft bekäme?

Entschlossen presste er die Lippen zusammen. Es muss einfach klappen, sprach er sich Mut zu.

»Segel hissen«, befahl er.

Stig und Ingvar zogen an den Leinen, die den schlanken Baum langsam am Mast hochsteigen ließen und mit ihm das Segel. Sofort bauchte das Segel aus und flatterte im Wind.

»Ulf und Wulf, Segel trimmen.«

Das Segel wurde straffer. Als der Wind in das gestraffte Segel drückte, begann der Bug des *Seevogels* unter dem Druck nach links auszuweichen. Jetzt ist es soweit, dachte Hal. Er bewegte das Steuerruder und zwang den Bug wieder nach rechts in den Wind hinein.

Das Schiff gehorchte und schwang zurück, bis sie hart am Wind segelten. Hal verspürte eine unglaubliche Erleichterung. Er hörte, wie die anderen jubelten.

Sie hatten noch nie vorher ein Schiff auf diese Weise segeln gesehen. Hal schätzte, dass sie ungefähr in einem Winkel von fünfundvierzig Grad zum Wind segelten. Ein gut gebautes Wolfsschiff konnte so etwa um die fünfzehn Grad schaffen. Er verstärkte den Druck auf das Steuerruder. Der *Seevogel* gehorchte und ging noch näher an den Wind.

»Der Vogel fliegt!«